致青春 012

最動聽的告白

安思源　著

高寶書版集團

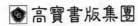

目錄
CONTENTS

1 送給前男友最好的結婚禮物就是妳的喜帖

四月五日，俗稱清明節。

在中國人的傳統觀念裡，這個日子是用來掃墓祭祖的，忌嫁娶。

通常這一天戶政事務所登記結婚的櫃檯都很冷清，當然例外也是有的，只是像今天這種例外並不常見。

排排坐的戶政事務所工作人員就像是被點了穴一般，整齊劃一地停下手邊的動作，瞠目結舌地看著朝他們走來的那對男女。

那兩個人勾肩搭背地走著，跌跌撞撞地走出了別具一格的Z字形路線，女人還不斷搖晃著手裡的酒瓶。

原則上來說，這種肢體形態的兩個人，開口的第一句話多半是：「老闆，再來一瓶。」不過，「原則」這種東西就是用來打破的。

女人用力地往椅子上一坐，「砰」的一聲將酒瓶砸在桌上：「您好、我叫程曉璐，我要結婚。」

身旁的男人也緊隨著在她身旁坐了下來，他看起來要清醒得多，語音清晰、語調平緩：「嗯、我叫邱生，我也要結婚。」

「結婚沒有必要自報家門。」不幸被他們挑中的那名工作人員暗自抽了下嘴角。

「嗝……」程曉璐打了個酒嗝，「那結婚要什麼？我什麼都有哦。」說著她打開手提包，將裡面的東西一股腦兒地倒出來。

身分證、獨生子女證[1]、政黨會員證、健保卡、某高級會所會員證……還真是什麼都有，工作人員有點懵，這是他職業生涯裡第一次看到有人帶這些東西來結婚！

正當工作人員蹙眉糾結地打量著那張高級會所會員證時……

邱生突然伸出手把那張會員證塞進了胸前口袋裡，對對方笑了笑：「不好意思，這是我的。」

「結婚到底要什麼……」程曉璐仍舊在一旁嘀咕著。

「戶口名簿、身分證，去那邊影印，然後再去樓下拍照片。」工作人員翻了翻白眼，口氣不太友善，「不過我建議你們酒醒了再來，免得明天又跑來辦離婚。」

「說什麼哪！這大喜的日子，你會不會說話？」程曉璐不悅地打斷對方，抬起手一把摟過邱生，用力拍了拍他的胸口宣誓道，「我們是絕對不會離婚的！」

「咳咳……」邱生被她拍得一陣猛咳，卻還是努力保持著婦唱夫隨，「沒錯，絕對不會。」

當邱生說出這句話的時候，他笑得有些諷刺。

這世上有「絕對不會」發生的事情嗎？

要知道，就在不久前，程曉璐還一直信誓旦旦地嚷嚷著：「我是絕對不會嫁給沈辰川以外的任何男

1 獨生子女證：頒發給終身自願只扶養一位子女的夫妻之證明，依相關規定可領獎勵與補助。

人的！」

結果呢？

結果究竟怎麼演變成這樣的，還得從一個星期前說起。

♪

那一天是星期五，和那些每到星期五就打了雞血般亢奮的普通上班族不同，身為一家4A廣告公司[2]員工，即使是星期五也得打了雞血般忙碌。

程曉璐剛進公司就被拉去開會了。

這種提案會議就像是戰場，連片刻走神的機會都沒有！

創意部的同事剛講解完修改後的提案，雙方人馬就已經默契地捲起袖子準備大戰一場。

戰爭初期一般由創意部文案、設計和他們客戶部的客戶執行打頭陣，吵上數輪仍舊沒能分出勝負的話，差不多也該輪到程曉璐這個客戶經理上場了。

「不好意思……」她從電腦螢幕上挪開目光，轉眸看向身旁的創意組長，徐徐啟唇，「創意方面的事我不是很懂，你能不能具體說明這個提案和之前被客戶否決掉的那個有什麼不同？」

「加了更多資料，妳沒看出來嗎？」

「要那些資料幹什麼？」程曉璐面無表情地問。

2　4A：美國廣告代理商協會（American Association of Advertising Agencies）的縮寫，進入該協會的國際廣告公司皆統稱為4A公司。

「不是客戶說要突顯他們的優勢嗎？」

「我記得客戶也說過他們的優勢是療效快。」

「這種鬼話妳也信？」創意組長語調不自覺上揚，同時帶有不屑的嗤笑，「中藥成分的感冒藥憑什麼說自己療效快？它的效果會比西藥快？我覺得根本就是自曝其短，像這樣主打傳統才是正確的！」

「有點道理……」程曉璐煞有其事地點點頭，但很快的，她話鋒一轉，「可是客戶不滿意。」

「那種外行懂什麼！身為一個廣告人就應該幫客戶尋找正確的宣傳賣點！」

「可是客戶不滿意。」

「妳摸著良心說，這個提案是不是確實表達了它的中心思想，而且很有 sense？」

「可是客戶不滿意。」

「程曉璐！妳是錄放音機嗎！」創意組長忍無可忍地大吼。

「我只是想要跟你強調一下重點，」程曉璐開口，帶著公事公辦的口吻，「我們又不是準備參加比賽，sense 很重要嗎？重要的是讓客戶滿意。」

創意組長沒好氣地撇了撇嘴：「怎樣說服客戶是你們的事！」

「但如何說服我是你們的事。」

面對那張面無表情的臉，創意組長接連做了好幾次深呼吸才勉強平復情緒：「所以妳對我們這個提案到底有什麼不滿？」

「很多，比如說……」程曉璐端正了自己的坐姿繼續道，「我認為你沒有資格質疑客戶。你是覺得你能比客戶更瞭解他們所從事的行業嗎？在你笑他們是廣告界外行的同時，你有沒有想過你同樣也是醫藥界的外行？你瞭解他們的技術嗎？研究過中藥已經發展到什麼程度了嗎？憑什麼認為它的療效不可能比西藥快？就是因為大部分的人像你一樣對中藥有著這種根深蒂固的印象，所以客戶才需要我們來打破大家的傳統觀念，不是嗎？」

她連珠炮似的反問讓創意組長有些懵，愣了好一會才回過神來反駁：「我看過他們給的資料……」

「你是第一天做廣告嗎？有多少客戶會把真實資料提供給廣告公司？就算是銷售資料都會作假，更何況是技術資料。剛才我就想說了，那些資料不過是給你個參考，瞭解一下大概就行了，拿出來廣而告之，這就很尷尬了。」

「既然妳也知道他們是在糊弄我們……」

「請不要用『糊弄』這個詞。」程曉璐又一次打斷了他的話，「我希望你搞清楚一點，我們跟客戶不是對立關係，而是合作，所謂合作是指互利共贏。對於一個廣告人來說，只有滿足客戶需求才算贏，否則就算再有 sense 依然是個失敗案例。」

「……」

「你還有話想說嗎？」

「我能說嗎？剛開口就被妳搶話！」創意組長咬牙切齒地道。

「對不起，可能是我太激動了。」雖然嘴上在道歉，但程曉璐的表情仍舊沒有太大的變化，「你剛才想說什麼？」

「算了，也不是什麼重要的話。」

「嗯。」程曉璐闔上筆記型電腦接著站起身，「那就麻煩再重新修改一下吧。」

♪

直到程曉璐走出會議室，彷彿還能聽到創意部那些人咬牙切齒的聲音。

躲在門外探頭探腦的前檯王春花一見到她便笑嘻嘻地湊上去八卦：「吵完了？」

「嗯。」程曉璐邊走邊點頭。

聞言，程曉璐瞥了眼不遠處那些躲在辦公室隔板後面假裝忙碌的同事們。

「妳吵贏了嗎？」

不用猜也知道，這些人肯定又在打賭了。

佳沃的企業文化就和大部分的廣告公司一樣，各部門之間三天一小吵、五天一大吵，下班後卻又能若無其事地相約去吃路邊燒烤，當然，隔天上班還是得繼續吵。

這種放在檯面上的爭吵就連當事人都不會放在心上，圍觀群眾自然就更加不在意了，還很有娛樂精神地經常打賭誰會贏。

程曉璐也會時不時地作為圍觀群眾參加這種賭局，所以對於自己成為眾人打賭對象這件事，她並不是很在意，只是撇了撇嘴，好奇詢問起春花：「妳賭誰贏？」

「當然是妳了，十一連勝的佳績擺在那兒呢！」

「賭資是什麼？」

「老規矩，輸了請喝下午茶唄。」

「嗯，妳那份下午茶記得分我一半。」

春花眼眸一亮：「妳果然又吵贏了？」

「算是吧……」

「哎喲媽呀，十二連勝咧！據說當年梨若琳的最高紀錄也就十三連勝，妳有望破紀錄了！真不愧是梨若琳親手調教出來的，青出於藍勝於藍啊……」說著，春花這才突然想起正事，「啊！差點忘了，梨若琳讓妳開完會去她辦公室找她。」

聞言，程曉璐的神經瞬間緊繃起來：「一大清早就來找碴？」

「應該不是找碴……」

「她哪次找我不是為了挑刺？」

「說不定以後都不會挑刺了哦！」

「嗯？」聽到這句話，程曉璐一時之間激動了起來，「怎麼了？她要退休了？」

「神經病，她才三十多歲退什麼休啦……」春花沒好氣地白了她一眼，「你們客戶部不是有個經理辭職了嗎？聽說總公司從國外空降了一個過來，照這個架勢，肯定是要特別培養的，不知道什麼時候就會代替梨若琳成為客戶總監了，就算是為了自保，她從此之後肯定也得跟妳同一條陣線吧？」

「同一條陣線？」程曉璐蹙眉，「她難不成還指望我幫她把那個新來的鬥走？」

「很有可能哦。」

「一邊是總公司派來的人，一邊是整天找我碴的人，白癡都知道怎麼選。」她只會跟對方同一陣線把梨若琳鬥走好嗎！

「嗯，要的就是這種效果。」

「……」

「就妳這種完全不懂辦公室政治的豬隊友，妳站誰誰倒楣。」

「……」妳這是想吵架嗎！

♪

春花猜得沒錯，梨若琳找她果然跟總公司空降來的那個客戶經理有關，程曉璐趕到梨若琳辦公室的時候，其他幾個客戶經理都已經在了。

以前還是傳統廣告時代的時候，公司的客戶部一共也才兩組，組織架構還比較簡單。但現在時代不同了，伴隨著自媒體崛起，傳統廣告已經逐漸失去競爭力，公司不得不組建主攻自媒體的團隊，客戶部自然也隨之壯大。

客戶部目前已經有五個組，兩個主要負責傳統廣告，另外兩個負責自媒體，而程曉璐帶的那組因為都是新人，相對比較機動，大部分時間都是輔助性的，哪裡需要去哪裡，也因此她算得上是所有客戶經理裡跟梨若琳接觸最多的。

從名義上來說，梨若琳算是她的師父，一個非常苛刻的師父，和程曉璐同期進公司跟著她的人不是辭職就是申請調轉部門，程曉璐是唯一一個留下的。

然而，梨若琳並沒有因此就對她另眼相待，反而用更高標準來嚴格要求她。

雖然經常跟春花抱怨，但程曉璐其實並不討厭梨若琳，她對梨若琳更多的是敬畏。

至於梨若琳對她……不太好說，梨若琳不是個會把情緒寫在臉上的人，每次跟她講話的時候都像現在這樣。

「來了？」聽到動靜後，梨若琳抬起頭看著她，語調刻板且面無表情，「新提案怎麼樣？」

「還是不行，我讓他們重新修改了。」

其實程曉璐也沒什麼資格評論梨若琳的語氣，大部分時間裡她也是這樣的，以至於每次她們兩個說話的時候其他人都不太敢插嘴，噤若寒蟬，簡直恨不得把自己透明化以免被殃及，這次也不例外。

一片靜默中，梨若琳再次啟唇問道：「還是老問題？」

程曉璐默默地點點頭。

「那繼續修改也沒什麼太大的意義，以創意部那群人的個性，也就給妳應付一下了事而已。」

「嗯、我也這麼覺得，多半只是再突顯一下客戶想要的宣傳重點。」這一點程曉璐早就料到了，搞創意的人難免都會有些心高氣傲，他們公司的那些人尤甚。「事實上，我也只是需要他們稍微修改一下就夠了。我會試著去說服客戶，最近我們也一直在做調查研究，發現中老年客戶在他們的客戶群中占了很大的比例，而那些人之所以選擇他們，也是因為中藥相對西藥來說更傳統、更健康。之前他們公司的廣告也一直是標榜健康和傳統的，如果這次只是一味強調療效快，我認為他們不僅打了自己的臉，可能還會喪失原本的中老年客戶群。相反的，創意部那邊的提案只需要稍微突顯重點，既不會讓他們損失原有的客戶，還能開發出更多潛在客戶。」

「還是要用資料說話。」

「我明白，我稍後會把詳細的客戶分析圖做出來發給創意部。」

梨若琳沒有再多說什麼，只是叮囑了句：「連假後必須搞定這個專案。」

「好。」

「坐下吧。」梨若琳看了眼面前的空位，示意她入座。

她暗自鬆了一口氣，慢慢走到辦公桌邊，才剛準備坐下……

「曉璐？」一道透著激動和驚奇的聲音從她身旁傳來。

她下意識轉頭，待看清聲音的主人後，驚訝地睜圓了雙眸，幾乎不敢相信自己的眼睛。

面前的女人看起來跟她差不多年紀，卻打扮得很精緻，媚眼如絲，一旁那三個男人都已經看呆了。

在程曉璐認識的所有人裡面，一顰一笑都充斥著嫵媚勾魂氣息的人就只有她——阮靈！

可是阮靈怎麼會在這裡？她應該在美國啊。

幾天前她們還用騰訊聊過天，阮靈甚至還抱怨紐約的治安太差。

「妳們認識？」梨若琳倍感意外地蹙了蹙眉。

略微詫異的詢問聲拉回了程曉璐的思緒，但她還是沒能從這突如其來的重逢中反應過來，微微啟齒卻不知道該怎麼回答。

阮靈倒是反應很快，嘴角彎起笑意轉眸看向梨若琳：「何止認識，簡直熟到不能再熟了！我們從小一起長大，直到我大學畢業前都沒有分開過呢。」說著，她激動地抓住程曉璐的手，「我本來想過幾天再聯繫妳的，沒想到居然會在這裡遇見妳，以後我們就是同事了呢！」

「……」同事？程曉璐茫然地看向梨若琳。

梨若琳啟唇解釋：「她是總公司派來的客戶經理。」

「妳就是那個空降兵？」程曉璐還處在驚訝之中沒回過神來，一時之間也沒注意用詞。

「嗯嗯！」阮靈興奮地直點頭。

「這麼說，妳回來了？妳真的回來了？以後都不會走了嗎？」

「嗯嗯嗯！」

「太好了！我就知道妳一定會回來的，才不可能把我一個人丟在國內呢。」

「咳……」梨若琳低咳了聲，不悅地打斷了她們，「要敘舊麻煩等下再敘。」

「……」程曉璐默默地閉上嘴，一個勁地朝阮靈使眼色。

阮靈也很快會意地噤聲，並回了她一個鬼臉。

恍惚間，程曉璐覺得像是回到了小時候，以前校長給她們補課時，她們也經常趁著校長不注意時說悄悄話，每次校長抓著她們訓斥時，阮靈也總是這樣偷偷對著她做鬼臉。

這不是在做夢吧？真的不是在做夢嗎！

♪

阮靈今天只是來辦調職手續的，過完清明連假才算正式上班。

趁此機會，梨若琳乾脆把其他幾個客戶經理都叫過來，讓大家先認識一下。

既然程曉璐跟她有這麼多年的交情，梨若琳索性就讓程曉璐陪著她去辦手續，順便帶她熟悉一下公司環境，也剛好給了她們充足的敘舊時間。

然而程曉璐並沒能跟她說上什麼話，光是各種手續就一直處理到了中午。公司部門多，大家又都忙，程曉璐帶著她一整天才總算是跟每個部門的負責人都打了照面，期間她們也只能抽空閒聊幾句。

下班後，身為客戶經理的阮靈自然也該請她手底下的那幾個客戶執行一起吃頓飯，程曉璐當然也跟著去了，只是她跟他們那組的人本來也不算熟悉，與其說是她帶著阮靈跟大家聯絡感情，倒不如說是阮靈帶著她跟他們聯絡感情。

在程曉璐的印象中，阮靈一直是個比較內向靦腆的人，不太擅長交際。看起來在美國的這幾年她變了不少，沒多久她就跟那些客戶執行打成一片，大家也都進入了暢所欲言的模式。

「阮經理，妳跟程經理關係那麼好，那是不是以後程經理就能幫我們跟創意組互槓了？」

「這還用說？從小到大只要有人敢欺負我，曉璐絕對會第一時間站出來的……」阮靈驕傲地摟過程曉璐，「對吧？」

「妳還真好意思說啊。」程曉璐好笑地瞥了她一眼，「結果每次其實都是妳在賊喊抓賊。」

「難怪程經理這麼戰無不勝了，原來是被妳給練出來的呀？」

「也沒有戰無不勝那麼誇張啦。」程曉璐有些尷尬地解釋。

一旁的客戶執行只當她是在謙虛：「聽說妳今天拿下十二連勝的戰績了，這還不夠厲害啊？下班的時候我還看到創意部的那些人在加班呢。」

「對啊、對啊，」有人附和道，「幸好妳和我們阮經理是朋友，不用跟妳們搶客戶真是太好了。」

這話讓程曉璐聽了很不適，她噙著笑半開玩笑地回道：「那妳轉來我這一組豈不是更好？」

「……」說話的女孩笑容一僵，沉默了。

氣氛頓時變得有些尷尬。

倒是程曉璐依舊若無其事地吃著菜，絲毫沒有察覺到自己把氣氛搞僵了一樣。

春花說的沒錯，她確實不太擅長辦公室政治，但那並不表示她就不懂，至少那句話的言下之意她還是聽得懂的。

意思不就是說——既然是朋友就不應該搶客戶嗎？

沒錯，她和阮靈的確是非常要好的朋友，但她組裡的其他人跟阮靈非親非故，她有什麼資格為了私情讓大家讓出客戶？她相信阮靈也絕對不會提出這種要求的，倒是說這些話的女孩有些拿著雞毛當令箭了。

「哎、說到重點了，我欣賞妳！」阮靈笑著圓場，「既然提到了，那我就趁這機會先把話說清楚啊，曉璐對我來說可是非常、非常、非常——重要的朋友，以後她那邊看上的客戶我們就儘量避開，實在避不開我也一定會讓。不就是損失一個客戶嗎？放心吧！我之後一定會再找一個回來的。總之，保證你們不會損失任何提成。」

聞言，剛才那個女孩瞥了眼程曉璐，有些故意地端起迷妹表情大聲嚷道：「哎喲、阮經理，妳真是太講義氣了！」

「是啊，能有妳這樣的朋友，曉璐姊真幸福。」

一片讚譽聲中，程曉璐很煞風景地來了句：「妳不用讓的，就算搶走也沒關係啊，我才不可能因為這種事不開心呢。」

「是啦、是啦，知道妳公私分明，行了吧。」阮靈好笑地拱她，「不過我這也不全是為了妳，在那邊爭啊、搶的多累啊，不利於胎教。其實我也就是衝著客戶經理這個職位比較沒那麼累才申請轉調回國，過渡一下而已，做幾個月我就得請產假了，等生完孩子回來說不定會申請調部門……」

「等一下！妳給我等一下！」程曉璐激動地打斷了她的話，「產假？」

「對啊。」阮靈笑著點頭。

「妳……」她難以置信地瞪大雙眸，「懷孕了？」

「嗯。」

「……」這麼重要的事為什麼之前在騰訊上她隻字不提！

「妳不問我孩子是誰的嗎？」

「誰、誰的？」程曉璐愣了下，會這麼說，那就代表著是她認識的人？

「沈辰川。」

「……」程曉璐猜對了，可她無論如何都沒猜到阮靈會給出這樣的答案，一個足以讓她渾身發冷、血液倒流的答案。

♪

程曉璐身邊的每一個人都知道，她在等一個人，那個人叫做沈辰川。

大一那年，她對沈辰川一見鍾情，轟轟烈烈地追了他一年後，終於如願以償把他拿下了。

在一起之後，他雖然依舊淡淡的，話也不多，也從來不會玩浪漫，約會地點大多是在圖書館，可是她知道他是喜歡她的，對於這一點，程曉璐從來沒有懷疑過。每次她在滔滔不絕說話的時候，沈辰川都會含著笑靜靜地看著她，眼睛很亮，就像星空一般無比閃耀。

她以為這片星空會陪伴她到老，沒想到畢業後他突然決定去美國讀研究所。

這個決定對於當時的程曉璐來說就像是天塌下來一般，在得知這個消息的不久前，她知道阮靈剛拿到國外一家公司的職缺，那時候她覺得還好，還有沈辰川在，可結果連他都要走了。

那時候程曉璐剛讀大四，她什麼都做不了，只能眼睜睜地看著他們相繼離開，說她整個人都被掏空了都不誇張，每天都在宿舍裡哭，哭得室友們都煩死了。

最後她還是把沈辰川送走了，那一天，他一如既往地安靜，只默默留給她一句：「等我。」

就是這麼簡單的兩個字讓程曉璐開始義無反顧地等待，她以為讀研究所最多也就一年，很快的。

可是過了五年，他非但沒有回來，甚至還突然失去了消息。

是的，突然，沒有任何徵兆。

她清楚記得，三年前沈辰川生日那天，她像過去一樣在凌晨準時打電話給他，但他卻關機了。

那之後她也試著在通訊軟體上留言、給他發 mail，等了好幾天都沒有回覆。生怕他發生了什麼意外，那陣子她瘋狂搜尋各種留學生被害的新聞，幸好並沒有在那些不幸的名單裡看到沈辰川的名字。

她也不是白癡，見過也聽過太多出國就等於分手的故事，早就已經做好了心理準備——只要他沒事，只要他還活著，哪怕這輩子都不可能再相見，她也覺得慶幸。

沒想到他會再次出現在她的人生中，而且是以這樣的方式！

阮靈丟下的這枚重磅彈不僅炸得程曉璐恍然失神，也炸得其他人沸騰起鬨，當被那些同事追問起對方是個怎樣的人時……

「以前大學時的同學，隔壁傳播系的系草，沒想到會在美國再次遇見。」說這話時，她嘴角掛著幸福的笑容，眼神中透著幾分羞赧，活脫脫就是個沉浸在戀愛中的小女人。

「一定是因為他對妳很照顧才把妳追到的吧？」同事們繼續八卦。

「不是哦。」她笑著搖了搖頭，「應該是我照顧他才對，他那種大少爺，肩不能扛、手不能提的，連吃頓飯都嫌麻煩，剛開始他只是經常來我這裡蹭飯吃。」

「後來呢、後來呢？」

「後來……」她抬眸看了眼程曉璐，「後來我一直被上司性騷擾，對方甚至三番兩次跑來我家，他就乾脆住在我這假裝是我的男朋友。多虧了他，那個上司安分了不少。」

「什麼上司那麼噁心啊？是我們佳沃美國總公司那邊的？」

「是之前那家公司。那個老外有次喝醉又跑來我家，幸好他還在，就跟那個老外打了起來。這件事鬧得挺大的，我不僅被前公司開除，他還差點就失去研究所資格了。那陣子我們兩個都不太好過，要不是因為他一直陪著我，估計我早就撐不住回國了。」

「哇哦，好浪漫哦！」

是啊，好浪漫哦，程曉璐從來都不知道，沈辰川還是會做這種事的人。

就像阮靈說的那樣，他家境不錯，就是個大少爺，肩不能扛、手不能提，從來不會跟人吵架，更遑論是直接動手。

以前大學時也曾經有教授對她性騷擾，她當然也跟沈辰川抱怨過，他卻只是平心靜氣地勸她：「以後儘量避開就是了，別單獨去見他，帶幾個朋友一塊去，大不了被當，明年多選一門其他課。」

原來，他不是生性溫和，只是沒有那麼在乎她。

那之後阮靈又說了不少她跟沈辰川在美國發生的事，每一件事都甜得讓人彷彿要蛀牙，她不知道自己是怎麼聽下去的。

直到曲終人散，大家都走光了，她才在阮靈的輕喚聲中回過神來。

「曉璐？」

「……」她抬眸，欲言又止地看著阮靈。

「妳還好嗎？」

「……」怎麼可能好！

「我剛才打了電話讓他來接我，大概半個多小時就能到了吧。需要我們送妳一程嗎？」

程曉璐輕輕震了下，顫著聲問：「他也回來了嗎？」

阮靈點了點頭，輕輕地「嗯」了聲。

「你們是什麼時候回來的？」程曉璐不死心地繼續追問。

她還抱著一絲希望，或許她還不是那麼傻，或許他們也才剛回來，或許本來就是打算好了今晚要跟她坦白，認認真真地跟她道個歉，請求她原諒……雖然這樣她也很難輕易原諒他們，但至少心裡會覺得舒服點，可結果讓她再次失望了。

「一個多月前。」阮靈啟唇道。

「那為什麼之前跟我在騰訊上聊天的時候還要一直假裝自己在美國！」程曉璐忍不住失聲怒吼。

「……」阮靈陷入了沉默。

程曉璐繼續咄咄逼問：「如果不是今天在公司意外遇見我，你們是不是打算瞞我一輩子？」

「沒錯！」阮靈也終於忍不住了，「我們回國是打算結婚的，我當然不希望自己的未婚夫在結婚前夕跟他的前女友見面！」

「婚禮是什麼時候？」

阮靈心中警鈴大作，警惕地瞪著她：「妳想幹什麼？」

什麼都不想幹，她只是想要知道自己到底有多蠢，他們都已經開始談論婚嫁了，她卻還在傻傻等著沈辰川回來。

可是，在察覺到阮靈的警惕之後，她忍不住嘴角揚起冷笑，有些故意地道：「妳說呢？我最好的朋友和我最愛的男人結婚了，難道我不應該到場祝福一下嗎？」

「我不奢求妳的祝福，只求妳不要打擾。」

不打擾？意思就是——不服氣也得憋著？

♪

除了憋著還能怎樣？程曉璐就連他們婚禮的確切時間和地點都不知道，就算想要砸場也無能為力。

然而，或許就連老天爺都不想讓她輕易放過那兩個人……

程曉璐難以置信地站在飯店一樓的宴會廳門前，愣怔地看著眼前那塊告示牌——

「沈辰川 & 阮靈　歡迎參加我們的婚禮

2021.04.05」

不是吧！那麼巧？這樣都能碰上？

才下午一點多，距離婚禮開席還早，新人也還沒出現，為了確定這究竟是不是沈辰川和阮靈的婚禮宴會廳，她轉頭四下張望，試圖尋找婚紗照之類的東西。

可惜，婚禮顧問公司還在忙著布置場地，除了那兩個名字，沒有任何東西可以確定新人的身分。

倒是剛才把那塊告示牌立起來的兩個顧問公司人員閒談，隱約給了她一些資訊。

「怎麼會有人清明節結婚的，這對新人是不是腦子有病啊。」

「飯店時間很緊湊啊，好日子都早早被訂了。」

「那就再等等唄？今年訂不到訂明年的呀。」

「一看就知道你是新來的，新娘肯定已經懷孕了，等明年孩子都生下來了，剛做完月子差不多就該給孩子辦滿月酒了。估計這對新人家裡還挺保守的，先辦滿月酒的話，怕被親戚朋友說閒話吧。」

「這有什麼好說的，都什麼時代了。」

分析得很有道理，程曉璐幾乎可以肯定這絕對不是同名同姓了。

名字一樣，新娘也剛好懷孕了，這種巧合簡直比她被室友叫來品酒卻撞上他們婚禮的機率還要低。

「噓、別多話……」年齡稍大的工作人員突然用手肘輕輕碰了身旁的年輕人，打斷了他的話，默默看了眼不遠處更衣室的方向輕聲道：「趕快做事。」

較為年輕的工作人員立刻會意，識相地閉上嘴。

見狀，程曉璐意識到，讓他們突然沉默的原因——只有可能是他們所議論的那對新人來了。

想到這裡，她脊背僵直，怔了片刻後才鼓起勇氣轉頭看過去。

明明就是個簡單無比的動作，她卻耗費了全身力氣，心跳也愈跳愈快，彷彿隨時都會從喉嚨裡跳出來。

不知道該說幸運還是不幸，她猜對了。

只見一抹熟悉的身影從更衣室裡走了出來，其實也不是那麼熟悉，這抹身影比她記憶中的更加挺拔，也更加沉穩了。

他穿著一身整齊合身、剪裁精細的黑色西裝，袖口微微露出一小截白色襯衫，看起來精緻又隆重。

這幅畫面讓程曉璐想到他大三代表學校參加辯論比賽的那一年，那是她記憶裡沈辰川唯一一次穿西裝，很帥、非常帥，帥到連對手學校的女生都情不自禁地為他加油，比賽結束後甚至還有很多女生跑來找他合照。

面對那些要求，他雖然冷著臉，卻還是來者不拒，儘管知道他只是不擅長拒絕，程曉璐還是覺得很不爽，於是她有些故意地吐槽道：「你不適合紅色領帶，醜死了。」

那時候站在沈辰川身邊的人還是程曉璐，而現在卻已經換成了阮靈。

她一襲白紗，整個人看起來光彩熠熠，宛若天使般聖潔。

看見身旁的沈辰川抬手輕輕扯著頸間的領帶結，阮靈皺眉，拍開了他的手：「你能不能別再拉那條領帶了？我好不容易才幫你繫好，又弄亂了。」

沈辰川頓了下，嘴角微微一動，似是在笑：「我只是覺得我不適合紅色領帶。」

「我看看……」阮靈轉身替他重新調整好了領帶，「很適合啊，你不管怎麼樣都好看。」

「嗯。」沈辰川點點頭，像是放心不少。

「哎喲喂，好大一波狗糧啊。」一群人走了過來，率先開口說話的人看起來是個伴郎，他好笑地瞥了眼門邊的沈辰川和阮靈，調侃道，「你們這是想要虐死我們這群單身狗吧？」

這個人程曉璐也認得，叫陳秦，是沈辰川大學時期的室友。陳秦其實長得不差，但寧可熬夜通宵玩遊戲也懶得好好打理自己，再加上不太擅長應付女人，以至於大學四年始終是條單身狗，看起來現在依然是。

當年程曉璐追沈辰川追得轟轟烈烈，也沒少打擾他的室友們，那些人看見她都覺得煩，這她是知道的。她成功追到沈辰川之後，跟他的室友接觸也逐漸多了起來，因此他們對她多少也有些改觀，只有陳秦一如既往地看她不順眼。

當然，程曉璐看他也不算順眼。

沈辰川之所以會出國讀研究所，陳秦功不可沒。

她捨不得讓沈辰川走的時候，陳秦曾經跑過來指責她：「妳打算讓他為了妳荒廢前程嗎？」

這個罪名太大了，程曉璐擔不起，只能故作堅強地放手。

陳秦跟沈辰川是一起去讀研究所的，當年無論如何都聯繫不到沈辰川的那時候，她也曾經試圖找過陳秦，他很不耐煩地回了她一句「我哪知道他在忙些什麼，我又不是他爸」，從此陳秦再也沒有接過她的電話。現在看來，沈辰川在忙什麼他明明就再清楚不過了。

不止陳秦，一旁的其他人程曉璐也或多或少見過，都是他們大學時期的同學。

原來，一直被蒙在鼓裡的人就只有她而已。

和以前被沈辰川的朋友調侃時一定會毫不留情頂回去的她不同，面對陳秦的玩笑，阮靈只是低下頭，笑得有些羞澀，下意識地往沈辰川身邊靠，就像是在撒嬌。

沈辰川也很護短，垂眸看了她一眼，輕輕握了下她的手，抬眸瞪了陳秦一眼。

「你的好友『護妻狂魔』已上線！」一旁的伴娘也開起了玩笑。

「你有所不知啊，我的好友『護妻狂魔』從來就沒下線過。」

沈辰川沒好氣地瞥了眼一搭一唱的兩個人：「你們到底是來幹嘛的？」

「哦、對，差點忘了正事……」被沈辰川這樣一問，陳秦正經起來，「你們兩個好了沒？主持人讓我來催一下，差不多該彩排了。」

「走吧。」沈辰川點頭，牽著阮靈的手往前走。

「還有件事……」陳秦也立刻緊隨其後，「老陸剛才打電話來，說飛機誤點了，他今晚大概趕不過來，禮金晚些給你補上。」

「真的是飛機誤點嗎？」沈辰川似笑非笑地問。

「心照不宣嘛。」陳秦聳了聳肩。

是的，心照不宣。

老陸是尚優的集團發行人，該集團旗下數十本雜誌多以時尚為主，七年前開始跟美國《icon》合作推出《中國．icon》，算是旗下眾多期刊中最頂尖的品牌，主要針對一些女性企業家、優秀精英等。

這幾年競爭愈來愈激烈，雜誌銷售量也大不如前，於是美國那邊決定派人前往中國擔任主編，既瞭解美國經營模式，又瞭解國情的沈辰川自然是再合適不過的人選。雖然已經到任快一個月了，但沈辰川工作的進展並不是很順利，像他這樣的空降兵被團隊排擠是再自然不過的事。

即便如此，婚禮還是免不了邀請一些同事們，他禮數是到了，可有些人顯然不想給他這個面子。

想到這，他突然問：「還是沒能聯繫到邱生嗎？」

「別提了……」陳秦沒好氣地哼了聲，「這個人簡直神龍見首不見尾，我連續去他們工作室拜訪了一個多星期，他一天都沒來過。」

「邱生？」阮靈插嘴道，不由得蹙了蹙眉，「這名字有點耳熟。」

「是個攝影師，挺有名的，耳熟很正常。」

「不是，我總覺得回國之後好像在哪聽過……」

聞言，沈辰川眼眸一亮：「妳確定？」

陳秦也跟著激動起來：「在哪聽過？」

阮靈思索了一會，無奈地搖了搖頭：「一下子想不起來。」

「妳再仔細想想啊！」陳秦仍舊不死心，「辰川一直想跟他合作，要是能請到他，至少能讓老陸團隊裡一半以上的人閉嘴呢。」

沈辰川沒有說話，只是有些期待地看著阮靈。

大約三年多前，他剛開始工作時做的還是自然人文類的節目，當時的編劇導演是一個傲慢的外國人，這個人曾經帶著他一起去參觀POYI[3]的得獎作品展。能在這種國際大型攝影比賽上獲獎的攝影師大多是外國人或者華僑，那位編劇導演一邊帶著他參觀一邊不屑地說：「看吧，我早說過你們中國人在

3 POYI：Pictures of the Year International，是一項為了促進記者、報章雜誌與攝影師交流而舉辦的攝影比賽。

藝術這方面實在是很沒有天賦。」

就在他話語落下沒多久，他們停在了那一屆參賽頭等獎的作品前，那是一張以留守兒童為主角的照片……是中國人！而且不是華僑！

攝影作品底下的名牌上，清清楚楚寫著「China」。

那種揚眉吐氣的感覺至今沈辰川仍清晰記得，也因此他記住了那個攝影師的名字——邱生。

邱生最出名的莫過於人像攝影，那之後他也幫不少雜誌拍過照片，說邱生就是銷售量的保證倒也不至於，但他拍攝出來的作品確實有別於一般的擺拍與棚拍，說得矯情些——他的照片是有靈魂的。

只是後來也不知道發生了什麼事，他銷聲匿跡了。很久以後沈辰川才聽說他任職於國內一家攝影工作室，在回國前他便積極地去聯繫他，然而發去的mail都是工作室回覆，打去的電話也都被工作室擋下來，他唯一得到的可靠資訊就只有邱生的確是在這邊工作，但他不會再拍人像作品了。

回國之後他試著去工作室拜訪過好幾次，留了名片，但邱生始終沒有聯繫過他。

忙著婚禮事宜的他只好將這件事交給陳秦去處理，看來還是毫無進展。現在聽阮靈這麼一說，他自然把希望寄託在她的身上，可惜阮靈絞盡腦汁還是一無所獲，只能無奈地對他搖搖頭。

沈辰川有些失望地撇了撇嘴，輕嘆：「算了，晚點再說吧。」

說著，他重新邁開步伐，但很快就又頓住了，他驚愕地看著距離他不遠處的那道白色身影……

是她沒錯！程曉璐！

雖然她穿著一襲宛若睡衣的白色長裙，甚至有些蓬頭垢面，看起來就像是剛睡醒出來散個步，但那一身鋒芒畢露的氣質還是跟當年一模一樣——更確切地說是有增無減，她比以前更加咄咄逼人了，就算是站著不動、目光呆滯，仍然透露著一股讓人想逃的氣息。

阮靈和其他人也都注意到了她，氣氛頓時變得很尷尬。

不知道過了多久，沈辰川率先回過神，轉頭看向阮靈，情緒有些失控地質問：「妳把她叫來的？」

「怎麼可能……」話還沒說完，阮靈就提起裙擺，憤怒地朝著程曉璐走了過去。

她依舊沒動，像尊雕像般定定地站在那裡。

阮靈停在她面前，咬牙切齒地問：「妳到底想幹什麼！」

「我只是路過。」

「妳就非得要把大家都搞得很難堪才滿意嗎！」阮靈完全不理會她的解釋，一邊說著一邊拽著她的手腕把她往電梯口拉，「妳如果真的愛過他，就不該在這種日子讓他下不了臺……」

程曉璐頓時停住腳步，猛然甩開阮靈的手：「誰規定愛過就算被背叛了也要打落牙齒和血吞的？」

她力氣很大，險些將阮靈推倒在地，還好陳秦及時過來伸手扶住了阮靈。他轉頭瞪著程曉璐：「那不然妳還想怎樣？人家都已經結婚了，就算妳把這場婚禮搞砸了也改變不了什麼。」

聞言，程曉璐怒氣沖沖地看向他，呼吸急促地道：「你說過你不知道沈辰川在忙什麼！」

「我本來就沒有義務幫妳看著他。」陳秦頓時語塞，莫名覺得心虛，不由自主地避開了她的目光。

「可是你明明知道阮靈是我朋友！」她可以接受沈辰川變心，可是那個人為什麼是阮靈？

「我只知道我是辰川的朋友，有個人能真心對他好，讓他更加輕鬆快樂沒有負擔，我當然樂見其成。」

「你三觀被狗吃了吧！」

眼看程曉璐撲上來似乎打算動手的樣子，陳秦猛然往後退了一步，一旁的其他人也趕緊上來勸阻，一時之間，場面變得混亂不堪。

直到沈辰川緩緩走到程曉璐面前沉聲低喝了句：「妳能不能別鬧了！」

「……」她突然安靜了，不發一語地看著他，眼神就像在看一個陌生人。

這樣的沈辰川她的確不認識，以前就算是被她追急了，他也從來沒有這樣認真地吼過她。

沈辰川沉了沉氣，繼續道：「麻煩妳離開。」

「如果我不走呢？」她仰起頭，不死心地逼問。

「那我就只能找人請妳離開。」

「……」阮靈剛才所說的難堪、下不了臺階，程曉璐算是在這一刻真真切切地體會到了。

眼看程曉璐仍然沒有息事寧人的意思，沈辰川漠然，用聽起來絲毫沒有情緒的聲音對一旁的陳秦吩咐了句：「去叫飯店保全。」

倒是陳秦愣住了，他沒想到沈辰川會做得那麼決絕，試著勸說：「不是，也沒必要搞成這樣，有什麼話好好說……」

「叫保全！」沈辰川不耐煩地低喝著。

就在他話語落下的同時，程曉璐的手機突然響了起來。

她看了眼來電顯示，不由得擰起眉心。

「你在哪呢！」程曉璐用手指划開手機螢幕上的接聽鈕接通電話，憤怒低吼著。

「九點鐘方向。」電話那頭的男人並不介意她的遷怒，語氣一如既往地輕浮。

雖然很不爽，但程曉璐還是在心裡默數「一點、兩點……」

終於，她動作僵硬地轉到了九點鐘方向。

「抬頭。」手機另一端再次傳來了指令。

她聽話地抬起頭，透過飯店大廳的挑高設計，能看見三樓欄杆邊倚著兩道修長身影，正在跟她講電話的是她室友，一身休閒打扮，微長的頭髮散漫地撩在耳後，漫不經心地靠在欄杆邊對著她笑，姿態格外撩人。靠在他身旁的是他朋友，叫古旭堯，明明已經是三十多歲的人了，但穿著打扮比時下那些年輕人還要潮，同樣咧開嘴笑得很燦爛，衝她搖晃著手裡的紅酒瓶。

就是這瓶該死的紅酒把程曉璐召喚來這裡的！

中午時這兩個人突然打電話給她，說是有客戶送了他們一瓶羅曼尼康帝，兩個大男人一起喝酒太無趣了，於是便叫她一起來。

羅曼尼康帝啊！光是這個名字就讓最近過得相當消沉的程曉璐瞬間有了精神！

就這樣，她來了，沒想到竟然會意外撞上沈辰川和阮靈的婚禮。

「妳是迷路了嗎？」手機裡，熟悉的聲音再次傳來。

她瞥了眼面前的那些人，一瞬間就像是有了盔甲般，底氣十足地仰起頭，開始告狀：「有人要叫飯店保全把我轟出去！」

「我讓古旭堯來接妳。」透著淡淡笑意的話語讓程曉璐的心情頓時好了不少。

幾乎同時，他身旁的古旭堯扯開嗓子對著程曉璐喊道：「曉璐妳待著別動，我去帶妳啊！」

古旭堯的大喊引來不少側目，不只沈辰川和阮靈他們，就連碰巧經過的路人都紛紛轉頭朝著他們看了過來。

要是平常，程曉璐一定會假裝不認識他。

可是此刻，在剛遭受眾叛親離的此刻，這有些丟臉的行為竟然泛著一股暖意，在她心間充盈。

這突如其來的發展讓在場所有人都始料未及，氣氛一片默然，有人尷尬、有人驚訝，也有人目不轉睛地看著三樓，比如沈辰川。

儘管隔著距離，他還是能感覺到那個男人正在看著他，而且眼裡透露著一股敵意。

直到程曉璐被帶走，靠在三樓欄杆邊的男人才漠然轉身，走進了身後的紅酒吧。

♪

古旭堯來得很快，默不作聲地瞥了眼面前的那些人，便拉著程曉璐離開了。

轉身時，程曉璐有些刻意地架起「我真的只是路過」的氣勢，可惜，這股氣勢並沒有持續太久。

當她跟著古旭堯走進位於三樓的紅酒吧，見到了倚在沙發座裡的邱生後，程曉璐就像是見到親人一般，瞬間卸下所有偽裝，毫無形象、很沒出息地放聲大哭。

她的哭相很難看，哭聲也很震撼，在寂靜的紅酒吧裡尤為突兀。

邱生並不介意她招來的那些怒視，抬手把她拉到身邊並遞了張衛生紙給她，隨後便抬眸看向一旁有些手足無措的古旭堯：「你怎麼還不走？」

「走去哪？」古旭堯一臉茫然。

「隨便。」邱生理直氣壯地道，「你在這裡很礙眼。」

「你懂不懂禮貌啊？我好歹也是你老闆！」

「哦。」邱生懶洋洋地撇了下唇，「你這個老闆怎麼那麼礙眼。」

「你——」雖然氣不打一處來，但看見一旁哭得愈來愈兇的程曉璐之後，古旭堯還是頗為體貼地決定暫時放過邱生，「算了，回頭再跟你算帳。」

「慢走，不送。」

古旭堯咬牙切齒，眼眸一轉將視線落在程曉璐身上，立刻換上了笑臉：「曉璐，我有點急事，改天有機會再陪妳喝酒啊。」

正忙著號啕大哭的程曉璐顯然沒空理他，倒是邱生一直在瞪他。

「好好好、我走，我走還不行嗎！」古旭堯摸摸鼻子悻悻然地轉身，當老闆當成他這個樣子也真是有夠孬的。

古旭堯離開後，邱生逕自掏出手機點開了遊戲，他玩得很專注，並未搭理程曉璐，只是在每一局開始前抽空幫她抽幾張衛生紙。

直到她哭聲漸漸停歇，情緒也逐漸平穩下來，終於回想起自己究竟是來幹什麼時，程曉璐大咧咧地倒了杯酒，仰起頭，豪放地一飲而盡。

見狀，邱生收起手機：「這酒多貴妳知道嗎？有妳這樣糟蹋酒的嗎？」

程曉璐充耳未聞，反而愈喝愈猛，接連灌下好幾杯後，她才幽幽地嘟囔了句：「我剛才遇見他們了……」

「沈辰川和阮靈？」

她低著頭，輕輕地「嗯」了聲。

「然後呢？」他問。

「他們真的結婚了……」

「所以妳剛才是在砸場嗎？」

「……」她陷入了沉默，不想承認，卻又不想對他撒謊。

邱生微微挑了下眉梢：「難怪他們要找保全轟妳出去。」

「我只是想想，什麼都還沒做呢！」她有些委屈地抬起頭，大聲辯解著。

他用手支著頭，循循善誘道：「那妳本來是想幹什麼？」

程曉璐咬牙切齒地回：「要是早知道他們在這裡，我就請道士來作法了！」

「作什麼法？」

「收妖啊！把那隻狐狸精給收了！」

「那看來要再請個巫師幫沈辰川驅邪？」

「還驅什麼邪啊，他沒救了好嗎！直接送他套壽衣祝他不得好死就行了……」說到這，她突然「哎」了聲，惋惜地道，「對啊，壽衣！這麼好的結婚禮物我之前怎麼就沒想到呢！」

「要不要順便送個骨灰罈？」

「這個可以！」

「墓地呢？我認識人，能打折。」

「你怎麼什麼人都認識？」

「因為帥。」

這兩者有什麼因果關係嗎？雖然很想吐槽，但畢竟還有求於人，「那你認不認識會唱歌的還是會樂器的？」

「幹什麼？」邱生不解地問。

「找些人去那對狗男女的靈堂前面唱哭墓啊。」

「會樂器的不認識，跳公園廣場舞的阿姨們倒是認識一大堆，需不需要我讓阿姨們去他們的墳前跳迪斯可？」

「……」生哥，你人脈還真是廣得毫無邏輯啊！

「還認識一個頭文字D的演員，雖然是一般演員，但是也跟著學過幾招，靈車漂移不在話下。」

「既然如此，那不如搞個全套吧？你那裡有會用棺材衝浪的人嗎？」

「有，我。」

「……」你還會衝浪？

「樓下的張記燒烤我也很熟，喪宴烤屍也不是問題。」

「……」一想到眼前這個男人竟然是她的室友，她突然有一種想要給他跪下叩謝不殺之恩的衝動。

那之後，邱生很負責任地陪她天馬行空、暢所欲言，想了全套別出心裁的送葬儀式。

只是想想而已，在那個異想世界裡，她不必瞻前顧後，可以盡情地有仇必報，可是現實世界裡的她卻只能坐在這裡買醉，就連發自內心地去詛咒那兩個人不得好死都辦不到。

不是不敢，是不捨得。

大概是醉了吧。從小到大各種回憶猶如幻燈片般一幕、一幕在她眼前播放著……

小學時，阮靈陪著她一起蹺課。

國中時，阮靈陪著她一起跟人打架。

高中時，阮靈陪著她一起徹夜聊心事、聊未來、聊夢想。

大學時，阮靈陪著她做盡各種蠢事，終於幫她追到了沈辰川。

工作時，她們雖然分開了，可她還是經常不顧時差地騷擾阮靈，無論什麼時候，只要收到她的消息，阮靈都會第一時間回覆，就像 Siri 一樣隨傳隨到。

她迄今為止人生的每一個階段，阮靈都是不可缺少的存在，除非她能把那些過去完全抹去，否則就連恨都做不到。

所以，為什麼偏偏是阮靈？如果只是個素未謀面的陌生人，她或許還可以毫無負擔地把剛才那些嘴砲落實。

為什麼是阮靈？就連只是聽著邱生的胡言亂語，她都覺得不忍。

「別說了！」程曉璐終究還是忍不住打斷了他。

「怎麼了？妳不是想要砸場嗎？」

她晃了晃昏沉的腦袋，無助地問：「就沒有溫和一點的方式嗎？」

「有。」

總覺得邱生在她眼前不停地晃，晃得她想吐，為了緩解難受，她只好伸出手揪住他的衣領。

似乎有所緩解，她舒服多了，溢出一陣「呵呵」傻笑，含糊不清地道：「說說看啊……」

他垂了垂眼眸，看了她好一會兒後才道：「送給前男友最好的結婚禮物就是妳的喜帖。」

「帥哥你很有想法啊，嗝……」她打了個酒嗝，「可是我去哪找新郎啊？」

「我。」

「你不止會衝浪，還會當新郎啊？厲害了、我的室友！」

「是『厲害了、我的老公』。」

「嗯……厲害了、我的老公！」

♪

四月五日，俗稱清明節。

在中國人的傳統觀念裡，這個日子是用來掃墓祭祖的，忌嫁娶。

可是程曉璐對這一天最後的記憶卻是——她摟著邱生走進了戶政事務所……

四月六日，早上八點三十六分。

程曉璐呆呆地坐在床上，直勾勾地瞪著床頭櫃上的鬧鐘。

愣了許久，她才逐漸回過神來，轉頭打量四周，再次確定這裡是她家沒錯——軟綿綿的大床、淺藍色的窗簾，陽光很明媚，窗外樹上棲息的鳥兒發出熟悉的嘰喳聲，感覺又是元氣滿滿的一天，只是……

怎麼就四月六日了？四月五日是怎麼一下子就過去的！

她依稀記得昨天去飯店找邱生和古旭堯，然後意外發現了沈辰川和阮靈的婚禮現場，再後來她喝了不少酒，還拉著邱生一起去戶政事務所了？

不不不，不可能，她絕對不可能拉著邱生去戶政事務所的！是夢！一定是她喝多了，被邱生扛回家，然後做了個離奇的夢！

雖然看似離奇，但其實還是有邏輯可循的嘛。畢竟她昨天目睹了沈辰川和阮靈的婚禮，受到了不小的打擊，難免會想有狠狠報復一下的妄想，還有比送上她的結婚請帖更好的報復方式嗎？

……但這句話怎麼聽起來似乎有點耳熟？

突然有段對話在她腦中浮現：『送給前男友最好的結婚禮物就是妳的喜帖。』

她看不清說話的男人長什麼樣子，那是一張模糊的臉，但她認得這個聲音——是邱生。

『帥哥很有想法……』她彷彿看到自己頗為讚賞地摟了摟他的肩，隨後又有些惋惜地道，『可是我去哪找新郎啊？』

2 這個世界不會來還就妳

『我。』

『你不止會衝浪，還會當新郎啊？厲害了、我的室友！』

『是厲害了、我的老公。』

『嗯……厲害了、我的老公！』

迎面而來的肉麻讓程曉璐情不自禁地打了冷顫。

呵呵……這個夢，還挺浮誇啊……

她愈來愈肯定這是個夢了，就算她喝醉了，可是邱生沒有啊！以他那個千杯不倒的酒量，別說是一瓶紅酒了，就算是十瓶也未必醉得了，一個清醒的邱生是絕對不可能說出那種話的！除非是在夢裡！

這麼一想，她頓時安心不少，身上那層雞皮疙瘩也逐漸褪去。

然而，當她拿起手機想要查看訊息時……

「啊——」刺耳的尖叫聲劃破了寧靜的清晨，也驚擾了棲息在窗外樹上的鳥。

就在那些鳥四散而飛時，她突然衝出臥室，很快地便在浴室找到了邱生，他睡眼惺忪地站在洗手台前，懶洋洋地打著呵欠。

察覺到她後，他漫不經心地「喲」了聲。

「喲個頭啊！」程曉璐氣勢洶洶地走進浴室，把手機舉到他眼前質問，「這是什麼！」

邱生瞥了眼：「手機。」

「我當然知道這是手機！我是讓你看手機桌面！」

「哦。」他咬住牙刷，接過手機，低頭打量起來。

手機桌面上是一張他和程曉璐的合照，他們兩個在紅色的背景布幕前坐得很端正，她咧開嘴笑彎了眉眼，整張臉只有那口潔白的牙齒最為清晰。

他把手機丟還給她，吐出了嘴裡的牙膏泡沫，含糊不清地道：「結婚照。」

「哪、哪來的？」這怎麼看都不像是合成的！

「拍的。」

「什麼時候？在哪裡？」她目光如炬地瞪著他。

「昨天，在戶政事務所。」

「為什麼拍得那麼醜！」

重點是這個？邱生不動聲色地歪過頭：「醜嗎？可是工作人員問妳要不要加點錢稍微修一下的時候，妳還說天生麗質沒那個必要。」

「我喝醉了呀！喝醉的人說的話能當真嗎！」

「我也覺得拍得挺好。」

「真的嗎？」她表示懷疑，忍不住又低頭端詳手機，「仔細看看，好像是還不錯……」

「嗯，天生麗質。」

諷刺她是吧！程曉璐沒好氣地白了他一眼：「就算是這樣，你也沒必要幫我設成手機桌面吧！」

「那是妳自己設的。」

「……」

「順便說一聲，妳還設定了我的手機桌面，說是既然結婚了那必須得做一些有意義的事情。我當然也阻止過妳，因為在我看來最有意義的莫過於馬上體驗一下『持書上崗』的感覺，可是妳說不用了，手機情侶桌面對妳來說已經很滿足了，所以……」

「等、等一下！」好像聽到了很多不得了的資訊？她激動地打斷了邱生，「結婚？」

「嗯。」

「我、我們？」

「嗯。」

「你是說……」她難以置信地再次確認，「我們昨天真的去登記結婚了？」

「這種事還能作假嗎？」

「不會的……你在跟我開玩笑吧？一定是！」雖然人證、物證俱在，但她還是接受不了這種現實，並試圖努力尋找論據反駁。

終於，她找到了，眼眸也跟著亮了起來，「昨天不是清明節嗎？國定假日，戶政事務所怎麼可能上班？」

「國定假日只休到四號。」

……她想起來了，的確是休到四號，她是因為被阮靈打擊得不輕，情緒還沒調整好，所以昨天早上打電話給梨若琳請了病假。

再也找不到證據來安慰自己了，她只能哀號：「戶政事務所的那些人是怎麼回事！為什麼會讓喝醉的人登記結婚？太不負責任了！」

「人家勸過妳，可是妳信誓旦旦的說，保證絕對不會離婚。」

「都說了，喝醉的人說的話不能當真啊！」

「不是還有一句話叫『酒後吐真言』嗎？」

「你是第一天認識我嗎？我哪次喝醉之後吐過真言的？」想起自己糟糕的酒品，程曉璐更加欲哭無淚了。

邱生想了想，點頭：「有道理。」

「現在才覺得有道理嗎！」生哥，你的反射神經慢到簡直可以繞地球三圈了！

「冷靜點……」

「怎麼冷靜啊！睡一覺就變成已婚婦女，你告訴我要怎麼冷靜啊？」

「不然還能怎樣？去離婚嗎？」

「嗯？」程曉璐一愣，眼睛倏地發亮，「對哦，還能離婚！」

「……」

「事不宜遲，就今天吧！我乾脆再請半天假好了……嗯、就這麼愉快地決定了，我現在打電話給我們總監。」程曉璐一邊說一邊用手指划開手機螢幕撥打電話。

邱生瞥了她一眼，並未阻攔，自顧自地開始洗臉。

很快，梨若琳便接通了電話，只是程曉璐什麼都還沒來得及說，手機那端的梨若琳就已經先發制人：「妳在哪裡？」

「啊？」程曉璐一頭霧水，「在家……」

「還在家？」

有些驚疑的口吻讓程曉璐更加不解了：「怎麼了？」

「妳忘了今天十點約了客戶開會嗎！」

「……」糟了，還真的忘了！忘得一乾二淨！

「邱生呢？」

「邱生？」她費解地看了眼面前的邱生，這關他什麼事？雖然說他是這個專案的平面攝影師，但這種提案會議不需要攝影師出席吧？

「我早上打電話給妳的時候不是他接的嗎？他沒有提醒妳嗎？」

「……」沒有啊！一個字都沒說啊！

雖然她什麼也沒說，但梨若琳彷彿猜到了她的答案，直接怒吼道：「給我立刻出門！十點前如果還沒出現，妳就永遠別出現了！」

程曉璐忍不住立正站好，中氣十足地回道：「是！」

直到掛斷電話，她才鬆了口氣，猛然抬頭狠狠瞪著邱生：「為什麼不提醒我！」

他一臉無辜：「是妳沒給我機會說。」

「你——」她無法反駁，一時之間語塞，「算了，回頭再跟你算帳。」

眼見程曉璐轉身離開，他嘴角不由自主地上揚，有些故意地問：「不離婚了嗎？」

「當然要離！」她回眸看向邱生，義薄雲天地拍了拍胸，「放心吧！我是不會拖累你的，明天就去！」

「如果提案通過的話，妳就要開始忙專案了吧？確定明天有空去嗎？」

「那就等忙完再去啊！」程曉璐沒好氣地吼了句，憤恨地朝著主臥室走去。

雖然的確是她有錯在先，但她也不想發生這種事，又不是趁醉行兇，有必要這麼迫切地想把她甩開嗎？搞得好像她會就此賴上他似的！

愈想愈氣，臨走前，她特意走到邱生面前表態：「記得把你的手機桌面換掉！萬一被你們工作室的人看到，我也是會很煩惱的！」

「早換掉了。」

「……」這傢伙！還真是相當迫切啊！

♪

程曉璐也很迫切！迫切地想要長翅膀飛到公司！

無奈現在正好是交通尖峰時間，雖然她已經很努力了，還是花了一個多小時。

九點四十五分，幸好，趕在十點前到了！

看著前檯打卡機上顯示的時間，她鬆了口氣。

春花從前檯後面探出頭來，悠閒地咬著包子調侃：「趕著投胎啊？」

「張、張總來了沒？」她氣喘吁吁地問。

「還沒呢。剛才他的助理打電話來，說現在塞車，可能會晚點到。」

「太好了！」至少趕在張總之前抵達了，這樣一來梨若琳應該也不至於太生氣。

前檯後面的春花用手支著頭，對著她笑：「妳可得好好謝謝我。」

「什麼？」程曉璐不解地愣了下，「是妳讓張總塞在路上的？」

「我哪有那麼大能耐啊……」春花白了她一眼，「不過我把梨若琳困在辦公室裡了。」

「哎？」英雄啊！怎麼辦到的！

「那個做嬰兒奶粉的趙總不是很難纏嘛？幾乎每天都要打電話來找梨總監，一般我都會幫她擋掉，剛才我不、小、心接進去了。」她刻意加重了「不小心」三個字，笑容裡透著一絲心照不宣的曖昧。

「春花！妳簡直就是上天派給我的天使啊！」程曉璐激動地踮起腳，雙手橫過前檯捧住春花的臉，重重地在她臉頰上吻了一下以示感謝，「改天一定請妳吃大餐！」

春花嫌棄地擦拭著臉頰：「好了、好了，妳趕快去會議室吧……」

還沒等她說完，程曉璐已經轉身離開了。

♪

會議室的牆壁是透明玻璃材質做的，通常有會議舉行時都會放下窗簾，但窗簾距離地板仍然有五十公分左右的縫隙。

程曉璐放輕腳步，彎下身查看，只見一雙高跟鞋映入眼簾，她不由得倒抽一口涼氣，該不會是梨若琳吧？這優雅交疊著雙腿的坐姿跟梨若琳很像啊！

她屏住呼吸，小心翼翼地推門而入，然後……

不知道該說是幸運還是不幸，會議室裡等著她的並不是梨若琳，而是阮靈。端坐在會議主持旁邊那個座位上的阮靈見到她後也是一愣，細眉間滿是尷尬。

片刻後，程曉璐回過神來，舉步走進會議室，在阮靈正對面坐了下來。

照理說，這種提案發表會只需要負責這個專案的客戶組和創意組到場就好，要不是因為他們已經被客戶否決過一次，其實連梨若琳都不必出席的，更何況是跟這個專案絲毫沒有關聯的阮靈了。

她為什麼會在這裡？

正當程曉璐兀自費解時，阮靈忽然哼出一記冷笑。

程曉璐蹙了蹙眉，抬眸朝她看去。

她粉唇微揚，輕聲道：「昨天那場戲演得不錯。」

「什麼戲？」程曉璐的眉心皺得更緊了。

「只是路過而已……」阮靈頓了頓，直勾勾地看著程曉璐，「妳還是跟以前一樣呢，連撒謊都不會。」

程曉璐懶得解釋，好笑地撇了撇嘴：「怎麼？我的路過給妳造成困擾了嗎？」

「那倒沒有，我反而應該謝謝妳……」阮靈微微仰起頭，笑道，「雖然他一直口口聲聲說愛我，但我還是擔心萬一哪天你們重逢了他會不會對妳舊情複燃。現在看來，是我多心了，他沒有騙我，他是真的把妳忘了。」

「那不是很好嗎。」程曉璐費盡全力才扯出笑容，「妳不必那麼防著我了，反正就算我跟他見面也不會發生什麼事……」

阮靈平靜地打斷了她：「可是妳還沒忘了他啊。」

「……」

「我也是為了妳著想，看到自己深愛的男人和曾經最好的朋友這麼恩愛，想必不太好受吧？」

「妳知道我不好受為什麼還要做這種事！」程曉璐終於按捺不住，倏地站起身。

她知道無論如何都不該情緒失控，否則就輸了。

……果然在內心深處她依然把阮靈當朋友的，在朋友面前，輸贏重要嗎？

那頭的阮靈也陷入沉默，許久後當她再次啟唇，剛才的挑釁已經不復存在，取而代之的是無奈：

「我不像妳，從小到大妳什麼都不缺，妳周圍的每一個人都捧著妳、順著妳，就算沒有沈辰川妳仍然可以活得很好，這五年不就是最好的證明嗎？即使沒有他在，妳還是事業有成……」

她低下頭，自嘲地笑了笑，「我沒妳那麼能幹，對我來說，沈辰川是唯一在意過我的男人，他對我好、對我有求必應，等回過神來的時候我已經不能沒有他了。我也知道這麼做對不起妳，我掙扎過，也放棄過，可是好不容易放手的時候，我卻突然發現自己懷孕了。在告訴他這個消息的時候，其實我已經做好了心理準備，如果他要求我把孩子拿掉，我一定會毫不猶豫照做。讓我沒想到的是，他居然會決定娶我，妳知道那一剎那我有多高興嗎？高興到……就算跟他在一起會被妳恨上一輩子我也不管了，只要有他在，我什麼都可以不要。」

從阮靈口中說出的每一句話，程曉璐都很想要反駁。

什麼叫周圍每個人都捧著她、順著她？她自問待人真誠，也從未有過害人之心，身邊的人之所以對她還不錯，那也是將心比心。

什麼叫沒有沈辰川也仍然可以活得很好？在沈辰川剛失聯的那段日子裡，她也曾經情況糟到差點被押著帶去看心理醫生。

什麼叫事業有成？她也是辛辛苦苦從人人都能戳著她腦袋罵的客戶執行熬過來的，剛開始工作的那兩年，她每天起得比雞早、幹得比牛多、吃得連狗都不如，簡直就是全年無休。

之所以活得那麼努力，是因為她知道沈辰川和阮靈也正在她看不到的地方努力著，她不想原地踏步，必須追上他們。

結果他們果然很努力啊，努力到連孩子都有了！

事到如今，還有什麼可說的？就算她聲嘶力竭地控訴，阮靈也不可能感同身受。

於是最終，她什麼都沒說。

眾人推門而入時，見到的就是這麼尷尬詭異的一幕——號稱是閨蜜的程曉璐和阮靈面對面坐著，相顧無言。

梨若琳在門外足足愣了五、六秒才回過神來，輕咳了聲，領著大家進了會議室。

見到她後，程曉璐趕緊站起身來準備挨罵，畢竟她居然把跟客戶開會這麼重要的事情給忘了，肯定免不了一頓罵。

然而梨若琳什麼也沒說，徑直入座後便看向阮靈：「妳剛來這邊，還不是很熟悉我們的流程和運作，所以我想讓妳來旁聽提案發布，也能儘快上手……」說到這裡，她才轉眸瞥了眼程曉璐，冷不防地問：「妳不介意吧？」

「啊？」是在問她嗎？程曉璐愣了愣，硬著頭皮擠出笑容，「當然不介意。」

阮靈也跟著綻開笑容：「那就麻煩妳多指教囉。」

「指教談不上，互相學習嘛。」

硝煙暗湧的一來一往讓周圍那些人看傻了眼……不是說她們兩個是朋友嗎？怎麼看都不像啊！

梨若琳也因此更加肯定了自己的猜測，果然她們之間發生了什麼事，跟上次見面時的氣氛完全不同。至於是什麼事，她不得而知，看樣子程曉璐也沒有廣而告之的打算，於是她很配合地假裝什麼都沒看懂，若無其事地出聲打斷了她們：「好了、都別謙虛了，趕快坐下吧。」

兩人互覷一眼，沒有再多說什麼，相繼坐了下來。

程曉璐默默做了幾個深呼吸，調整好情緒，打開電腦，打算再看一遍提案。

啪！

她忽然闔上筆記型電腦，很用力、很大聲，製造出不小的動靜。

瞬間，無數不解的目光朝著她掃來，梨若琳也不由得蹙起了眉頭：「妳怎麼了？」

「沒、沒什麼，手滑了一下……」才怪啊！

她是被嚇到了，被電腦桌面嚇得不輕！到底她是有多喜歡那張和邱生在戶政事務所拍的合照？居然不只設成了手機桌面，連電腦桌面都沒放過！

幸好梨若琳沒有繼續深究，其他人也陸續別開了目光，她這才稍稍鬆了口氣。

也只是稍稍，那張電腦桌面再一次提醒了她——她跟邱生是真的結婚了！

人家最瘋也不過就是來一場說走就走的旅行，她竟然來了一場說結就結的婚！對象還是那個邱生！

♪

程曉璐和邱生是兩年半前認識的。

他們第一次見面時的情形，直到現在她還記憶猶新。

當時邱生剛加盟古旭堯的攝影工作室，按照慣例，古旭堯特意把他帶到攝影棚介紹給程曉璐。整個介紹過程邱生一直在東張西望，就像個過動症患者，直到古旭堯勒令他打招呼，他才漫不經心地抬了抬手，正準備跟她問好，突然有位工作人員從他身後撞了他一下，於是那停留在半空中的手，不偏不倚地落在程曉璐的胸上。

最怕世界突然安靜……

一片死寂中，邱生並沒有慌忙地把手挪開，反倒堂而皇之地略微收緊掌心捏了幾下，然後很平靜地打破了沉默：「手感不錯。」

程曉璐給出了同樣異常的反應，沒有尖叫、沒有逃開，只是面無表情地看著他：「謝謝誇獎。」

聞言，他抬起頭，終於正眼看她了，很認真地詢問：「我能再揉一下嗎？」

「不能。」她果斷拒絕。

「哦……」他失望地扁嘴，不情不願地把手挪開。

程曉璐漠然轉身：「工作了。」

「那工作完我還能再揉嗎？」邱生不死心，緊跟在她身後追問。

她頭也不回，果斷拒絕：「不能。」

「哦……」

他們倆一前一後地走遠了，風平浪靜，看起來就像什麼事都沒發生過，只是看起來……

事實上，這可是她的胸啊！連沈辰川都沒碰過的胸啊！

居然被一個才剛見面的陌生男人又摸又抓！

程曉璐內心在沸騰、在咆哮、在崩潰，她卻不能表現出來。往往當事人愈是在意，旁觀者就愈有可能起鬨，如果在那一刻她沒忍住，那麼以後只要她和邱生一起出現，這件事就很有可能會被人拿出來反復念道，而她只想把這當作一場意外，能忘記就趕快忘記！

雖然很亂來，但她還是很感謝邱生的解圍。

嗯，她確信「手感不錯」什麼的只是在解圍，他的表情並不像他的語氣那樣淡定，眉宇間有著不亞於她的尷尬。

如她所願，這個開場讓所有人都認定她並不把邱生當男人看，邱生也完全不把她當女人看。

他們合作得很順利，堪稱默契，但程曉璐對他並沒有太大的好感，這個人不管做任何事都很亂來，是她不太能應付的類型，正常情況下她是絕對不會想要深交的。

可是，那時候她的狀態不正常，極度缺乏安全感，迫切地想要抓住些什麼，無論是精神上還是物質上，她甚至衝動地買了一間房子，直到繳了頭期款、辦理過戶之後她才後知後覺地意識到——每個月將近人民幣七千塊的房貸要怎麼還？

就在日子快要過不下去的時候，程曉璐偶然發現邱生一直住在古旭堯的工作室裡，於是她向邱生提出了合租的建議。

事後回想起來，她當時就應該聽梨若琳的話去看心理醫生……

不過好在邱生還是很遵守合租契約的，從來沒有帶女人回來過，生活習慣也不錯，沒有經過她的允許絕不會進她的房間。

他們相處得還算融洽，雖然還沒到無話不談的地步，但是關於她和沈辰川的事，之前喝醉時她也曾經提過一些，只是等她酒醒之後，他從來沒問過，似乎不太感興趣的樣子。或者應該說，他們之間相當有默契地保持著適當距離，會一起喝酒、吃飯、聊各種話題，唯獨對彼此的感情生活不插手也不過問，界限分明。

如果之前有人告訴她，有一天她會和邱生結婚，她一定會建議對方來他們公司的創意部試試看，想像力這麼豐富，不做創意太屈才了。

可是現在！這個匪夷所思的假設竟然成真了！

一想到這件事，她頓時覺得心情無比沉重，恨不得一死了之，但如果在已婚狀態下死了，墓碑上是不是還得刻上「夫：邱生」……

「程曉璐！」

突如其來的低喝聲把程曉璐從「生存還是死亡」的千古難題中喚醒。

「啊？」她下意識抬頭朝著這道吼聲的主人看去。

「張總在問妳話！」只見梨若琳正瞪著她，臉色很難看，咬牙切齒地輕聲提醒。

「……」張總？

她脊背一僵，眼眸一轉，這才發現張總不知什麼時候已經來了，端坐在會議桌邊笑瞇瞇地看著她：「程小姐，我記得我好像說過，這次廣告主要是想突出『療效快』這個優勢。」

「呃……」難道說會議開始了？她默默看了眼投影布幕……果然，畫面定格在提案投影片的最後一頁，顯然這個會議已經開始好一陣子了，創意部的同事甚至已經將提案發表完畢，她居然在這麼重要的時候胡思亂想！

幸好，她準備得夠充分，片刻慌亂後程曉璐很快就穩住心神、沉住氣說道：「張總，我想您可能是誤會了。貴公司的要求我們當然清楚，也不可能忽略，但我們認真研究了貴公司的客戶群……」邊說，程曉璐邊拿電腦站起身，習慣性走到投影機前，正打算把 USB 插入電腦時，卻猛然頓住了。

完了！不能接！一旦接到投影機上，那麼在場所有人都會看到她的電腦桌面！

她就像是被點了穴一般，定在投影機旁。

一秒、兩秒、三秒……隨著時間流逝，氣氛愈來愈不對勁。

就在她不知道該怎麼辦時，阮靈站了起來，拿著電腦走到程曉璐身旁，默默從她手中接過 USB 線，插到了自己的電腦上。很快，一張客戶調查研究圖就被投影到了布幕上。

程曉璐驚愕地轉眸，那張圖雖然跟她做得不太一樣，但目的卻是相同的。

這明明就不是阮靈所負責的專案啊，她甚至今天才正式上班，為什麼會做這種東西？

「您好，張總，請容許我先介紹一下自己……」就在她恍惚時，阮靈平靜地打破了沉默，「我叫阮靈，和曉璐一樣，也是佳沃的客戶經理，剛從美國總公司那邊調過來，因為還不太清楚國內這邊的情況，所以就先跟曉璐一起合作負責這個專案。」

「……」合作？程曉璐難以置信地看著她，剛才梨若琳分明說了只是讓她來旁聽的！

「隨便了……」張總顯然對她的身分不是很感興趣，不耐煩地揮了揮手，「你們到底想說什麼？」

阮靈轉身指了指投影布幕：「張總，相信您應該也知道，中老年客戶一直以來都是貴公司的主要客戶群，而根據我們的市場調查研究報告指出，中老年人之所以選擇貴公司的產品，是因為中藥相對西藥而言更傳統、更健康。我也看過貴公司之前的廣告向來標榜傳統，如果這次一味強調『療效快』，不僅跟先前的理念相左，中老年客戶有可能會流失，我們的這個提案就是考慮到這一點，希望能夠在保住原有客戶群的情況下，替貴公司開發更多潛在客戶……」

阮靈滔滔不絕的話語仍在持續，看得出張總的臉色愈來愈緩和，動搖之意也愈來愈明顯，這反應對於創意部的那些人來說簡直就是勝利的曙光，他們的興奮之情已經完全寫在臉上了，與之形成鮮明對比的是程曉璐。

♪

阮靈的曉之以理再加上梨若琳的動之以情，張總最終還是接受了這個提案。

「做得不錯。」送走張總之後，梨若琳看了阮靈一眼，毫不吝嗇地給予誇獎。

「應該的。」阮靈微笑回應。

梨若琳略微動了動嘴角，算是在笑，轉頭看向仍舊呆愣著的程曉璐，沒好氣地喝了句：「跟我到辦公室來！」

「……」終於，程曉璐回過神來，張了張嘴還想說些什麼，結果還是把話吞了回去，默默跟著梨若琳離開。

他們剛走遠，創意部的人全部擠到阮靈身邊，激動得你一言、我一語。

「阮靈！妳就是我們的救世主啊！」

「真不愧是總公司那邊調來的，果然厲害哪！」

「你們剛才看見沒有，那個張總被說得一愣一愣的，完全不知道該怎麼反駁了。」

「何止張總啊，那個程曉璐也被說得一愣一愣的呢。」

「喂，你們說歸說，關曉璐姊什麼事……」這話讓程曉璐手底下的客戶執行聽不下去了。

聞言，創意部的人朝著他們斜睨去：「怎麼就不關程曉璐的事了，要是她能像阮靈那樣，哪會需要我們一直修改提案啊。」

「要不是曉璐姊讓你們一直修改，就算阮經理能把你們吹捧上天去也無濟於事。」

「可是人家就是有本事吹捧我們啊，哪像你們家那位程經理，平時嗆我們的時候倒是很俐落，剛才對著客戶說話居然還詞窮了。」說話的人不屑地撇了撇嘴，「呿，紙老虎。」

「你——」

眼看他們就要吵起來，誰也沒想到出聲制止的會是平常和程曉璐吵得最兇的那位創意組長高城。

「你們鬧夠了沒有？」高城不悅地瞪了眼自己的組員，「不用忙了？趕快把這個企劃案整理一下，等一下還要跟製作部開會呢！」說完，他甚至都沒有跟阮靈打聲招呼，自顧自地邁步離開了。

見狀，創意部的其他人也只能噤聲，悻悻然地尾隨其後。

還沒徹底走遠，就已經有人忍不住了：「老大、你這樣就不對了，阮靈好歹也算幫了我們，再怎麼說你也該跟人家說句謝謝啊。」

「你們是真的看不出來嗎？」高城停下腳步，瞇起眼眸朝著身後的眾人冷睨，「第一次跟程曉璐合作？她哪一次不是逼著我們一直修改，最終發表提案的時候還不是會幫我們說話？剛才阮靈那些用來說服張總的話，根本就是程曉璐的說話風格，她們之間到底發生什麼事我是不知道，但是從剛才程曉璐的表情就不難看出來，她很明顯就是被阮靈搶了功勞。」

眾人陷入沉默。

客戶部的每一個客戶經理風格都很鮮明，A組的那位最擅長巧言善辯，經常說得客戶暈頭轉向，不知不覺就接受了他們的提案；B組擅長用氣勢壓制客戶，莫名有一股讓客戶不敢有意見的震懾力。C組的那個男人是個笑面虎，擅長打感情牌，情商高得讓人嘆為觀止，幾乎每個客戶最後都會跟他變成朋友，以至於拉不下臉去反駁他的提案；至於程曉璐，做事一板一眼，凡事喜歡靠資料說話，雖然經常得罪客戶和創意部，卻沒人能否認她的專業性。

像剛才那樣直接拿出客戶分析圖說服客戶，確實是程曉璐一貫的風格。

現場一時之間沉默，過一會兒才有人弱弱地咕噥了句：「其實他們客戶部之間的內鬨也不關我們的事，只要能幫到我們就算是利益一致……」

「我話先說在前頭，」高城開口打斷了那個人，「在我看來，正確的觀念比利益還重要，用手段可以，但是連自己朋友都踩的人，我寧可利益不要一致。這就是我的風格，如果你們沒辦法接受，隨時都可以申請調轉部門。」

一片靜默。

他目光掃過眾人，輕輕嘆了聲：「老話一句，人無論怎麼變，初心不能變。」

「哎喲、老大，這話怎麼聽都不像是你會說的，好噁心啊！」

「再說一遍，再說一遍吧！我要錄下來警惕自己！」

「我也要錄……」春花突然湊了過來。

眾人一愣。

春花羞赧地低下頭，眨了眨眼睛：「我準備設定成電話鈴聲。」

一陣起鬨聲中，高城臉頰微紅地瞪了春花一眼，怒吼：「不准！」

吵吵鬧鬧的聲音愈來愈遠，倚在柱子後面的阮靈微微彎起嘴角，勾勒出一抹冷笑。

初心嗎？她從來不相信這世上有人可以真正做到初心不負，不過是因為誘惑還不夠大罷了。

♪

手機鈴聲不斷在暗房內迴響著，然而手機的主人就好像聾了一般，始終置若罔聞。

古旭堯第十六次抬起頭瞪著不遠處的邱生，忍無可忍地大吼：「你可以接一下電話嗎！」

邱生依舊低頭專注洗著照片。

見狀，古旭堯「啪」的一聲把手中的夾子扔到一邊去，快步走向手機。

「你幹什麼？」終於，邱生有反應了。

「不就是你爸媽的電話嗎？接一下又不會死……」面對他不悅的質問，古旭堯完全不當回事，自顧自叨念著一邊拿起手機。在瞥見來電顯示後，他話語一頓，語氣變得興奮，「哎！不是你爸媽，是曉璐哎！」

邱生沒有絲毫驚訝，平靜地朝他伸出手：「給我。」

古旭堯很聽話，走到他面前笑嘻嘻地把手機遞給他。

不料，他並沒有接通，甚至看都不看一眼就把手機丟進口袋裡。

「喂、是曉璐哎，程曉璐！」古旭堯難以置信地又強調了一遍。

「哪來這麼多話……」邱生翻了個白眼，「不是說對方催得很緊嗎？還不快點趕工？」

「到底誰是老闆啊！」

「所以我這是在為你著想。」

「哎喲喂，我要不要頒發一個最佳員工獎給你啊。」古旭堯不吃他那一套，「別給我轉移話題，老實交代，你跟曉璐是不是吵架了？」

「沒有。」

「那為什麼不接她的電話？」平常只要是程曉璐打來的，這傢伙一定秒接。

「……」因為這時間打來不正常，很有可能是請了假準備拉他去離婚。

「果然吵架了！」古旭堯興致勃勃地繼續追問，「為什麼吵？昨天那件事穿幫了？」

古旭堯想來想去也只有這種可能了。

說來也巧，那個讓程曉璐心心念念了五年的前男友竟然會是《icon》雜誌派來的新主編，更巧的是，對方似乎很想跟邱生合作，不斷拋出橄欖枝，回國之後甚至頻繁地來工作室找邱生。

嗯、那個沈辰川回來了，聯繫了邱生，卻沒有聯繫等了他五年的程曉璐，只要是有點腦袋的人都不難猜出這代表什麼。

別說是邱生了，一直以來把程曉璐當妹妹看待的古旭堯也懶得搭理那個負心漢，然而就在前幾天，邱生突然讓他幫忙去打聽沈辰川的婚禮事宜，也是直到那一刻，古旭堯才知道沈辰川要結婚了，新娘不是程曉璐，而是她最好的朋友。

客戶送了紅酒什麼的只是一個幌子，他們是故意把程曉璐約去那家飯店的，目的很簡單——親眼目睹才能徹底死心。

雖然這麼做也是為了程曉璐好，確實有些過激，以程曉璐的個性一旦知道真相，肯定會翻臉。

可是轉念一想，古旭堯又覺得不太對勁。

「不對啊，如果是因為那件事的話，她怎麼可能還打電話給你？沒把你掃地出門就已經算不錯了……」古旭堯愈想愈覺得事情沒那麼簡單，「到底發生什麼事了？難道說她趁著酒醉對你行兇了？不、不可能，你完全不是曉璐喜歡的那一型，別說是喝醉了，就算是失憶了她也不會對你下手……」

比起繼續聽古旭堯叨念這些刺耳的推斷，邱生選擇投降！

他將手機從口袋裡掏了出來，接通：「怎麼了？」

「啊、你正在忙嗎？我是不是打擾到你了？」手機裡傳來程曉璐有些歡快的聲音。

知道打擾還不停打？尋釁滋事[4]嗎！默默在心裡發洩完了不爽之後，他綻開微笑，輕聲回道：「忙完了，找我什麼事？」

「其實也不是什麼很重要的事，就想問你一下，你晚上想吃什麼菜啊？」

「嗯？」

「弄個清蒸魚吧？花鯽魚還是鱸魚？我覺得花鯽魚好一些，鱸魚太大了，我們兩個吃不完。」

「……」

「韭菜炒蛋還是番茄炒蛋？韭菜吧，這個季節的韭菜比較好。」

「……」

「要不要再煮個醃篤鮮[5]呢？不知道現在春筍貴不貴呢。」

「……」

「喂？喂喂？邱生，你有在聽嗎？」

「有……」

「那你怎麼不說話啊。」

「妳其實只是想說『我今晚打算做飯你早點回來』吧。」從頭到尾，根本就沒有詢問他的意見！

電話那頭沉默了一會才再次傳來她的話語，透露著些許試探：「那你會回來嗎？」

---

4 尋釁滋事：中國大陸刑法法條之一，凡是隨意毆打他人、辱罵他人、強占他人物品、強占公有財產、影響公共場合秩序等，上述情形嚴重惡劣者，處以拘役或是有期徒刑。

5 醃篤鮮：即鹹肉春筍，發源於徽菜，流傳於江南地區，後來成為上海經典菜色。

「我儘量……」才怪！邱生簡直就是歸心似箭！

他清楚記得，程曉璐上一次親自下廚還是他剛搬去她家的時候，她的廚藝算不上太驚豔，煮的是很普通的家常菜，但是卻普通、平凡到讓人想要回家。

那時候她說是為了替他慶祝喬遷之喜，時隔兩年多，又一次打開家門聞到久違的菜香，他後知後覺地有些害怕……該不會他又要喬遷了吧？還真讓古旭堯說中了，她真的打算把他掃地出門？

「回來啦。」正想著，程曉璐提著拖把從廚房裡跑了出來，笑吟吟地衝著他招呼，「可以吃飯了哦。」

他就像被釘在原地般，充滿警惕地看著她，不敢動彈。

見狀，程曉璐擰起眉心：「還愣著幹什麼？去洗手盛飯啊，難不成還要我把飯菜都端到你面前？」

「哦……」他回過神，脫了鞋，朝著廚房走去。

等到他把飯菜都端出來後，程曉璐正巧擰乾拖把，擦乾了手入座：「好了，開動吧！」

「這次是慶祝什麼？」邱生還是沒能忍住，問出了口。

「嗯？」她不解地抬了抬眸。

「上次做飯不是說為了替我慶祝喬遷之喜嗎？那這次呢？」他小心翼翼地試探，「拆夥飯？」

「拆什麼夥？」她困惑地愣了下，片刻後才恍然大悟，「哦！你是說離婚吧？急什麼，再過半個月我就有大把時間了，隨時可以去離婚。」

「為什麼？」邱生暗自鬆了口氣，開起玩笑，「妳失業了？」

「對啊。」她給自己盛了碗湯，低頭喝了起來。

「妳失業了？」

邱生一驚一乍的大吼聲讓她嚇了一跳，手一抖，嘴唇就被湯給燙到了。痛呼了聲之後她沒好氣地瞪著他：「你幹什麼呀？嚇死我了。」

「我才想要問妳幹了什麼，好端端的怎麼會失業……」不對，她剛才說的是再過半個月，如果是被開除的話，不可能還需要半個月。想到這，邱生倏地瞇起眼眸，冷聲質問，「妳辭職了？」

「嗯。」她點了點頭。

「為什麼？」

她猶豫了下，才道：「不為什麼呀。累了，想休息一下。」

「阮靈回國之前妳怎麼不說累？」

「……」要不要這麼一針見血！既然都已經猜到她是為什麼辭職的了，就不要再問了！

「要走也應該是阮靈走，妳沒有做錯任何事，為什麼要像條喪家犬一樣夾著尾巴逃？」他眼眸中泛著一絲涼意，咄咄逼人地戳著她的痛處。

程曉璐急了，憤憤地吼了回去：「你以為我想逃嗎？還不都是因為你！」

「關我什麼事？」這個鍋他不背。

「那張該死的照片我不止設成了手機桌面，還設成電腦桌面，你為什麼不提醒我……不對，你昨天晚上為什麼不攔著我！你知不知道那張客戶群分析圖我做了多久，因為這個電腦桌面導致我沒辦法把它放到投影幕上，眼睜睜看著阮靈搶走了所有功勞！」

「那就去搶回來啊！」

「怎麼搶啊！梨若琳根本就不給我解釋的機會，說什麼這是我自己的問題，是我不懂得團隊合作，凡事親力親為。如果那份客戶分析圖是跟組裡的同事們一起完成的，人手一份，那就算我的電腦出現問題不能連接投影機，其他人也可以。總之阮靈就不會有機可乘，這根本就不是電腦故障的問題好嗎！還說什麼阮靈沒有做錯任何事，雖然她用來說服客戶的那番話的確是我的想法，但這種事就算鬧到上面去，那些高層也只會覺得她純粹是在為公司著想，只能說她很懂得如何讓自己脫穎而出。所謂的辦公室鬥爭就是這麼殘酷，在這裡沒有人情可言，只有業績！」她滔滔不絕地控訴著，語氣裡有委屈、有不甘。

結果，邱生卻只是無比平淡地回了她一句：「完全正確，說得很對。」

「……」

「適當依賴下屬和朋友並不可恥，相反的，如果妳堅持把工作當作單機遊戲來玩的話，遲早會把自己玩死。」

「那我不玩了總行了吧！」真是夠了，在公司裡要被梨若琳訓，回來還要被邱生訓，她這是找了個上司合住嗎！

「不行。」邱生打斷了她的話，不容置疑地命令道，「明天去把辭呈拿回來。」

「你在開玩笑嗎？」這個玩笑一點都不好笑哦。

「沒有。」

「這就是開玩笑吧！你又不是不認識梨若琳，就憑她那種說一不二的個性絕對不可能讓我有機會拿回辭呈的，說不定都已經交到人事部那裡去了！」

邱生不以為然地撇了撇嘴：「沒試過妳怎麼知道。」

「這種事不需要試也知道……」

「少廢話，明天一早就去找她。」

「我不要！」程曉璐很堅持，「無論如何我都不要跟阮靈待在同一家公司！我會吐！」

「吐著吐著就習慣了。」

「我為什麼要去習慣這種事！」

「因為這個世界不會來遷就妳，不是因為妳等了五年，沈辰川就一定會對妳負責，不是妳視若知己，阮靈也一定會將心比心，不是妳選擇逃避，那些傷害就能被抹掉。未來還很長，妳打算一輩子躲在角落裡自怨自艾，舔舐傷口嗎？」邱生面無表情地看著她。

「……」

「如果妳連面對的勇氣都沒有，那辭職也救不了妳，不如去死吧。」

「少自以為是地說教了！你又不是我的誰，憑什麼管我的事！」她驟然起身，丟下碗筷，轉身準備離開。

邱生也跟著站了起來，用力把她按回椅子上：「妳不用走，這是妳家，要走也是我走。」

我沒要走啊，只是打算回房間生個悶氣而已。

這種話程曉璐反而沒辦法順利說出口，眼睜睜地看著邱生抓起外套朝門邊走去，她有些急了：「你去哪？」

他頭也不回地丟來一句：「你又不是我的誰，憑什麼管我的事。」

「……」報復心好重！

♪

邱生一整晚沒回來，程曉璐也一整晚沒睡好。

倒不是擔心他，那麼大的一個人了，別說是一個晚上，就算是一個月不回家也很正常，她失眠是因為邱生所說的那番話。

不可否認的是，他說得很有道理。

這個世界從來不是善良的，並不是針對她，而是指在世界上的每一個人，不是努力了就一定會有回報，但那些獲得回報的人卻一直在努力。

比如阮靈，雖然那種行為堪稱卑鄙，但會議上所展示的那份客戶分析圖確實是阮靈做出來的，而且是在沒有任何資料支援的情況下，靠著自己做出來的。梨若琳說的沒錯，阮靈只是擅長把握時機，隨時準備著脫穎而出，相比之下，自從知道阮靈和沈辰川的事情之後，她就一直過得渾渾噩噩，又是請假、又是忘記約客戶開會，甚至還在那麼重要的會議上走神……就好像她這五年一直在為了那兩個人而活一樣。

但事實不是這樣的，大一時她就確定了要以 4A 公司為目標，哪怕後來能否進 4A 早就已經不是衡量一個廣告人是否成功的唯一標準，她依舊沒有改變過。很早以前，她就把自己的人生規劃好，並且一直在認認真真地執行著，沈辰川和阮靈是她前進的動力，而非目標。

動力沒有了，會迷惘是正常的，但只是因為這樣就想放棄，她對得起自己嗎？

隔天一早，程曉璐剛進公司便直衝梨若琳的辦公室，氣勢洶洶地想要收回辭呈。然而，這份氣勢沒能持續太久，在見到梨若琳的瞬間她就孬了。

「怎麼了？」梨若琳不解地看著她。

「沒、沒什麼，我走錯地方了……」她默默轉身。

「既然來了那就坐吧，我正好有事找妳。」見狀，梨若琳把她叫住。

程曉璐頓了下，二話不說又衝回梨若琳的辦公桌前，拉開椅子乖巧入座，看起來好像一條正在等待放飯的狗，身後彷彿還搖著尾巴。

梨若琳差點笑出聲，幸好忍住了，她微微別過頭，輕咳一聲掩飾情緒後才再次啟唇：「辭呈再給我一份，我弄丟了。」

程曉璐一臉驚愕。

弄丟了？這可是梨若琳啊，一直以來就像機器人一樣從來不會犯錯的梨若琳，居然會把她的辭呈弄丟了？

好不容易程曉璐才勉強回過神來：「那個……梨總，辭呈是透過mail發給你的，不小心刪除的話，只需要再去信箱裡下載就可以了。」

「信件我刪了。」

「資源回收筒裡可以找到的。」

「我的意思是，如果妳還堅持想要辭職就再給我一份！如果後悔了，那我就當什麼事都沒發生過！」非得逼著她直說是嗎！

「好的，那我……」程曉璐習慣性地回答，幸好及時反應過來，猛地止住話，難以置信地瞪著面前的梨若琳，「也就是說……我可以不用失業了？」

弄丟什麼是假的，其實梨若琳是想要給她一個反悔的機會，她可以這麼理解嗎？

「本來就沒人想讓妳失業。」總算聽懂了！梨若琳沒好氣地白了她一眼，「我不清楚妳和阮靈之間究竟發生了什麼，那是你們的事，妳不想說我也不會過問，我只希望像這種有些不如意就嚷嚷著要辭職的事情不會再發生。妳是我親手帶出來的人，我很欣賞妳一直以來的表現，並且認為妳將來的路還很長，不該為了不值得的人斷送前途。」

「真、真的嗎？」程曉璐眨著閃閃發亮的雙眸激動地看著她。

這興奮的目光讓梨若琳一頭霧水：「什麼？」

「妳真的很欣賞我的能力嗎？」

「嗯……」

「我一定會好好工作！全心全力為公司效勞！絕不辜負妳的期待！」

「也不用太賣力，適當的勞逸結合還是很重要的……」梨若琳嘴角暗自抽搐著。這孩子真的好像小狗啊，稍微誇獎一下尾巴就搖得更用力了，再這麼搖下去恐怕招架不住的人就該是她了。於是她故意板起臉，正色道，「張總那邊就交給阮靈去追進度就好了，妳稍微放鬆一下吧。」

聞言，方才還置身於天堂的程曉璐瞬間跌落到地獄，臉色蒼白地問：「為什麼要交給阮靈？明明一直是我在負責的……是不是昨天的事張總有意見了？的確是我不對，我會去道歉……」

「沒那個必要。」梨若琳打斷了她，「張總那邊確實對阮靈昨天的表現很滿意，提出希望她可以一起負責這個專案，但我覺得以妳現在的狀態恐怕沒辦法和阮靈合作。」

「可是……」程曉璐還想再掙扎一下。

梨若琳並沒有給她這個機會：「公司並不止張總一個客戶，我還有其他工作需要妳做。」

「什麼工作？」

「這個客戶之前一直跟MK合作，這次提出了比稿[6]，我希望妳可以爭取到比稿資格。」

「是派索嗎？」程曉璐試探性地問。

眼見梨若琳點頭，程曉璐陷入了沉思。

其實能猜到並不奇怪，像這種公開比稿的專案，佳沃通常一定會在邀請名單中，根本無須爭取。

但派索的情況有點特殊，這是一家相機公司，之前跟MK是長期合作的關係，儘管合約到期了，但沒有明確表示過不會續約，只是希望趁此機會能選擇多一些，所以這次的比稿名單中依然有MK；佳沃因為跟MK競爭激烈到業界內外皆知的程度，派索方也不想得罪MK，所以連比稿資格都沒有給他們。

對佳沃來說，儘管這算不上太大的客戶，但被MK壓制到連比稿資格都沒有，傳出去就很尷尬了。

要是最後還能在比稿中一舉拿下這個長期合約，那這一仗絕對算得上打得漂亮至極。

換句話來說，這個客戶對公司而言意義非凡，按道理講應該是由梨若琳親自負責的……

「為什麼是我？」這麼重要的專案落在自己身上，程曉璐反而有點不能接受。

「我剛才不是說了嗎？妳是我親手帶出來的，妳有多少能力我很清楚。」

6 比稿：與其他廣告公司一同參與設計作品，一般不保證會有報酬，除非在比稿中獲得優勝，才有可能取得合作資格與報酬。

「但是相機方面的事情我不是很懂……」

「不懂可以問邱生。」

「……」這才是找她去搞定派索的主要原因吧！

見她不說話，梨若琳挑起眉：「怎麼了？妳不想接嗎？」

「也不是不想，只是……」只是有些話還是要問清楚的，她可不想再給別人做嫁衣了，「如果我爭取到比稿資格的話，這個客戶會一直讓我負責嗎？」

「當然。」

聞言，程曉璐信誓旦旦地握拳：「我一定不辱使命！」

梨若琳滿意地點了點頭：「那趕快回去收拾下東西吧，我會讓行政那邊幫妳訂機票和飯店。」

「要、要出差？」

「嗯，派索市場部的經理正在西安出席一個交流會。」

「我今天就得趕去？」

「不然呢？」梨若琳反問，「妳覺得對方會送上門來找妳嗎？」

「……」

「還有什麼問題嗎？」

「有……」她欲哭無淚地問，「梨總，說好的勞逸結合呢？」剛才明明還是一副準備給她放帶薪長假的口吻，現在說出差就出差，也太隨心所欲了吧！

「活著的時候就該勞，死了之後有大把時間可以逸，人這一生說穿了也無非生與死，不正是勞逸結合的過程嗎？」

「……」請不要一本正經地胡說八道了！

♪

前言撤回，梨若琳是認真的，真的想讓她一勞永逸地趕快去死啊！

整個公司的人幾乎都知道她是考據派，擅長用資料說話，可是這次她根本來不及準備，說什麼讓她回去收拾行李，哪來的時間好好收拾？行政訂的機票是下午一點多，最晚十二點也得趕到機場，當她辦完出差手續回到家已經十點多了，從她家去機場怎麼也得預留一個小時左右，無奈她只能隨便塞幾件衣服和盥洗用品就匆忙出門了。

一路上馬不停蹄，等到了西安那邊的飯店，辦完入住手續已經是傍晚六點多了，連晚餐都顧不上吃，她一進房間就打開電腦，點開了他們組的工作群組。

程曉璐是絕對沒辦法打毫無把握的仗的，會心虛。

於是，向來喜歡自己搞定一切的她這次被逼上梁山了，硬著頭皮在工作群組中發送一句：『不好意思，今晚可能要麻煩你們加班了，能不能幫忙查一下派索這次在西安出席的那個交流會資訊，還有他們公司近幾年的產品資料，尤其是這次公開比稿的那款。』

看來梨若琳確實沒說錯，她平時實在是太過獨立自主了，當她提出要求後，整個工作群組都炸了。

羊咩咩：『我的天哪！我看到了什麼？老大，妳居然需要我們了！』

一驚一乍的這位姑娘叫榮豔陽，大家一直叫她小羊，因為她的男神是楊洋，所以厚臉皮地連群組的暱稱都改成了羊咩咩。

狼心沸騰：『我要截圖！這是多麼歷史性的一刻啊！』

緊隨而至的是小狼。因為有一次在電梯裡被流程部那邊的同事誤會他想趁機揩油，罵了他很久的色狼，後來他氣到去跟保全硬碰硬，拿到了那天的監視錄影紀錄，證明了自己的清白。雖然如此，這件事還是經常被他們組裡的人嘲笑，久而久之索性都叫他「小狼」了。

泰戈沒有爾：『遵命！老大！我這就去給妳查！』

泰戈沒有爾是個剛來的實習生，公司要求取英文名字的時候，他聽說自己被分到的這一組被其他組稱為「動物園」，為了表示合群就取了「Tiger」這個英文名。程曉璐一直很想告訴他，「動物園」這個稱呼並不是善意的，那是每次其他組嘲笑他們時才會叫的！

Apple：『我已經查過了，交流會一共兩天，今天是第一天，基本上從早到晚都在開會。明天早上有個對外開放的演講，主要演講人並不是派索那邊的，但他們家市場部經理也會上去說幾句。下午是個攝影愛好者的小型聚會，晚上還有個歡送晚宴，照這情況看來，妳最有可能接觸到趙經理的就只有明天了。對了，派索那個市場部經理姓趙，叫趙菁，聽說對專業要求很高，我覺得這是個不錯的切入點，只要讓他覺得我們很專業或許能爭取到比稿機會。另外，我還發現一件事，這個趙菁是MK跳出來的，或許跟MK那邊有什麼私怨也不一定。』

彭果不愧是他們組裡的實力保證，是所有人裡面最正常的那一個，只是太正常了，以至於其他人都不知道該怎麼反應……

狼心沸騰：『……』

羊咩咩：『……』

泰戈沒有爾：『……』

正當程曉璐想要說聲「謝謝」來緩解冷場時……

冷夫人：『我跟大家講個笑話。昨天晚上我看到小狼在高城的好友動態下面留言說：高總，我實在憋不住了，你一個大男人可不可以不要一直放自拍照？高城回覆說：我就只有po過這一張！不想看就隱藏，我有逼你看嗎！小狼說：這你也有？好吧，給我看看。然後，他就被整個創意部的人封鎖了。』

冷夫人之所以叫冷夫人，是因為她很擅長說冷笑話，然而，這次她的笑話倒是不算冷，起碼得到了不少回應。

狼心沸騰：『本大爺我就是故意的，誰讓他們昨天嘴那麼賤。』

羊咩咩：『狼爺威武！』

泰戈沒有爾：『狼爺霸氣！』

Apple：『Good job。』

程曉璐：『哈哈哈哈哈哈哈！沒白養你！以後我再也不叫你二哈了！』

想了想，程曉璐又補充了句：『不過玩過就算了，高城人不壞的。』

春花：『何止不壞，我男神人品可是很好的哦！昨天開完會之後，他還為了曉璐罵了他的組員呢，我親耳聽到的！』

沒錯，春花！明明是行政部的，但幾乎公司大部分部門或小組自己建立的群組裡面都能看到她的身影，美其名是方便前檯工作，其實是為了方便八卦。

狼心沸騰：『呿，妳當然幫妳男神了。』

春花：『懶得理你！二哈！』

丟完這句話後春花就跑來私底下密程曉璐了：『派索不是做相機的嗎？這方面的事情妳幹嘛不問邱生呀？』

早在點開她的聊天視窗時，程曉璐就已經猜到她會這麼問了，當然也早有準備：『聯繫不到他，可能正在忙。』

事實上她根本就沒想要聯繫過，昨晚剛吵架，都還來不及好好道歉呢，她哪好意思厚著臉皮去煩邱生。

春花：『咦？他今天才來過公司耶。』

程曉璐一愣，不由得蹙了蹙眉：『來幹嘛？』

春花：『不知道呀，不過我倒是從古旭堯那聽說了一件事。』

程曉璐糾結了一會兒，還是沒忍住詢問：『什麼事？』

春花：『聽說有個富二代千金找邱生幫忙拍婚紗照呢，看這個樣子應該是打算包養邱生吧！』

程曉璐：『不是說拍婚紗照嗎？都已經結婚了還包養個屁啊！」

春花：『妳懂什麼，那些富二代都是這樣的，結婚就是為了家族利益身不由己，外頭多半還會養一個。』

程曉璐：『還家族利益咧，你 TVB[7]劇看多了。』

春花：『哦喲，差不多就是這麼個意思嘛。更詭異的是，邱生居然沒有拒絕！』

這次連程曉璐都覺得詭異了：『他不是號稱從來不拍人的嗎？』

春花：『對啊！之前涉及模特兒的海報，就算是妳提出的他都不拍呢！這次居然要給那個富二代拍結婚照，案情一定不單純，絕對有姦情！』

程曉璐不知道該說些什麼，只能發出一連串刪節號。

好在這個話題春花並沒有繼續太久，很快她就又想到了更重要的事：『還有件事差點忘了！妳知道梨若琳為什麼會把公司這麼看重的客戶交給妳嗎？』

程曉璐：『說是因為我是她親手帶出來的人，她相信我的能力。當然更重要的是，她覺得這方面是邱生的強項，我有什麼不懂的可以問他。』

春花：『才不是呢！這只是藉口，藉口啊！真相是因為需要去西安出差，所以沒人敢接。每次去那邊，公司總是訂那家飯店，據說那家飯店不乾淨！你們客戶部A組的老李說他住那邊一直做惡夢，有一次帶去的客戶還跟他說親眼見到了！』

程曉璐：『老李說話向來喜歡誇大。』

春花：『那B組的林望呢？他總不會誇大了吧？那震懾力，客戶見了都會不由自主地想下跪，可是就連他也不敢住在那裡，說有一次洗澡的時候，明明只穿一雙拖鞋進去，洗完走出浴缸的時候突然發

---

7 TVB：香港最大的電視廣播有限公司。

現外面多了一雙拖鞋！』

程曉璐情不自禁地打了個冷顫，下意識瞄了眼浴室的方向，但很快她就回過神來，啞然失笑。雖然林望說的話確實可信度挺高，但在流傳的過程中難免會加油添醋，最後以訛傳訛就成了一則都市靈異傳說。總之，身為一個正直有為的青年，她從不相信什麼鬼神，只相信科學！

再加上Apple他們已經陸續將資料寄給她，等她看得差不多打算先去洗個澡提提神時，早就已經把這件事拋到九霄雲外了。

只是有些事就算遺忘了，還是會照常發生。

當程曉璐洗完澡，拉開簾子、抓過浴巾，把臉上的水抹去，視線變得清晰之後，她傻眼了。

為什麼會有兩雙拖鞋？她明明只穿了一雙進來啊！

瞬間，春花先前丟給她的那句「妳好自為之」在她腦中浮現，身旁透著一股陰森森的氣息。

她像是被抽空了全身血液一般，臉色蒼白、全身發冷，那種冷是從每個毛細孔裡透出來的冷。

程曉璐連身上的水都來不及擦乾便跨出浴缸，逃出浴室，迅速跳上床，抓過被子把自己包得嚴嚴實實，可是那種鋪天蓋地的黑暗以及看不見被子外面發生什麼事的不安感不斷襲來，她總覺得有什麼東西在往床上爬。

咯吱——咯吱——

斷斷續續的詭異聲響在她耳邊回蕩，是席夢思床墊的聲音……

不是錯覺啊！是真的有東西爬上床了！

那個東西甚至試圖拉開她蒙在頭上的被子，力道很大，她使出了吃奶的力氣仍無法抗衡。

最終，她覺得眼前一亮，一股涼風撲面而來，她幾乎立刻閉上雙眼。

聽說「鬼」是無法攻擊人的，大部分人是被嚇死的，又或者是因為「鬼」製造出來的幻覺而自殺，所以只要她不去看，說不定能逃過一劫……

空氣在那瞬間像是凝固了一般，讓程曉璐覺得每一秒鐘都無比沉重。不記得過了多久，總之就在她快要憋不住氣的時候……

「噗——」忽然有道輕笑聲傳來。

這聲音……

她瞬間忘了害怕，難以置信地睜開眼睛。果然，映入眼簾的是那張無比熟悉的臉，可她仍舊覺得難以置信：「邱生？」

「嗯。」

他笑著點了點頭，還沒來得及說些什麼，面前的程曉璐突然撲進他懷裡，雙手格外用力地緊緊抱住他的脖子，彷彿只要一鬆開，他就會立即消失一般。

邱生像被人點了穴般驀然一怔。

怦——

怦怦——

怦怦怦——

陣陣心跳聲傳來，他很確定那是他的心跳聲，慌亂、無措、有無數情緒就快壓抑不住，躍然而出的聲音。

這個擁抱持續了很久，久到邱生已經開始默念「心經」以求達到四大皆空的境界時，不料懷裡的那抹身影忽然一僵，然後反應劇烈地把他推開，驚恐地瞪著他顫抖著問：「你是誰？」

「……」他一臉迷茫。

「你——」程曉璐懷疑地打量著他，「你真的是邱生？」

「妳這個水土不服的反應還挺有趣的。」嗯，除了水土不服，他實在找不到其他原因來解釋她的反常。

「才不是水土不服……」她眉心緊皺，眼裡的警惕更深了，「你是怎麼進來的？」

他揚了揚手裡的房卡：「開門進來的。」

程曉璐目不轉睛地瞪著那張房卡：「哪來的？」

「飯店前檯給的。」

「這家飯店怎麼跟戶政事務所一樣不可靠！哪有隨隨便便給別人房卡的！」

「可能是因為我比較帥吧。」

「我相信你是邱生了。」除了他，還有誰能如此平靜地說出這種話。

「嗯。」他滿意了，點了點頭，起身走到衣櫃邊，替她取了件浴袍，「去洗手間換上吧……」

「不要！」還沒等他說完，程曉璐就激動地嚷了起來。

她蒼白的臉色讓邱生察覺到了不對勁，再回想起剛才進來時她一反常態的模樣，他擔憂地問：「怎麼了？」

「浴室裡面有鬼！」

「鬼？」輪到他開始懷疑眼前這個人究竟是不是程曉璐了。一個睡前會看恐怖片來助眠的女人居然會怕鬼？不，說到底，她根本不相信世界上會有那種東西的存在吧？帶著困惑，他默默轉過身去，比了個手勢示意她先把衣服穿上，一邊靠著牆問，「發生什麼事了？」

程曉璐一邊穿上衣服，一邊斷斷續續把剛才的遭遇完整說了一遍。整個過程中，邱生始終不發一言，也很君子地沒有回過頭，直到她輕喃了句「好了」，他才轉過身來，眉頭皺得很緊，沉默了好一會兒才啟唇道：「妳餓嗎？」

「哎？」這反應不太對吧？她可是剛講完好長一段驚險又刺激的經歷啊！

「我餓了，陪我去吃晚餐，想吃老孫家的泡饃[8]。」

「老孫家的不好吃，我們去吃小炒吧，馬峰小炒[9]可好吃了！」

「還想吃麻乃餛飩[10]和小酥肉[11]。」

「嗯嗯嗯，吃完還能買個鏡糕[12]吃吃。」

「蜂蜜涼粽[13]。」

---

8 泡饃：中國西北方流行的小吃，用許多一元大小的麵糰與高湯、嫩肉燴煮而成。
9 馬峰小炒：西安市內的一間三十年招牌老店。
10 麻乃餛飩：用牛腿肉與肋條肉製作的牛肉餡餛飩，號稱是西安最好吃的餛飩。
11 小酥肉：豬肉去皮佐香料調味醃製，接著放入油鍋內炸熟，是西安特色小吃。
12 鏡糕：外型小巧像面隨身圓鏡的糕點，用糯米製作而成，沾糖粉、芝麻粉食用。
13 蜂蜜涼粽：糯米製成的粽子，跟臺灣的鹼粽有相似之處，淋上蜂蜜食用。

「甑糕[14]！」

「甜糖客[15]。」

程曉璐忍不住吞了吞口水，迅速爬下床：「等我、等我，我這就去換衣服。」什麼驚險又刺激的經歷全被她拋到腦後，隨手從行李箱裡翻出幾件衣服，直奔浴室換衣服。

♪

被程曉璐拋開的不只是那雙憑空冒出來的拖鞋，還有她這次來西安的主要目的。

直到把回民街[16]從頭到尾逛了個徹底，酒足飯飽後，眼看著邱生買了兩杯甜糖客一副打算跟她一起打包回去的樣子，她忍不住問：「你也住那家飯店嗎？」

他邊划著手機用 **APP** 叫車，邊回了句：「我沒訂飯店。」

「那你今天晚上住哪？」

「妳那吧。」他回得理直氣壯。

「開什麼玩笑！」程曉璐激動地嚷了起來，「我那是大床房，怎麼睡呀？」

他轉過頭問：「妳要趕我走？」

「肯定要的吧！孤男寡女睡同一張床，傳出去我還要不要嫁人了？」

14 甑糕：以糯米、紅棗為原料製作的特色小吃，又可以叫做水晶龍鳳糕。

15 甜糖客：西安有名的甜點。

16 回民街：西安有名的美食街夜市，著名觀光景點。

「妳不是已經嫁給我了嗎？」

「那不一樣……」程曉璐實在不想去詳細分析這場莫名其妙的婚姻到底有多與眾不同。「總之，如果情況特殊收留你一晚也就算了，可是現在又不是旺季，到處都能訂到飯店，就我住的那家飯店裡應該也還有不少空房……」

邱生平靜地打斷了她：「聽梨若琳說妳明天要去見派索的市場部經理？」

「啊！」程曉璐這才後知後覺地想起正事。

所以說「藍顏禍水」這句話一點也沒錯，她已經第二次因為邱生這個禍水影響工作了！

他歪過頭，衝著她勝券在握地笑：「或許我可以幫到妳？」

「……」說什麼或許啊！目前來說，只有他才能給出最專業的意見啊！

「還要趕我走嗎？」

「哦喲、說什麼傻話啦，再要一間房間多浪費錢啊，我們又不是很有錢，在我那住一晚勉強擠一下就好。」程曉璐很沒節操地立刻改口。

「可是我覺得妳說的也有道理，傳出去妳以後要怎麼嫁人？」

「我不是都已經嫁給你了嗎！」程曉璐咬牙切齒地道。

「那不一樣。」

「……」就知道會是這個回答！這個男人報復心真的好重啊！

眼看她氣到臉頰通紅，他不由自主地加深笑意：「妳倒是拿出拜託別人該有的誠意與態度啊。」

程曉璐深吸一口氣，格外鄭重地對著他九十度鞠躬：「拜託了，請幫幫我！」

「句尾加上老公。」

「老公……」她彷彿聽到了尊嚴被碾碎的聲音。

好在邱生總算滿意了，伸出手揉了揉她的頭：「既然妳都這麼說了，那今晚就別想睡了。」

「……」給我收起這副討厭的情聖腔啊！

3 因為她是我老婆

從某種意義上來說，程曉璐也覺得她今晚應該是別想睡了。

相機方面的事她實在一竅不通，也絲毫沒有興趣，之前Apple他們傳給她一些關於派索這次推出的新產品資料，資料是從一些專業的攝影論壇裡面挖出來的，對她來說那些東西艱澀難懂，簡直就是天書，所以她才會想要洗個澡清醒一下。

意外的是，邱生在見到那些資料後漫不經心地推開電腦，轉頭說道：「妳沒必要瞭解這些。」

「可這是他們這次比稿的產品啊，聽Apple說這個市場部經理對專業要求很高。」不瞭解一下，她哪來的底氣去說服人家啊。

「妳是不是搞錯方向了？」

「啊？」

「他們這是在找廣告公司，不是研發人員。」見她仍舊一臉茫然，邱生按捺著性子繼續解釋，「套用妳常說的那句話，妳永遠不可能比客戶更瞭解他們的產品，所以妳必須比他們更瞭解傳播技術，搞清楚客戶想要的是什麼，然後利用妳的技術去滿足他們的要求，這才是一個廣告人該有的專業，我想這也是派索那邊對廣告公司所要求的。」

「這個道理我當然懂，但是佳沃這次並不是他們主動邀請的比稿公司，他們當然也不會告訴我們想要的究竟是什麼。」

「還需要他們說嗎？像這類公司投入廣告的目的無非就是突出優勢。」

「那麼問題來了，這款全幅單反[17]相機根本就沒優勢啊！」

邱生愣了愣：「妳看得懂這些資料？」

她茫然搖頭：「看不懂。」

「那妳怎麼知道它沒有優勢？」他敏感地蹙眉，「聽誰說的？」

「高城。」

「你們公司創意部那個組長？」

「嗯、他說他研究過了，論順序，全幅單反並不是派索開的先河，早在派索之前幾家相機龍頭企業就已經推出過了。論技術，光學取景器毫無優勢，自動對焦感測器採用的是什麼SF、什麼12的……」

她拼命回想，還是沒能想起來。

邱生幫忙補充道：「SAFOX12。」

「對對對！就這個，高城說這東西的覆蓋範圍不大，還有那個什麼低通濾鏡？作用好像是降低什麼紋……」

17 全幅單反：即全片幅單反光鏡相機，使用最常見的36mm×24mm底片相機以及光學觀景窗，可完整取景，也可以較即時的看到取景影像。

「摩爾紋。」

程曉璐又一次激動地點頭：「可是高城說，就算是半專業的攝影師拍到摩爾紋的機率也不是很大，而且打開低通濾鏡的話反而會影響成像清晰度。再說了，這個濾鏡也已經不是什麼黑科技了。」

「……」這一口一句「高城說」讓邱生非常不爽。

「怎麼了？他說的不對嗎？」

「比起這個……」他眯起眼眸冷覷著她，「你為什麼放著專業的攝影師老公不問，跑去問其他男人？」

「就是順便嘛，我剛好有事找他就聊起來了。」她本來是想替小狼跟高城道歉的，好在高城也知道小狼只是在幫她出氣，沒有惡意，倒也不太介意，之所以讓整個創意部封鎖那孩子也就是開開玩笑。

「為什麼不順便問我？」

「這不是正在問嘛。」

「為什麼第一時間問的不是我？」

「你是想吵架嗎？我都快急瘋了，你還跟我糾結這種雞毛蒜皮的事情，那你倒是告訴我這款產品的優勢在哪裡啊！」

邱生不情不願地撇了撇嘴：「情懷。」

「什麼鬼？」

「呿，」他不屑地哼了聲，「那個高城沒有告訴妳嗎？派索本身就是一家很小眾的公司，曾經也算鼎盛一時，但現在已經式微了。正因為如此，對於派索的死忠粉來說，他們推出的產品究竟如何根本不重要，只要派索還活著，他們就一定會買單。」

程曉璐蹙眉想了想，總結道：「也就是說，這款產品是針對攝影發燒友[18]的，而不是普通大眾？」

「可以這麼說。」

「那你會買單嗎？」如果是這樣的話，那邱生的意見就非常重要了！

「看情況，如果他們的廣告能喚醒我的情懷，或許會有衝動，畢竟它也算是具有一定收藏價值的相機。」

「那要怎樣才能喚醒你的情懷？」

「這應該是你們創意部要想的事。」他哼了聲，撇了撇嘴，「那個高城不是很懂嗎？」

「嗯……」程曉璐轉著眼珠想了想，覺得這話也有一定道理，雖然說現在想創意還太早，但如果能有個雛形，她明天跟客戶談的時候也比較能夠言之有物，「我這就打電話給他問問看。」

「妳還真打算找他？」

「啊？」

「我是擺著好看的嗎！」

「不是你讓我找他的嗎？」

「妳什麼時候這麼聽話了？」

「那這方面你是專業的嘛，當然得聽你的……」

18 發燒友：Fancier 的音譯，即愛好者、狂熱者。

「專業人士現在要妳立刻把手機放下！」

她二話不說把手機放下了，滿懷期盼地看著他。

邱生深吸口氣，妥協了：「剛才不是說了嘛，派索曾經輝煌過一時，在中畫幅領域裡他們擁有過不可撼動的地位，可是全畫幅時代來了，他們茫然了。這次推出的 P-1 全畫幅其實是他們很多年前的計畫了，然而當年就是因為這款全畫幅的難產，導致派索進入了黑暗期。二〇〇八年派索被 LC 收購，二〇一三年 LC 也放棄了，樂林接手。時隔那麼多年，他們還是硬著頭皮把當初承諾給客戶的支票兌現了，這不只是派索的夙願，也是派索愛好者的夙願……」

他停頓了一會兒，看了眼程曉璐，有些故意地道，「就好比說，妳等了沈辰川五年，這五年裡其實妳過得並不壞，他的再次出現，充其量只能算是為妳的人生錦上添花。可是他回來了，哪怕中間有不少波折，但最終他還是回來了，並且告訴妳『當初說好的我還沒有忘』，妳能拒絕嗎？」

「……」

「妳是在猶豫嗎？」

「哎？」

「只要他願意回到妳身邊，妳還是能夠接受，哪怕他已經娶了別人？」

「怎麼可能啦！那樣的話，我跟阮靈有什麼不同？他都已經結婚了，不管我們之間有過什麼都是過去式了，我是不可能當第三者的！」

「那如果他們離婚了呢？」

她怔住了，半晌後才輕聲咕噥：「不會的，他對阮靈很好，是真的很喜歡呢……」

「我是說如果。」

「我不知道啦！」程曉璐急了。坦白說，事到如今她大概還是拒絕不了沈辰川的，她不想撒謊卻又羞於承認，只能扯開話題，「不是在聊派索嘛，為什麼突然說起這個了？」

邱生瞥了她一眼，關了電腦，站起身朝著床邊走去，「該睡覺了。」

「要、要去睡了？」程曉璐驚愕地瞪著他。

「妳不睏嗎？」他挑起眉梢，掀起另一邊被子拍拍床，「那我們也可以幹些其他事。」

「幹你個頭啦！關於派索，你就沒有其他話要跟我說的嗎？」

「不是都已經說完了嗎？」

「可是……」可是她還是一頭霧水啊！

「說再多也只是我的個人觀點，最終解釋權還是歸派索所有。」

「……」所以說，他不但沒說什麼，說的那些還不能作數？有病啊！這是在浪費誰的時間啊！

「明天早上他們的市場部經理不是有個演講嗎？我建議妳可以去聽一下。」

「對哦！」她光想著怎麼見縫插針去堵那位經理，居然忘了演講有多重要，絕對能收穫到不少她想要的資訊！

「是不是該早點睡？」

「嗯，睡了！」她略微收拾了下，手腳並用地爬上床，才剛躺下又突然想到什麼，猛地彈了起來，「我警告你哦！要是敢做些什麼，我就報警！」

邱生瞥了她一眼，不發一言地默默轉過身背對她，用實際行動證明——神經病，想太多。

面對那道冷漠背影，程曉璐也覺得自己好像有點意識過剩……好尷尬，該怎麼收場啊。

幸好，邱生突然說話了：「關燈。」

「哦哦！」她趕緊接茬，轉身關掉了床頭燈，掖著被角順勢躺了下來。

很好，完美下臺！

她滿意地噙著笑，閉上眼，安穩入睡……

睡不著啊！長這麼大，她還是第一次跟男人睡在同一張床上，怎麼可能睡得著！

他輕緩均勻的呼吸近在咫尺，他髮間淡淡的洗髮精香氣充盈在她的鼻息間，很好聞，好聞到她忍不住想要靠近……差一點她就真的靠上去了，好在及時清醒！

回過神後，她愈來愈覺得那道始終保持著同一個姿勢的背影很礙眼。

俗話說得好——臥榻之側，豈容他人鼾睡！

憑什麼她緊張到睡不著，他卻酣然入夢？這不公平！

「邱生——」於是她伸出手，用指尖戳了戳他的後背，「你睡著了嗎？」

那道背影微微動了下，不耐地哼了句：「睡著了。」

「沒睡就聊聊唄。」

「沒聽到我說睡著了嗎！」

程曉璐壓根不搭理他，自顧自地道：「梨若琳把我的辭呈弄丟了，我不用失業了。」

他漫不經心地「嗯」了聲。

「昨天晚上的事是我不對，當時正在氣頭上，說的話確實難聽了些，你別當真。」

一片寂靜。

靜到她以為邱生是不打算理她了，卻沒料到他突然轉身，仰臥著問：「妳現在還在氣頭上嗎？」

「怎麼可能氣那麼久啦……」她抿了抿唇咕噥道，「其實你昨晚剛走的時候我就已經不氣了，只是不知道該怎麼跟你道歉才好。今天也是，梨若琳建議我有什麼不懂的可以問你，可是我都還沒來得及好好跟你說聲『對不起』呢，就突然打電話問你這種事，總覺得不太好。」

「比起道歉，我還有件更在意的事。」

「什麼事？」她轉過頭好奇地問，目光就這樣不偏不倚地撞上了邱生。

他並沒有挪開視線，就這樣目不轉睛地逼視著她：「我是你的誰？」

「當然是朋友啊。」這個問題有點出乎意料，她愣了下才反應過來。

「只是朋友嗎？」他更像是在自言自語。

聲音很輕，程曉璐沒能聽清楚：「你說什麼？」

他轉過頭，避開了她的目光：「沒什麼，睡吧。」

「可是……」她還有很多話想問啊，比如他來西安到底是幹什麼的？比如那個找他拍婚紗照的女人是怎麼回事？比如他今天去佳沃幹什麼？

然而，什麼都還來不及說就被邱生堵住了：「我睏了。」

他的聲音很冷漠，透著拒人於千里之外的氣息，以至於程曉璐不敢再多說什麼，只能輕輕地「哦」了聲。

事實上，邱生一點都不睏，如果不是怕她察覺什麼，他恨不得去沖個冷水澡。

記不清又默默念了多少遍「心經」，身旁的女人呼吸愈來愈平穩，顯然是睡著了。

他緊握著的雙拳這才逐漸鬆開，長吁一口氣，轉過身面對著她，怔怔地看著她的睡顏，情不自禁地在她額間印下淺吻。

♪

程曉璐是被鬧鐘吵醒的，可她不記得自己調過鬧鐘。

周圍很昏暗，窗簾拉得很密實，她翻了個身，不悅地咕噥著：「邱生，鬧鐘、關掉……」

然而，並沒有人搭理她，擾人的手機鬧鐘仍然堅持不懈地響著。

「嘖！」她不耐地伸手去碰一旁的邱生，試圖把他推醒，不料卻撲了個空。

她頃刻清醒，微微抬起頭瞇著惺忪睡眼打量四周，身旁是空的，什麼情況？她其實只是太害怕了蜷縮在被子裡睡著了，然後做夢夢到邱生？在那麼害怕的情況下，她竟然還調了鬧鐘？

很快她就意識到自己絕不可能那麼敬業，在耳邊迴蕩著的似乎不是鬧鐘聲，而是她的手機鈴聲。

她轉身調亮了房間裡的燈光，循著聲音在枕頭底下找到了她的手機，來電顯示是「邱生」。

「喂？」她想也沒想，立刻接通了電話。

有些急躁的聲音乍聽之下帶著精神奕奕，手機那頭的邱生似乎愣了下，片刻後才啟唇道：「醒了？」

「唔……」程曉璐定睛看向自己身旁，床單和枕頭上的褶皺足以證明確實是有人睡過，看來她並不是在做夢。確定了這一點後，她鬆了口氣，「你人呢？」

「我還有點事要辦，就不陪妳了。」

「這樣哦……」也是，當然是因為有事他才會突然跑來西安的。

「怎麼了？不開心嗎？妳就這麼離不開我？」

「才沒有咧！」她想也不想便矢口否認。

也不能說是不開心，只是有點意外，之前她還在想他跑來這邊會不會是因為她，果然想太多了。

「那晚上要不要一起吃飯？」

還沒等邱生的話語落盡，她就迫不及待地給出了回應：「好啊！」

手機那頭安靜了數秒才再次傳來邱生的聲音，帶著明顯的笑意：「妳明明就是離不開我啊。」

「都說沒有了！只是覺得有一個口味相同的人一起吃飯胃口會比較好！」

「知道了、知道了。」他頗為敷衍地回了幾句，「那妳忙完了打電話給我。」

「好的！」她有些雀躍，莫名覺得好像充滿了動力。

「對了、還有件事，我問過飯店了，為了方便客人，他們通常會在浴缸前多放一雙拖鞋，平常浴簾遮著沒那麼容易發現，如果拉動浴簾的話很有可能會把那雙備用拖鞋一起拉出來，只是巧合而已，不要胡思亂想。」

「……」

「還是害怕嗎？真的沒辦法的話，我們今天晚上就換一家飯店吧。」

「不、不用了，知道原因那就沒有什麼好怕的。」事實上，邱生不提，她甚至已經徹底遺忘了這件事。打從昨晚見到他的那一刻起，她突然覺得踏實，無所畏懼，充滿了安全感，這才是讓程曉璐覺得可怕的事。她不由自主地打了個冷顫，連忙扯開了話題，「我也差不多該收拾一下準備出門，先掛了。」話語剛落，她就立刻掛斷了電話。

房間裡很安靜，以至於她可以清晰聽到自己失常的心跳聲，充斥緊張、惶恐的心跳聲。

她突然回想起第一次見到沈辰川的那天。

當時她剛來學校報到，這是她從小到大第一次離父母那麼遠，因為有阮靈在，所以她父母並沒有送她來學校，可是偏偏那一天阮靈要打工沒有辦法來接她，陌生的城市、陌生的學校、陌生的人，當時的她感到前所未有的茫然。

沈辰川就在這種時候出現在她的面前，他是被室友們強行拉來的，到了大二依然是單身狗的學長們通常喜歡在新生入學時搶著在學妹們面前表現男友力，這是每所大學都有的慣例。然而，程曉璐算不上漂亮，打扮得有些土氣，是站在新生報到處讓人乏人問津的那種，所以當沈辰川問她需不需要幫忙的時候，她感動得都快哭了。

他算不上熱情，話也不多，默默陪她辦完手續，又替她把行李拿到宿舍。為了表示感謝，她打開塞得滿滿的行李箱找出一些土特產，打算強制塞給他。

而她老家的特產是……醬蹄膀[19]。

現在想來還挺丟臉的，沈辰川接過的時候愣了很久，然後忽然笑出聲。

他笑起來真的是好看得要命，可惜平常都不怎麼笑。

19 醬蹄膀：即醬燒豬腳。

從那之後，程曉璐就成了他的迷妹，他的聲音讓她覺得踏實，哪怕只是一個眼神，她都會充滿動力。有他在，就算天塌下來都不怕，阮靈說這就是所謂的安全感吧。

嗯，安全感，這是她最初喜歡上沈辰川的原因。

安全感！這是她喜歡上一個人的前兆啊！

可是她現在居然覺得邱生能給她安全感，這是一件多麼可怕的事情！

更可怕的是，這一整天無論做什麼她都會想到邱生。

去浴室盥洗前，程曉璐情不自禁地頓住腳步，想起了他。

出門時碰上打掃房間的阿姨，對方笑瞇瞇地對她說：「小姐，聽說妳昨晚被我們放在浴室的備用拖鞋嚇得不輕？哈哈哈——是我們不好，妳老公已經叮嚀過我們了，等一下我們會把備用拖鞋拿走的。」於是，她又一次不可避免地想到了他。

趕往演講會場、途中經過回民街時，突然又想到了他。

路上並沒有像程曉璐預期的那般大塞車，她到得比較早，搶到了一個還算不錯的位置，趁著等待的時間，她剛好可以看一下演講的流程。

主講人是個拿過不少國際大獎的攝影師，叫 Hayden，是個華僑，看介紹也就三十歲出頭。

介紹說，他所獲得的第一個獎項就是由派索牽線出資舉辦的一個比賽，當時的派索正值鼎盛時期，可想而知，他對派索有著別樣的情懷，也是派索愛好者中較為有名的一個。

演講接近尾聲的時候，會邀請派索的市場經理上臺跟 Hayden 互動，時間不長，大概只預留了十分鐘。

程曉璐就是衝著這十分鐘來的，本來是打算把手機調到震動，然後設個鬧鐘，趁著派索的市場部經理出場前偷偷睡一會兒的。讓她想不到的是，她居然無比認真地聽完了整場演講。

倒不是說這個Hayden多有吸引力，事實上，他長得很普通，也不是很擅長講話的樣子，剛開始甚至還有些磕磕絆絆的。

他說話時，身後的LED螢幕一直在重覆播放他的獲獎作品，程曉璐是被那些作品吸引的。說吸引似乎也不太恰當，因為她在看那些照片的時候，腦子裡回蕩著的一直都是——不如邱生。

不知不覺演講已經接近尾聲，那位趙經理上臺了。

或許是因為比較熟悉的關係，Hayden在跟趙菁互動時明顯要健談得多，兩人閒聊著展現了一下私交，話題繞到了這次派索新推出的全畫幅[20]單反上。聊到專業，Hayden開始侃侃而談，瞬間，程曉璐彷彿在他身上看到了邱生的影子，他說了很多，但核心內容幾乎就跟邱生昨晚所說的如出一轍。

「P-1全畫幅很重要，這不只是派索的夙願，也是派索對我們這些支持者的一個交代，一個遲了整整十四年的交代。時代在進步，我們可以選擇的愈來愈多，P-1的出現或許在不少人看來連錦上添花都算不上，但是這又有什麼關係呢？在我們都逐漸遺忘的時候，他們自始自始終記得這個承諾，這份感動對我而言是其他品牌難以替代的。在全畫幅時代，派索迷惘過，也失敗過，卻從未放棄，他們終於重新握住了劍柄，哪怕這柄劍還不夠鋒利，但這僅僅是一個開始，未來還很長，我願意相信派索一定能夠重拾鋒芒。」

20 全畫幅：又稱為全片幅，是商業使用的攝影術語，指的是鏡頭的成像圈指標和感光元件的感光面積為36mm×24 mm。

程曉璐在如雷般的掌聲中回過神來，眼看著 Hayden 和趙菁一起走下臺時意氣風發的身影，她忽然覺得邱生被埋沒了。

他不應該蝸居在古旭堯的工作室裡聽從一堆外行人的要求拍那些商業作品，明明他比這個 Hayden 更配得上這些掌聲和榮耀。

到此為止，她只是有些替邱生惋惜，對 Hayden 這個人並沒有什麼太大的意見。

然而，當其他觀眾都走得差不多了，她總算有機會接近趙菁時，Hayden 卻替趙菁接過她遞上前的名片，大筆一揮簽了名，又交還給了她：「謝謝支持。」

「不是，我不是……」她張了張唇想要解釋。

一旁的趙菁溢出一聲嗤笑，看都沒看她一眼，兀自轉頭對著 Hayden 說了句：「別鬧了，走吧。」

「那個，趙經理，我是佳沃的……」程曉璐並沒有放棄，趕緊追了上去。

「我說，這位小姐，」Hayden 率先頓住了腳步，轉眸朝著她冷覷，「妳知道這是誰的演講會嗎？」

「知、知道啊……」程曉璐有些被他的氣勢嚇到，不由得結巴起來。

「既然如此，那能否請妳尊重我一下？我認為這是同好之間的交流，不歡迎像妳這種褻瀆攝影的人。」

「抱歉，我並沒有褻瀆攝影的意思，只是……」程曉璐試圖解釋。

可是 Hayden 壓根不給她機會，語氣更加不耐地打斷她：「我剛才演講的時候妳認真聽了嗎？」

「當然。」她可是全程沒有睡覺呢！

「是嗎？」Hayden 表示懷疑地冷哼了聲，「那妳認為哪一段最精彩？」

「呃……」她語塞了，雖然全程醒著，但她一直在拿他的照片跟邱生的比較，這種話當然是不能說出口的。於是，尷尬了片刻之後，她只能硬著頭皮道，「你的照片……」

「嗯？」他頗覺意外地挑了下眉梢。

似乎這個說法他還挺滿意的？想著，程曉璐沉了沉氣，故作鎮定地繼續道：「我認為你的照片比你的演講更精彩。」

Hayden 沉默了，反而是趙菁饒有興致地替他追問起來：「哪裡精彩了？」

「生動，有靈魂，直擊心靈。」這是程曉璐僅能想到的溢美之詞了。

聽完之後，Hayden 臉色一沉。

見狀，趙菁好笑地掃了她一眼，調侃道：「妳還真是非常完美地踩到了他的地雷啊。」

「呵、呵呵，可能是我不太會說話吧，而且攝影方面我也只是個門外漢，照片擺在面前也只懂得好看或者不好看，至於那些取景、構圖、曝光等太過專業的東西我確實不清楚……」不懂就承認，否則只會讓人更加厭惡，這個道理程曉璐還是明白的。更何況，她的目標本來就不是 Hayden，當然也沒必要哄著他，只要面前這位趙經理願意給她機會就行了，「但是！趙經理，廣告方面我絕對是專業的，保證不會踩到派索的地雷！希望您至少能給我幾分鐘……」

「你要是敢給她，我保證以後派索的所有產品都會被我列入黑名單！」Hayden 打斷了她。

「……」神經病啊！要不要那麼幼稚啊？

程曉璐懶得搭理他，充滿希冀地看向趙經理。

對方無奈地對她聳聳肩，輕笑：「不好意思，恐怕我連幾秒鐘都給不了妳了。」說完他轉身就走。

這是一頭笑面虎啊！打從一開始他就沒想過要給她時間，只不過順勢把鍋丟給了Hayden而已！

清楚這一點之後，程曉璐並不想遷怒Hayden，可是……

「哼！」臨走時，Hayden趾高氣揚地白了她一眼。

「哼！」她也忍不住白了回去。

Hayden轉過身：「妳哼什麼哼？」

「我才想要問你哼什麼呢，我哪得罪你了？」

「妳講話很刺耳。」

「我還有更刺耳的話沒有講呢！」

「這樣啊……」他好整以暇地看著她，「那我倒是願意給妳幾分鐘。」

「抱歉，我的時間也是很寶貴的，並不想浪費在你身上！」

他倏地上前一步，擋住了程曉璐的去路：「妳要是說得夠刺耳，說不定我可以建議派索考慮一下佳沃。」

「真的？」程曉璐將信將疑地問。

「嗯。」他一臉誠摯地點了點頭，「像我們這種藝術家難免會有些怪癖，比如說，比起恭維，我反而更喜歡聽批評。」

「早說嘛……」這個理由成功說服了程曉璐，確實邱生也是一堆怪癖，好像只有特立獨行才像個藝術家似的。於是她不再客氣，打開了話匣子，「其實剛才是騙你的，老實說，我覺得你的照片匠氣[21]太重！連我這種外行人都能感覺得到你純屬在炫耀技巧，靈魂什麼的根本就沒有啊，反正我的心靈是完全沒有被打到。實不相瞞，我室友隨便拍的照片都比你那些得獎作品出色。」

Hayden 轉眸瞪著趙菁，再次警告：「你要是敢給佳沃機會，我不只會把派索列入黑名單，連你這個人也會列入黑名單！」

「等等！你在騙我？」她上當了！

「哼！」Hayden 用鼻孔看著她，「像妳這麼好套話的人，誰要是把廣告交給妳做誰就是白癡。」

「哎、你罵我沒關係，憑什麼罵我的客戶啊！」

「那麼心疼客戶的話就去把進水的腦袋通一通，不要讓他們被匠氣連累！」

「……」所以說，人果然是需要比較的，她頓時覺得邱生簡直就是天使啊！

她很想打電話給「天使」訴說一下得出這個結論的經過，可是在按下通話鍵的那瞬間，她忍住了。

不可以一有事就跟他報告！不可以什麼事都依賴他！不、可、以！

他也是有事要忙的，應該沒有時間聽她抱怨這些雞毛蒜皮的事，更何況她也還有其他事。

雖然這次失敗了，但是下午不是還有個攝影愛好者的聚會嗎？還是有機會的！

♪

21 匠氣：創作缺乏藝術巧思，著重在雕琢技術的展現。

……有個屁！

趙菁根本沒出席聚會，她在會場裡轉了一圈又一圈，喝了無數飲料、吃了無數甜點，直到結束時都沒有看見他的身影。

好在她也不是毫無收穫，在堅持不懈地跟工作人員拉攏關係後，她聽說了一個還挺勵志的故事。

趙菁之所以沒有出席是為了陪 Hayden 和他的未婚妻，Hayden 的這個未婚妻來頭不小，是著名彩妝 **BF** 的千金，三個人是大學時期的同學。**Hayden** 對那位千金小姐算得上是一見鍾情，從大一開始就瘋狂地追她，甚至為了接近她加入攝影社，並立志要當攝影師，可惜追了整整四年都未果。

人家大小姐也是有男神的，據說也是個攝影師，在攝影圈被稱為鬼才，在很多個國際知名的攝影大賽上都得過獎，對於 Hayden 來說，那個人簡直就是他的人生死敵。他們兩個的良性競爭也是不少攝影愛好者最愛看的，那幾年可謂這兩個人的巔峰時期，有不少佳作問世。

只是後來 Hayden 的死敵失蹤了，他也像是失去了動力一樣，拍攝出來的作品大不如前，甚至因此一蹶不振。

再後來，他的女神放話了，如果他能拿到荷賽獎[22]就嫁給他。

他當然做到了，事業、愛情兩齊全。

真是一段充滿了正能量的佳話，然而對於程曉璐來說，這個故事的重點是——趙菁跟 Hayden 夫婦住在同一家飯店！今晚的歡送晚宴也會在這家飯店舉行！

22 荷賽獎：世界新聞攝影比賽，簡稱 WPP（World Press Photo）。

於是，她二話不說就去飯店裡守株待兔了。

雖然不知道趙菁住在哪間房，但她至少知道晚宴在哪個宴會廳，因為飯店幾乎在各個角落都放了指示牌。

程曉璐在距離宴會廳不遠處的休息椅上坐了好幾個小時，一直到下午五點多，嘉賓們陸續到場，趙菁仍然沒有出現，可是她卻見到了另一個意料之外的熟悉身影——邱生。

是邱生沒錯！他一身筆挺的黑色西裝，微長的頭髮往後梳得很服貼，露出了乾淨飽滿的額頭，看起來格外俊朗……程曉璐差點以為自己認錯了，她從來沒見過他打扮得這麼人模人樣，儘管如此，但那一身輕浮散漫的氣質仍舊沒變。

她有些激動地上前，正想要開口叫他……

「邱生！」

有人搶先一步，是個女人的聲音，聽起來有些低沉俐落。

她轉頭看過去，只瞧見一抹窈窕身影款款朝著邱生走來。來人一襲酒紅色高開衩長裙，身材很高䠷，目測有一百七十幾公分，和那一身「御姊」氣質截然相反的是她那張頗為甜美的臉，就連同樣身為女人的程曉璐在見到她的笑容時，都覺得像是被灌了一口蜜。

對方停在邱生面前，見鬼似的打量他許久後，才一驚一乍地嚷嚷：「我的媽呀，你居然真的來了？」

「嗯。」他點了點頭，看不出太大的情緒。

「這麼說，你是答應幫我拍婚紗照了？」

聞言，程曉璐心口忽然一抽，這就是春花之前說以婚紗照名義包養邱生的那位富二代千金嗎？長那麼漂亮還用得著包養男人？這是有多想不開啊！

好吧，程曉璐承認，如果她有那麼多錢的話，說不定也會包養邱生，不為別的，只為養眼！不開心的時候，只要看看那張帥得一塌糊塗的臉，心情也會變得舒暢起來。

只是在她心目中，邱生還是有著大部分藝術家都會有的那種臭脾氣，就算再窮，也窮得理直氣壯、心高氣傲，絕不會為了五斗米紆尊降貴。

可事實是——

他不以為然地撇了撇嘴：「只要你老公不介意，我無所謂。」

「他？」女人嗤笑著哼了聲，「說不定比我還開心呢。」

「先說清楚，我時間不多，速戰速決。」

「至少也得兩天的時間吧？」

「一天。」

「……」

「以我的技術一天就足以讓妳終生難忘了。」

「好吧……」女人不情不願地妥協了。

什麼意思？只有一天嗎？這不叫包養，叫……叫賣春吧？

聽說玩單反窮三代，看來還真是所言不假，邱生該不會是窮到沒錢買鏡頭了，所以選擇賣身吧！

程曉璐情不自禁地跟了上去，試圖聽清楚他們又說了些什麼，如果真的是她所猜想的那樣，那她必須阻止啊！

可惜，她還沒順利告訴邱生「鏡頭誠可貴，貞操價更高」的道理，就被宴會廳外的保全攔了下來。

「不好意思，小姐，麻煩您出示一下您的邀請函。」

「啊？」她茫然地看著保全，又看了看遠處暢通無阻的邱生和那個千金，「為什麼他們不用出示邀請函？」

保全順著她的視線看了一眼，沉默了一會，禮貌地向她做了個「請離開」的手勢。

她沒看懂，訥訥地看著對方。

「抱歉，主辦方規定必須出示邀請函才能進去。」保全保持耐性地再一次啟唇。

「所以說為什麼他們不用出示啊？」憑什麼區別對待！

「因為他們就是主辦方。」

「放屁！那個人我認識，他怎麼可能是主辦方！」

「小姐，如果妳拒絕不肯配合的話，我們就要請保全人員了。」

「你不就是保全嗎？」

「我是保鏢！」

「保鏢怎麼了？保鏢就能狗眼看人低了嗎？」

♪

這場騷動算不上動靜太大，但還是吸引了沒有走遠的邱生。

看著他頓住腳步，目光掃向這邊，程曉璐突然安靜下來。

「你認識嗎？」察覺到他的不對勁，站在他身旁的女人頗為好奇地詢問道。

他抿了抿唇，不發一言地朝著程曉璐走了過去，見狀，那個女人也跟了過來。

很快，他們兩個就在程曉璐面前停了下來。

此情此景，讓她不由得想起了沈辰川和阮靈的婚禮，歷史總是驚人的相似。她偷偷瞥了眼面前那個氣質出眾的女人，相比之下，自己這身打扮堪稱寒酸。她自慚形穢地垂眸，緊緊攥著衣角，下意識往後退了幾步，眼見邱生張了張唇，生怕他也會丟來一句「麻煩妳離開」。

於是，她匆忙搶白：「我這就走……」

話音還未落盡她就迫不及待地轉身，恨不得立刻消失。

卻沒想到——

「妳走去哪兒？」熟悉的聲音從身後傳來。

「哎？」她難以置信地轉頭，怔怔地看著邱生，小心翼翼地問，「你是在跟我說話嗎？」

「不然還能有誰？」說著，他舉步走到程曉璐跟前，「妳不是來找我的嗎？」

「不是啊。」

「承認吧，妳就是離不開我。」

「都說了不是！」

邱生完全不給她解釋的機會，二話不說牽著她的手，看向宴會廳門邊那個正一臉茫然的女人：「介意我攜帶家眷出席嗎？我老婆只要一離開我，就會頭暈、眼花、心悸、盜汗、失眠，嚴重的話可能還會昏厥。」

「……」神經病啊！這根本就是更年期的症狀吧！

女人困惑地皺起眉心：「你確定這不是更年期的症狀？」

「……」看吧，撒謊好歹也拿出點誠意嘛，這麼爛的理由白癡才會信。

「是啊，她看不到我就會提前進入更年期。」

「你才更年期呢！」

「嗯，」他從善如流地點了點頭，「我看不到妳也會更年期。」

女人失笑出聲：「行了、行了，別在門口當路障，趕快進去吧。」

程曉璐驚愕地瞪大雙眼，好一會兒才緩過神來，壓低聲音詢問邱生：「我也能進去嗎？」

「妳不是已經進來了嗎？」

「哎？」她抬頭打量了下四周，身旁許多儀態端莊的淑女讓她有些緊張，下意識向邱生靠近了一些。但很快，當她捕捉到站角落裡正在跟人談笑風生的趙菁後，她的眼眸便驟然亮了起來。

原來他早就已經入場了？早就應該想到的，這個宴會廳不可能只有一個入口，而他也很有可能是走工作人員通道進來的！她就算在正門口守到散場，也未必能逮到這只兔子啊！

「邱生，陪我去跟朋友打個招呼吧？都是我的伴娘，先熟悉一下。」

女人的聲音突然傳來，程曉璐被拉回神，略顯詫異地看了眼不遠處那幾個正看著邱生竊竊私語甚至還偷偷臉紅的伴娘……現在賣春還要跟伴娘熟悉一下的嗎？幹什麼呀？介紹更多生意？

她張了張嘴，想說些什麼，但又覺得自己好像沒什麼立場。

反倒是邱生不以為然地回了句：「沒空，我要陪老婆。」

「……」身旁的女人滿懷希望地看向程曉璐。

對方看得程曉璐實在有些不好意思：「沒事、沒事，不用在意我，你去陪她們聊吧，我剛好也有些事。」邊說，她邊輕輕掙開邱生的手，把他往前推了推。

他頗為不悅地看了她一眼。

「那我就不客氣囉。」女人走上前大方地挽住邱生的手肘，嬌嗔道，「你老婆真識大體。」

邱生不發一言地抿了抿唇，漠然轉身，幾乎同時，程曉璐也緊咬著牙關，逼自己轉身離開。

她的心情很複雜，感覺就像第一天送兒子去幼稚園，心裡有著濃濃的不舍，可是又必須放手。兒大不由娘啊……

抱著這種沉痛的心情，她活像一抹遊魂般飄到了趙菁身邊。

「啊！」正和人閒聊的趙菁轉頭猝不及防地對上像根木頭般站在一旁的程曉璐，嚇得輕不輕。待看清那張臉後，他鬆了口氣，「怎麼又是妳？」

「對啊，又是我。」程曉璐強打起精神對著他笑，「你現在可以給我幾分鐘了嗎？」

他調整了下情緒，重拾公式化的虛偽笑容：「很抱歉，Hayden 對我們公司來說很重要，我希望妳能明白我的難處。」

「以你們公司現在的狀況來說，一個好的行銷方案遠比 Hayden 重要。」

「妳確定？」他嘴角的笑透著一絲譏諷，「Hayden 剛拿了荷賽獎，需要我跟妳補充一下關於荷賽獎的知識跟重要性嗎？」

「不需要，我不關心的，反正就算知道了我也不可能拿到那種獎，而那些以荷賽獎為最終目標的專業攝影師，你覺得有多少人會選擇派索？因為曾經有一個人靠著派索相機拿到了荷賽獎，所以他們也會盲從嗎？我們家是開餐廳的，我爸可不會因為米其林三星廚師用的是 WMF 的刀就立刻也去買一把。工具說到底只是工具，作品的好壞取決於人，這個道理連我爸都懂，你不會不懂吧？」

他輕笑了聲，轉身從一旁的服務生手中拿了杯酒遞給她：「你們家餐廳生意如何？」

程曉璐抬手接過酒杯，禮貌地道了聲謝：「還不錯，至少夠我回去啃老的。」

「你爸用的是什麼刀？」他繼續問。

「村裡鐵匠打的刀，用整張白紙鋼一層又一層錘出來的，幾十年了，我爸用的一直是他們家的刀，習慣了而且順手。」

「堪比本燒刀的工藝呢……」他揚了揚眉，「用這樣的刀似乎不太適合說出『工具說到底只是工具，作品的好壞取決於人』這種話吧？」

「在我看來，派索的科技或許算不上最先進，但你們的工藝足夠精湛，一直堅持的『匠人精神』也是值得發揚光大的。我爸也說過，工欲善其事、必先利其器，其中這個『利』字並不是指最鋒利，而是指最合適。順手，這兩個字在很多時候足以勝過各種黑科技。」

「那妳覺得派索適合怎樣的人？」

「對派索歷史有一定瞭解，比起業餘愛好者要更加狂熱一些的發燒友，簡而言之就是小眾但又不失格調，即使在專業人士面前提起，也不會有差錯。好比民謠，有固定的圈子，有非常死忠的粉絲，對於那些愛玩獨特性的人來說，這是最佳選擇。」

定位準確到讓趙經理有一絲意外，他不動聲色地繼續問：「那妳覺得應該怎麼行銷？刷情懷嗎？」

短短幾秒鐘的時間，程曉璐的腦子飛快運轉著。

他會這麼問，顯然其他公司給他的也是這個答案，也就是說，這的確是標準答案。問題是如果她也跟其他公司一樣，那根本就不具備競爭力，他又何必冒著得罪MK的風險來給佳沃這個機會呢？

用最快的速度深思熟慮了一番後，她回道：「如果你問的是P-1全畫幅這款產品，那的確適合刷情懷，整整十四年的堅持是你們得天獨厚的優勢，沒有道理放著不用。但是如果你問的是派索，正如Hayden早上演講時所說的那樣，你們未來的路還很長，擁護者想要看到的是一個能夠逐漸重拾昔日輝煌的派索，而不是一昧刷情懷、憶當年的遲暮英雄。我認為錯位化[23]和差異化競爭是短期內最適合派索的道路，暫時放棄專業市場，轉而面向那些特定客戶。畢竟，不管你們承不承認，現實就是那麼殘酷，今時今日的派索暫時還引領不了市場。作為廣告公司，我更建議你們先鞏固之前在市場上所占領的一席之地，直到它牢不可破，唯有如此，你們的研發團隊才能有更多的時間開發出一款足以讓派索重回巔峰的旗艦產品。」

「妳的名片方便再給我一次嗎？」

程曉璐眼眸一亮，有些激動地拿出名片夾，趕緊遞了自己的名片給他。

和上午不同，他頗為禮貌地雙手接過，很認真地看了一眼：「我會儘快把P-1的詳細資料寄給妳，關於比稿的時間公司目前還沒有決定，等有決定了再通知妳。」

23 錯位化：在競爭中依託自己的競爭優勢而發展出的獨立模式。

「謝謝、謝謝！」她誠懇地不停鞠著躬，「真的非常感謝。」

「不用客氣，各取所需罷了。」

「是是是……」不管他現在說什麼，程曉璐都沒有意見！

「能不能冒昧問一句……」

「請問、請問。」

「妳認識邱生嗎？」

「哎？」她意外地抬起頭，怔怔看著他。

趙菁轉了轉眼眸，看向不遠處的邱生：「妳從剛才就一直在看他。」那種眼神不單單是見到長得好看的男人而移不開目光，更多的是擔心。

「你也認識他嗎？」

「算是吧……」他突然冒出個大膽的猜測，試探性地問，「該不會妳早上提起的那個隨便拍幾張照片都比 Hayden 好看的室友就是邱生吧？」

「沒錯、沒錯！」程曉璐激動地猛點頭，「我不是在信口開河哦，我們家邱生也是個攝影師，他拍的照片毫不誇張，是真的有靈魂的！快門隨便一按就是一個故事！你們下次再舉辦比賽的時候能不能也給他一次機會？像他這麼有才華的人被埋沒實在是很可惜呢！好像有點口說無憑哦。」她尷尬地撓了撓頭，「要是再見面的話，我把他的作品帶來給你看啊。」

「不必了。」趙菁笑著打斷了她。

「……」這個人還真是很吝嗇給別人機會呢！

「別誤會……」他抬起手，拍了拍程曉璐的肩，「你們家邱生我可請不起。」

「嗯？」什麼意思？

程曉璐正想要追問清楚，忽然有道陰森低沉的聲音從她身後飄來。

「把手拿開。」

聞言，趙經理就像觸電般，立刻把手從程曉璐的肩上挪開。

邱生連看都沒看他一眼，自顧自地詢問起程曉璐：「妳搞定了嗎？」

「嗯嗯！」程曉璐開心地直點頭。

「那走吧，回去了。」他不由分說地拉起她的手，轉身準備離去。

「喂……」趙菁不悅的聲音傳來，「你就這樣走了？」

「不好意思，我……」以為趙菁是跟自己說的，程曉璐連忙轉身道歉賠不是。

然而，話說到一半，程曉璐就被邱生打斷：「難道還要留下來吃宵夜嗎？」

「你說什麼呢！」程曉璐惡狠狠地瞪了他一眼，壓低聲音咬牙切齒地道，「我可是好不容易才爭取到機會的，你要是搞砸了，我就真的要失業了！」

然而沒有人理她，邱生依舊拽拽地微仰著頭，完全不想正眼瞧趙菁，而那位趙經理似乎並不介意，笑了笑道：「也不是不可以……」

「不要。」邱生果斷拒絕，「看到你我就沒胃口。」

「你小子別太過分了！有這麼跟前輩說話的嗎！」趙菁終於忍無可忍大吼了。

「哦，那再見。」

「別見了，永遠別見了！一見到你我就來氣！你乾脆就這樣徹底消失吧，真正意義上的消失！」

「真無情。」

「喂！到底是誰無情啊！」

旁觀他們鬥嘴的程曉璐暗自鬆了一口氣，原來剛才趙菁不是在跟她說話啊，太好了……

好個屁啊！原來邱生跟趙菁認識啊！看起來還非常熟啊！

說不定梨若琳就是知道這層關係，所以才會特意囑咐她有什麼不懂就問邱生的？

很好！那麼問題來了，她辛苦了一天到底是為了什麼？明明邱生一句話似乎就能搞定一切了！

當然，這只是程曉璐的猜測。

雖然邱生和趙菁的確是認識，但是關係好像有些耐人尋味……最後，他們是被趙菁怒氣沖沖地趕出宴會廳的，看來邱生一句話搞砸一切的機率反而比較高。

這也是她的猜測，真相究竟如何，她並沒能從邱生那裡得到證實，因為這傢伙壓根不理她。

走出飯店後，他就默不作聲地鑽進停在門外等候乘客的計程車，兀自跟司機報了他們所住的那家飯店地址，用眼神示意她趕快上車。程曉璐沒敢再猶豫，趕緊上車坐到他身旁，可是當她試圖跟他搭話時，卻只換來了一句：「我現在心情不好。」

什麼意思？是嫌她煩是吧？

程曉璐索性別過頭不再搭理他，又不是只有他心情不好，她也……好吧，她心情很好，成功爭取到了比稿機會，不只保住了工作，還算是替公司立了功，感覺離人生巔峰又更近一步了。

她亢奮到有好多話想跟邱生說，可是他顯然不想聽，感覺就像被他冷漠的推開了，很不爽。但要不是因為邱生，她今晚恐怕根本見不到趙經理，想到這點，即使有再多的不爽，她也只能先憋著。

反正像這樣毫無徵兆心情突然不好的情況他之前也有過幾次，通常不會持續太久，最多就一兩個小時，隨便他，說不定過一會兒就好了。

讓程曉璐沒想到的是——這一次他破紀錄了。

直到回飯店，他還是一言不發，洗完澡、爬上床……這是打算睡了？

程曉璐呆站在床邊，滿臉驚愕：「你這麼早就睡了？」

為了確認自己對「早睡」的定義沒有錯，她還特意拿出手機看了眼——沒錯啊，現在才八點多啊！

床上的邱生仍舊不予理睬，只是翻了個身，捲過被子把自己包得緊實，就像是襁褓中的嬰兒。

看來心情還是沒有好轉？程曉璐決定繼續採取放任模式，默默轉身從行李箱裡翻找出睡衣，替他關了燈，走進了浴室。

直到她洗完澡走出浴室時，邱生還是保持著剛才的姿勢，她也只好撇撇嘴，走到書桌邊打開電腦，插上耳機，正打算找部影片來看……

「程曉璐！」床上的男人直挺挺地坐起身，對著她怒吼。

「怎、怎麼了？」程曉璐嚇了一大跳，連忙摘下耳機，轉過頭不明就理地看著他。

邱生咬牙切齒地道：「妳怎麼不問我為什麼心情不好！」

「我是很想問，可是你一直不理我啊。」她一臉無辜。

「哼！」他又一次倒回床上，翻過身蜷成一團。

「……」哼個屁啊！你是三歲小孩嗎？要不要買根棒棒糖來哄你啊！

雖然滿腹吐槽，但程曉璐差不多也意識到了──與其說他是在生氣，倒不如說他根本就是在撒嬌。

放任模式看起來是不管用的，她輕輕嘆了口氣，認命地站起來走到床邊，緩緩蹲坐在地上，抱著膝、歪過頭，噙著溫柔笑容輕聲詢問：「為什麼心情不好呀？」

他悶聲不響地把頭埋進被子裡。

她強忍住想要抄起枕頭狠狠砸向他的衝動，小心翼翼地伸出手，輕輕扯開了他蒙在頭上的被子：「到底怎麼了？」

他甚是委屈地咕噥道：「要抱抱。」

「……」程曉璐實現了剛才的想法，猛然撿起被他丟在地上的抱枕砸向他。

邱生非常敏捷地往旁邊一滾，完美避開了她的襲擊。

見狀，程曉璐愈覺得氣不打一處來，憤恨地丟開抱枕：「隨便你！愛說不說，要睡趕快睡，別煩我。」

他猛地抓住了她的手腕。

「又想幹什麼啦？」她頓住腳步，不耐地瞪他。

「春花是不是告訴妳有個富二代千金找我拍婚紗照，其實是想包養我？」

程曉璐頗為驚訝地失聲嚷道：「你怎麼知道？」

「所以妳今晚在明知對方企圖包養我的情況下，卻丟下我不管？」

「……」

邱生凝視著她，咄咄逼人地繼續問：「就算我真的被別人包養了，妳也不在意嗎？」

「跟我有什麼關係……」她有些不解地皺了皺眉，「如果你自己都不在意了，那我當然也無話可說了，又不是你媽，還能教你做人的道理不成？」

他沉了沉氣，盡可能保持冷靜地提醒她：「可是，妳是我老婆。」

「這個你倒是不用在意啦，反正很快就不是了。」她不以為然地揮了揮手，「不過你能有這種責任感還是值得表揚的，所以說對方也是有老公的人，就算他們是為了利益結合，也不可能比我們兩個更加莫名其妙了。連我們這麼奇怪的婚姻你都覺得在離婚前有必須堅持的底線，那是不是也不應該去介入別人的婚姻？」明明說了跟她無關，但程曉璐還是忍不住管了起來。

她想，或許邱生自己也在掙扎，她的意見說不定能把一個迷途青年拉回正軌！

可結果……

「我不會離婚的。」

結果他只回了這麼一句跟剛才的話題完全無關，卻和她的人生息息相關的話！

「什、什麼意思……」她木訥地眨眨眼，好半晌才回過神來。眼見他別過身去背對著自己，顯然不想再多說的樣子，程曉璐急了，「什麼叫你不會離婚？喂！你倒是給我把話說清楚啊！」

「字面意思。」

「這跟說好的不一樣！」她爬上床，想要扳過他的身體逼他面對自己，「明明說好等有空就趕快去離婚的！你現在是想要反悔的意思嗎！」

「吵死了！」他抖了抖肩，甩開了她。

程曉璐不死心地捲土重來，這一次索性騎到了他身上：「姓邱的！你這種行為叫作騙婚！」

「下去。」他沉聲低喝。

「除非你答應回去就把婚給離了，否則我死也不下去！」

他絕望地把頭重重倒在了枕頭上，目光呆滯地看著天花板，試圖忽略她的存在，然而……辦不到。身上沉甸甸的分量實在太有存在感，他掙扎片刻後便放棄了，邱生咬了咬牙，猝然伸出手扶住她的肩膀，猛地起身，翻轉、把她壓在了身下。

「騙妳怎麼了？」邱生瞇起雙眼，「我還能做出更過分的事情妳信不信？」

程曉璐略微愣了片刻，只是片刻，她便回過神，面無表情地道：「不信。」

「不信就對了。」他鬆開按在她肩上的手，翻過身仰躺了下來。生怕她察覺到他眉宇間的動搖，他用手背擋住了眼睛，苦笑低喃，「我怎麼可能對妳有興趣……」

沒有什麼事是不可能的，這個道理很久以前他就懂了，察覺到喜歡上她的那一刻就懂了。

程曉璐顯然沒有讀懂他語氣裡的絕望，那句話在她聽來就只是——我不可能對妳有興趣。

她暗自鬆了口氣，又一次興沖沖地湊到他身邊：「所以剛才你只是在跟我鬧著玩？說什麼不會離婚之類的，其實是開玩笑的對吧？對吧？」

他挪開手背，默默看了她一會兒，不動聲色地扯開了話題：「能好好睡覺嗎？我明天還要早起。」

「嗯嗯！」她很乖巧地點頭，「那你睡吧，我去看影片，不煩你了。」

「妳也該睡了。」邱生伸出手，攔腰抱住她，把企圖爬下床的她又拽了回來。

「為什麼？我明天又不用早起。」公司給她的時間還算充裕，訂的回程班機是明天晚上將近十一點的。正因為紅眼班機[24]比較便宜，她就無所謂，剛好還能有時間隨便逛逛，悠閒吃個晚餐。換句話說，明天是她的自由活動時間，可以睡到自然醒，用不著那麼早就睡吧。

「誰說妳不用早起的？」邱生睨了她一眼，「我明天要幫朋友拍婚紗照，缺個助理。」

「朋友？」那個女人這麼快就變成他朋友了？程曉璐的語調不自覺地上揚，「你還是決定幫她拍？」

「嗯。」

「還想要我當你的助理？」

「又不是沒當過。」

「才不是這個問題……」平常合作的時候，她確實經常會充當助理幫他舉舉反光板、打打燈之類的，但之前邱生拍的都是死物，這次可是活生生的人！還是企圖包養他的人啊！

「不願意嗎？」他鬆開落在她腰間的手，「那就當我沒說過……」

「願意！」果然他還在掙扎，所以才希望身邊能有個阻止他走上歧路的人吧？這麼想的程曉璐信誓旦旦地拍了拍胸，「放心！這次我不會再丟下你不管了！」

邱生默默把她的手從她胸前拉開：「手感那麼好，別拍壞了。」

「……」

「果然還是檢查一下比較放心……」

24 紅眼班機：指深夜到凌晨這段時間起飛，於隔日清晨或早上抵達目的地，且飛行時間少於正常睡眠需求（八小時）的航班。

程曉璐用力拍開了那只朝著她胸前伸來的魔爪：「給我好好睡覺！」

「哦……」邱生依舊不太放心地看著她的胸。

她猛地拉過被子，翻了個身躺下來，背對著他。

「電腦不關嗎？」身後傳來他的詢問聲。

「不用管它，反正等一下自己會暗掉。」她又往床的另一邊挪了挪，盡可能地跟邱生保持距離，「晚安。」

隔了好一會兒，邱生的回應才傳來：「晚安。」

他的聲音真好聽，渾厚、有磁性，給人一種安定的氣息，如果每天晚上都能聽到這種聲音在耳邊低喃「晚安」，一定會睡得很好……

臨睡前，程曉璐腦中突然冒出了這個念頭。

她還來不及細想這意味著什麼，便已經揚著嘴角進入了夢鄉。

♪

程曉璐做了個很離奇的夢。

夢裡，她站在興慶宮[25]的花萼樓前，滿山滿谷的櫻桃花漫天飛舞，一片白茫茫，比櫻桃花更白的是不遠處那抹穿著一襲婚紗的窈窕身影，素淨又不失嬌豔。女人在乍破的晨光中笑得很甜，比昨天晚宴

25 興慶宮：歷史古蹟，唐玄宗時期的政治中心。

上的笑容還要甜，是多數新娘會擁有的笑容，讓人不禁覺得這場婚姻簡直要比眼前這景色更加美不勝收。

事實也確實如此，一旁的新郎不只帥氣，還體貼地配合著造型師一起幫新娘整理頭紗，動作小心翼翼，哪怕只是輕微拉扯到新娘的頭髮，他都會心疼得直皺眉，看著新娘的眼神也分外溫柔……

所以才說離奇啊！那個 Hayden 居然會有這種眼神？怎麼可能！

沒錯，Hayden！這個新郎是 Hayden 啊！

這種匪夷所思的展開就像是一場夢，她也已經認定自己是在做夢了。

然而……

砰！

太過失神的她迎面撞上了花萼樓前的柱子，很痛、很痛，這種痛讓她足以意識到這不是夢！

清脆的聲響引來了不少側目，當然也包括一旁正在調整與測試相機的邱生。

「妳幹什麼？」他蹙著眉心朝她看了過去。

痛感已經逐漸褪去，但程曉璐卻更加恍惚了。

這居然是現實啊！怎麼可能是現實？那個得過荷賽獎的知名攝影師 Hayden 居然會找邱生幫忙拍婚紗照？怎麼想都覺得不科學啊！

「很疼嗎？」見她神情呆滯又不說話，邱生難掩擔憂地走上前，伸出手替她揉揉有些紅腫的額頭。

眼神——他的眼神跟剛才 Hayden 看未婚妻時，好像……

程曉璐心頭倏然收緊，連呼吸都凝滯了。

幸好有個女孩突然跑過來，臉頰微紅，怯生生地問：「邱攝影師，那、那個……我想確認一下第二套是穿這件婚紗嗎？」

邱生繼續替程曉璐揉著額頭，一邊分神看了眼女孩遞來手機螢幕上的照片，然後懶懶地「嗯」了一聲。

那一臉不想被打擾的表情實在太明顯了，女孩抿了抿唇，不由得偷瞄一旁的程曉璐。

女孩打量的視線讓程曉璐回過神，立刻往後退了一步，躲開了他的手：「不、不要揉了……」

邱生愣了下，因為她的迴避而不悅地蹙緊眉，目光一轉瞪了眼那女孩，沒好氣地問：「還有事嗎？」

被遷怒了！女孩立刻識相地搖頭：「沒、沒事了，我們這就去準備。」

話音還沒落盡，她就已經轉身逃開了。

很快，邱生就重拾笑臉再次看向程曉璐，不放心地問：「還疼嗎？」

「比起這個……」她用一種從未有過的認真目光打量了邱生許久，「你到底是誰？」

「妳腦子撞壞了？」

「你才撞壞了呢！」程曉璐沒再繼續罵下去，他看起來不像是在嘲諷，神情是真的挺緊張的，於是她沉了沉氣，「我的意思是，你到底是何方神聖？那些人為什麼都叫你邱攝影師？」

剛才那個女孩也就罷了，應該只是造型師的助理，禮貌性地喊邱生「攝影師」也是可以理解的，但是那個正在幫新娘確定妝容的造型師就不同了。程曉璐見過他一次，去年她負責的一個客戶請了大咖女星代言，那個造型師就是那位女明星帶來的，據說在業界很有名，就連他剛才都尊稱邱生「邱攝影師」啊！

對此，邱生只是雲淡風輕地解釋：「誰知道呢，他們那個圈子裡的規矩吧。」

才不會讓他就這樣糊弄過去呢！程曉璐咄咄逼人地繼續追問：「那為什麼 Hayden 會讓你來拍婚紗照？」

「我姑且也算是個攝影師，」他理直氣壯地反問，「找我有什麼問題嗎？」

「問題大了好嗎！就好像如果有一天我轉行了，需要找廣告公司合作的話，一定會找一個要比我更專業，並且我發自內心信任的人，這是人之常情吧？」

「那種人不是很好找嗎？相對於妳而言的話。」

好吧！沒辦法反駁！

程曉璐暗暗咬了咬牙：「但是相對於 Hayden 而言，非常不好找啊！一個拿過荷賽獎的人，除了自己，他還能信任誰啊？」

「我啊。」

「所以才問你究竟是誰啊！」

「這麼說吧……」感覺到她是真的急了，邱生收起了玩心，「業界流傳著一個說法，他之所以能拿到荷賽獎是因為我沒有參賽。」

程曉璐突然回想起昨天從聚會工作人員那裡聽到的八卦，她微張著嘴，難以置信地瞪著邱生：「你……你該不會就是傳說中 Hayden 的那個死敵吧？」

「正是在下。」他煞有介事地對程曉璐作了個揖。

「……」程曉璐恍惚了。

面前這個人是她所認識的邱生沒錯，輕浮、不正經、全身上下透著一股得過且過的氣息，可是她又覺得這並不是真正的邱生，至少不是傳說中那個邱生。

在跟她認識之前，他過著怎樣的生活、經歷過怎樣的故事，又到底是個怎樣的人？這些他從來沒提過……

邱生突然伸手很用力地把她拽到身後，程曉璐猛然回過神來，一臉不解地抬眸，便瞧見有一團黑影正朝著他們所在的方向襲來。

幸好邱生反應夠快，穩穩攔截了那團黑影，也因此程曉璐終於看清了那團黑影的真面目——那是一只高跟鞋。

銀色的、宛若水晶鞋般的高跟鞋，顯然是新娘的鞋，但那位新娘也是一臉茫然，片刻後，憤然轉眸瞪向身旁的Hayden。

兇手是誰已經很明顯了。

「這是謀殺你知道嗎！」邱生猛地把那只鞋朝著Hayden砸了回去。

那頭的Hayden也不遑多讓地接了個正著，再一次朝著邱生丟去：「就憑你剛才那番話！殺了你是應該的！」

「我有說錯嗎！」又丟回去了。

「哪裡都錯了好嗎！說得好像你參賽了就能贏我一樣！」繼續丟。

「迄今為止，我有輸給你過嗎！」

「去死吧渾蛋……」

「Hayden！」新娘啟唇低喝，制止了再次想要把高跟鞋拋出去的 Hayden，「給我把鞋穿好！」

「哦。」他瞬間從一隻張牙舞爪的獅子變成乖順的小貓，用手輕輕擦拭那只高跟鞋，蹲下身，如同王子般幫他的新娘穿上了水晶鞋，仰起頭，賣乖似地對著她直笑。

程曉璐呆呆地看著這一幕，就算男主角是那個討人厭的 Hayden，還是不能否認這畫面真像童話故事啊，簡直就是每個女人都很嚮往的愛情。所以說，以拍婚紗照的名義包養邱生這種事情根本就是瞎扯淡吧！人家夫妻明明恩愛得很啊！

穿好鞋後，新娘踏著優雅的步伐朝他們走來，她停在程曉璐面前噙著微笑道：「妳好，我叫肖樂，是 Hayden 的未婚妻。昨天晚上有點忙，招待不周，都沒能好好跟妳打個招呼，今天還要麻煩妳和邱生這麼早起，真不好意思。」

「哎？」程曉璐愣了下，反應過來後連連擺手，「不、不麻煩的，應該的。」

邱生瞟了她一眼，故意道：「昨晚妳可不是這麼說的。」

「閉嘴！」程曉璐立刻吼斷了他的話語。

「昨晚她是怎麼說的？」Hayden 好奇地湊上前追問。

「不關你的事！」程曉璐繼續搶白。

「怎麼就不關我的事了！」Hayden 不爽地瞪了她一眼，「我還沒問妳呢！為什麼會在這裡？妳跟我們家邱生什麼關係？」

「我什麼時候變成你家的了？」邱生忍不住插嘴。

「別說話，我這可是為你好，這個女人很有可能只是在利用你接近老趙！她昨天就試圖踩著我這麼做了！」

「我……」程曉璐語塞了，沒法反駁，她昨天的確這麼幹了。

「我樂意，你管得著嗎？」邱生沒好氣地撇他一眼。

「你是不是屬狗的？怎麼就這麼不識好人心！」Hayden 咬牙嗆了回去。

「你才是屬狗的吧？沒事抓什麼耗子。」

「我的確是屬狗的……」

「我好像也是……」

肖樂：「……」

程曉璐：「……」

就在他們兩個的戰爭朝著奇怪的方向發展時，剛才被點名到的趙菁出現了。

「哈哈哈哈，你們倆還真是老樣子啊，一見面就吵。」一身伴郎打扮的他笑得很爽朗，看起來心情很不錯，還笑瞇瞇地抬起手，禮貌性地摟住程曉璐的肩，「不用擔心，我跟這位程小姐已經『勾搭』上了，她顯然不是為了我才接近邱生的。」

聞言，Hayden 不爽地大聲嚷嚷道：「什麼時候勾搭上的？怎麼勾搭上的？你明明答應過我不會理她的！」

「沒辦法，我對專業素養高的人沒有抵抗力。」他無奈地聳了聳肩，「順帶一提，邱生是她的室友。」

「室友？」Hayden 愣了愣，片刻後才反應過來，「室友？」

「你是錄放音機嗎？」趙菁笑意盈盈地問。

Hayden顧不上反擊，難以置信地看著程曉璐：「所以妳昨天說的那個照片隨便拍都比我的得獎作品更出色的室友就是他？」

「對啊，就是他！」程曉璐與有榮焉地挺起胸膛，「你那麼厲害還不是要找他幫你拍婚紗照？足以證明我說得一點也沒錯，他的照片就是比你出色！」

「有沒有毛病？你以為我想找他啊！你見過有誰婚紗照是自拍的嗎？」

「那你也可以找別人啊，為什麼非得找邱生？顯然連你都覺得他的作品很棒嘛。」

「我不拍了！」他咬著牙憤恨不平地轉身。

見狀，一旁的肖樂柔柔地喚了聲：「Hayden——」

他摸了摸鼻子，很沒出息地又走了回來，一臉「寶寶心裡苦，可是寶寶不說」的表情，只是沒人搭理這位寶寶。

「把手拿開。」邱生用力揮開了那只落在程曉璐肩上的手。

「怎麼了？」趙菁明知故問。

「我不爽。」

趙菁笑了笑：「你就算不爽也總要有個理由吧。」

「因為她是我老婆。」邱生回得理直氣壯。

「……」趙菁沉默了，雖然已經察覺到邱生肯定不僅僅是把這個女孩當作室友來看待，但這個結果還是很出乎他的意料。

確切地說，是在場的每個人都靜默了，包括程曉璐。

她不明白，為什麼會有人用這麼若無其事的語氣宣布婚訊，簡直就像是在談論天氣，就不能莊重一點嗎！

愣然許久後，Hayden 率先回過神來，一驚一乍地大叫：「你結婚了！」

「有什麼問題嗎？」邱生斜睨了他一眼，不冷不熱地反問。

「我不信！」Hayden 轉頭看向程曉璐，尋求確認。

「呃……」程曉璐愣了愣，片刻後才點頭，「是結婚了沒錯。」

Hayden 咬了咬牙，繼續追問：「什麼時候結的！」

「比你早。」邱生沒好氣地道。

「憑什麼！你憑什麼就連結婚都要贏我？怎麼這麼無聊！」

「你才無聊吧。」肖樂白了他一眼，「會不會說話？誰會拿婚姻大事來比較？當然是因為遇見了想要一起過一輩子的人，才會想要結婚的。」

「妳為什麼幫他說話？妳該不會還喜歡他吧！」

肖樂急了：「你神經病啊！」

Hayden 也意識到這個玩笑開過了，趕快低頭認錯：「我錯了！」

「不拍了！」肖樂扯下頭紗，憤怒轉身，「你愛找誰找誰去！這婚也別結了！」

「別、別別別啊！除了妳還有誰能要我……」Hayden 立刻追上去求饒。

場面頓時有些混亂，生怕肖樂真的會一走了之，趙菁也連忙上前幫忙勸說，反倒是身為導火線的邱生依舊事不關己地站在原地，嘴角微微上翹，噙著一絲淺淺的微笑，目不轉睛地看著程曉璐。

程曉璐被他看得有點發毛：「怎、怎麼了？」

「我還以為妳會否認的。」

「啊？」是指結婚的事嗎？她有些激動，語氣更像是在邀功，「說真的，我差點就否認了，後來想了想覺得不對，明明馬上就要離婚了你還特意說出來，那肯定是有原因的！果然是為了讓肖樂毫無心理負擔地嫁給 Hayden 吧？看來她也不是一廂情願，你也挺喜歡她的嘛。這次是我喝醉酒拖累你了，要是這段短暫的婚姻對你而言還是有那麼點利用價值的話，那你就盡情地利用吧，我不介意的！」

「妳神經病啊！」

「哎……」程曉璐沉沉地嘆了口氣。這兩個人連說話都如此相似呢，不能在一起真是可惜了。

「我不喜歡她！」

「嗯……」事到如今，也只能否認了吧，挺讓人心酸的。

「她也不喜歡我！」

「嗯嗯……」

「……」邱生深切體會到什麼叫百口莫辯了。

4 你丟開的那些正巧是我想要的

程曉璐之所以會覺得這一切就像是一場夢，還有個很重要的原因。知名彩妝品牌BF的千金、剛拿下荷賽獎的著名攝影師，這對新人無論是身分、地位、長相，都像言情小說中才會存在的人，那麼高高在上，她以為他們的婚紗照多半會出國拍，像是馬爾地夫、大溪地之類的地方，為什麼會是西安呢？

直到正式開始拍攝，她的困惑終於得到了解答——因為攝影師是邱生。

中午吃飯的時候她稍微翻看了下照片，還沒放到電腦裡看就已經讓她足夠震撼——身穿西式禮服的新人置身於古都之中卻絲毫沒有違和感，反而透著一種難以言喻的意境，一張張的照片就像一則故事，一個穿越千年也要執子之手的故事，他拍出了一曲蕩氣迴腸的愛情。

有這樣的攝影師在，拍攝地點很重要嗎？後製很重要嗎？

不重要的還有她這個助手……根本是可有可無啊！

因為工作的關係，程曉璐也旁觀過不少廣告海報的拍攝現場，助理不只要準確找出攝影師所需要的鏡頭，甚至還需要引導被拍攝的模特兒，配合攝影師的指示讓他們給出正確的眼神、姿勢與表情，如果被拍攝的對象是習慣鏡頭的專業藝人或許還容易一些，可是婚紗照的話……一個毫無經驗的助理要怎麼拯救一對毫無經驗的新人？

事實證明，她想多了。

肖樂的確沒有太多經驗，而 Hayden 也是習慣拍別人，輪到自己反而無所適從；但邱生從頭到尾就只是個記錄者，不打擾、不干涉，也不會要求他們配合擺出什麼姿勢，更確切地說——

『一個稱職的攝影師是不會要求拍攝對象來遷就自己的，而是由自己來成就。』這是古旭堯曾經說過的話，邱生做到了。

直到拍攝結束，程曉璐都沒什麼出場的機會，甚至是靠近不了邱生！

那群伴娘始終圍在他身邊，搭訕、閒聊、加通訊軟體好友、獻殷勤，而他也從未拒絕，就連那些人肆無忌憚地把玩著他的頭髮他都沒有拒絕！

邱生只是一邊收拾著東西，一邊任由她們替自己紮起各種辮子。

程曉璐咬牙，氣勢洶洶地走到他們面前，瞪了一眼邱生後，沒好氣地看向那幾個伴娘：「造型師讓妳們去卸妝。」

她們正玩得不亦樂乎，顯然邱生的頭髮對她們更具吸引力。

「造型師讓妳們去卸妝！」程曉璐不得不提高音量又吼了一遍。

「等一下吧，又不急。」終於有人理她了，只是有些心不在焉。

「可是我很急！」程曉璐繼續吼。

方才說話的那名伴娘瞥了她一眼，不太友善地問：「妳急什麼？」

「急著帶我老公回家！」

「老公？」那名伴娘不解地蹙了蹙眉。

「是我、是我，她說的是我。」邱生自告奮勇地舉起手。

一時間，伴娘團就像沸騰的熱鍋般炸開了——

「你結婚了！」

「真是的，怎麼不早說啊！」

「沒意思，走吧、去卸妝了。」

「等我一起！」

「那我也去了。」

圍在邱生身邊的人群總算是散了，嘰嘰喳喳的聲音漸行漸遠，程曉璐頓時覺得整個世界清淨了。神清氣爽的感覺並沒有持續太久，轉頭看見邱生正咧開嘴衝著她傻笑，她的怒火又再度燃起：「你笑屁啊！」

「妳相信我了嗎？」他笑得更加燦爛了。

程曉璐不解地眨眨眼：「相信什麼？」

「我真的不喜歡肖樂。」

「……」還在糾結這件事啊？

「她也從來沒有喜歡過我，不要相信那些不明白事實真相的人隨口杜撰的謠言，從以前到現在我們就只是普通到不能再普通的朋友，甚至都沒有單獨吃過飯。」

「我知道啦……」她也不是白癡，這一整天的拍攝足夠讓她看清很多事了。肖樂對邱生的態度確實只是朋友而已，要是他們之間真有什麼，Hayden那個「東亞小醋王」打死都不會找邱生來幫他們拍結婚照的吧？

察覺到這一點時，她就覺得鬆了一口氣，但這反而讓她有些害怕；更可怕的是，她覺得邱生頭髮上的那些髮帶非常刺眼，甚至控制不住上前幼稚地扯下髮帶，伸手揉亂了他的頭髮，「你乾脆去把頭髮剪了吧！」

「不要。」偶爾程曉璐心情好的時候會幫他吹頭髮，那是他為數不多的福利了。

「就這麼喜歡被那些女人玩頭髮嗎？」

「要妳管。」他賭氣嘟囔。

「我不管你、誰管你啊！有本事你就讓那些女人來家裡幫你掃頭髮啊！知道我這頭齊肩狗毛為什麼維持了那麼多年嗎？就是因為懶得掃啊！結果每天要跟在你屁股後面收拾，我上輩子欠你的嗎！真是的，明明露出額頭那麼帥，剪成短髮的話一定更帥，完全搞不懂你到底是在堅持什麼……」

「真的嗎？」邱生突然打斷了她的抱怨。

「當然！回去之後你自己掃掃看就知道有多累了！」

「我是說，露出額頭比較帥是真的嗎？」

「嗯？」她愣了下，呆呆地點頭，「真的啊，昨天晚上你不是把頭髮都往後梳了嗎？超帥的。」

「喜歡嗎？」他微微歪過頭，目不轉睛地凝視著她，笑得令人心神蕩漾。

她沒來由地心口一緊，下意識避開他的目光：「還、還行……」

「那回去就剪。」

「咦？」妥協了？為什麼？

明明她之前也抱怨過很多次，他完全不理會啊。難道就因為她說好看？這麼信任她嗎？不、不可能，她的審美可是被邱生吐槽過好幾次的。也許只是不想把這個話題繼續下去，所以乾脆隨便敷衍一下吧。

但顯然在旁人看起來不是這麼一回事……

換完衣服收拾好東西的 Hayden 摟著肖樂停在了他們面前，滿臉嫌棄：「行了、別虐狗了，趕緊去吃飯吧！我快餓死了。」

「你狗糧還沒吃飽嗎？」趙經理笑著附和。

「也是，對於身為單身狗的你來說，這種程度殺傷力已經很大了。」Hayden 同情地看著他嘆了聲，「等一下吃飯的時候估計還得被傷害，你不如直接去機場等我們吧，等一下我們再來跟你會合。」

「滾！」趙經理憤恨地瞪了他一眼，「老子當年叱吒情場的時候你還在追著肖樂的屁股後面跑呢。」

「老趙，你沒聽說過『好漢不提當年勇』嗎？」

「你……」

肖樂止住了笑，打了個圓場：「你們別鬧了……」說著，她轉頭看向程曉璐，「一起吃頓飯吧，讓你們兩個辛苦一天，也挺不好意思的。」

「唔……」程曉璐做不了主，用眼神詢問起邱生的意見。

他很配合地接棒：「不用了，我們還得趕飛機。」

「不是十一點多的飛機嗎？我們訂了同一班……」趙經理看向程曉璐，盛情相邀，「一起吧。」

邱生咬牙道：「你怎麼那麼陰魂不散！」

趙經理笑瞇瞇地回道：「你老婆昨天也很陰魂不散啊，禮尚往來嘛。」

看在「你老婆」這個稱謂的份上，邱生妥協了，突然覺得這群人還是挺可愛的。

看在「你老婆」這個稱謂的份上，程曉璐崩潰了……

完蛋了！剛才只顧著趕走那群煩人的伴娘，一時之間沒想太多，就憑那群人的八卦能力，那麼快就傳進趙經理耳中一點也不稀奇啊！可是這個趙經理之後或許會跟他們公司合作，這場荒誕的婚姻她才不想讓公司裡那些人知道呢！尤其公司裡還有阮靈！

輕易就看出她在想什麼的邱生拍了拍她的肩，安慰道：「放心吧，老趙不會多嘴的。」

而邱生口中的「老趙」很不合作：「哎、這可不好說，那要看你怎麼堵我的嘴了。」

「……我考慮看看。」邱生沉默了一會兒才回答。

考慮？考慮什麼？程曉璐好奇地左右張望著，然而，他們已經開始認真討論「吃什麼」這個嚴肅的話題，顯然沒人有空搭理她。

♪

這頓晚餐吃得很愉快，雖然 Hayden 還是喜歡挑釁、趙經理還是喜歡挑唆，肖樂偶爾也會唯恐天下不亂地火上澆油，可是程曉璐並不討厭他們。

她在他們身上感覺不到絲毫的惡意，相反的，他們是真的把邱生當朋友吧？既不探究她和邱生的婚姻，也不八卦她和邱生的關係，彷彿只要是邱生做出的選擇，他們都會無條件支持。

坦白說，程曉璐有點羨慕這樣的友情。

但比起羨慕，她更多的是恍惚。

在來西安之前她怎麼也沒想到會是這種結果，不只搞定了客戶，居然還能跟派索的市場部經理有說有笑地一起坐飛機回來，而這一切都是因為身旁這個男人。

「程曉璐——」正在閉目養神的邱生忽然啟唇，話語裡透著淡淡笑意，「我就長得那麼好看嗎？」

「啊？」她不解地眨了眨眼。

他睜開眼睛看著她：「妳今天已經第十三次看我看得出神了。」

「有、有那麼多嗎？」

「可能還不止，工作太專注或許還錯過了好幾次。」

「你是真的很專注呢，從來沒見你那麼專注過，而且一直是笑著的，以前你工作的時候眉頭總是皺著，像這樣……」她擰起眉心，模仿邱生平常工作時的表情，「今天特別興奮，一副很享受的樣子，像個小孩子，整個人都在發光。」

邱生愣了下，瞳孔倏然緊縮，許久後他才漸漸回過神，若無其事地繼續調侃她：「是不是突然有點崇拜我了？」

「與其說是崇拜，」她想了想，「倒不如說，突然覺得你很遙遠。」

他蹙了下眉心：「遙遠？」

「嗯，總覺得有一天你會毫無預兆地消失，下次再見到你可能就是類似在荷賽獎那種攝影大賽的新聞裡，你搞不好會拍著我從來沒見過的風景，拿下我從來沒聽過的大獎，成為我這一生沒辦法再接近的人……」一想到這裡，她莫名就覺得有些害怕。

於是，她忍不住想要說出來，想要聽到邱生的否認，哪怕只是安慰，心裡也會覺得舒服許多。

可是結果……

他輕聲道：「但願吧。」

「但願？」她的語調不自覺上揚，這比她所能想像到的最壞回答還要糟糕。

「只要是個攝影師都會想要拿獎，我當然也是這麼希望的。」

「那你加油。」除此之外，她不知道還能說些什麼。

伴隨著這句可有可無的話一起湧出的還有一股難以名狀的情緒，她不知道究竟是什麼，只是下意識不想讓邱生看到。

她迫不及待地別過頭，直到在機艙窗戶上看到了自己的倒影，才終於知道那種呼之欲出的情緒是什麼——是落寞，她在自己的眉宇間捕捉到了一抹濃重的落寞。

就在她被這抹落寞嚇到時，邱生的話語再次傳來。

「妳也得加油了。」

「嗯？」她一頭霧水，茫然費解地轉頭看著邱生，「我加什麼油？」

「我不想拍妳沒見過的風景，所以……」他伸出手揉揉她的頭，「加油鍛鍊，妳身體太差了，怎麼陪我一直走下去。」

「『一直走下去』是什麼意思？」

他突然側過身，偏頭吻住了她的唇，很淺、很淺的吻——確切地說就只是在她唇上停留了數秒而已，很快他就重新靠回椅背上：「就是這種意思。」

程曉璐就像是被點了穴般呆坐著，臉頰燒燙，心跳失常，腦袋一片空白。

這個狀態持續了很久，直到她不由自主地伸手摸了下自己的唇瓣，唇邊彷彿還殘留著邱生的溫度，嚇得她好似被電到一般縮回指尖，猛然回神，瞪著身旁已經戴上眼罩的邱生：「這種意思是什麼意思啊！」

他眉心皺了皺，往她的反方向挪了下：「別吵，我要睡覺。」

「你倒是給我把話說清楚了再睡啊！」

「……」回應她的只有一陣均勻的呼吸聲。

程曉璐伸手扯開了他的眼罩：「別裝睡！」

他沒好氣地「嘖」了聲，拉過毯子罩住了頭。

「你……」她張了張嘴，還想再說些什麼，眼角餘光忽然捕捉到坐在前排座椅上的趙經理。此刻的他探出半個頭哀怨地瞪著她，於是她打斷自己的話，勉強揚起笑意詢問趙經理：「有、有事嗎？」

「妳吵到我睡覺了。」

「……」

「再煩我就取消佳沃的比稿資格。」

「……」這麼假公濟私一點都不像趙經理啊！

邱生微微靠向她，理直氣壯地把頭枕在了她的肩上，在她耳邊低語：「老趙起床氣很重，重到就像是換了個人似的，我勸妳最好別惹他。」

她聳聳肩，試圖把邱生抖開：「還不是因為你突然……」

「噓。」邱生打斷了她的話，對她比了個安靜的手勢，但仍舊黏在她肩上輕笑道，「別說話了，為了佳沃。」

「……」好胸悶！悶出內傷了！

回去之後她可不可以跟梨若琳申請工傷啊！

♪

雖然程曉璐有一堆事想要向邱生問清楚，也覺得必須要問清楚，但是……根本沒機會啊！

下飛機的時候已經快半夜兩點了，凌晨的機場並沒有她想像中的那麼冷清，等待計程車的隊伍依舊長得看不到盡頭。幸好 Hayden 的車一直停在機場的停車場裡，並且主動提議送他們一程。雖然省了排隊等車的麻煩，但也代表著她只能暫時忍耐，那些困惑顯然不方便當著 Hayden 他們的面追問。

反正也不需要忍耐太久，等到家就能暢所欲言了。

然而，理想和現實總是有差距的，她的差距還有點大——連怎麼到家的都不知道！

上車後沒多久她就睡著了，直到隔天早上十點多才被梨若琳的電話吵醒。

「趕緊進公司，派索那邊打電話來，說是比稿會議的時間定在五一勞動節連假後。」

考慮到她昨天晚上回來的班機時間有些尷尬，所以梨若琳刻意放了她半天假，說是讓她好好睡一覺，結果還是急著把她叫進公司。大概就是因為這樣，電話裡梨若琳的聲音並不像以往那麼刻板，反而透著一股少見的愧疚。

儘管如此，程曉璐還是立刻驚醒，猛地從床上坐了起來：「這麼趕？」

「嗯。」梨若琳似乎也有些無奈。

程曉璐欲哭無淚：「現在就已經四月中旬了，半個月內就要趕個提案出來嗎？這難度也太高了。」

「是趕出一個百分百能讓客戶滿意的提案，這次的競爭對手實力不容小覷，妳以前慣用的那套動之以情、曉之以理只能錦上添花，必須確保提案本身足夠出色。」

「公司決定讓創意部的哪個組來負責？」這很重要，如果是個相對比較出色的組，那她的壓力能小很多。

「妳來決定。」

「啊？」她眨了眨眼，強烈懷疑自己是不是聽錯了，那麼重要的事居然交給她來決定？

「邵總的意思是內部先比稿，讓創意部所有組都提交一份提案，然後由妳來決定哪個組更適合。」

「為、為什麼是我？」內部比稿啊！這簡直就是動用整個公司的力量！她在佳沃待了這麼多年，像這樣的情況也只碰過兩次，兩次都是由梨若琳負責決策的，甚至可以說梨若琳就是靠著這兩個備受公司重視的客戶爬上了客戶總監的位置。

程曉璐雖然也有一定的野心，但是突然要她扛那麼大的責任，她還是覺得負擔有點重。

「因為目前為止就只有妳跟派索的人接觸過，比較清楚他們的喜好。」

「可是……」程曉璐皺著眉心，怯生生地咕噥，「我怕我做不好。」

電話那頭沉默了片刻，才再次傳來梨若琳的聲音：「如果沒有信心的話那就不要勉強了，覺得自己可以做好的人多了去了，比如阮靈。」

「我有信心！」

程曉璐隱約有種感覺——梨若琳是故意的，故意拿阮靈來激她。

可是沒辦法，她就是吃這一套啊！就算這個瓷器活[26]再難攬，她也會硬著頭皮把自己煉成金剛鑽去攬，絕對不能讓給阮靈！更確切地說，不管是誰她都不會讓！

她之所以能精准把握到派索的定位是因為邱生，之所以能那麼順利見到趙經理也是因為邱生，總而言之，她能拿到這次比稿權，邱生功不可沒。而他那麼散漫的一個人，會幫忙也是因為她吧？所以，她才不會把他的好意拱手讓給別人呢！

想到這裡，她猛地震了下，昨晚的記憶漸漸被喚醒。

差點忘了她還有很重要的事想要問邱生呢！

她立刻掀開被子爬下床，衝出臥室，但在家裡找了一圈也沒看見邱生的身影，看來是去工作了。

程曉璐掏出手機，正想要打電話給邱生時又突然頓住。

仔細想來，他也跟自己一樣出差了好多天，恐怕積累了不少工作，為了那種事陰魂不散地打擾他似乎不太好。說到底，也不過就是一個吻而已，不，那或許都不能稱之為吻，只是嘴唇和嘴唇輕輕碰一下，並沒有任何意義。

退一萬步說，就算有，她也沒有時間去糾結了，還有很多重要的事情等著她去做呢！

26 瓷器活：與下句「煉成金剛鑽」為同一句俗語，原句為「沒有金剛鑽就別攬瓷器活」，指沒有本事就不要去做無法完成的事。

稍微洗漱了一下，程曉璐就收拾東西出門了，連午餐都來不及吃。去公司的途中，程曉璐只是讓春花幫忙叫一份外送，又交代 Apple 通知創意部的組長們下午兩點開會，等她到公司的時候，外送剛好也到了。

她隨口道了聲謝，拿起外送餐點正打算去茶水間吃，卻看見春花笑得一臉詭異，看得她毛骨悚然：「妳幹什麼？」

「嘿嘿——」春花又笑了幾聲，湊到她面前壓低聲音問：「妳跟邱生怎麼樣啦？」

「什、什麼怎麼樣？」程曉璐心虛，佯裝若無其事。

「沒發生什麼事嗎？」

「當然。」她欲蓋彌彰地又補充了句，「我跟他怎麼可能發生什麼事。」

「不是吧？都已經孤男寡女共處一室了，居然什麼事都沒發生！」春花簡直難以置信，不自覺提高了音量。

聞言，程曉璐敏感地蹙起眉心：「孤男寡女共處一室？」

雖然這的確是事實，但春花為什麼會知道？她不記得自己提過，邱生也不像是會到處宣揚這種事的人啊。

「唔……」意識到自己口誤，春花支支吾吾好一會兒，最終還是在程曉璐咄咄逼人的目光下坦白了，「哦喲，還不是因為梨若琳聽說邱生正好要去西安，就拜託他順便幫妳一下嘛。」

「等一下！」程曉璐察覺到不對勁並打斷了她，「這麼說，妳早知道邱生要來西安？」

「是呀。」

「那妳那天晚上跟我聊天的時候為什麼不說？」

「這不是想給妳個驚喜嘛。」

「這算什麼驚喜啊！驚嚇還差不多！我可是被妳那個都市靈異傳說嚇得不輕啊！」

「這就對了呀！」春花雙手擊掌，一副一切盡在掌握中的模樣，「在妳最脆弱的時候，邱生從天而降，這就是所謂的『吊橋效應』啊，傳說這種效應能讓男女之間的感情快速升溫！」

比起那個亂七八糟的效應，程曉璐還有更關心的事：「也就是說，是妳安排我們兩個住在同一間房的？」

「的確是我安排的沒錯，但是……」

「我們公司是有很缺錢嗎？請人支援還捨不得給人家訂一間單人房！需要跟人擠一間也就算了，還是個男人，不覺得這種安排非常不合理嗎？」

「妳倒是讓我把話說完啊！後面才是重點好嗎！」春花只能吼得比她更大聲才能搶回話語權，「但是這種安排是那位外部支援人士自己提出的呀！」

「啊？」

「是邱生要求跟妳住同一間房的！」

程曉璐愣怔了許久，才訥訥地問：「為什麼？」

「還能為什麼，對妳有意思唄。」

這話讓程曉璐再次想起昨天晚上飛機上的那個吻，她面頰微熱，情不自禁地點頭：「有可能……」

「怎麼可能！妳要不要臉啊！」

「……」喂！這不是妳先給出的推斷嗎！

「因為妳對相機一竅不通，他說得讓妳惡補不少資料，可能需要熬夜，就沒必要再要一間房了。」

「是這樣啊……」在如此正義凜然的理由面前，程曉璐突然覺得滿腦子風花雪月的自己很可恥！

「不然妳還想怎樣啊？」春花笑得很曖昧。

程曉璐避開了她的目光嘟囔道：「那妳還問有沒有什麼事！一整晚對著那些艱澀難懂的資料一個頭、兩個大，怎麼可能發生什麼事啊！」

「誰知道妳會不會對邱生伸出魔爪。」

「才不會呢！」

「這可不好說，妳都好意思覺得人家對妳有意思了。」

「我——」之所以會有那種天真的想法，那也是因為邱生的一些行為讓她產生的！

「我什麼呀？」春花不會錯過任何可以挖掘八卦的機會。

「沒什麼！懶得跟妳說，我去工作了！」她惱羞成怒地抓起外送餐點往公司裡面走，離開之前還特意又警告了一句，「妳以後敢再擅自做出這種莫名其妙的安排，我就處處針對高城！」

「喂！江湖規矩，禍不及家人啊！」

「誰管妳。」

♪

沒時間慢慢享受午餐了，程曉璐只好邊吃飯邊整理等一下開會要用的資料。

不只是派索這次推出的那款全畫幅單反，派索的歷史、未來的發展、過去跟MK合作期間的種種都需要整理成一目瞭然的簡報，方便創意部那邊能在最快的時間內吸收瞭解。時間緊迫，靠她一個人在幾個小時之內搞定是不可能的，因此她也漸漸習慣了依賴自己的組員。

恰巧路過的梨若琳看見他們整組人埋頭奮戰的表現，不由得彎起嘴角，淺笑間透著一絲欣慰，甚至忍不住停在程曉璐的辦公室隔板邊輕喃了句：「這不是很好嗎？」

「啊？」聞言，程曉璐抬了抬眼眸，困惑地看著她，「抱歉、梨總，妳剛才說什麼？」

梨若琳有些尷尬地收起笑容，恢復成不苟言笑的模樣：「我是說，自己沒辦法辦到的事情就好好拜託別人，這樣不是很好嗎？總比硬要逞強，最後還捅婁子要好得多。」

「是。」程曉璐默默抿唇，想到不久前與張總開會時的窘狀，無法反駁。

「對了、今天別忙太晚，邵總訂了六點的位置，說是請我們客戶部的人一起吃頓飯。」

「好啊。」程曉璐想也不想就答應了。有飯吃當然不需要客氣，何況大老闆請客也容不得她客氣。讓她沒料到的是——

梨若琳突然又補充了一句：「把邱生也一起找來吧。」

「哎？」程曉璐一臉驚愕。

坐在她斜後方的阮靈也突然一震，秀眉微微蹙起。

梨若琳並沒有察覺到阮靈的不對勁，繼續道：「妳這次能拿到比稿權，他也幫了不少忙吧？再說，邵總想他了。」

「我們家邵總是M嗎？」絕對是吧！明明邱生每次看到他都沒什麼好臉色，時不時還會故意堵他幾句，可他偏偏特別喜歡在邱生面前突顯自己的存在感。

梨若琳不置可否地聳了聳肩：「妳才知道嗎？」

平常她要是講這種話，梨若琳一定會板著臉叮囑她「少說話、多做事」，今天居然會跟著附和？

「……」哎喲媽呀，活見鬼了！

顯然，不只她被震驚到了。

梨若琳離開後沒多久，坐在她後面的小狼也驚訝地湊了過來：「梨總今天是吃錯藥了嗎？」

「可能是談戀愛了，我媽說女人談戀愛都會變得很柔和。」Tiger 附和道。

Apple 瞥了他們一眼：「只是因為曉璐姊拿到了比稿權吧，身為上司的她當然心情不錯了。」

冷夫人緊接著插嘴：「我給大家講個笑話吧……」

「妳閉嘴！」眾人異口同聲。

這頭正熱鬧著，一旁阮靈組裡的女孩沒好氣地瞥了他們一眼，輕哼了聲：「有什麼了不起的，不就是個比稿權嘛，又不是提案已經通過了。明明之前差點失去一個大客戶，要不是有阮靈姊在，她哪還有機會坐在這裡啊。」

阮靈對著她靦腆地笑了笑，輕聲道：「別這樣，能拿到比稿權已經很厲害了。」

「哎呀、阮經理，妳這麼天使是不行的呀！」女孩連忙埋怨著，其他人也跟著附和了起來。

「就是、就是，雖然沒有害人之心當然是最好，但也不能沒有防人之心啊。」

「沒錯，我之前聽說他們那群實習生就只有她在梨若琳手底下熬出頭的，就是因為她跟梨若琳最像，為達目的不擇手段，才不會因為妳是她朋友就手下留情呢。」

阮靈好笑地道：「沒有那麼誇張吧，她不是那種人。」

「這可不一定，妳跟她也很多年沒見了吧？說不定她早就已經不是妳以前認識的那個程曉璐了。」

「妳剛才沒聽梨若琳說嗎？她能拿到這個比稿權，邱生幫了不少忙。妳是不知道，那個邱生可跩了，就連邵經理他都不放在眼裡，也不知道程曉璐用了什麼辦法他才肯幫忙的。」

「要我說，邱生說不定有把柄在她手上。」

「為什麼是把柄，不是色誘啊？」

「別鬧了，邱生又不瞎。」

「哈哈哈哈哈——」

一片哄笑聲幾乎蓋過了一旁程曉璐那組的吵鬧聲，也吸引了程曉璐他們好奇的目光。

見狀，阮靈才笑著打斷了她的那些組員：「別再東扯西扯閒聊了，趕快把手上的案件趕一趕，我去一趟梨總辦公室，關於張總的那個提案，我還有一些想法要跟她聊聊，你們可別偷懶啊。」

「遵命！」組員們齊聲應道。

阮靈微笑轉身，淡淡地瞥了眼程曉璐，見她別開目光，阮靈也只好識相地撇撇嘴。

邱生嗎？難怪她之前覺得這個名字很熟悉，直到這一刻她才回想起來，上次來公司參觀時碰巧聽到程曉璐跟創意部的人聊到過這個人，好像就是那個高城吧？沒記錯的話，是因為張總那個專案的海報定案由邱生來拍攝，但高城似乎跟邱生合不太來，當時正拉著程曉璐提出更換攝影師的要求，但程曉璐很堅持。

多虧了程曉璐當時的堅持，幫了她不少忙呢。

還真是踏破鐵鞋無覓處，得來全不費工夫。

想到這裡，她有些輕快地敲開了梨若琳辦公室的門。

「怎麼了？」一眼見是她，梨若琳有些意外。

她頗有技巧地跟梨若琳聊了一會兒張總的案子，敲定了海報的拍攝時間，直到準備告辭時才一副突然想起什麼的樣子，轉頭說了句：「對了，晚上的聚會能攜帶家眷嗎？今天正好是我跟老公在一起的三周年紀念日，捨不得讓他一個人過呢。」

梨若琳並未多想，直接了當地答應了：「當然可以，如果他不介意的話，人多也比較熱鬧。」

「嗯。」阮靈綻開笑容，「那就不打擾妳了。」

♪

邵總是個日式料理狂熱愛好者，所以他訂的位置不用問也能猜到，不外乎就是距離公司最近的那家日式料理店。

程曉璐那組人到得有些晚，跟創意部那邊開完會就已經快六點了，幸好從公司走過來的路途並不遠，但更確切地說，他們是一路狂奔過來的。

她太瞭解邵總的個性了，一言以蔽之——熱衷突顯存在感。

他請客吃飯，誰要是敢遲到，免不了要被念幾句。

誠如她所料，她正坐在和室包廂的門口脫鞋呢，邵總幽幽的話音便傳了過來：「程曉璐，妳翅膀長硬了，居然敢讓我等妳了。」

「邵總，我這也是為了公司。」她頭也不抬地回道，語氣平靜得絲毫沒有起伏，顯然已經習慣。

「為了公司讓公司的 CEO 等這是什麼邏輯！」

「邵總，曾經有個我很崇拜的廣告人說過，在進 4A 公司前要做好為客戶犧牲一切的心理準備，哪怕你是這家公司的 CEO 也得為客戶讓道。」

「這種歪理是誰教你的？」

程曉璐抬起頭，一臉虔誠地看著他：「能讓我如此崇拜的只有你。」

「死丫頭，果然翅膀硬了！像鋼鐵一樣硬了！」他隨手抄起身後的抱枕，朝程曉璐飛了過去。

早就料到他惱羞成怒後會有這一招的程曉璐微微側過身體，完美避開了。

砰——

從這道悶響可以判斷出，這個抱枕還是不負所望地砸到了人。

程曉璐滿懷同情地轉眸，想要看清楚那個替她受過的倒楣鬼是誰，結果，映入眼簾的人讓她突然一僵，嘴角的淺笑甚至都來不及褪去，全身就像是在瞬間被抽空了所有血液般，臉色頓時刷白……

沈辰川？

沒錯！那個被抱枕砸中的幸運兒就是沈辰川！

他身上穿著看起來比邵總還要精緻名貴的西裝，面色冷峻，垂眸瞥了眼落在腳邊的那個抱枕，片刻後才彎身將它拾了起來，脫了鞋、跨步走進和室，在阮靈身邊緩緩入座，接著順手將抱枕放在一邊，禮貌性地環視了下在場眾人輕聲道：「抱歉、公司有點事，我來晚了。」

整個過程中，沈辰川始終沒有看過她一眼，甚至好似連一個餘光都吝嗇給她，就好像她只是一團空氣。

四周一片寂靜。

和脊背僵直呆坐在和室門口的程曉璐不同，包廂裡的眾人一時之間沒人反應過來，愣怔了數秒後，還是經驗豐富、見過世面的邵總率先回過神：「阮靈啊，妳不介紹一下嗎？」

「嗯、這位是我老公，叫沈辰川，星辰的辰、川流不息的川。」說著，她指了指邵總，跟沈辰川介紹，「這位是佳沃中國地區的CEO，叫邵稹，你應該聽過他的名字吧？」

沈辰川微微愣了一下才伸出手：「你好、久仰。」

「這位是我們客戶部的總監，梨若琳、梨總。」

「你好。」

就這樣，阮靈耐心地逐一把在場的每個人介紹給他，等到總算告一段落了，門邊的程曉璐依舊沒回過神來。

但比起剛才腦中一片空白的狀態要好很多，至少她的大腦開始恢復運轉了，只是她沒辦法轉身，也沒辦法走進這個包廂，如果可以的話，她恨不得立刻消失。

而她是真的這麼做了，默默弓著身體，試圖在不驚動任何人的情況下離開。

偏偏有個喜歡突顯存在感，就以為所有人都喜歡強調存在感的麻煩人物在……

「哎！等等、等一下，還有個人沒介紹呢。」邵稹衝著門邊的程曉璐大聲嚷嚷著，「程曉璐，妳在幹什麼？脫個鞋也能那麼久，妳還做什麼廣告！」

「……」脫鞋速度跟做廣告有什麼必然的關聯性嗎！

程曉璐猛地頓住，神情糾結，顯然是逃不掉了。

她很想扯出一抹若無其事的笑容轉身走進去，可是……她辦不到，就算是用盡了全身的力氣，她還是無法彎起嘴角。

正當她不知道該如何是好的時候……

「喂，妳沒聽過什麼叫做好狗不擋道嗎？」突然有道熟悉的聲音傳來。

映入她眼簾的是一雙夜光版 Adidas Yeezy 750 Boost[27]，去年邱生生日時她送給他的生日禮物，為了這雙鞋她還存了大半年的錢，跟無數黃牛打過交道，甚至還鍛鍊出一雙精準鑒定真假的火眼金睛！

直到這一刻她才覺得付出的所有努力都是值得的！

《大話西遊》裡的那句臺詞是怎麼說來著——我的意中人是一位蓋世英雄，有一天他會踩著七色祥雲來娶我，我猜中了開頭，卻沒有猜中結局。

而程曉璐沒有猜中開頭，卻猜中了結局！此時此刻，這雙鞋就好比七色祥雲，雖然說穿著它的並不是她的意中人，但他確實娶了她，也又一次拯救了她。

抬眸看向邱生時，毫不誇張地說，她眼睛濕潤，差點就流下淚來了。

只是差一點，下一秒，她「撲通」一聲跪在地上，眼眸裡原本湧出的淡淡水霧頃刻間被驚愕取代。

邱生居高臨下地俯瞰著她，戲謔道：「何必行此大禮？」

「你、你你你……」她活見鬼似的支支吾吾許久，卻愣是說不出一句完整的話。

---

27 Adidas Yeezy 750 Boost：愛迪達與 Kanye West 聯名合作鞋款，數量限定，要價不菲。

幸好，包廂裡的邵稹替她吼完了：「你的頭髮是怎麼回事！」

「啊，剪了。」他漫不經心地回了句。

「什麼情況？」邵稹眼眸一亮，有些興奮地八卦道，「你失戀了嗎？」

「稍等一下——」他的目光再次回到程曉璐身上，「愛卿，妳能不能先平身？這禮太大了，我受不起。」

程曉璐咬牙切齒地瞪了他一眼，趕緊爬了起來。

他微微傾身伸手扶了她一下，順勢在她耳邊低喃了句：「妳可以嗎？」

她輕震，片刻後才若有似無地「嗯」了一聲。

聞言，邱生才鬆開她的手，脫了鞋，跨進包廂裡。

看著那道背影，先前的那些尷尬和絕望似乎也漸漸淡去了，程曉璐轉身跟在他身後走了進去。

嚴格來說，今天晚上這頓飯的主角是程曉璐，畢竟邵總都直接說了是為了獎賞慰勞她才請整個客戶部吃飯的。於是邵總身旁很自然地空出兩個位置，顯然是給邱生和程曉璐預留的。

邱生搶先在邵稹身旁坐了下來，程曉璐環顧了一圈，別無選擇，只好在他身旁入座。

入座後，他們也是各自和另一邊的人閒聊，看起來並不是很熟，也沒有太多交流，這是他們之間的默契，也是程曉璐定下的規矩——在她公司的同事面前保持距離。

這種大公司閒言碎語太多，要是被人知道他們合租的話，難免會傳出一些流言蜚語，更重要的是有可能會影響以後的合作。

確實有其道理，邱生也不想她被人議論得太難聽，所以一直毫無異議地遵守著。

只是今天，在那個她等了五年的男人面前，他特別不想遵守。

於是，在邵積又一次追問他到底為什麼剪頭髮時，他有些故意地回道：「哄女人。」

「哄女人需要剪頭髮？」邵積匪夷所思地嚷嚷著，「這什麼邏輯？」

「沒辦法……」他用手支著頭，懶懶地說道，「她說我露額頭比較帥。」

「……」程曉璐握著水杯的手幾不可查地輕輕抖了一下。

那邊的邵積一臉了然地挑起眉梢：「原來不是失戀，是戀愛了呀。」

「嗯、單方面戀愛了。」他眼眸一轉，直勾勾地看著程曉璐，「不過，我都已經做到這種地步了，如果她打算繼續讓我單方面的話，我就準備剃光出家。」

「噗！」太好了，幸好她抖著手也有她的矜持——她把這口水勉強灌進嘴裡，這樣起碼噴出來的不是口水。

好個屁啦！突然說這種話是什麼意思？單方面戀愛究竟是什麼意思啊！

「程曉璐，妳幹什麼！髒死了，這生魚片還要不要給大家吃了！」邵積不滿地大吼著。

「嗆、嗆到了……」這能怪她嗎？換作任何人喝水的時候突然被表白，同時還被威脅如果不答應就要出家，都會是這種反應啊！

等等，這能算是表白嗎？應該不是她自我意識過剩吧？回想起昨晚那個吻，聯想上下文的話，那的確是表白啊！

「曉璐姊，妳還好吧？」一旁的 Tiger 很乖巧地幫忙拍了幾下她的背。

「沒事沒事……」她艱難地回應。

Apple趕緊遞了幾張紙巾給她擦拭。

冷夫人連忙又倒了杯水給她：「來、喝口水。」

小狼沒好氣地搶過杯子：「妳別鬧了，她都被水嗆到了，妳還讓她喝？」

「哈哈哈哈——」冷夫人溢出一串笑聲，得意地問，「怎麼樣、怎麼樣，這個笑話好笑嗎？」

好冷！冷得在場眾人都不知道該說什麼好了。

邵積適時端出了大家長的身分暖場：「來來來、吃飯吃飯，人都到齊了，大家都別客氣啊。」

♪

吃總裁的當然沒有人在客氣，酒過三巡，除了那份被程曉璐噴過水的生魚片，其他菜都吃得差不多了。

邵積對這方面還是挺大方的，於是又加點了一輪菜。

在等待上菜的過程中，表面上看來氣氛還算和諧，大家各自跟平常較為熟稔的人有一搭沒一搭地閒聊著，唯獨程曉璐一直像是入定了一般，筆挺地端坐著，目不斜視、神情僵硬。

因為……手！她的手一直被邱生緊緊地握著！

她不敢動彈也不敢掙脫，生怕被別人看見。

直到阮靈和沈辰川突然坐到他們對面，她猛地顫了下，本能地想要把手縮回去，但邱生卻握得比剛才更緊。

「放手啦！」她用氣音警告著。

「呿！」邱生嗤了聲，「嘴上說不要，身體倒是挺誠實的嘛。」

程曉璐一臉冷漠：「你在說什麼？」

「剛剛不是還回握了一下嗎？」

「……」有嗎……好像是有，在他剛握住她的時候，她確實下意識地回握了一下，因為莫名覺得有些溫暖、有些踏實。

無法反駁啊！她只能頹敗地垂下頭，恨自己不爭氣！

「你就是邱生吧？」突然阮靈的話語傳來。

程曉璐愣了下，不由得蹙起眉抬頭朝她望過去，但視線不可避免地捕捉到了沈辰川，只見他依舊不發一言地坐在阮靈身邊，徹底無視她。

邱生也沒料到阮靈會主動跟自己打招呼——是跟他而不是跟程曉璐，他略顯詫異地挑眉：「有事嗎？」

「我叫阮靈，過幾天要跟你合作那個感冒藥的海報呢。」

聞言，程曉璐握了一下邱生的手，這個本能反應是被氣出來的，光是聽到那個被阮靈硬生生搶走的客戶，她就氣不打一處來，只能默默在心底吶喊：『別理她！別理她！千萬別理她！』

彷彿聽到她的心聲一般，邱生愛理不理地「嗯」了一聲。

這反應讓阮靈有些下不了臺，轉眸瞥了沈辰川一眼。

那頭的沈辰川很配合地忽然啟唇：「你打算一直在這種地方浪費時間嗎？」

邱生有些意外地看向他：「你在跟我說話？」

「嗯。」沈辰川點了點頭。

邱生用鼻子輕哼一記輕笑，手支著頭，好整以暇地道：「可是我並不覺得這是在浪費時間。」

「你的才華不應該只用在這種地方，拍攝這些大家根本不關心攝影師究竟是誰的商業海報，對你來說就是埋沒。」

雖然不情願，但程曉璐還是忍不住在一旁頻頻點頭，表示贊同。

邱生不動聲色地問：「那你覺得我的才華應該用在什麼地方？」

沈辰川不發一言，順勢將自己的名片遞給了他。

程曉璐有些好奇地偷偷湊上前瞥了眼，哇、《中國．icon》的主編兼CEO，還真是衣錦還鄉呢。就算是對時尚圈並不怎麼感興趣的她也聽說過這本雜誌，主打客群是高端精英的人群，能成為他們固定合作的攝影師確實是個不錯的機會，恐怕離成名也不遠了。

邱生能有更好的未來，她當然是開心的，可是她並不希望那些未來是沈辰川給的。她也知道她跟沈辰川之間的恩怨是她的事，跟邱生無關，於是她只能抿著唇，默默別開目光，不敢表露出情緒。

一旁的邱生漫不經心地把玩著那張名片，直截了當地問：「你能給我什麼？」

沈辰川平靜地回道：「價格隨你開。」

邱生撇唇笑了聲：「我不缺錢。」

這答案依舊在沈辰川的預料之中，他面不改色地繼續道：「能成為icon封面的固定攝影師意味著什麼，相信你很清楚。」

「我也不缺名。」

沈辰川從來不相信這世界上會有油鹽不進的人，索性攤開了問：「那你缺什麼？」

邱生想了想，笑著道：「缺你不想要的。」

「什麼意思？」沈辰川不解地問。

「icon 中國區的主編嗎？」邱生幽幽地讀出名片上的頭銜，倏然抬眸，似笑非笑地逼視著沈辰川，「這麼光鮮亮麗的頭銜恐怕是你犧牲了不少東西換來的吧？你丟開的那些正巧是我想要的，可以給我嗎？」

沈辰川微微一震，下意識地看向一旁的程曉璐。

這是打從他出現在這間包廂裡第一次正眼看她，陌生又複雜的目光讓她心口驟然緊縮。

對視了數秒後，沈辰川率先移開目光，若無其事地噙著微笑重新看向邱生：「你想多了，我並沒有丟開過任何東西。」

「那人呢？」

「嗯？」沈辰川微蹙眉心，總覺得這道帶著敵意的目光很熟悉，只是想不起來曾在哪裡見過。

「也沒有丟開過任何重要的人嗎？」

沈辰川笑意變得溫柔，轉頭看向阮靈，輕輕握了下她的手：「我最重要的人就在身邊，就算是用再光鮮亮麗的頭銜也不會換。」

阮靈顯然沒料到他會這麼說，甜笑著嬌嗔了句：「討厭……」

砰——

程曉璐握著杯子的手突然力道失控，手裡的杯子應聲落地。

有些燙的水灑了她一身，她卻顧不上躲開，依舊恍惚地呆坐著，怔怔看著面前旁若無人秀恩愛的沈辰川和阮靈。

就在幾秒鐘前，當沈辰川信誓旦旦地說出「我並沒有丟開過任何東西」時，她還抱著一絲期待，天真的以為：是不是她誤會了？他並沒有丟開她嗎？他跟阮靈在一起果然是有原因的吧！

可是在他心裡，她從來就不是什麼重要的人。

原來是這樣啊……原來一直都是她一廂情願啊。他從來沒有把那些承諾當真，從來沒有想過要為了她回來，甚至可能從來沒有喜歡過她……

「程曉璐，妳灑到我了。」

邱生的聲音在她身旁響起，她恍惚回神，垂眸看了眼身旁的狼藉：「不、不好意思……」她一邊道歉，一邊抓起桌上的紙巾彎腰擦拭。

見狀，不遠處阮靈組裡的兩個女孩互看一眼，達成某種默契後，其中一個女孩率先開口，故意大聲嚷嚷道：「哈哈，程經理是被我們阮經理猝不及防秀恩愛閃瞎眼了吧？」

另一個女孩緊跟著附和：「哎喲、程經理，妳也趕緊去找個男朋友嘛。」

先前那個女孩在一旁連連點頭：「就是、就是，你們組裡的 Apple 都已經準備結婚了吧？什麼時候輪到妳呀，再拖下去就沒人要啦，我給妳介紹吧？」

程曉璐淡淡地掃了她們一眼：「不用了。」

「哈哈哈哈，你們就別瞎操心，這丫頭心裡早就已經有人了。」不明真相的邵積笑著插嘴。

這話讓程曉璐脊背一僵，突然湧起一股不祥的預感，該不會他又打算講那個故事了吧！

誠如程曉璐所料，邵積果然不厭其煩地又講起了那個故事：「想當年我第一次見到這個丫頭的時候她才大二，我去他們學校演講，自由提問的時候麥克風傳到了她手上。那時候她比現在可愛多了啊，青澀得很，還會怯場咧，支支吾吾了老半天才問我要如何才能順利進入4A公司。我就跟她說，首先妳得先找一個男朋友，因為一旦進入4A妳就連去認識異性的時間都沒有了，考慮到這一點，所以我們公司很人性化地會安排異性帶新人。結果你們猜這丫頭怎麼回答我的？」

梨若琳很捧場地順著他的話尾說了下去：「我已經有男朋友了，畢業後我一定會進你們公司，也一定會跟我男朋友結婚，所以不勞您費心了。」

「對對對！」邵積連連點頭，「妳怎麼知道？」

「邵總，這個故事你幾乎每次見到曉璐都要說一遍。」梨若琳毫不留情地吐槽。

「是嗎？哈哈哈哈——年紀大了，記性不太好。說起來……」他眼眸一轉，看向程曉璐，「程曉璐，妳男朋友還沒回國嗎？一直等下去也不是辦法啊，要不我替你向總公司申請，把妳調去美國……」

程曉璐猝然站起身，動作幅度很大，讓邵積頓時打住了話，不明就理地看著她。

意識到自己好像把氣氛搞僵了，她努力擠出微笑，盡可能地裝作若無其事：「那個……衣服髒了，我去洗手間處理一下。」

♪

這並不是藉口。

程曉璐就像瘋了一樣，在洗手台邊反反復復地搓洗衣服下擺，雙手已經被水泡到起皺，甚至因為用力過猛而微微顫抖著，衣服上的汙漬卻僅僅淡去些許。

洗不掉，無論她怎麼用力洗都洗不掉，這些頑強的汙漬就像沈辰川，明明她已經很努力了，不去想、不去問，甚至也不去恨，她努力地想要過自己的人生，一個即便沒有他也同樣精彩的人生，但結果他還是牢牢地吸附在她心上，直到被人不經意地提起，她才發現那些愛過他的記憶仍然清晰得可怕。

她無力地撐著洗手台緩緩蹲下身，再也不想忍耐了，任由眼淚洶湧而出。

也許痛痛快快地哭一場會舒服一些吧？畢竟打從得知阮靈和沈辰川的事情之後，她一直忍耐著，那些壓抑的情緒也是需要釋放的。

可讓她沒想到的是，閘門一旦鬆開便決堤了。

她記不清自己到底哭了多久，直到邱生的聲音傳來——

「還沒哭夠嗎？妳當初腦子裡到底進了多少水？都已經流了快半個小時了還沒流完？」

聞言，她抬起雙眸，神情微愕。

洗手台是建在洗手間外面男女共用的，邱生會出現在這裡很正常，讓她驚愕的是，他看起來一點也不意外，就好像早就猜到她之所以會突然衝出包廂是為了躲起來哭，又或者是說，這一切根本就在他的掌握之中。

想到這裡，程曉璐止住啜泣，狠狠地瞪著他：「你是故意的嗎？」

「什麼？」他不解地蹙眉。

「你根本就是故意引導沈辰川說出那種話的！」冷靜下來回想剛才的種種，她的疑問變成了肯定。

邱生不置可否地聳聳肩：「是又如何？」

「你到底想幹什麼！」她發出歇斯底里的怒吼。

「只是想讓妳認清事實而已。」

「非得在這種時候嗎！」憤怒並不足以形容程曉璐此時此刻的心情，還摻雜些許被背叛後的絕望，「當著那麼多同事的面，我差一點就情緒失控，偏偏罪魁禍首是你！是不久前我還以為能夠拯救我的你！」

邱生心口微微一動，強忍著情緒，平靜反問：「我為什麼要拯救你？」

「我們不是朋友嗎？你不幫我沒關係，但至少也不該讓我難堪吧！」

「朋友？」他忍不住笑出了聲，「什麼叫朋友？妳跟春花能手牽手一起逛街吃飯，跟我牽了嗎？」

「牽、牽了啊……」她面色微微潮紅，輕聲咕噥，「剛才吃飯的時候你不是一直牽著嘛。」

邱生一陣胸悶，沒有放棄，繼續咄咄逼人：「妳跟春花能沒事親一下表達友情，跟我親了嗎？」

「親了吧，昨晚在飛機上……」

不對！這個策略非常不對！他沉默片刻後改變了方法：「妳哪個朋友能像我一樣無論何時都秒回妳訊息的？」

她落寞地垂下眼簾：「阮靈以前也會這樣的。」

「那妳哪個朋友能推開所有工作跨過半個中國跑去西安幫妳？」

「阮靈以前也會這樣的。」

「哪個朋友會陪著失戀發酒瘋的妳去戶政事務所登記結婚！」

「嗯？」她猝然抬眸，「你、你不是也喝醉了嗎？」

「我有那麼容易醉嗎？」

「那你為什麼會……」她震驚了，震驚到無法完整拼湊出字句。

邱生酒量很好、酒品也很好這她是知道的，但就算是千杯不醉的人也會有例外的時候，那一天或許剛好就是例外呢？

她一直都是這麼認為的，因為如果不是喝醉的話，他怎麼可能會跟她結婚？這不科學啊！

「因為喜歡妳。」

「……」

「妳以為我為什麼對妳那麼好？偶像劇看多了是嗎？真以為生活中也會有無欲無求的暖男？別鬧了，我每次見到妳，心都是寒冷的涼，只有胯下是暖的！我簡直無時無刻想跟妳上床，妳卻只把我當朋友？我告訴妳、程曉璐，妳要麼把我收了當男朋友，要麼就把我趕出去，從此老死不相往來、彼此互相不打擾。」

「……」

「說話。」

她默了許久，艱澀啟齒：「你……搬走吧。」

「好。」他語氣平靜，情緒也沒有太大波動。

程曉璐不會那麼輕易接受一段新的感情，這他早就知道，所以才忍了那麼多年，想一點一滴入侵她的心與她的生活，逐漸成為她的習慣，總有一天，她會離不開他。

他也知道時機還不夠成熟，只是沈辰川的出現打亂了他的步調。

然而，他並不後悔，雖然清楚表白不該是衝鋒的號角，而是勝利的凱歌，但現在這種情況，如果不給她一個號角就永遠別指望能奏響凱歌了。

♪

看著那道落寞背影漸行漸遠，程曉璐無數次地想要開口挽留，最後還是忍住了。

把他留下來，然後呢？收了他嗎？怎麼可能！

在她心目中邱生就是朋友，一個可以一起吃飯、聊天還有互相吐槽的朋友，他喜歡她這件事在今天之前她連想都沒想過，直到現在她依舊沒什麼真實感，也完全沒辦法想像跟他變成男女朋友會是怎樣的畫面，感覺就跟亂倫差不多……

回應不了！帶著這種心情的她無論如何都回應不了邱生的感情！

之所以想留住他也僅僅是因為不想失去這個朋友，抱著這種目的去挽留的話，那簡直就是把他當備胎，這遠比咬著牙把邱生推開更殘忍，就算是把牙給咬碎了，她也絕不會允許自己這樣做的！

又在洗手台邊呆坐了好一會兒，她總算稍微將情緒調整好，硬著頭皮回到了包廂，畢竟邵總的面子她不敢不給。好不容易熬到飯局結束，她還是第一次那麼歸心似箭，匆忙跟大家打了聲招呼後就立刻搭計程車奔回家。

面對黑漆漆、空蕩蕩的房間，她才總算意識到邱生真的走了。

要說沒有不習慣，那顯然是不可能的。

這一晚她睡得不怎麼踏實，甚至還產生了幻聽，總覺得好像有邱生的腳步聲傳來。隔天一早，她醒來後的第一件事就是跑去他的房間確認，打開房門後，一股冰冷氣息撲面而來，很冷，冷得沒有絲毫人氣，床單鋪得很平整，棉被疊得很端正，整個房間整潔得毫無生活氣息；唯一扭曲的存在是床上那只等身抱枕——穿著內衣、姿態撩人的二次元妹子，臉上卻貼著她的照片……神經病啊！到底每天晚上抱著這種東西在幹什麼啊！

砰——

她用力關上房門，甚至因為用力過猛而震掉了門上那塊「請勿打擾」的牌子。

♪

果然，她不應該打擾的！

這是邱生離開的第一天，煩他！

邱生離開的第二天，煩他、煩他！

邱生離開的第三天，煩他、煩他、煩死他了！

說好的「老死不相往來、彼此互相不打擾」呢？根本就是愈來愈煩、愈來愈打擾好嗎！

每天邱生都要傳訊息給她，從早上開始，開場白保持著固定模式：『今天打算接我回去嗎？』無論她是不予理會還是毫不客氣地叫他「滾」，他總能自說自話地繼續彙報一整天的行程，鉅細靡遺地從一日三餐到工作內容，甚至偶爾還會來幾張自拍，一直到晚上又開始抱怨古旭堯工作室的馬桶座太落後，沒有坐墊加溫也不會噴水洗淨，導致他便秘……

程曉璐開始懷疑那天晚上所發生的一切是真的嗎？表白這種事情會不會只是她幻想出來的？

一般來說，會有人跟自己喜歡的女人分享便秘嗎？

並且還整整分享了十天！他居然還活著，肚子沒有爆炸嗎！

邱生離開的第十天……

程曉璐氣勢洶洶地衝進公司，「啪」的一聲把手裡的免治馬桶座重重放在前檯。

沒錯，免治馬桶座！春花嚴重懷疑自己出現幻覺了，伸手揉揉眼睛看了好幾次，確定沒有看錯後她驚詫地抬頭：「妳接了個馬桶坐墊的廣告？」

「怎麼可能，我哪來的時間接新客戶！」程曉璐咬牙切齒地道。

每天忙著處理派索的提案已經讓她精疲力竭了，偏偏還有個陰魂不散的邱生，她不只身體快要被掏空了，整個人生都快要被掏空了！

「那……」春花糾結地看著那個馬桶座，「這是幹嘛用的？」

「妳幫我叫個快遞，把這個東西寄到古旭堯的工作室去。」

「古旭堯？」春花更加不解了，「他要這東西幹嘛？」

「不是他要，是邱生要！」

「所以說重點不是誰要，而是要來幹什麼啊！」

「說來話長……」因為便秘這種理由她實在說不出口，只能含糊其辭地把重點帶了過去，接著拍了拍春花的肩鄭重託付，「總之儘快幫我寄過去，愈快愈好！」

「要得這麼急？」

「非常急！人命關天！」已經十天了，再拖下去她擔心邱生會爆炸，真正的爆炸。

「好。」雖然不知道究竟是什麼情況，但聽起來好像事關重大，春花不敢耽誤，「那我幫妳叫當配吧。」

「也可以。」程曉璐想了想，又補充了一句，「貨到付款！」

她特意幫他把免治馬桶座拆下來抱到公司，一路上遭受了無數詭異目光的洗禮，已經仁至義盡了，休想她付錢倒貼！

♪

看起來春花還是很不負所託的，邱生應該已經收到那個免治馬桶座了，這一整天他格外安靜。

即便如此，程曉璐還是沒能好好地跟創意部的人討論提案。

她非常不明白邵總為什麼會冒出內部比稿這種奇怪的想法，有競爭必然會有爭吵，每次開會創意部那幾個組長總是說不到幾句就吵起來，這也是她一開始不太想扛這份責任的主要原因。

要知道，除了高城是跟她差不多時間進公司的，其他幾個組長說起來都算是她的前輩，她實在是不太好意思拿特殊職權去壓他們，畢竟她也不過是個臨時決策者，太過囂張難免會讓人覺得是在拿著雞毛當令箭。

正是因為有這種想法，導致她最近每天都要加班，雖然每個組都已經陸陸續續把初步提案做出來了，但結果沒有一個能讓她滿意的，否決掉所有提案也就意味著接下來她得舌戰群儒，而且還得應付群儒之間時不時會發生的內戰。

於是，從下午一點一直到傍晚六點，這場耗時整整五個小時的會議幾乎沒有進展。

眼看著那些人還在爭吵，Apple忍不住蹙了蹙眉，輕聲在程曉璐耳邊提醒道：「這樣下去不行，我們沒有時間了。」

程曉璐也知道這樣下去不行啊！可是她又實在沒有勇氣拿出平常反駁高城的氣勢去對待其他前輩。

「那個……」她唯一能做的就只有小心翼翼地試圖插嘴。

結果當然沒有人理會她。

「這個……」程曉璐還是沒有放棄。

依舊被無視了。

正當她糾結不已的時候，手機突然震了起來，她瞥了眼來電顯示，是古旭堯打來的。

想著多半是私事，她便按掉了。

可是那頭的古旭堯並沒有放棄，接連打了好幾通，這不太正常，通常來說她按掉第一通的時候，古旭堯應該就知道她在忙了，等忙完自然會回電給他，像今天這樣堅持不懈還是第一次。

該不會是有什麼急事吧？難道免治馬桶座還是送晚了，邱生真的爆炸了？

她沒敢再忽視，趕緊接通了電話：「怎麼了？」

「邱生出事了！」手機那頭傳來古旭堯焦急的聲音。

她臉色一白，聲音不自覺地發抖：「出、出什麼事了？」

「總之妳趕快來市立醫院！醫生說需要家屬在場！」

「……」還沒等她追問下去，古旭堯就掛了電話。

這已經不是焦急的程度了，簡直是性命攸關的程度！

她沒時間多想，倏地站起身，動作幅度很大，而且很突然，以至於所有人都噤了聲，幾十雙眼齊刷刷地朝她看過來。

「散會。」她匆忙丟下話，正打算離開，就被高城叫住。

「不是還沒討論出個結果嗎？」

程曉璐頓住腳步，一直以來積累的怨氣因為這個契機突然有了勇氣爆發：「有這個必要嗎？你們根本也不在乎不是嗎？與其坐在這裡聽你們吵架，我還有更重要的事要做。」

一片沉默。

她嗤笑了聲繼續道：「由我們客戶部的人來提案的先河也不是沒有，像林望他們那些負責新媒體的也經常需要自己想創意，並不會比你們差到哪裡去。總之，邵總說了決定權在我，星期五之前你們如果交不出讓我滿意的提案，那就麻煩主動退出，別浪費彼此的時間。」

成功讓那些人啞口無言後，程曉璐一秒鐘都不敢再耽誤，立刻轉身衝出了會議室。

在去市立醫院的路上，她腦中一片空白，最好或最壞的情況都不敢去設想，一顆心始終懸在半空中，這一路也覺得無比漫長。

好不容易到了醫院，她才後知後覺地感到茫然。

正當她像隻無頭蒼蠅不知道該去哪裡找古旭堯他們時……

「曉璐姊，這邊、這邊。」一道稚嫩的叫喚聲傳來。

她激動地轉頭，瞧見不遠處有個女孩正對著她揮手，是古旭堯的助手，偶爾也會被邱生借來用，平常很喜歡黏著邱生，沒記錯的話好像是叫向小園。

程曉璐立刻迎了上去，迫切追問：「發生什麼事了？」

「唔……」向小園支吾了一下，神色複雜地別開了目光，「說來話長，我先帶妳進去吧。」

因為邱生的關係，向小園對她一直都有些敵意，這一點程曉璐是清楚的，可是那種神情並不只是單純的敵意，更多的是欲言又止。

這個反應讓程曉璐的心瞬間掉到谷底，她不敢再多問，尾隨在她身後朝著急診室的方向走去。

一路小跑，沒多久向小園就停了下來，不遠處「手術室」三個字讓程曉璐覺得觸目驚心。

看到在手術室外來回踱步的古旭堯後，她立刻衝了上去：「邱生呢？出什麼事了？昨天不是還好好的嗎？車禍嗎？傷到哪裡了？嚴不嚴重？」

「……」連珠炮似的提問讓古旭堯一時間有些反應不過來。

「你倒是說話啊！」程曉璐急了。

看著她焦急蒼白的臉色，一旁的向小園撇了撇嘴，咕噥了句：「這不是挺緊張的嘛……」

「……」什麼意思？當然會緊張啊！她又不是冷血動物！

「呃，她的意思是……」古旭堯張了張嘴，正打算解釋。

邱生的聲音突然傳來：「妳是來接我回去的嗎？」

他的聲音聽起來很有精神，甚至還帶著明顯的雀躍。

程曉璐猛然轉頭，訥訥地看著面前那道身影。

不是幻聽，也不是幻覺，邱生就活生生的站在她面前。

「怎麼了？」看著她眼眶裡漸漸泛出一層水霧，邱生瞬間斂起笑容，擔憂地詢問。

話還沒說完，她便朝著他撲來，猝不及防地抱住了他。

她格外用力，就好像稍不留神他就會消失一樣，嘴裡不停嗚咽著：「我以為你死了……」

「我哪那麼容易死。」邱生有些不明就理，邊輕拍著她的脊背邊耐著性子低哄，「好了、別哭了，我這不是活得好好的嘛。」

「可是，古旭堯說要家屬在場。」她斷斷續續地抽泣著。

「……」邱生默默瞪了古旭堯一眼。

「唉、對的，古旭堯說的沒錯，這麼不合作的病人確實需要家屬在場。」

突然傳來的聲音讓程曉璐一愣，很陌生，但語氣中又透著熟稔，就好像……

「你跟古旭堯很熟嗎？」邱生替她問出了心裡的困惑。

幾乎同時，程曉璐也鬆開了他，朝著說話的男人看過去，對方穿著白大褂，看起來應該是個醫生，年紀不大，好像也跟他們差不多年紀，長得很清秀。

「不熟，誰是古旭堯？」那名醫生邊問邊四下環顧起來。

「……」醫生您還真是自來熟啊！

拜這位醫生所賜，程曉璐緊張的情緒頓時淡去不少。

但是下一秒，當他的目光落在程曉璐身後，他忽然一愣，眉宇間閃過一絲驚訝，蹙眉打量她許久：「妳是病人家屬？」

「是啊……」她愣愣地點了下頭。

「簽名吧。」他遞了張紙給她。

「什麼東西？」

「別廢話，趕快簽名！」

程曉璐微微顫了下，不敢多問，默默接過筆簽下名字。

正當她打算看清楚紙上的內容時，那名醫生已經迅速將紙張抽回，怔怔看著家屬簽名欄，無比清晰的「程曉璐」三個字映入他的眼簾，他不由自主地瞇起眼眸，視線再次回到她身上：「妳跟病人什麼關係？」

「夫、夫妻……」本來對於這層夫妻關係她就有些心虛，被醫生用這種拷問般的語氣詢問後，聲音更飄了。

「夫妻？」與醫生的驚訝聲同時響起的，還有從不遠處傳來的悶響聲，那是東西落在地上的聲音。

程曉璐下意識循聲看去，映入她的眼簾的是落在地上的手機，手機畫面正顯示著通話中，依稀能聽到電話那頭的人不停地「喂」，但手機的主人像是被點了穴般，直挺挺地呆站著，目不轉睛地看著程曉璐，那雙眼眸裡有驚訝、有憤怒，甚至還有些許的絕望，各種情緒交織成的複雜目光讓程曉璐驀然一震。

沈辰川！他為什麼會在這裡？

「你們……」他張了張嘴，卻無法擠出一句完整的話。

震驚已經不足以形容他此刻的心情，感覺就好像老天爺在跟他開玩笑，拼命想要拉攏的人跟他拼命想要躲開的人……

無數他之前無法理解的事情，瞬間都有了答案。

難怪邱生眼中的敵意他會覺得眼熟，因為他的確見過，就在他的婚禮上。

難怪邱生對他拋出的橄欖枝不屑一顧，因為程曉璐。

難怪邱生說想要他丟開的那些東西，同樣也是因為程曉璐。

回想起來，之前聚餐時她究竟是抱著什麼樣的心情旁觀邱生拒絕他的？是不是覺得很痛快？無論他再怎麼成功，也休想在她那裡收穫到絲毫崇拜。

「妳怎麼可能跟他是夫妻！」那名醫生一驚一乍地吼出了沈辰川的心聲，轉頭難以置信地指著沈辰川，「為什麼不是跟他？」

「……」程曉璐震驚了，這該不會是位心理醫生吧？居然能透過表像看到本質？

「不好意思……」邱生突然伸手把程曉璐摟進懷裡，笑瞇瞇地看向那名醫生，「請問你是醫生還是警察？」

「不是，這沒道理啊。」醫生仍在糾結。

邱生顯然並不想跟他講道理：「比起這個，我可以回家了嗎？」

「不可以。」

「為什麼？」邱生不悅地蹙眉，「不是說家屬簽字同意就能走了嗎？」

「剛才簽的那份是醫藥費。」他看了眼邱生身旁的程曉璐，神情很糾結，許久後才總算平復情緒，調整到專業狀態，「病人右手骨折，懷疑可能還有輕微腦震盪，應該要住院觀察至少一個晚上，確認沒有問題才能出院。你們想清楚，如果還是堅持要出院的話，那麻煩簽同意書，說明一下是你們自己要求出院的，責任自負。」

「右手骨折？」程曉璐激動地打斷了醫生的話，猝然轉頭看向邱生，這才發現他右手綁著石膏。

「沒事。」邱生下意識地遮住右手，耍賴道，「我想回家。」

「都傷成這樣了還說沒事？」

一旁的沈辰川突然插嘴：「他確實沒事，只是骨折而已。」

輕描淡寫的語氣讓程曉璐覺得很刺耳：「什麼叫骨折而已？他可是攝影師啊！知不知道他的手有多重要！萬一以後再也不能拿相機了怎麼辦？」

「有事的是阮靈。」沈辰川冷冷地打斷了她。

「……」程曉璐輕震了下，愣了片刻才再次看向手術室的方向，該不會……該不會裡面躺著的人是阮靈吧？

「她流產了。」

「怎麼會？」

「或許……」他瞥了眼一旁的邱生，「問妳老公更適合。」

程曉璐臉色一白，難以置信地看向邱生，這件事跟他有關？

「哎喲喂、沈大主編，您這話我就聽不下去了。」古旭堯按捺不住衝上前，「憑什麼問邱生？跟邱生有什麼關係？明明是你老婆自己爬到桁架[28]上去的，不小心踩空摔下來怪誰啊？邱生就是為了救她才骨折的好嗎！」

28 桁架：用在房屋、橋梁或是臨時搭建建物的骨架式結構，負責承受建物的重量保持平衡。

「如果不是他堅持覺得桁架上的那盞燈有問題，阮靈會爬上去調整嗎？」

「所以說那是她自己要爬的！現場那麼多人，根本就不需要她做這種事，說到底，還不是因為你一直想挖角邱生，她做那種事無非是想替你在邱生面前美言幾句，趁機攀關係吧！」

沈辰川並未理會他的叫囂，直勾勾地看著邱生：「確定跟你無關嗎？」

「……」邱生懶懶地撇嘴，不高興解釋，也不覺得有必要解釋。

「你果然很擅長誘導。」

直到他丟出這句話，邱生才總算認真起來，猝然瞇起眼眸，嗤的一聲冷笑：「彼此彼此。」

誘導嗎？他承認，那天晚上的聚餐他確實是帶有目的性地誘導沈辰川說出那些話，但沈辰川顯然也不遑多讓，這傢伙很清楚程曉璐跟阮靈的感情有多深吧？她會恨沈辰川，卻至今無法真正去恨阮靈，尤其是在這種情況下，對於此刻的程曉璐來說，阮靈的安危或許勝過一切，甚至能讓她失去理智。把責任巧妙地推到他身上，讓程曉璐遷怒於他，這恐怕就是沈辰川的目的了。

事實上，程曉璐也不是沒有過胡亂遷怒的例子，他幾乎以為沈辰川就要得逞了，卻沒想到程曉璐突然邁步擋在了邱生跟前：「你心情不好我能理解，但是不好意思，這個鍋我們家邱生不背。我比任何人都清楚他工作時有多認真偏執，不會故意針對阮靈。雖然如此，別說是個孕婦了，就算只是普通女人，他也絕不會讓對方爬上桁架去做那種事。或許他確實存在一定的疏忽，沒有及時察覺跟阻攔，可是說句不好聽的，孩子又不是他的，他沒有義務全神貫注地去照顧你老婆的肚子。倒是你，身為孩子的父親，沒有好好保護他們也就算了，居然還義正詞嚴地去指責其他男人，你覺得合適嗎？」

毫無掩飾的護短行為讓沈辰川陷入了恍惚。

歲月是這世間最鋒利的刀，能削平棱角、斬殺熱血、閹割初心，無數曾囂張到以為自己能改變世界的人，最終都逐漸被這個世界改變，比如他和阮靈，唯有程曉璐，還是那個程曉璐。

一直以來她都是這樣，為了自己在意的人可以與世界為敵，她相信的人誰都不許懷疑，她喜歡的人誰都不能傷害。

只是曾經，被她這樣護在身後的人是他，也正是因為她的咄咄逼人，他身邊大部分的朋友都不太喜歡她，就連他也經常會覺得喘不過氣。

很多時候，沈辰川甚至不知道她究竟是天真還是可笑，很早以前她就規劃好了自己的人生，並且毫無偏差地執行著。她不像阮靈，沒辦法陪著他一起尋找與摸索最適合的未來，面對他的彷徨和放棄，她表現出的是「何不食肉糜」般的理直氣壯。

即使如此，每次見到她那副毫不畏懼的模樣，他依舊能怦然心動，一如往昔。

所以他不敢見她，害怕只要稍有放鬆，想要擁有她的心、想要擁有她的那份感情就會活絡起來。

事實證明，他根本逃不掉，從大二那年被她纏上的那一刻起，他就註定逃不掉了。

只可惜……

「我果然還是喜歡妳。」

只可惜，現在他只能眼睜睜看著別人肆無忌憚地說出他想說的話。

面對邱生突如其來的再次告白，程曉璐臉頰漲得通紅，故意惡狠狠地瞪他：「你煩不煩啊！也不看看場合，我正在吵架呢，能不能認真點！」

「嗯。」邱生鄭重其事地點了點頭，「我非常認真地喜歡妳。」

「你給我閉嘴！」

在他們的吵鬧聲中，沈辰川的雙手默默緊握成拳。

這個男人活得比程曉璐更理直氣壯，讓他自慚形穢到內心忍不住扭曲。

「哎、別吵別吵，雖然流產的確是件挺遺憾的事，但是放心，我們醫院婦產科的技術很好，大人肯定能保住，而且絕對不會影響以後的生育，做完手術休息幾天再好好調養一陣子就沒事了，這也算是不幸中的大幸。」有人突然跑出來勸架。

真的是太突然了，以至於邱生和程曉璐頓住，齊刷刷轉頭朝著那個醫生看過去，異口同聲地道：

「你怎麼還在啊？」

「噓！」醫生比了個噤聲的手勢，指了不遠處牆上貼著的「禁止喧嘩」標語。

邱生：「不行，我一定要出院。」

程曉璐：「我同意。」

必須出院啊！有這種主治醫師，說不定手還沒治好，腦子就先殘了！

5 任何夢想都不該被嘲笑

那位醫生雖然個性獨特了一些，但還是很負責的。程曉璐和邱生準備離開時，醫生還非常對得起他身上那件白大褂，反復叮囑邱生倘若感到不適隨時回診，複診時間以及注意事項也交代得很清楚，直到最後仍堅持不懈地勸他住院觀察一晚，程曉璐和邱生雖然十分感動，但還是慎重拒絕了他。

相信阮靈醒來後，應該不會想要見到她，放任邱生待在醫院的話，她又放心不下，萬一沈辰川再來找麻煩怎麼辦？偏偏古旭堯又要趕回攝影棚收拾爛攤子，沒辦法在醫院陪他過夜，最好的解決辦法果然還是把邱生接回家靜養，如果有什麼問題再來醫院就是了。

但看他那副生龍活虎的樣子，也不像是有事。

「幫我洗澡。」才剛到家他就開始得寸進尺。

程曉璐沒好氣地斜了他一眼：「做夢去吧。」

「那也得洗完澡才能做。」

「自己洗！」她咬牙切齒地低吼，除了明確拒絕，任何話他都可以扭曲！

「我的手骨折了，沒辦法洗。」邱生楚楚可憐地看著她。

那模樣無助得就像一條被主人冷落的大型犬，儘管如此，她還是死死咬住底線：「那就等明天讓古旭堯來幫你。」

「真沒同情心。」他咕噥了一句，不情不願地朝著自己的房間走去。

見狀，程曉璐暗暗鬆了口氣。坦白說，自從他莫名其妙告白之後，面對他的時候她還是覺得壓力很大，那種直來直往的個性會讓她情不自禁地想到以前的自己，以及那段她圍繞在沈辰川身旁糾纏不休的日子，太相似了，反而不知道該怎麼應付才好。

事實證明，她這口氣鬆得有點早。

砰——

不出多久，邱生就突然摔開房門衝了出來：「程曉璐！我的抱枕呢？」

「丟了。」居然還好意思跟她提那個羞恥尺度極高的等身抱枕，一般人多少會遮掩一下吧！

確切地說，他之前還是有所遮掩的，他的房間是從來不肯讓她進去的，還以為他想保留私人空間，程曉璐也一直很配合，沒想到……所以現在是怎樣？反正也都已經告白了，就乾脆破罐子破摔[29]了是嗎？

「哦、好吧。」沉默了片刻後，他輕聲咕噥了一句。

好吧？居然就這麼爽快地接受了？程曉璐略顯詫異地看著他無比自然地朝著她的臥室走去，推開門，堂而皇之地在她的床上躺了下來。

「你幹什麼？」她不解地對邱生大吼。

29 破罐子破摔：罐子已經破了，又把破口拿起來繼續摔，比喻受到挫折後放任不管，卻讓事情往壞的方向發展。

「睡覺啊。」他翻了個身，用沒受傷的那只手支著頭，看著呆站在門邊的她，「像我這種年紀也差不多是時候該告別抱枕，開始抱真人了。」

「……」你早就到了該告別抱枕的年紀了好嗎！但是開始抱真人是什麼意思！

「妳不睡嗎？」他理直氣壯地反問。

「睡屁啊！」她衝到床邊，試圖把邱生拉下來，「少給我得寸進尺了！」

「可是沒有東西抱我會睡不著。」

「不會的。」她微笑安撫，「醫生配給你的止痛藥裡面有安眠成分。」

「還會吐。」

「那是輕微腦震盪的跡象，得立刻滾回醫院。」

「說錯了，吐倒是不會，但是會胃痛、窒息、喪失語言功能……」

「少來這套了！你到底想怎樣啊？」

邱生緩緩坐起身，順勢把她拉到身邊固定在兩腿間，雙臂緊緊環住了她的腰。

「放、放開……」突如其來的靠近讓程曉璐察覺到危險氣息，本能地掙扎起來。

然而，力量懸殊實在太大，她都快要喘不過氣了，他卻依舊氣定神閒，兀自把頭埋到她的頸窩裡，輕聲呢喃道：「沒想怎樣，只是太久沒見了，想妳。」

「哪有很久，也才十天而已，有什麼好想的。」還好是這種姿勢，要不然就憑她現在這副臉頰通紅的模樣，說這種話一點說服力都沒有。

可是……

「妳的耳朵好紅。」他帶著笑意的話在她耳邊響起。

「只是太熱了。」程曉璐趕緊伸出手遮住耳朵，「所以說你趕緊放開我啦！熱死了！」

「心跳也好快。」

「那明明是你的心跳！」

「嗯，我的心跳也確實很快。」

這個人還真是——直接得讓人無所適從！

她開始有點能夠理解沈辰川當初為什麼一見到她就想要逃了。

有了這種設身處地的感悟後，她反而覺得不該再回避。

曾經，當她厚臉皮地追著沈辰川跑的時候，多麼希望他可以好好正視一下她的感情，就算接受不了也沒關係，至少相信她是認真的。

「我說……」想到這裡，程曉璐深吸了口氣，決定去面對，「可以讓我考慮一下嗎？」

「……」

他的沉默讓她不由得緊張起來：「太、太突然了，我一點心理準備都沒有，至少應該給我一些時間去消化吧？話說回來，哪有人告白像吵架一樣，完全就是擅自發洩一通然後丟出那種非黑即白的選擇，你明明知道你對我來說有多重要，根本不可能真的狠下心把你趕出去，說什麼要麼在一起、要麼老死不相往來互不打擾的，不管怎麼想那都是威脅啊……」

「程曉璐。」他忽然啟齒輕喚，打斷了她的憤怒。

她頓了下：「幹什麼？」

「我想吻妳，」他伸手把她的頭轉向自己，「不可以的話直接拒絕就行了。」

「我拒絕。」

「不好意思，我聽不見。」

「……」

根本不是什麼「直接拒絕就行了」，他完全就是不由分說地吻上她的唇，連反應的時間都不給她！

等程曉璐回過神來的時候，他的舌尖已經在她唇齒間肆意席捲……

沒錯！舌尖！渾蛋、這次居然給她伸舌頭！

♪

又是一個忙碌的清晨，程曉璐打仗似的換衣服、盥洗，整個過程中，始終有條大型犬寸步不離地尾隨在她身後，更確切地說是一臺錄放音機。

「妳考慮好了嗎？」邱生倚在浴室門邊，這已經是他今天早上第九次追問這個問題了。

程曉璐終於忍不住放下手裡的粉撲，情緒爆發直接對著他吼道：「夠了沒！怎麼可能睡一覺就考慮好？更何況你昨天晚上一直鬧到大半夜，我連睡都沒辦法睡！」

「所以說妳讓我抱著睡不就好了嗎？都說了什麼事也不會做的。」他不悅地嘟囔。

說到這裡，程曉璐就更生氣了。

「你給我過來！」她用力把邱生拉到鏡子前，戳著鏡子裡的他，額頭上的紅腫非常顯眼，「要不要我提醒你這個傷是怎麼來的！」

「我老婆無情地把我踹下床，導致我磕到床頭櫃。」他哀怨地敘述起這個傷的來歷。

「虧你還記得！就這樣你還好意思說什麼事也不會做？明明擅自做了那種事！」

「我做什麼了？」他明知故問。

「就、就那種事啊！」

「吻妳嗎？」

「……」快閉嘴！至今提到那個吻她還是會不受控制地心跳失常，這種反應打死都不能讓邱生察覺，他絕對會得寸進尺的！

「不是擅自吧？」他無辜地聳了聳肩，「我問過妳意見的。」

「我有拒絕！」

「可是妳當時的表情，比起拒絕更像是邀請。」

「請不要把你的擅自解讀當成我的意願！」她咬牙切齒地低吼。

「那妳考慮好了嗎？」他乾脆無視程曉璐的怒吼，逕自又回到了最初的話題。

她緊攥著手裡的粉撲：「沒有！」

「還需要多久？」

「你以為是簽合約、談公事嗎？這種事哪有可能給出一個確切時間，總之我會儘快！」

「儘快是多快？」

「……」昨天阮靈為什麼不把他砸死！

感覺到她眼中的殺氣後，邱生抿抿嘴，收斂了咄咄逼人的架勢，但也只是做出些微的讓步：「在妳考慮好之前，要是沈辰川跟妳說想重新開始怎麼辦？」

「才不會有那種事好嗎！」雖然程曉璐認為發生這種事的機率完全就是零，可是在見到他一臉認真的表情後，她的態度還是很不爭氣地軟了下來，「就算真的發生了，我也絕對不會回頭的。」

「妳發誓。」

「邱生，能成熟一點嗎？好歹也是個大人了。」

「我不管！」他用行動證明了「成熟」這兩個字根本就沒有在他的字典裡，「妳發誓，如果妳回頭，以後就再也見不到我。」

「不需要發這麼毒的誓吧？」

他綻開了笑容：「那妳就那麼害怕見不到我嗎？」

她毫不猶豫地舉起手：「我發誓！如果我再跟沈辰川有任何關係，就再也見不到你！」

邱生頓時斂起了笑意，心情有些複雜，不知道該說是開心還是委屈。

沉默許久後，邱生輕嘆了口氣：「程曉璐，我是認真的，不要讓我覺得自己選錯了人。他都已經做到這種程度了，妳要是還回頭的話，那我一定會走得頭也不回，懂了嗎？」

「嗯……」能感覺到他的確是認真的，面對難得正經的邱生，她向來不太敢敷衍。

看程曉璐的反應，邱生滿意了，重拾一貫的散漫：「那我可以去公司接妳嗎？」

「不可以。」她又強調了一遍，「絕對不可以！」

「呿。」他嗤了聲，不爽地扭頭走開了。

「……」

「總有一天妳會求著我去的。」他的聲音從浴室外傳來。

「不可能會有這一天！」

他忽然又折了回來，把頭探進浴室：「不求也沒關係，只要妳開口，我隨時都願意去。」

「都說了不可能會有這一天！」

♪

拜邱生所賜，程曉璐剛到公司就已經筋疲力盡了，偏偏還有個不知道該說幸運還是不幸的消息等著她——阮靈請了一個星期的假，那個感冒藥的廣告又再度回到了她手上。

這簡直就是要她的命啊！

可是那個廣告已經拖了很久，從某種意義上來說甚至是因為她才會拖延的。據梨若琳說，邱生為了去西安找她，很任性地把所有工作延後了。原來他並沒有胡說，還真的推開了所有工作，穿越大半個中國來幫她的。

總之，客戶催得愈來愈急，時間緊迫，之前就負責這個廣告的她自然是最合適接手的人選。更要命的是，邱生手受傷了，同樣也需要休養，可是他們這兩年幾乎就是固定搭檔，突然要她換一個攝影師，免不了需要一定的磨合期。

好在，雖然沒辦法拍照，但邱生還是很敬業地親臨現場指導。

最初在攝影棚裡見到他的時候，程曉璐確實覺得鬆了口氣，只是她很快就發現了，這傢伙根本就是來搗亂的吧？她已經嫌一天二十四小時不夠用了，恨不得有三頭六臂，結果每次見到邱生還要被不停逼問「考慮好了沒」……

在被邱生折磨死之前，她必須得做些什麼了！

於是，她撂下了狠話——「如果不想再被趕出去的話，在攝影棚至少跟我保持十公尺以上的距離！」

邱生當然心有不甘，可他還是咬牙服從了，誰讓他想見她呢。

她最近每天都要加班到凌晨，回到家都已經累得像條狗了，有時候連洗澡、卸妝的力氣都沒有，直接倒頭就睡，更遑論搭理他了。在攝影棚裡儘管被限制，不能打擾她，甚至不能靠近她，卻至少能在十公尺外的距離看著她。

聽起來好像有點沒出息，之前他也覺得自己很沒出息，然而每次見到她認真工作的模樣，他就覺得出息這兩個字根本就不重要。

他喜歡看她專注的神情，那種卯足了勁，彷彿無所不能的樣子非常誘人，讓他有一股強烈想要按下快門的欲望。

雖然如此，但情緒還是有的！

當那位代班攝影師讓他過去幫忙看一下照片的時候，他有些故意地瞄了眼站在一旁的程曉璐：「不行，我得跟她保持十公尺以上的距離。」

「……」代班攝影師很無奈。

好像給別人添麻煩了，程曉璐尷尬地笑了笑，對著邱生咬牙切齒低吼道：「這種時候就不用了！」

「那我可以跟妳保持負二十公分的距離嗎？」

「……」負二十公分是什麼詭異的距離？

「噗！」那名代班攝影師終於忍不住了，「你要不要臉啊！身為一個亞洲人，怎麼可能有二十公分這種 size！」

攝影師說的話終於讓程曉璐後知後覺地反應過來，瞬間滿臉通紅。

邱生不服輸地衝著對方挑了挑眉：「走、去洗手間，讓你眼見為實。」

「見你個頭啦！」程曉璐隨手抄起桌上的雜誌，朝著他砸了過去，「趕緊過來！」

「哦。」他扁了扁嘴，乖乖走到了他們身邊。

當然，指望他安分是不可能的，雖然邱生的確是在幫他們看照片，但他緊貼著程曉璐的脊背，下頷輕擱在她的肩膀上，總之就是抓緊一切機會靠近她。

看在他至少是在認真幫忙的份上，程曉璐也就懶得計較他的這種姿勢了。

縱容的結果就是——他愈來愈造次，那只活動自如的左手不安分地攀上了她的腰，煞有介事地提供了些許建議後，趁著大家糾結如何修改，沒人注意到他們時，他啟唇在她耳邊輕喃：「我快不行了。」

「怎麼了？」程曉璐擔憂地轉過頭去詢問，這才想起他再怎麼說，好像也是個病患。

卻沒想到他突然湊上前，在她唇上輕啄了下：「快點考慮好吧。」

「真是夠了！」程曉璐狠心推開了他，「給我退回十公尺的距離！」

「不行，他們還需要我。」他一本正經地道。

眾人轉頭看了眼邱生，異口同聲道：「我們不需要。」

「我怎麼就養了你們這群沒人性的東西！」關鍵時刻倒是幫一下自己人啊！

「順帶一提，發薪水給我們的是古旭堯。」

「給我閉嘴！」

♪

吵鬧聲傳入了不遠處的阮靈耳中。

休息一個多星期，身體也恢復得差不多了，雖然還沒正式銷假，但在聽說這個廣告又交還到程曉璐手上後，她還是不放心地想要來看一下，更何況這也是唯一能和邱生接觸的途徑了。

最近沈辰川都沒有再提過邱生，就連之前陳秦來醫院探望她時，曾經提過認識邱生的朋友，對方也願意幫忙牽線說服邱生，他非但沒有表現出太大的興趣，反而還扯開了話題。

是因為她流產嗎？再怎麼說那也是他的孩子，突然失去這個孩子，他的痛苦應該不亞於她吧？如果不是為了替他去跟邱生攀關係的話，這些事或許就不會發生了。大概就是出於這種想法，他對邱生已經不是那麼執著了。

直到剛才她始終是這麼認為的，可是現在……

「咦、阮經理，您怎麼來了？」總算有工作人員留意到她，頗為詫異地跟她打了聲招呼。

她聞聲轉眸朝對方看過去，很快就認出了這個女孩，她是古旭堯的助手，聽說偶爾也會被邱生借用。之前合作時也打過幾次照面，對方顯然對邱生很有好感，經常黏著邱生，而邱生對她也不是那麼排斥。

「在家裡躺得快要發霉了，就想出來走走。」她嘴角彎起一抹淺笑。

「這麼說來……」向小園想起了她流產的事，欲言又止，「妳身體好一點了嗎？」

「嗯，差不多了。」

「那就好。」向小園鬆了口氣。

「那個……」阮靈的語氣忽然沉了幾分，「他們兩個關係很好嗎？」

「哎？」向小園不明就理地順著她的視線看過去，捕捉到不遠處正在打鬧的程曉璐和邱生後，才大概明白了她的意思，「還不錯吧。」

阮靈恍惚回過神，重拾笑意，只是這笑容明顯要比剛才帶有一絲打探的意味：「看起來似乎不只朋友那麼簡單呢，該不會是在交往吧？」

「應該快了。」

「……」阮靈笑容一僵。

「我們都覺得憑邱生的攻勢，一般人應該撐不過一個月的，不過如果對方是程曉璐的話，那就不好說了，畢竟她可是讓邱生忍了兩年多的人呢。」

「妳是說……」阮靈的語氣微微發顫，「邱生喜歡曉璐？」

「呃……」向小園似乎意識到自己有些多嘴了，聽說邱生跟程曉璐合租同居的事一直是對佳沃那邊的人隱瞞的，她這麼說沒關係吧？只是喜歡而已，又沒有提同居。但為了保險起見，她還是試圖含糊其辭地帶過這個話題，「可能吧。」

「妳不會覺得不甘心嗎？」

「啊？」

阮靈直截了當地捅破窗戶紙[30]：「妳也喜歡邱生吧？」

向小園愣了下，對著她笑了笑：「與其說是喜歡，不如說是崇拜，但是我也很崇拜程曉璐。所以對我來說，他們倆要是能在一起的話，那是再好不過的事了。」說著，她笑意加深，故意問道，「妳不這樣認為嗎？妳不是程曉璐的朋友嗎？聽說是從小一起長大的閨蜜呢，最好的朋友要是能找到幸福，會發自內心替她高興吧？」

「是啊，」阮靈也回以燦爛笑容，「我很高興呢。」

她確實是高興的，發自內心……

只是，愈是替程曉璐的幸福感到高興，就愈妒恨。

為什麼？為什麼那麼不公平？有些人生來彷彿被上天眷顧著，哪怕什麼都不做也能輕易找到幸福，例如程曉璐；有些人生來彷彿就被上天詛咒，就算是拼盡全力也不過是水中撈月，例如她。

她想要的很簡單，不過就是一個家、一人心、一輩子。

差一點她就實現了，只差一點點……然而，隨著那個孩子的逝去，所有的一切都化為烏有。

♪

昏黃的路燈透過窗戶打在昏暗的大廳裡，微弱的光芒勉強映出客廳裡的一片狼藉，散亂的衣服、

30 捅破窗戶紙：一層窗戶紙捅破，指很快點明事實。

杯子的碎片、被砸壞的鏡子、滿地撕碎的雜誌……

這便是沈辰川踏進家門時見到的畫面，用觸目驚心來形容也不為過。

他難掩擔心地蹙了蹙眉，立刻打開燈，找尋阮靈的身影。

自從她流產後情緒就一直不太穩定，非常黏他，只是出門上班她都會大發雷霆，每天都要打好幾通電話追問他什麼時候回來，但是像今天這樣的情況還是第一次。

很快，他就找到了蜷縮在沙發上的阮靈，稍稍鬆了口氣。

「發生什麼事了？」他走上前蹲下身，小心翼翼地詢問。

聞聲，她從雙膝間抬起頭，訥訥地看著他：「怎麼才回來？」

「對不起……」那副格外無助的模樣喚醒了他的愧疚，「月底了，雜誌快要出了，最近有些忙。」

他撒謊了，忙是真的，但也並不是凡事都需要他親力親為。

他只是在逃避，不想回家、不敢面對阮靈，怕看到她就會情不自禁地想到程曉璐。

她一直很敏感，只要他稍微動搖，她彷彿就能立刻察覺到，這一次也不例外。

默默打量他片刻後，阮靈忽然伸出手緊緊摟住他：「辰川，不要離開我，我真的、真的不能沒有你……」

他閉上眼睛，暗暗調整了情緒，再次睜開眼時嘴角含笑，語氣寵溺：「不會的。」

還沒等他說完，阮靈忽然側過臉頰，吻住了他的唇。

這是一個很不像她的吻，沒有技巧性可言，僅僅是在確定他的存在。

她愈吻愈深，迫切地等待他的回應，可他只是接受、默許，薄唇輕啟任由她的舌尖在他的唇齒間肆意遊走，不捕捉也不挑弄，能夠清楚感覺到他在走神。

阮靈緩緩鬆開了他：「我的吻還像程曉璐嗎？」

「……」他微微一震。

「忘記了嗎？我第一次吻你的時候，你說我的吻跟程曉璐很像。」她笑得有些無力，「現在呢？還像嗎？」

「不像。」其實，從來都不像。

阮靈和程曉璐是截然不同的兩個人，當初他之所以會這麼說只是想將她推開，雖然一時衝動回應了她的吻，但他很快就後悔了，刻意說那種話無非是想讓她知難而退。即便如此，她仍舊不計較，甚至笑著說：「那就把我當成她的替身吧。想吻她的時候、想抱她的時候，我都會陪著你。」

所有的一切就是從那一刻開始失控的。

「那你剛才在想什麼？」阮靈的話再次傳來。

他回過神：「只是在想醫生的話，妳身體還沒完全恢復好，該好好休息。」

阮靈咄咄逼人地打斷了他：「是在想程曉璐吧？」

「……」

「說不定她現在也正在跟邱生做這種事。」

「……」他臉色微微發白，突然覺得心口被狠狠揪了下，陣陣抽痛。

「怎麼了？心痛了嗎？」

「沒有，」他轉開目光，站起身，「別胡思亂想，早點睡。」

阮靈陰沉地道：「你怎麼不問我為什麼是邱生呢？」

他頓住腳步，這才後知後覺地意識到了什麼，愕然轉眸看向她。

「呵——」她慘笑著，「果然，你早就知道他們兩個的關係，說什麼欣賞邱生的才華，想要他來幫你，你真正想要的人是程曉璐！而我居然還像個白癡似的替你牽線搭橋！」

他長吁出一口氣，解釋道：「我也是直到妳流產的時候才知道的。」

「我還可以相信你的話嗎？」

顯然她已經認定這件事，百口莫辯的無力感讓他心力交瘁，不免有些自暴自棄：「隨便妳。」

「那為什麼瞞著我？」阮靈追問。

「並不是什麼重要的事，我不認為有必要刻意講。」

「不重要？」她的聲音忽然尖銳起來，「他們害死了我的孩子！你居然覺得那是不重要的事？」

「那只是一場意外。」

「真的是意外嗎？明明關係那麼好，聚餐時裝作一副不熟的樣子，這不是蓄意隱瞞是什麼？要不是因為邱生說他只對認真工作的人感興趣，我就不會爬上桁架，也不會流產，這不是故意誘導是什麼？這才不是什麼意外，是陰謀！一切都是程曉璐計畫好的！」

「妳比我更瞭解程曉璐，她不是這樣的人，妳很清楚。」

「是啊，我很清楚，她不是第一次做這種事了。」阮靈掌心漸漸緊握成拳，咬牙切齒地道，「不主動、不回應，卻讓男人心甘情願地為她做任何事，這是她最擅長的！」

「妳……」那種充滿怨毒的眼神是沈辰川從未見過的。也許只是一時情緒失控，就好像他之前在醫院裡也曾因為突然間面對太多資訊而胡亂指責遷怒過，這麼一想，他有些感同身受地在沙發上坐了下來，伸手將阮靈擁入懷中，有一下沒一下地輕拍著她的肩頭安撫，「好了，別想了，孩子沒了就沒了，再要一個就是了。」

她漸漸平靜下來，枕在他懷中，無助地咕噥：「我以為你不會再想要了。」

「怎麼會。」他擠出淺笑，「先把身體養好，不用急，慢慢來。」

「嗯。」

或許真的是她想多了吧？或許沈辰川對她或多或少是有幾分真心？不是都說人心是肉長的，他們陪伴著彼此熬過最艱難的時候，堪比相濡以沫，這些是程曉璐無法取代的。

想著，她逐漸放鬆下來，彎起嘴角任由睡意將自己吞噬。

察覺到她睡著後，沈辰川小心翼翼地把她抱進臥室，剛替她蓋好被子，口袋裡的手機忽然震動。生怕吵醒阮靈，他立刻掏出手機接通電話，還沒來得及說些什麼，陳秦的聲音便從手機那端傳了過來：「辰川，派索那邊剛才聯繫我了。」

「嗯。」他瞥了眼床上的阮靈，見她依舊睡得很沉，轉身走出了臥室，「怎麼說？」

「說是這次的產品他們公司非常重視，廣告比稿也不是一個人能決定的，屆時會有好幾個部門經理一起商議。」

「如果我們提出佳沃的風格更適合我們雜誌呢？」

「我就是這麼說的呀，那邊的意思是會把我們的建議納入衡量標準，但最後還是要看綜合實力，再由他們的市場部經理決定，不過對方也答應了會儘量替佳沃多美言幾句。話說回來，大嫂的身體沒問題嗎？不是說情緒還是不太穩定嗎？我聽派索的人說五一連假之後就要開比稿會議了，她可以嗎？」

沈辰川微微愣了下，輕聲道：「這個廣告不是她負責的。」

「啊？那你為什麼要插手……」話說到一半，陳秦忽然打住，片刻後，他充滿驚愕的話語再次傳來，「你別告訴我派索是程曉璐的客戶哦！」

沈辰川若有似無地「嗯」了聲。

「你瘋了是不是！」手機那頭的陳秦一驚一乍地吼了起來，「程曉璐跑來找你幫忙的嗎？她還真好意思啊！你都已經結婚了，再怎麼說她也該避諱一下吧？何況阮靈剛流產……你居然還真的幫她，這女人到底是給你灌了什麼迷湯啊？」

「她沒有來找過我，也不可能來找我。」沈辰川打斷了他的話。

「那你幹嘛多管閒事？」

「……誰知道呢，或許是因為愧疚吧。」他有些無力地靠著臥室的門，微微仰起頭輕嘆了聲，自言自語般道：「就當是在還債吧，這樣我心裡至少也能好過一點。」

「……」

「轉告派索那邊的人，不要多嘴，以她的個性如果知道我插手這件事，說不定會直接放棄比稿。」

等了許久都沒有等到陳秦的回應，他沉了沉氣，低喝了句，「聽到了嗎？」

「知道了。」陳秦不情不願地回了句，「你……算了、先掛了，你趕緊去陪大嫂吧。」

他顯然有話想說，雖然最終沒有說出口，但沈辰川還是能猜到他想說什麼。

無非勸他別再鑽牛角尖，事已至此，就算覺得對不起程曉璐又能如何？多餘的關心非但不能改變什麼，只會連阮靈一起傷害。

他知道的，這些道理就算陳秦不說他也知道，所以之前他逼著自己狠下心用最殘忍的方式去推開程曉璐。

只是，在誰也看不到的地方，他不想再騙自己。

收拾好心情後，他打開臥室的門，阮靈依舊維持著剛才的姿勢，他暗自鬆了口氣。

就在他再次關上房門時，阮靈緩緩睜開眼睛，眼淚順著眼角滑落，沈辰川剛才那通電話沖淡了她眼中的無助和信賴，取而代之的是諷刺和怨憤……

♪

在程曉璐沒日沒夜加班的努力下，終於趕在五一連假前搞定了感冒藥的廣告，也確定了派索的提案，接下來只需要稍微完善一下就可以了。雖然她已經連續工作了三十多個小時，但或許是因為希望的曙光愈來愈近，她非但不覺得累，反而還特別亢奮，本來想要一鼓作氣把提案完善好的……

原本意興闌珊癱坐在沙發上看影片的邱生，在聽說她最後選擇了高城的提案後忽然坐直，眉頭緊蹙：「妳選了那個高城？」

「是啊。」程曉璐端著咖啡從廚房走出來，順勢在一旁的單人沙發上坐下來，打算稍微休息一下。

他拍了拍身旁的沙發，示意她過去。

她猶豫了下，最終還是把咖啡放在茶几上，起身走到他身旁緩緩入座。

邱生邊替她按摩頸椎，邊問：「為什麼是他？」

「什麼為什麼？」她不解地眨著眼，「當然是因為他的提案最好。」
「只是這樣嗎？」他瞇了瞇眼眸，語氣裡透著懷疑。
「不然還能怎樣？」
他不屑地撇了下嘴角：「我不覺得有多好。」
「確實需要再修改一下。」這一點程曉璐倒是不否認，「但是在那麼短的時間內高城能做成那樣已經很厲害了，比起其他幾份提案顯然要用心得多。」
他忽然加重手上的力道，不滿地咕噥了句：「為什麼要幫他說話？」
「嘶……」程曉璐吃痛，倒抽了口氣，轉眸瞪了他一眼，「我剛才所說的每一句話都只是針對提案，哪有幫他說話。」
「我覺得他對妳有企圖。」
程曉璐翻了翻白眼：「我覺得你腦子進水，有病。」
「嗯……」他從善如流地點了點頭，「那你就當是遷就病人，換個提案吧。」
「才不要，我又不是神經病。」
邱生有些無力地嘆了聲：「妳就不能偶爾聽我一次嗎？」
「你就不能別再無理取鬧了嗎？我都已經忙得快喘不過氣了，你還非得給我沒事找事！」一想到最近被邱生纏得快要窒息了，她氣不打一處來，忍不住抱怨了一句，「我就不該讓你搬回來。」
「我不在，對妳而言更好嗎？」
正煩躁的她並沒有察覺到邱生語氣裡的不對勁，一如既往地跟他爭：「簡直好得不得了，清淨多了。」

他深吸口氣克制情緒，努力維持冷靜：「所以妳是無論如何都不願意換掉高城了？」

「你到底在發什麼瘋？」她皺起眉心，不太能理解邱生的堅持，「明明他的提案確實是最合適的，我為什麼要換掉他？」

「因為我不爽，看著妳跟他在一起的時間比跟我在一起的時候還要多，我非常不爽。」

「你又不是我……」她忽然打住了口沒遮攔。

然而，還是晚了。

邱生的臉已經沉了下來，聲音也透著寒意：「又想說我又不是妳的誰，憑什麼管妳的事嗎？」

「……」她默默抿唇，無法反駁。

「我以為事到如今多少會有些改變，結果在妳的潛意識裡，我依然什麼都不是。」

程曉璐被他逼急了，倏地從沙發上站起來，醞釀了片刻後才支支吾吾地吼道：「就、就算你是我老公，也沒資格干涉我的工作！」

怎麼可能沒有改變？如果沒有的話，她剛才就不會有意識地打斷自己的話了，他卻一副咄咄逼人的架勢擅自做出注解，導致她無論怎麼解釋都顯得毫無說服力，而這已經是她所能想到的最好回應了，都已經承認他是老公了，差不多也該閉嘴了吧！

邱生的確閉嘴了。

只是，這非比尋常的沉默反而讓程曉璐更加尷尬，雖然不是第一次叫他「老公」了，但這一次顯然和之前不同，莫名覺得很不好意思，心好像隨時會從喉嚨裡跳出來一樣，以至於她根本不敢回頭去看邱生，更遑論好好確認他到底有沒有聽懂她的意思了。

此時此刻，程曉璐腦袋裡只有一個念頭——逃。

她一個勁地衝進書房，用力關上門，雙手緊捂著臉頰，試圖用掌心的冰涼來給自己降溫。

可惜成效低微，許久之後她的情緒才緩緩回歸平靜，卻還是忍不住在意客廳裡的邱生。這種狀況根本就沒辦法繼續工作，與其這樣瞎耗著，還不如去好好睡一覺，這個道理她當然懂，可是……沒勇氣啊！她無論如何都沒勇氣走出書房，要怎麼面對他啊！

就在她拼命思考著該如何給自己找臺階下時，一通意料之外的電話拯救了她。

是醫院打來的，說是邱生一直沒有去複診，上次配的藥也差不多該吃完了，如果病人實在沒空的話，那家屬就來醫院拿一下藥，當然，如果可以把那位不配合的病人一起綁來就再好不過了。

不用說她也打算把邱生一起綁去的！

讓她沒想到的是，終於有了名正言順的理由，鼓足勇氣打開房門時，客廳裡卻一片靜謐。

她找了一圈都沒找到邱生的身影，最後卻在玄關邊發現了他的拖鞋。

他出門了？難道說，這傢伙完全沒聽懂她剛才那句話的意思，又像之前一樣一言不合就離家出走了！

掙扎了很久，程曉璐還是忍住沒有打電話給邱生，硬著頭皮獨自去醫院替他拿藥了。

剛才打電話給她的應該就是上次那個醫生，看起來還是很負責的，也正是因為如此，她有些忐忑，沒能完成把邱生綁來的任務，一會兒她會不會挨罵？

掛完號，她不安地排隊等待了好一會兒，總算輪到她了，她深呼吸，顫巍巍地走了進去。

那位醫生抬了抬眸，衝著她笑：「妳來幹嘛？」

「不是您讓我來拿藥的嗎？」

「誰告訴妳家屬可以隨隨便便來幫病人配藥的？」

「剛才您在電話裡說的……」明明說了如果病人沒空家屬來也可以。

「這麼聽話？那我剛才電話裡還說了讓妳把病人綁來呢？」他歪過頭，煞有介事地打量著她身後，「病人呢？」

「呃……」她支吾道：「他、他有點忙……」

「忙得連手都不要了？」

聞言，程曉璐臉色一白：「只是骨折而已，不、不至於吧……」

「骨折後沒有妥善治療而留下後遺症的案例有多少，妳知道嗎？」

「我現在就打電話給他！」

正當她掏出手機準備撥號時，面前的醫生突然啟唇，冷不防地問：「妳多久沒睡覺了？」

「啊？」她愣了愣，不明就理地看著他。

「算了，」他指了指角落裡的那張椅子，「別打電話了，去那邊坐著。」

「哦。」雖然不太明白他的意圖，但程曉璐向來是那種把醫生的話奉為聖旨的人，二話不說收起手機，走到角落邊畢恭畢敬地坐了下來。

然後，那位醫生便不再搭理她了，自顧自地對著門外的護士喊了聲：「下一位。」

下一位。

又是下一位。

繼續下一位……

已經好幾個「下一位」了！程曉璐就這樣被他晾在角落，無所適從。

「那個……」她實在憋不住了。

才剛啟唇，突然又有位醫生走了進來，年齡要比這位醫生大一些，氣喘吁吁地道：「不好意思，被一個病人家屬纏住耽擱了，你趕緊去吃飯吧。」

聞言，他抬眸對著那名年長的醫生笑了笑，認真交代起幾個去拍X光患者的情況，看起來很忙碌的樣子，程曉璐也不太好打擾，只能默默吞下話。

大約過了十分鐘，他差不多將事項交接完了，這才站起身對著她說：「走吧。」

「嗯？」走去哪兒？程曉璐一頭霧水。

「咦？」那位年齡稍長的醫生這才察覺到角落裡還坐著個人，好奇地看了她一眼後，了然地挑了挑眉，「真是的，女朋友來了也不早說，讓護士來叫我不就好了嘛！」

「不、不是，不是女朋友，我是……」程曉璐連忙解釋。

話還沒說清楚就被他打斷：「沒事，她最喜歡等人了。」

「什麼話，誰會喜歡等人？」年齡稍長的醫生略帶指責地瞪了他一眼，「人家那叫體貼！你這臭小子別以為你有一張好看的臉就有恃無恐啊，像我們這種職業能找個女朋友多不容易！去去去、趕快吃飯去，別讓人家等太久。」

「……」說得好！程曉璐忍不住在心裡附和，誰會喜歡等人啊，她又不是M！

他有些敷衍地「嗯」了一聲，不由分說地拉起程曉璐往門外走，連給她澄清誤會的機會都沒有。

此情此景，讓程曉璐有種詭異的熟悉感，總覺得以前也曾經發生過類似的事，是什麼時候？

她蹙眉努力回想，卻想不起來，眼看著那個醫生愈走愈快，她決定不鑽牛角尖了，快步追了上去：「醫、醫生，您慢一點……」

他略微放慢了腳步：「不好意思，職業病，查房查習慣了。」

「沒事、沒事，可以理解。」完全不能理解啊！醫務工作者平常到底都過著什麼樣的生活，居然能形成這種腳程堪比奧運競走運動員的職業病？她有點好奇，但眼下她還有更關心的事，「不過，醫生，我們這是要去哪兒呀？」

以這位醫生的負責程度來說，搞不好是打算帶她走後門去配藥？

如果真是這樣的話，那必須好好謝謝他才行呢。

他突然停住腳步：「我姓蘇。」

「哦、蘇醫生，您是要帶我去拿藥嗎？雖然很不好意思，但您肯幫忙實在是太好了，之後要是方便的話我請您吃頓飯吧？」想了想，她又自言自語地嘀咕了一句，「還是說直接給紅包比較好……」

「我叫蘇飛。」他再次啟唇。

「嗯？」她困惑地眨了眨眼，怔怔看著他，片刻後忽然瞪大雙眸，滿臉驚愕，「蘇飛？」

看來是想起來了？他笑著點了點頭。

程曉璐顯然還是有些難以置信：「衛生棉？」

「是飛機的『飛』！不是草字頭的那個『菲』！」

♪

是飛機的「飛」，不是草字頭的「菲」。

第一次見面時，蘇飛也是這樣介紹自己的。

只是當時的他臉頰通紅，神情窘迫，局促到不知道該把雙手擺在哪裡，可是現在的他明明說著一模一樣的話，卻是咬牙切齒、眉目飛揚，每一個字都說得非常清晰。

程曉璐無論如何都沒辦法把眼前這個人跟她記憶中那個唯唯諾諾的蘇飛聯想起來。

「你真的是蘇飛？」愣怔了許久後，她終於說出了心裡的疑問。

他不以為然地撇了撇嘴：「只是戴了隱形眼鏡，差別有那麼大嗎？」

「不是這個問題……」該怎麼說呢，她想了想，終於讓她想到了，「是氣質！氣質完全不同啊！」

坦白說，她其實已經不記得蘇飛長什麼樣了，畢竟也有五年多沒見，只記得他是個典型的書呆子，愣頭愣腦的，從來不敢大聲說話，總是畏畏縮縮地跟在她和阮靈身後，就算被人戲稱跟班，他也只是傻呵呵地笑。

可是現在的他，簡直可以用飛揚跋扈、不可一世來形容，怎麼看都不像是同一個人！

對此，他給出了非常輕描淡寫的解釋：「人總是會變的。」

「說是這麼說……」程曉璐對於這個說法還是不太能認同，「可是你這已經不能叫做改變了，簡直就是脫胎換骨！你這幾年都經歷了什麼事呀？」

「經歷了很多啊，」他長嘆了聲，神情很沉重，「不過，主要是因為我實在是太討厭以前那個喜歡也不敢去爭取的自己了。」

「……」程曉璐陷入了沉默，這個話題還真是相當沉重啊，把重逢的喜悅都沖淡了。

她想起蘇飛那段還沒開始就宣告滅亡的感情，想起為了沈辰川不顧一切的自己，那段以為只要兩情相悅就能一輩子的歲月瞬間歷歷在目。

正當她恍惚時，蘇飛蛻去那改變後的自己，無由來地說了句：「啊、餓了，去吃飯吧。」

「哎？」太突然了，以至於她一時有些反應不過來。

「不是說要請我吃飯嗎？擇日不如撞日，就今天吧。」

「可是……」她還想去找邱生好好談談，爭取明天就把他拉來複診。

「別可是了，快點、快點。」話語未落，他便拉著她轉身。

「……」是有多餓啊？這迫不及待的樣子簡直就像一頭準備衝出柵欄覓食的豬！

不過仔細想想，當醫生確實很辛苦，不只要承受言語暴力、肢體暴力，忙起來有時候連一口水也沒空喝，更何況是好好吃飯。這麼一想，她難免動了惻隱之心，默默吞下拒絕。

「曉璐？」

熟悉的輕喚聲從身後傳來，程曉璐驀然一震，下意識轉頭看向一旁的蘇飛。

他翻了翻白眼，神情懊惱，顯然是早就看到了那道輕喚聲的主人，這才是他突然急著離開的真正理由吧？才不是什麼餓了，而是怕見到他剛才口中那個喜歡卻又不敢去爭取的人——阮靈。

可惜命運就是這麼愛開玩笑，就好比之前阮靈和沈辰川竭盡全力地躲著她，結果卻還是狹路相逢了一樣，不管蘇飛有多不願意，終究還是跟他最不想見到的人不期而遇了。

作為一個過來人，程曉璐非常能夠體會他此時此刻的心情。

於是，她非但沒有轉身，反而加快腳步，門診大廳那麼吵雜，就算沒聽見也很正常吧？

然而，顯然那個阮靈不會那麼輕易放過她。

「果然是妳啊！真巧，我……」沒過多久她就追上來了，一臉興奮地看著面前的程曉璐，當她的視線捕捉到一旁的蘇飛後，驀然止住了話，臉色刷白。

反倒是蘇飛表現得落落大方，主動打起了招呼：「好久不見。」

「……」阮靈神色複雜地翕張著唇，卻一句話都說不出口。

「來複診嗎？」

「為什麼是複診？」這個說法雖然讓阮靈漸漸回過神，話語卻仍舊透著輕顫。

除非知道她流產的事，否則他不會這麼問。

「不久前不是才做完手術嗎？」他噙著職業化的微笑，像個盡責的醫生般詢問，「恢復得還好嗎？」

阮靈的猜測得到了肯定，她臉色難看地轉眸，惡狠狠地瞪著一旁的程曉璐質問：「妳跟他說的？」

程曉璐漠然地撇了下嘴角：「我什麼都沒說過。」

「那他怎麼會知道！」她的嗓音忽然變得異常尖銳，顯得咄咄逼人。

「不好意思，打斷一下……」蘇飛下意識地把程曉璐拉到身後，笑容可掬地指了指身上的白大褂，「妳看不出來我是這家醫院的醫生嗎？」

這個解釋並沒能成功打消阮靈對程曉璐的敵意，反而顯得真相大白——她瞇著眼睛，視線死死地鎖住蘇飛落在程曉璐肩頭的那只手，略顯恍惚地呢喃著：「你從來沒有說過你和她還有聯繫。」

「彼此彼此。」程曉璐懶得解釋太多，不服輸地頂了回去，「妳也從來沒有說過妳和沈辰川還有聯繫。」

「我本來還覺得有點對不起妳……」阮靈目光一凜，「現在看來，我對妳還是太客氣了。」

「……」睡了她的男人還叫客氣？那要怎樣才算不客氣？

「我說你啊……」阮靈忽然看向蘇飛，「你知道上次跟我一起被送進來的那個攝影師跟她是什麼關係嗎？」

「當然。」蘇飛面不改色，微笑以對。

反倒是阮靈面色有些難看，略微僵了僵，諷刺道：「你心真大。」

「彼此彼此。」蘇飛有些故意地道，「妳一個人嗎？沈辰川沒陪妳來？」

言下之意，他心再大也大不過她，他充其量不過是求而不得，而她根本就是掩耳盜鈴，明明知道沈辰川真正午夜夢迴的人是誰，卻還能同床共枕。

顯然阮靈聽懂了他的話，笑容猝然褪去，取而代之的是憤恨。

那雙活像是淬了毒的眼眸蘇飛是再熟悉不過了，很多年前，她就是用這種眼神死死瞪著他，信誓旦旦地說要讓他後悔。

阮靈雖然不像程曉璐那般風風火火，但也同樣言出必行。他從來沒有輕視過她的警告，事實上，早在當時他就已經後悔了，只不過他天真的以為只要他消失，她們兩個人就能回到最初，現在看來他高估了她們的友情，更高估了沈辰川。

說曹操，曹操到。

沈辰川的聲音突然從不遠處傳來：「等很久了吧？這邊停車位有點難找。」

他邁開步伐走到阮靈身邊，語氣和神情顯得格外平靜，甚至平靜得有些過分。

「還好。」阮靈轉眸看向他，訥訥地回道。

「嗯、走吧。」沈辰川小心翼翼地拉著她轉身。

「喂、沈辰川！」眼看一旁的程曉璐臉色愈來愈不對勁，蘇飛按捺不住叫住了他，「再怎麼說也算相識一場，不用打招呼說一聲嗎？」

聞言，沈辰川頓住腳步，蹙眉回眸，端詳許久後片刻道：「你哪位？」

「蘇飛！」他咬牙切齒地道。

沈辰川眉宇間閃過一絲訝異，跟剛才阮靈看到蘇飛時如出一轍的訝異，但他很快就將其掩飾住，恢復如常：「不好意思，無關緊要的人我向來不會放在心上。」

「就當我是無關緊要的人好了，那程曉璐呢？至少也該跟她打聲招呼吧？」

「我說了，無關緊要的人我向來不會放在心上。」

程曉璐：「……」

蘇飛：「……」

扔下無情的話語後，沈辰川便牽著阮靈轉身離開。

在他們離開後不久，程曉璐就回過神來，有些擔憂地看了一眼身旁雙拳緊握的蘇飛，試探性地詢問：「你還好吧？」

愛情這種東西果然是沒道理的，就好比她對沈辰川、蘇飛對阮靈。

♪

其實蘇飛當年在學校還是挺受歡迎的，雖然有些怯弱，但至少長得不錯，又是醫學院的高材生，如果不是很熟的話很容易把他的內向寡言解讀成高傲冷漠，喜歡這個類型的女孩不在少數，偏偏他只對阮靈情有獨鍾。

阮靈耶，他們媒體設計系的系花耶，還是一朵高嶺之花。

以他那時候的個性自然是不敢去摘的，程曉璐慫恿過他無數次，好不容易他終於下定決心，那一天她還特地幫他把阮靈約了出來，給他們製造機會。

結果似乎是失敗了。只是似乎，究竟發生了什麼事程曉璐也不清楚，他絕口不提，阮靈也含糊其辭。總之，從那之後，阮靈就開始頻繁地更換男朋友，蘇飛則跟她們漸行漸遠，直到阮靈出國，醫學院也搬去了新校區，程曉璐便跟他徹底斷了聯繫。

時隔多年，他拼命改變自己，也是為了變成阮靈喜歡的樣子吧？他應該是很期待能夠和阮靈重逢的，但沒想到居然是在這種情況下。

程曉璐也知道自己這個問題很多餘，怎麼可能會好呢？可是除此之外，她不知道還能說些什麼。

「這好像是我應該問妳的吧？」

「啊？」蘇飛的反應有點出乎她的意料，她一時反應不過來，眨了眨眼，一臉迷惘。

「妳還好吧？」蘇飛將她剛才的話重複了一遍。

「我？」她一頭霧水，「我很好呀。」
「少來了，」蘇飛顯然不信，「聽到那種話怎麼可能會好？在我面前就不必逞強了，妳丟臉的樣子我沒少見過。」
「不，你沒見過的還是很多的。」
「例如說？」
「呃……」例如她喝醉拉著人去戶政事務所公證什麼的，這種話她當然不可能說出口。於是程曉璐笑了笑，轉移話題，「總之我沒事啦，這種話也不是第一次聽到了。」
「那妳臉色為什麼還是這麼白？」
「沒睡好。」
「哦、這我倒是相信。」從她今天出現在醫院的那刻起，就已經頂著一張顯而易見的熬夜臉了，但是跟她現在的模樣還是有很大的區別，「那妳一臉想哭的樣子又是怎麼回事？」
「打呵欠的關係吧。」
「不是吧，妳剛才根本就沒打什麼呵欠啊。」
「都說了我沒事！」程曉璐低吼著打斷他的話。
然而，話語還沒落盡，她突然眼前一黑、膝蓋一軟，失去了意識。
她就這麼毫無預警地暈倒，就連身旁的蘇飛都來不及反應，只是下意識地喊了聲：「喂、程曉璐——」
砰！

他的喊聲被她倒地的悶響聲覆蓋。

在人來人往的門診大廳裡，這樣的騷動很容易引來眾多滿懷好奇心的人圍觀。

「哎呀！有人暈倒了！」

「該不會是死了吧？」

「醫生呢！叫醫生！」

「旁邊那個好像就是醫生……」

吵鬧聲不可避免地傳進了不遠處站在掛號櫃檯前的沈辰川耳中。

沈辰川忍不住蹙眉，當他察覺到人們口中議論的主角是程曉璐後，他並沒有多想，邁開步伐便朝著她所在的方向跑過去。

直到他穿越人群把程曉璐抱起，蘇飛才後知後覺地回過神，伸手拽住他冷聲道：「把她給我。」

沈辰川頭也不回，扭身甩開了他的手。

「我讓你把她給我！」蘇飛舉步上前擋住他的去路，「你們夫妻是不是瞎了？看不懂這件白大褂是什麼意思嗎？我是醫生！趕快把她給我！」

沈辰川淡淡瞥了他一眼：「這好像不關骨科的事。」

「確實不關骨科的事，但她是我病人的家屬。」

「……」

「她生病有醫生，需要照顧有家屬，這裡與你無關。」

「……」

趁著他恍惚，蘇飛不由分說地從他手中把程曉璐接了過去，轉身快步朝急診室跑去。

懷裡空蕩蕩的感覺讓沈辰川逐漸回過神，愣了片刻後他才忽然想到什麼，猛地轉頭，目光很快撞上了不遠處站在人群之中的阮靈，她面無表情，眼神中透著一抹不寒而慄。

♪

如果是三年前，古旭堯無論如何都不會相信邱生居然能坐在會議室裡聽那些外行絮叨一下午，甚至是教他如何構圖、採光、取景。

雖然他臉上時不時流露出不耐的神情，但沒有起身走人這點就已經讓古旭堯很感動了。

送走客戶後，古旭堯拍了拍他的肩，發出欣慰感慨：「你長大了，愈來愈懂事了。」

邱生瞟了他一眼，沒好氣地道：「把手機給我。」

這才是真相！要不是因為古旭堯沒收了他的手機，他早就翻臉走人了！

古旭堯咬了咬牙：「知道什麼叫做給臺階嗎？在那麼多人的面前你就不能給我一點面子？好歹我也是你的老闆，連讓你一起開個會都那麼累，以後我還怎麼服眾？」

「哦。」邱生一臉虛心受教的樣子，嘴上卻依舊屢教不改，「所以我的手機呢？」

「煩死了！」古旭堯憤懣轉身，走到助理面前不情不願地道，「把手機給他！」

向小園默默將手機交出來。

邱生迫不及待地翻看起來電紀錄。

見狀，古旭堯忍不住吐槽：「你能不能有點離家出走的樣子？一直捧著手機跟望妻石沒什麼兩樣，還不如乾脆回家認錯呢！」

「我哪裡錯了？」邱生理直氣壯地道，「我那是為她好！」

「你倒是跟她把話說清楚啊，直接告訴她那個高城有問題不就好了嘛！」

「誰說高城有問題的？」

「不是你說的嗎？」這傢伙是怎麼回事？短期失憶嗎？古旭堯耐著性子非常貼心地提醒他，「就在開會前，你說MK正在頻繁地跟高城接觸啊！」

「別鬧了，這麼含蓄的話怎麼聽都不像是我會說出口的。」邱生撇了撇嘴糾正道，「我說的是，MK的人企圖收買高城竊取佳沃的提案。」

古旭堯眨眨眼：「有差別嗎？」

「當然有，我可沒說過高城會被收買。」這其中還是有很大差別的。

「那你為什麼要反對程曉璐採用他的提案？」

「因為小園說阮靈前不久來過攝影棚，問了一些我和曉璐的事情之後就走了，走的時候神情古怪，看起來很不對勁。」

聞言，古旭堯轉頭看了一眼自家助理，尋求確認。

向小園點了點頭。

但古旭堯的困惑依舊沒有得到解答：「所以呢？這說明了什麼？」

「那之後阮靈就銷假回公司了，春花跟我說她回去之後一直在跟高城攀關係。」

向小園插嘴道：「春花是誰？」

古旭堯給出回答：「佳沃的前檯。」

她繼續問：「那阮靈跟程曉璐之間究竟是怎麼回事？」

「這個嘛，說來話長。」古旭堯想了想，還是覺得解釋起來太麻煩，「算了、懶得說了，反正就是有仇。」

「……」怎麼會有那麼懶的老闆啊？這個工作室還有沒有人是正常的！

古旭堯自顧自地瞪向邱生：「所以說，把你剛才那些話原封不動跟曉璐好好講一次啊。」

「呿。」邱生滿臉厭惡地嗤了聲。

「你呿個屁啊！」古旭堯忍不住，終於大吼了。

「光是聽到阮靈的名字，她就一定會想到沈辰川，然後整個人都開始失控，到時候情況只會比提案被竊取更糟糕。」應該說，她很有可能會連準備比稿的心情都沒有，之前曾經為了避開阮靈而衝動辭職就是最好的證明。

「……」古旭堯沒辦法反駁他的話。

畢竟，因為那兩個人，程曉璐甚至都糊里糊塗地結婚了，之前好像也為了避開阮靈而衝動辭職過，可見沈辰川和阮靈對她的影響力還是比想像中大。要是邱生老老實實告訴她的話，她很有可能連好好準備比稿的心情都沒有了。

「所以你最近又要賴在工作室了是嗎？」古旭堯無奈地扶額，「這次打算賴多久？要一直到他們比稿結束嗎？」

邱生斜視了他一眼：「你就不能說一點好聽的話嗎？」

「這時候還有什麼好話可以說的？難道要說，希望程曉璐再寄一次馬桶坐墊來給你嗎？」

「請說希望她很快就會打電話來哄我回去！」

古旭堯想也不想地回道：「不可能。」

就在他話音落下的同時，邱生的手機響了起來。

「……」沒那麼邪門吧？古旭堯一臉活見鬼似地瞪著他的手機。

就連邱生自己也覺得有點難以置信，但還是難掩期待地查看來電顯示，結果……果然不是程曉璐，而是一串陌生號碼。

不是詐騙就是推銷，他想也不想就拒接了。

然而對方格外執著，一通又一通，無論他怎麼摁掉電話，那邊就像是鐵了心跟他槓上似的一直打來。

最後，在那些被打擾到的工作室同事瞪視下，邱生無奈只好按下了接聽鍵：「還有完沒完了……」話還沒吼完就被電話另一端的人打斷：「我才想要問你們這對夫妻到底有完沒完了？」

手機那頭傳來一道不悅的嗓音，有些熟悉，可是他想不起來在哪聽過。

他還來不及開口詢問清楚，對方就已經自顧自地抱怨起來：「身為病人卻不肯配合複診，身為家屬卻跑來暈倒，你們是不是覺得醫生都很閒？每天穿著白大褂把醫院當伸展臺隨便走走、擺擺造型就好了？我很忙啊！忙到連去洗手間都沒空……」

「等等——」邱生打斷了他的滔滔不絕，「你說什麼？誰暈倒了？」

「你老婆。」

「怎麼會！」

「我要是你，與其在那邊講電話浪費時間，不如立刻來醫院。」

這話讓邱生臉色一白，想也不想地掛斷了電話，轉身就往門外衝。

「怎麼了？」見狀，古旭堯擔憂地問，「發生什麼事了？」

「我老婆快死了！」吼聲在工作室內響開，換來了一陣鋪天蓋地的沉默。

許久後，一旁的向小園率先回過神：「他剛才說什麼？」

古旭堯回道：「說他老婆快死了。」

她繼續問：「他哪來的老婆？」

古旭堯睜著眼睛說瞎話：「大概是預繳月租費送的。」

她了然地點了點頭：「所以他其實不是去醫院，而是去維修店？他的充氣娃娃壞了嗎？」

古旭堯：「……」

哪家電信公司預繳月租費送充氣娃娃？他還不問爆！

♪

掛斷電話後，蘇飛將目光轉向躺在觀察病床上的程曉璐，她看起來睡得很沉，臉色還有些蒼白，眉頭緊鎖著，像是被噩夢困擾著，夢裡多半又是那個沈辰川吧。

此情此景，讓他不由自主回想起了和她剛認識的那天，很相似，唯一不同的是他們的位置互換了。

那時候，躺在病床上的人是他。

學校保健中心的病床很窄，但那天午後的氣味很好聞，消毒水的味道比醫院淡了很多，還混合著濃郁的洗髮精香氣，那是程曉璐身上的味道。

她當時很焦急，時而不時俯身查看他醒了沒有，倒不是因為關心他，事實上，那時候他們根本就不認識，連彼此的名字都不知道，她只是急著想要證明自己的清白。

還記得那一天，他騎著腳踏車剛從菜市場回來，她突然衝了出來，他來不及剎車就迎面撞了上去。她傷得並不嚴重，只是不小心擦破了皮、流了不少血，被她抱在懷裡的那些醬蹄膀散了一地，滿目的濃油赤醬和猩紅血液……這場面對於有恐血症的他來說無疑是巨大的挑戰。

於是，他暈了過去，反倒是程曉璐和路過的同學一起把他扛到了學校保健中心，包括校醫在內的所有人都認定她才是肇事者。她百口莫辯，只能期盼著他趕緊醒來證明她的清白。

其實剛躺下沒多久他就醒了，只是不敢睜開眼睛。

身為一個醫學院的學生居然有恐血症，要是被教授知道必然會勸他轉系。

但總不能一直裝暈吧？在掙扎了一個多小時後，他不得不硬著頭皮睜開眼睛，佯裝出一副剛清醒的模樣，訥訥地看著面前的程曉璐：「這裡是哪裡？妳是誰？」

「太好了！你總算醒了！」她緊緊抓著他的手，眉宇間充滿激動，「你騎腳踏車撞到我了，你還記得嗎？」

「……」當然記得，可是如果承認的話他要怎麼跟校醫解釋他暈倒的理由？

事出突然嚇暈的嗎？只是一場腳踏車擦撞事故，對醫學院學生來說還不至於嚇暈，這不合理。

正當他不知道該怎麼回應時，一旁的校醫插嘴道：「同學，妳這種充滿誘導性的詢問方式是不行的。」

「不是……」她急了，「真的是他撞我的！」

「那他為什麼會暈倒？」

「這種事情不是應該由身為醫生的你來告訴我嗎！」

校醫斜了她一眼，端著和藹的笑容轉頭詢問病床上的他：「這位男同學，你好一點了嗎？」

「嗯……」他點了點頭。

校醫耐著性子繼續詢問：「那你能想起來你是怎麼暈倒的嗎？」

程曉璐充滿期待地看著他。

他心虛地別開目光，抿了抿唇：「被她撞的。」

「你怎麼可以誣衊人！」程曉璐發出了咬牙切齒的怒吼聲。

他依舊不敢看她，兀自對著校醫笑了笑：「不過我們是鬧著玩的，我沒什麼事，也沒受傷，暈倒其實也就是嚇嚇她。」

「鬧著玩？嚇嚇她？」校醫的聲音忽然提高，不悅地瞪著他們兩個，「有你們這樣打情罵俏的嗎！」

「才不是打情罵俏啊！」程曉璐辯解道。

「是是是，是我們不對。抱歉，給您添麻煩了……」蘇飛邊道歉邊起身下了床，急急忙忙把她拉了出去，免得她愈說愈多，露出的破綻也就愈多。

「你幹什麼？給我把話當面說清楚啊！明明我才是受害者，我連你叫什麼名字都不知道，根本就不認識你！」她吵鬧的嚷嚷聲一直在耳邊回蕩著。

直到離開保健中心，他才停住腳步，趕緊鬆開她的手，紅著臉頰吞吞吐吐地道：「蘇飛。」

「啊？」她一臉茫然。

「我的名字……」

「衛生棉？」

「是飛機的『飛』，不是草字頭的『菲』。」

「這樣啊……」她了然地點了點頭，片刻後突然意識到不對勁，一抹怒意重新染上她的眉梢，「誰管你到底叫什麼啦！你應該解釋的是你為什麼誣賴我！難怪農民曆說我今天不宜出門，你知不知道我從老家背那麼多醬蹄膀過來有多累啊！我可是特地為了我男神才背來的，結果倒好，我男神見都還沒見到它們，就全都被你撞飛了，更可惡的是，你撞了還不認帳！」

「是、是我不對，多少錢？我賠給妳……」

他支支吾吾的認錯並沒有換來她的偃旗息鼓，她反而愈吼愈大聲：「賠？這可是我媽親手做的，你怎麼賠啊！」

「那、那我……」他吞吐了好半天也沒能吐出一個合理的解決方案，急得耳朵都紅了。

「行了、行了……」她不耐地揮了揮手，沒好氣地白了他一眼，「現在態度倒是挺不錯的，剛才為什麼要撒謊？」

他猶豫了一會兒，到底還是自己理虧在先，至少也得給出一個合理解釋，最後他終於鼓起勇氣跟她坦白了。

在此之前，他已經做好了會被嘲笑的心理準備，也打算低聲下氣求她保守秘密。結果有些出乎意料。

她皺著眉思忖了好一會兒，一本正經地道：「你這樣是不行的呀，我是不清楚你們醫學院的課程啦，但俗話說『紙包不住火』，總有一天會瞞不住的。」

「……」他不禁有些啞然。

「你們應該會有解剖課吧？到時候你怎麼辦啊？」

「妳……」他驚訝地問，「妳不嘲笑我嗎？」

「嗯？」她不解地眨著眼睛，「嘲笑你什麼？」

他低下頭，聲音壓得很輕：「明明有恐血症的人，居然還妄想當醫生。」

「這不是超厲害的嗎！怎麼能說是妄想呢，這是你的夢想吧？我爸說過，任何夢想都不該被嘲笑，任何追逐夢想的人都不該被荊棘困頓住。」

「妳爸……講話真有哲學。」

「嘿嘿……」她傻笑著撓了撓頭，「實不相瞞，我爸小時候的夢想也是一名醫生呢，他也算是實現理想了。」

他頗為驚訝地瞪大雙眸：「妳爸爸是醫生？」

「不，是廚師。」

「冒、冒昧請問一下，這……也算是實現夢想了？」

「怎麼不算，不是都穿白大褂的嗎？少看不起人了，你們掌控人的生死，我爸掌控動物的生死，不都是差不多的嘛。」

「……」你爸那不叫掌控生死，分明是料理後事吧？

這個吐槽直到很久以後他才敢在她面前吐出來。

那時候的他們僅僅是萍水相逢，並沒有就此成為朋友，把她送到宿舍後他們就道了別，彼此連電話都沒留，就連她的名字他甚至都忘了問。

他事後回想起來，隱隱有些遺憾，但也沒有刻意去打聽。

再次見面，是在那之後一個多月。他每天都會去距離學校不遠的一個菜市場，強忍著各種不良反應逼著自己看攤販殺雞，那陣子確實也有些操之過急了，莽撞地加重了訓練量，就在他快要支撐不住的時候，身旁突然傳來了一句「加油」。

他轉過頭，看見她握著一大把蔥，臉頰被晚霞映得紅撲撲的，帶著笑意的眼眸就像長庚星[31]一樣閃耀。

從那之後，她經常會陪著他一起來，還假裝自己有恐血症去看心理醫生，把醫生的建議記下來，陪著他一項、一項去嘗試。

每次他的情況有所進展時，她都會笑得比他還要開心，她常說沈辰川笑起來很好看，但她不知道的是，她笑起來似乎更好看，好看到他拼命逼著自己堅持，就只是為了博君一笑。

他默默地對自己發誓：如果能克服恐血症，就跟她告白。

31 長庚星：晚上出現在西方的金星，又叫啟明星。

可惜，當他終於成功時，她也成功了。

那一天她興高采烈地挽著沈辰川的手一起出現在他面前時，他才發現，原來她在沈辰川身邊笑得更好看。

如果得不到那抹笑容，那就默默守護吧。

他沒把心裡的話告訴她，任由她誤會他對阮靈情有獨鍾，還以為自己很偉大。

結果，她的笑容還是被毀了，而他也是劊子手之一，甚至可以說是罪魁禍首。

那並不是什麼成全，他只是在逃避，用偉大來掩蓋懦弱。當初他親手種下的惡果漸漸生根發芽，最終在她的眉間長出了褶皺。

6 妳是他前途中不可或缺的一部分

「蘇醫生，這是什麼特殊療法嗎？」

一道陰沉的嗓音從身後傳來，瞬間將蘇飛從回憶中拉回現實。

他輕震了下，這才察覺到自己的指尖正停留在程曉璐的眉心間輕撫著，可惜那些褶皺並沒有因為他的動作而有絲毫被撫平的痕跡。

怎麼可能那麼輕易撫平呢？他自嘲地笑了笑，縮回手，轉頭看向身後的邱生。

很顯然他剛才的行為邱生看得一清二楚，儘管如此，他並沒有表現出任何的尷尬，當然也不打算對這個局外人說明什麼。他噙著頗有專業素養的淺笑，「用手探體溫是很傳統的方法。」

「是嗎？」邱生挑了挑眉，對於他的話保持懷疑態度，只是在探體溫嗎？那充滿眷戀的眼神是怎麼回事？探個體溫而已，需要如此投入感情？但沒有直接證據去反駁他的說法，邱生只能有些故意地問：「請問我老婆發生什麼事了？」

「心律失常引發的心源性暈厥。」其實這只是蘇飛的判斷，像她這個年紀突發性的短暫休克很難判斷原因，可以肯定的是，事情發生在沈辰川離開不久後，相信她在面對沈辰川的時候心跳應該不會太正常。

聽起來很專業的術語讓這位蘇醫生顯得更專業，至少在邱生看來是這樣的，以至於他瞬間摒棄了懷疑，焦急追問：「很嚴重嗎？」

「放心吧，沒什麼大礙，回去之後讓她好好休息，作息要有規律，還有……」蘇飛微微頓了下。以上那些僅僅是先決條件，讓她暈倒的主要原因還是那個人吧？他不清楚邱生對於程曉璐和沈辰川的事知道多少，於是在思忖了一會兒之後，他選擇了較為婉轉的囑咐，「別讓她有太大壓力，盡可能讓她遠離那些會導致她情緒波動的人或事，保持身心愉悅很重要。」

「嗯……」邱生心不在焉地應了聲。

果然最近給她太大壓力了嗎？確實逼得有些緊了，她本來就不擅長一心二用，那個感冒藥的廣告已經透支了她的體力，派索的提案又透支了她的腦力，這種時候還要逼她分神考慮他的事情，不暈才怪。

冷靜下來之後，邱生這才發現他居然一直被沈辰川牽著鼻子走，明明心裡清楚循序漸進、水到渠成才是最好的方法，卻還是因為沈辰川的出現突然急躁起來。

程曉璐醒來的時候外面的天色已經暗了，手機螢幕顯示的時間是晚上七點多，她並沒有睡醒，睏意還是很濃，但是饑餓感更濃。

映入眼簾的是一片潔白，白色的牆壁、白色的床單、白色的被套讓她有些懵。

「醒了？」一道詢問聲傳來。

她木訥地眨了眨眼，循聲看過去，只見蘇飛噙著微笑站在她的床邊。

他應該是下班了，已經換下白大褂，一身簡單的T恤、牛仔褲配著運動鞋的打扮給人少年感十足，實在讓人很難想像他居然已經是個醫生了。直到現在她還是覺得他們之間的重逢並沒有什麼真實感，她甚至懷疑自己是不是做了一場很漫長的夢。

「這裡是哪裡？」她微微啟唇，聲音有些顫抖，語氣有些忐忑。

程曉璐多希望蘇飛能告訴她，這裡是學校保健中心，她正準備去給沈辰川送醬蹄膀，結果被腳踏車撞暈了。

「睡糊塗了嗎？」蘇飛笑了笑，在床邊的椅子上坐了下來，「妳暈倒了，這裡是醫院的觀察病房。保險起見，妳今天晚上最好在這裡住一晚，沒有什麼大礙的話明天就可以出院了。」

蘇飛的回答澆滅了她的希望。

也是啊，怎麼可能是夢呢？那些離奇的情節她就算是做夢也不可能會夢到。

她自嘲地撇撇嘴，有氣無力地問：「我怎麼了？」

「體力不支。」

「然後就暈倒了？」原來還真的有人會因為這種事暈倒啊？她一直以為這是只有二次元才會發生的事。

「嗯。」他點點頭。具體病因說起來太複雜，也僅僅是他的猜測，於是他選擇用這種簡單明瞭的理由一言以蔽之。

「那個……」她猶豫了一下，之後才緩緩啟齒，「一直是你陪著我嗎？」

看著她那副吞吐模樣，蘇飛有些不悅地挑了挑眉：「不然呢？妳想要誰陪，沈辰川嗎？」

「不是，一般不是都會通知家屬來的嗎？」

「哦、妳那個老公啊……」雖然還是不太爽，但總比事到如今她還想著沈辰川要來得好，「通知了。」

她微微僵了下，小心翼翼地問：「他沒來嗎？」

「來了。」

「咦？」程曉璐眼眸一亮，「人呢？」

「誰知道呢。」蘇飛聳了聳肩，「半個小時前正在跟對面那個大叔爭論護士長的胸到底是什麼罩杯，最後猜拳決定由他去詢問確認。」

「……」程曉璐默默瞟了眼對面床上的那個大叔，接觸到她的目光後，對方倏地轉開了視線，就好像她是什麼洪水猛獸一般。

「於是十分鐘前他正在病房外面跟護士長聊星星、聊月亮，從詩詞歌賦聊到胸部罩杯。」

「……」那個渾蛋到底是來幹什麼的！

「再後來他跟護士長都不見了，或許是在用來堆雜物的那個廢棄手術室吧，那裡是我們醫院的偷情聖地。」

「蘇醫生，你還真是很瞭解呢。」邱生突然出現，從蘇飛身後伸出手並搭住他的肩，「是經常帶人去那邊進行愛的治療嗎？」

蘇飛斜了他一眼，抬起右手推開了搭在他肩頭的那只手，就在他張嘴正想要反諷回去時，尾隨邱生一起走進病房的那些人就嘰嘰喳喳地對著程曉璐說了起來。

「曉璐姊，妳沒事吧？」

「好端端的怎麼會暈倒呢？」

「果然還是之前太辛苦了吧？」

「還好、還好，聽說那個比稿會總算是結束了，可以好好休息了。」

最後走到病床邊的是古旭堯，一如既往地大嗓門說著：「喲、曉璐應該肚子餓了吧？看我帶了什麼好吃的東西來！」

隨著他的靠近，一陣撲鼻的香氣在觀察病房裡彌漫開來。

蘇飛皺了皺鼻子，嗅著味道垂眸看向古旭堯手中各式各樣的食物，炸雞排、炸魷魚、奶茶……為什麼會有人帶著這種垃圾食物來探病！

他很想吐槽，可是那些人七嘴八舌的一直說話，他根本沒有插嘴的機會。

更何況……邱生把那些垃圾食物接過去，象徵性地道了聲謝，卻自顧自地吃了起來，蘇飛更加確定這些人不是來探病，根本就是來野餐的！

倒是程曉璐完全不計較這些。

「你們怎麼都來了？」她怔怔地看著古旭堯工作室的人們，雖然因為經常合作也都已經很熟悉了，但被這樣勞師動眾地探望她多少還是有些不好意思，畢竟也不是什麼大病。

古旭堯瞥了眼一旁吃得正香的邱生，有些故意地道：「邱生說妳快死了。」

聞言，程曉璐轉眸朝邱生掃去瞪視，讓大家忍不住開始吐槽。

「就說邱生哥的話不能信，這不是活得好好的嗎！」

「哪有人會這樣咒自己喜歡的人啊。」

「這你們就不懂了，就是因為喜歡才會這樣嘛，所謂關心則亂。」

「說起來……」確定程曉璐沒事之後，向小園才後知後覺地想起一件很重要的事，「什麼叫『我老婆快死了』？」

邱生果斷把鍋甩給了蘇飛：「是他沒說清楚，我以為情況很嚴重。」

「關我屁事！我從頭到尾都沒有說她情況很嚴重好嗎！」蘇飛趕緊為自己辯白。

然而，並沒有人理他。

在場那些人秒懂了向小園話中的重點，齊刷刷地朝她看了過去，期待她能夠更加深入地八卦。

她也很不負眾望：「不，我是說『老婆』這個稱呼是怎麼回事？你們兩個其實已經在一起了對嗎？」

「不、不是，沒有在一起，怎麼可能在一起！」程曉璐忙不迭地開口否認，生怕蘇飛會洩露什麼，還一個勁地衝他使眼色，更加用力地強調了一遍，「絕對不可能在一起！」

如果僅僅是讓古旭堯工作室的人知道她和邱生的關係倒是沒什麼，問題是，他們工作室跟佳沃的合作實在太密切，隨時都有可能會有一些流言蜚語傳到他們公司的人耳中。雖然說公司也沒有規定不能跟合作的攝影師結婚，但她總覺得梨若琳會反對，之前無意中得知她和邱生合租的事時，梨若琳就曾經三令五申叮囑她要劃清界限。

「……」儘管不是很明白她為什麼要隱瞞，但蘇飛至少讀懂了她那眼色背後的意思，選擇了緘默。

至於一旁的邱生則臉色無比難看。

「哈哈——」古旭堯乾笑了數聲，打起了圓場，「我就說嘛，這小子哪有可能輕易拿下曉璐。」

「就是啊，曉璐姊可是被他抓了胸都能面不改色的呢，完全不把他當男人看啊。」

「是所有人在她眼裡都沒有性別之分吧？根本就是戀愛絕緣體啊，絕緣體……」

「不過曉璐姊，我們家邱生哥是真的不錯，剛才聽到妳有事的時候簡直緊張到不行，妳就好好考慮一下吧。」

「是啊、是啊，把他收了吧，不虧的。」

一陣起鬨聲中，邱生突然插嘴：「我放棄了。」

咦！

眾人的反應都很一致，強烈懷疑自己聽錯了。

在那一堆活見鬼般的目光注視下，邱生邊嚼著雞排邊重複了一遍：「我放棄了，已經不打算繼續喜歡她，太累了。」

程曉璐驚愕地看著他。

這算什麼？喜歡也好，不喜歡也好，原來是這麼隨心所欲的事情嗎？

在她哭得腦中一片空白時說出那種威脅性的告白也就算了，她好不容易才把心情整理好，開始察覺到自己對他的感情，他卻一邊啃著雞排一邊宣告放棄？這到底算什麼啊！

自說自話也要有個限度！至少問一下她的意見吧！

「看著我幹什麼？」察覺到她的目光後，邱生轉眸詢問，「妳有意見嗎？」

居然還真的問了！程曉璐一時之間有些回不過神，只能呆呆地瞪著他。

倒是一旁的蘇飛突然啟唇打破了沉默：「我有。」

瞬間，包括程曉璐在內的無數道目光齊刷刷地落在他身上。

他若無其事地撇撇嘴，對著邱生微笑道：「既然都已經來醫院了，那就順便複診吧。」

「……」世界又再度陷入安靜。

許久後，邱生才反應過來：「可以拆石膏了嗎？」

「那得看你的恢復情況，如果情況良好的話，你堅持想要今天拆也可以。」

邱生想了想，點頭道：「嗯、那走吧。」

走、走了？程曉璐難以置信地看著他起身，默默尾隨蘇飛走出了病房，頭也不回，臨走時還把古旭堯買給她的食物全都拿走了！

氣氛比起剛才還要尷尬，眾人面面相覷了一會後，身為老闆的古旭堯便感受到被眾人默默推擠著。

等到他回過神時，他已經被推到了程曉璐的病床邊，他撓了撓頭，轉頭瞪了眼眾人，接著乾笑著道：「那、那我們差不多也該走了吧？不要打擾曉璐休息。」

這種情況當然是三十六計走為上策了！

很快，剛才還吵鬧不堪的病房瞬間安靜了，靜得程曉璐莫名心慌。

♪

儘管之前不怎麼配合，也沒能按時複診，但邱生還是很重視他那隻手的，恢復情況良好。

「過來，幫你拆石膏。」蘇飛決定滿足他的願望。

雖然這位蘇醫生看起來很專業，但從剛才開始就一直縈繞在邱生心頭的懷疑愈來愈強烈。

他起身坐到儀器旁，忍不住問：「你跟曉璐認識嗎？」

「她不是你的家屬嗎？」蘇飛不動聲色地反問。

「除此之外呢？」邱生有些咄咄逼人，直覺告訴他，剛才這位蘇醫生絕不是在探體溫，看程曉璐的眼神也不是醫生看待病人家屬那麼簡單。

那邊正忙著戴手套的蘇飛也不再隱瞞：「大學校友。」

「僅此而已？」

蘇飛頓了頓，片刻後，微微點了下頭：「嗯，僅此而已。」

「堅持把我拉來複診是有什麼話想對我說嗎？」邱生依舊緊追不捨。

「並沒有。」蘇飛想也不想地否認。

「是嗎？」邱生暗暗挑了下眉梢，「那我可以讓我的家屬來陪著我嗎？」

他認為，這位蘇醫生在剛才那種情況下突然提到複診，應該不僅僅是為了解圍，更重要的是有不想讓程曉璐聽到的話要跟他說。

蘇飛完全沒有把他的試探當一回事，依舊秉承著專業態度：「拆石膏的畫面過於血腥暴力，我們一般不建議家屬在場。」

「能有多血腥暴力，總不至於用砸的吧？」邱生顯然不太相信他的說法，不以為然地嗤了聲。

「怎麼可能。」蘇飛沒好氣地斜了他一眼，舉步走到他身旁的儀器前，拿起一個乍看有點像直立式熨斗的東西，擰開電源，哼出一記陰森的冷笑，「是用鋸的。」

……還真的是鋸刀啊！

雖然不大，但刺耳的機械運轉聲讓邱生牙根發癢、頭皮發麻。

「蘇、蘇醫生……」他咽了咽口水，很沒出息地往後縮了縮，「你是開玩笑的吧？」

蘇飛面無表情地命令道：「坐好。」

「……」去反抗一個手裡握著鋸子的醫生絕對不是什麼明智之舉，邱生只能正襟危坐，屏息靜氣。眼看著那個圓形的鋸刀緩緩落在了他的石膏上，又麻又癢還伴隨著一種心驚膽戰的感覺，他不由得瞪大雙眼，眨也不眨地看著。

蘇飛抬眸看了他一眼，聲音放柔了幾分：「你要是害怕的話可以把眼睛閉上。」

「不、不用了，那樣只會更加覺得『人為刀俎，我為魚肉』。」

「你倒是挺誠實的嘛。」蘇飛笑出聲，「放心吧，拆石膏是基本功，如果連這都會失手的話，那也沒什麼資格當骨科醫生了。」

「比起這個，」他欲哭無淚地看著蘇飛，「蘇醫生，你可以不用這麼尊重我的，講話的時候就算不看著我也沒關係，看鋸子！請認真看著鋸子！」

「你所有的膽子是不是都用在娶程曉璐這件事上面了？」

「嗯……」總算是進入正題了嗎？邱生依舊專注地看著面前的石膏鋸，不動聲色地點了點頭，「可以這麼說。」

「那倒是給我好好珍惜啊。」

「是要好好珍惜的。」他微笑，「但不是為了你。」

蘇飛微微一愣，頗為意外地挑了下眉梢。看起來是挺珍惜的，明明處在提心吊膽的情況下，聊到跟程曉璐有關的事，他卻依然滴水不漏。

「既然如此，那剛才在觀察病房說的話是什麼意思？」蘇飛有些困惑，這兩個人的關係確實讓他看不太懂。

「說來話長……」他抬了抬眸，並沒有長話短說，反而轉移了話題，「話說回來，這跟蘇醫生沒關係吧。」

「誰說的？」蘇飛咬了咬牙，「這取決於我要不要勾搭有夫之婦。」

邱生不慌不忙地啟唇：「從道德層面上來講，不管什麼原因都不足以讓破壞別人婚姻這種行為變得合理。」

「如果這段婚姻本身就不是建立在兩情相悅之上呢？」

「我說了，不管什麼原因。這世上的婚姻本來就有很多種形式，也許是因為各方壓力，也許是情勢所迫，又或許是逼不得已。總之，只要雙方是在自願的情況下結為夫妻，那就具有合法性，即使他們之間並沒有愛情存在，世人依舊會把介入婚姻的那一方稱為『第三者』。」邱生頓了頓，揚起嘴角淺淺微笑，「順帶一提，我和曉璐是因為兩情相悅。」

「這麼說來，就算是我火力全開地追她，她也不會動搖了？」

「嗯，她不會。」

「你哪來的自信？」

「所謂兩情相悅是指，我全心全意地信任著她，而她一心一意地珍惜著我的信任。」

「……」蘇飛猛地頓住。

就算當年面對沈辰川時，他也僅僅是因為自己的怯弱而不敢行動，可是現在，他卻有種就算他無所不用其極也不會有任何改變的絕望感。

「住手！快住手！再這樣鋸下去，你就要失去當骨科醫生的資格了！」邱生的喊叫聲及時讓蘇飛回過神。

他挪開了手中的石膏鋸，內心更加絕望了。

居然輸給了這種人！他居然輸給了一個跟他大放厥詞同時視線卻從未離開過石膏鋸的男人！

♪

這一晚，程曉璐睡得很不踏實。

可悲的是，她甚至說不清自己到底為什麼不踏實。

明明應該鬆口氣才對，邱生終於放棄她了，他們之間說不定能回到從前，做一對相安無事的好室友。這是她一直以來期待的，可是胸口陣陣悶痛著，很難受，一種連她自己究竟想要什麼都說不清楚的難受。

好不容易熬到天亮了，她迫不及待地跑去醫生辦公室辦理出院。

在她的堅持下，醫生只好又幫她做了簡單的檢查，確定沒什麼事，叮囑了再有什麼不適隨時回訪後便放她回去了。

回家的路上她心情很忐忑，直到打開家門後她才明白這種忐忑是期待。

她期待能看到邱生熟悉的身影，哪怕是心大到正在酣睡的身影也好。

結果，她的期待落空了，並且那之後的每一天都在落空。

她真真切切地意識到，這一次他是認真的。

沒有再打電話騷擾她，也沒有再抱怨工作室的床和馬桶坐墊，甚至再也沒有聯繫過她，就連之前被她直接說「你搬走吧」這種話的時候，他都沒有這麼認真過！

這期間，程曉璐也想過要不要主動聯繫他，準確地說，是每天都在掙扎。

可是，聯繫了要說什麼？

問他在忙什麼嗎？關她什麼事。

問他這幾天住在哪裡？關她什麼事。

問他過得好不好？關她什麼事！

問他什麼時候回家？答案不是早就已經給了嘛。都說要放棄了還回來做什麼？這裡對他而言就像飯店一樣，即便是徹夜不歸也不需要跟她交代。

事到如今，她要怎麼厚著臉皮再去找他啊。

於是，等程曉璐回過神來，五一連假已經快要結束了，她不得不逼著自己暫時忘掉邱生，身心投入到比稿的準備中。

♪

身為派索市場部的經理，趙菁其實是非常反對比稿這件事的。

然而，人在江湖身不由己。

畢竟公司跟MK合作了那麼多年，俗話說買賣不成仁義在，不續約了也不好鬧得太難看。於是當MK提出比稿時，他也不好拒絕，上頭更是覺得這種優勝劣汰的方式對公司只有百害而無一利，若是不造成任何損失何樂而不為，只是對於他個人來說損失非常大……他快要被邱生煩死了！

大約一個星期前，邱生就成天在他耳邊嘮叨：「佳沃那邊可能會有人把提案洩露給MK。」嗯、只是可能，為了這個沒有任何證據的「可能」，邱生煩了他一個多星期，昨晚更是跑來他家一直嘮叨到凌晨兩點多，早上六點多他起來去洗手間時再次被逮了個正著，一番叮嚀囑咐導致他明明累到不行，卻睡意全消。

簡直就是個護妻狂魔，這麼心疼不如乾脆把程曉璐拴在家裡豢養起來不就得了！

雖然很想這麼吼，但趙菁忍住了，因為那可能會導致邱生就「她不肯讓我養」而展開另一番激烈的絮叨。

坦白說，他並沒有把邱生的話放在心上，並且認為那傢伙根本就是關心則亂，儘管這次的比稿有點亂來，規則不算明確，監管也不夠有力，可是憑藉跟MK那麼多年的合作經驗，他不認為對方會做出這種事情。

結果，事實卻重重地打了他的臉。

投影布幕前，MK的客戶經理正繪聲繪色地發表他們的提案，主角利用相機鏡頭穿越從而引出派索這些年的一些明星產品，無論是情懷還是新穎度都很出眾。

趙菁沒有看過佳沃的提案，但是從程曉璐愈來愈難看的臉色來看，已經能說明邱生的判斷是對的。

仔細想了一下，他才發現整件事的確透著一股不太尋常的氣息。

一開始從比稿公司的篩選到會議細節，再到最終決定權，全都由市場部負責；後來研發部總監和品管主管相繼向上頭提出異議，認為這種市場部一言堂的做法難免會引起比稿公司的不滿，為了公平起見，上頭索性決定由幾個部門一起參與討論決定。

他當然毫不猶豫地同意了，這樣能為他分擔掉不少麻煩，確切地說，是所有麻煩。

既然是他們主動提出要參與的，那他自然是不客氣地全權放手了，就連發表提案的順序都沒有過問。之前覺得誰先誰後並不會有太大影響，現在看來，要說沒有任何黑幕他是不相信的，因為首當其衝的就是MK，而佳沃非常巧合地緊隨其後。

他不動聲色地打量著身旁的研發部總監和品管主管，很顯然地，問題就出在最初反對他一言堂的這兩個人之間，又或者兩個人都有問題。

正當他找不到依據來判定時，MK的發表結束了，場面突然僵住，沒有人說話，所有人都困惑地面面相覷。

品管主管清了清嗓子，打破沉默：「程經理，接下來該佳沃發表了。」

「……」程曉璐緊蹙著眉心，張了張嘴，卻又什麼都沒說。

見狀，品管主管再次發難：「怎麼了？大家的時間都很寶貴，如果你們還沒準備好的話……」

「才不是沒準備好！」坐在程曉璐身旁的小狼激動地站了起來，「是MK他們……」

「閉嘴。」程曉璐伸出手猛地把他拉回了座位上，阻止他繼續說下去。

有很多事是不能放到檯面上的，不僅爭取不到公道，反而有可能被對方反咬一口，打落牙齒和血吞是唯一的辦法，這就是職場。

「可能是太緊張了吧。」趙菁突然啟唇，不負邱生所托地替她解圍，「沒關係，妳好好調整一下，讓其他公司先發表好了。」

「哎？」程曉璐一臉詫異。

趙菁對著她使了個眼色，轉頭詢問其他部門的主管：「讓佳沃最後發表應該沒什麼問題吧？」

「那怎麼行，發表順序是早就決定好的，臨時更換對其他公司不公平。」

如趙菁所料，唯一有異議的就是那位品管主管。

「為什麼不行？」他冷笑著反問，「所謂的早就決定好了也是你擅自決定的，有問過我嗎？」

「……」對方一陣語塞。

MK的客戶經理忍不住插嘴道：「趙經理，您和佳沃的程經理交情好像挺不錯呢。剛才開會前您還特意幫她買了咖啡，讓她好好加油。」

「嗯、確實不錯。」趙菁毫不避諱地承認，微笑詢問，「跟你有關嗎？」

「客戶的私生活我們的確沒有權力妄加非議，只是……」那名客戶經理繼續火上澆油，「您這麼做恐怕會讓大家誤會您是在徇私。」

「不是誤會，我就是在徇私。」趙菁回得理直氣壯，「公司的行銷如果沒有達到預期效果，那就是市場部的問題，身為市場部經理的我自然應該盡可能的避免這種情況發生，所以我按照自己的喜好給我認為合適的廣告公司更多機會有什麼問題嗎？」

「既然如此，您不如乾脆內定就好，還開什麼比稿會。」MK那邊不服輸地嗆了回來。

「比稿不是你們要求的嗎？」趙菁攤手，愜意地靠在椅背上，「還是說，你們現在改變主意了？我無所謂啊，不想繼續下去的話，那就到此結束。」

「……」終於，MK的客戶經理也沉默了。

「哎喲、趙經理，你有什麼話好好說不行嗎？當著那麼多公司的面耍什麼大牌脾氣啊。」研發總監笑瞇瞇地打破沉默，頗為民主地轉頭詢問起其他公司，「規矩的確沒有說過不能更改發表順序，我覺得這也不是什麼大事，你們覺得呢？」

沒有人說話，場面陷入了迷之尷尬。

那些吃瓜群眾的心聲很一致——我們怎麼覺得重要嗎？有MK和佳沃這兩大廣告業龍頭在，基本上其他公司就只是陪襯，哪怕原本還抱著一點或許能靠實力取勝的想法，在見到派索那幾個經理立場分明地為了MK和佳沃爭執後，白癡都能看懂了，他們果然只是陪襯！

不站隊、不表態，是身為陪襯最明智的做法。

只是這樣僵持下去也不是辦法，總得有個人來圓下場。

於是，首當其衝的程曉璐義無反顧地承擔起了這個責任：「那、那個……不好意思，剛才確實有些緊張，我已經調整好了，不用更換順序也沒關係。」

趙菁蹙了蹙眉，難掩憤怒地瞪了她一眼。

這女人是白癡嗎？看不出來他這是在幫她嗎！拖延時間是為了讓邱生把提案送過來啊！

既然預感到了提案可能會被洩露，邱生自然替她做好了備用提案，送個提案給她是花不了多少時間，但她需要時間考慮一下該怎麼發表。邱生信誓旦旦地跟他保證說，如果是程曉璐的話，給她一個小時準備就足夠了，但為了確保萬無一失，他還是覺得把佳沃的順序調整到最後比較好。

事實證明，他們兩個好像都太高估程曉璐了，別說是花幾個小時準備了，她連暗示都看不懂啊！

「我真的沒關係。」察覺到趙菁的瞪視後，她噙著職業化的笑容再次啟唇。

「隨便妳吧。」趙菁沒好氣地擺擺手。

程曉璐沒再說話，轉頭看了眼身旁的 Apple。

Apple 用力朝她點了點頭，深吸口氣，站起身捧著電腦走到了投影機邊。

♪

趙菁決定撤回前言，應該說是他太低估程曉璐了才對。

根本不需要邱生出手，她已經準備好了備用提案。

應該是備用提案吧？這種場合通常是不會讓客戶執行來發表提案的，看樣子原來的提案是程曉璐負責的，為了準備得更加充分，她把備用提案的發表交給了手底下的客戶執行。

那個執行顯然沒有什麼經驗，剛開始還有些緊張，說話磕磕絆絆的。

大概是也預料到了這一點，他們選擇的策略是儘量少說話，螢幕上的簡報一頁頁滑動著，每一個場景都是一張照片，從派索創立那一年開始，一九五七年一直到二〇一七年，整整六十年，派索一共推出了近十款曾經造成轟動的明星產品，他們所選用的十張照片分別出自於那些機型。

「不需要感人的故事，不需要刻意創新，也不需要浮誇的技巧，這是我們這次提案的理念，也是派索這個品牌在大部分普通人心目中的形象。派索的情懷就是它曾經的國民度，它就好像三五牌臺鐘[32]或者是印著父母公司名字的馬克杯那樣，是很多八〇年代人家小時候必備的東西，僅僅看到一九八二年生產的那款SH相機外形，相信就能勾起無數人的童年回憶，平凡、簡單卻很溫暖的回憶。我們選用的這些老照片分別是用不同時期派索的明星產品所拍攝不同城市的舊景，目的是引起更多人的共鳴。正式的廣告我們會利用後製讓照片裡的那些人物動起來，但是不會有任何旁白，因為太多餘，不同的人看到這些照片會有不同的回憶，直到最後……」

最後的照片是陝西安塞區的黃土高原，還未完全融化的積雪呈現出絢麗的幽藍色，風沙卷過，黃土飛揚，遠處的梯田巍峨壯觀，配合「捲土重來」這四個字相當震撼。

「咦？」趙菁略顯驚訝地打斷了Apple，「這張照片……」

「照片怎麼了嗎？」Apple的情緒又再次緊張了起來。

眼看發表就要接近尾聲，之前他們提出的那些問題也都在她的準備範圍內，可是這張照片是程曉璐昨天晚上剛加到簡報裡面的，她自然也沒有多問，該不會是這張照片有什麼問題吧？

趙菁沒有說話，兀自轉頭看向程曉璐。

程曉璐秒懂了他的困惑，微微點了下頭：「嗯，Hayden的。」

「Hayden？」他的語氣裡透著困惑，「妳哪來的？」

「我一直找不到符合派索未來的照片，所以昨天晚上就試著問了一下肖樂，她給我的，說是經過

32 三五牌臺鐘：具有古典味的大眾品牌鬧鐘。

Hayden 同意了。當然，如果你們採納了佳沃的提案，正式廣告也想要用這張照片的話，那就需要另外跟 Hayden 正式交涉了。」

聞言，趙菁的目光再次回到那張照片上，有些恍惚地低喃著：「確實很符合。」

這個反應讓程曉璐等人鬆了口氣，Apple 也趕緊將提案發表繼續。

整個比稿過程算得上是有驚無險，最後結果應該算是不錯吧？

畢竟才剛結束，那位市場部的趙經理就面帶微笑地走到了他們面前：「程經理，方便聊幾句嗎？」

眼見程曉璐愣著，一旁的其他同事趕緊道——

「方便！」

「當然方便！」

「非常方便！」

那一雙雙眼睛皆散發著激動光芒，就好像是看到了過稿希望。

♪

程曉璐沒有他們那麼樂觀。

該怎麼說呢？雖然是備用提案，但畢竟是要拿來比稿的，太差也不至於，跟原來那個比起來有弊也有利，弊端是缺乏故事性和創意性，利端是更符合如今這種快速消費的市場，總的來說就是——最多跟 MK 不分伯仲。一時間很難區分孰優孰劣，他們內部多半也需要開會討論再做決定。

結果，會議剛結束趙菁就來找她了。

與其說是過稿的希望，倒不如說是被篩掉的預兆啊！

或許是考慮到她和邱生的關係，趙菁不太忍心當眾說些什麼，所以才把她留下來？

坦白說，如果是公平競爭，她也並非輸不起。可是因為被抄襲而輸掉，無論怎麼想她都覺得很不甘心。

於是她決定先發制人，在趙菁宣判前再試著爭取一下。

「不好意思，趙經理，因為發生了一些意外，所以我們剛才發表的只是備用提案。我知道這個提案還有很多不足，但還是希望貴公司能綜合佳沃一直以來的實力，再充分考慮一下。」說完後，她屏息靜氣，保持著深鞠躬的姿勢一動不動地站在趙菁的辦公桌前。

記不清過了多久，趙菁的輕笑聲傳來。

她微微蹙眉，偷偷打量起他。

他用手支著頭，好笑地道：「妳對自己就這麼沒信心嗎？」

「嗯？」她忍不住抬眸，不解地看著他。

「我倒是對妳刮目相看，在那種情況下，僅僅是發揮平常水準就已經很不容易了。」

「意思是你喜歡我們的提案？」可以這麼理解吧？

「是還蠻喜歡的，不過我們確實還需要充分考慮一下。」他笑著道，「一般來說是不可能那麼快就有結果的吧？畢竟這也不是我一個人說了算。」

「那你想跟我聊什麼？」既不是篩掉他們，也不是過稿，他們之間還有什麼其他事情可以聊嗎？

「關於那張照片。」

「那張照片有什麼問題嗎？」程曉璐這才意識到他似乎對那張照片特別在意，她後知後覺地緊張起來，「那真的是肖樂給的，說是已經得到 Hayden 允許我才用的……」

「但那張照片是邱生的。」

「啊？」

「那是一張對邱生有特殊意義的照片。」

程曉璐愣怔了好一會兒才勉強回過神來：「什麼意義？」

「我也不知道。」

「……」經理，您這是在玩我吧！

「這說來話長……」趙菁想了想才繼續道，「說出來妳可能還不信，邱生在攝影方面有著與生俱來的天賦，還在讀大學的時候他就已經拿獎拿到手軟了，甚至被不少業界人士譽為攝影界的希望，掌聲愈來愈多，他的壓力也愈來愈大。很早以前他就跟我說過，他不能失敗，那些對他寄予厚望的人會因為他的一次失敗立刻遺忘掉他之前的無數次成功，甚至把他釘在恥辱柱上鞭撻。」

「沒、沒有那麼嚴重吧。」他們攝影圈的事她不是很懂，但是被稱為「希望」的人不是更應該被寬容對待嗎？

「比他想像的還要嚴重。」

「……」或許是因為他的語氣很沉重，程曉璐的心也跟著一沉。

「三年多前，他在哈蘇獎[33]上失利了，連入圍的資格都沒有，各種難聽的辱罵紛至沓來，曾經對他讚譽有加的那些人轉眼間就把他貶得一文不值。」

「憑什麼？就因為他是攝影界的希望？」程曉璐激動地不自覺提高音調，「中國那麼大，有那麼多攝影師，憑什麼就把希望寄託在他一個人身上？倒是也給其他人一點機會啊！」

「就憑那些人都認為是自己把他捧上神壇的，所以也有權利把他拽入地獄。」

地獄？這個詞讓程曉璐情不自禁地打了個冷顫，連聲音都有些發抖：「那、那之後他還好嗎？」

「不太好。」趙菁搖了搖頭，溢出一聲嗟嘆，「我們都以為他早就做好心理準備去迎接那些指責，可是事實上，就算他真的有所準備，真正經歷的時候還是很難熬。那次失利之後，邱生的狀態其實很糟糕，可惜我們都忽略了，等發現他不對勁的時候已經為時已晚。」

「發生什麼事了？」她小心翼翼地問。

「他失蹤了？」趙菁語帶不確定地回覆。

「什、什麼叫失蹤？他不就在古旭堯的工作室嗎？」想要找他隨時能找到啊。

「那是後來的事了。在這之前他失蹤了半年多，沒有帶走任何行李，誰也不知道他去哪裡，直到他主動聯繫了Hayden，給他傳了那張照片，我們才得知他回國了，在古旭堯那裡工作，還好他沒有放棄相機。」趙菁頓了頓，自言自語般低喃，「確切地說，是無論如何都放不下吧？現在這種生活並不是他真正想要的。」

---

33 哈蘇獎：一年一度舉辦的哈蘇國際攝影大獎（Hasselblad Award）。

這話讓程曉璐的目光突然警惕起來：「你是想說我耽誤了他的前途嗎？」

趙菁愣了愣，不解地問：「為什麼會這麼想？」

「……」因為經驗！

想當年，沈辰川的那個室友也是這樣苦口婆心地跟她分析沈辰川的才華，最後說他應該去美國，應該有更廣闊的天空，如果她堅持把他留下來，那就是耽誤他的前途，荒廢了他的人生。

「妳覺得妳有影響他前途的能耐嗎？」趙菁笑問。

「……」喲！這個人居然比沈辰川的室友還要狠！她連當絆腳石的資格都沒有嗎！

「既然邱生選擇跟妳結婚，那就意味著他把妳放進了他的未來，與其說是耽誤他的前途，倒不如說妳是他前途中不可或缺的一部分。」

「哎？」好像不太對啊，他不是想勸她放開邱生嗎？

「怎麼了？」

「沒、沒什麼。」只是有點受寵若驚。事實上，她並沒有趙菁描述得那麼厲害，「說什麼不可或缺，攝影的事我根本就不瞭解，也幫不了他什麼。」

「可是妳瞭解他。」

「其實也不是很瞭解……」他根本什麼都沒跟她說過，關於他的過去、他曾經的茫然、他對未來的打算，她全不知道。

「妳不瞭解的只是妳對邱生的瞭解。」

「啊？」幹什麼？繞口令？

「那張照片跟邱生以往的作品比起來，既不算氣勢磅礴，也不算構圖新穎，他會把它傳給Hayden一定還有其他用意。可是我剛才也說了，包括Hayden在內我們都不太清楚究竟是什麼意義，直到前不久在西安，邱生才說他當時看到那個畫面時腦中突然蹦出了……」趙菁定定地看著她，一字一頓地道，「捲土重來。」

「……」一股難以言喻的情緒在程曉璐心底彌漫開，硬要說的話，大概是竊喜？

就好像某一個瞬間，在毫無預警的情況下跟喜歡的人說出了一樣的話，異口同聲，然後相視一笑，在心裡想著：「我們果然是命中註定啊」。

喜歡的人……

這個想法讓她猛地一震。

「還有，剛才我就想問妳了……」

趙菁的聲音再次傳來，她稍稍回神，木訥啟唇：「什麼？」

「提案洩露的事情妳早就察覺到了嗎？」

「沒有啊，」程曉璐搖了搖頭，「如果早就發現到的話，根本就不會讓這種事情發生了吧。」

「那妳為什麼會準備兩份提案？只是因為習慣有備無患嗎？」

「比起這個……」程曉璐後知後覺地察覺到不對勁，「你為什麼會知道提案洩露的事情？」

「聽邱生說的。」

她又是一愣，神情恍惚，好一會兒才溢出一陣喃喃自語：「他果然早就發現不對勁了……」

「果然？」

果然？是哦，她為什麼要說果然？

在被趙菁問起之前，她一直沒有仔細考慮過為什麼要做兩份提案，有備無患是她對同事、對自己的說辭。

直到這一刻，她才突然意識到，產生那種念頭的契機就是邱生啊！

邱生從來不會因為私人情緒干涉她的工作，這次突然那麼反對，總覺得有些蹊蹺，可是她又說不上來哪裡蹊蹺。保險起見，她冒出了再做一份提案以備不時之需的念頭。

那是一種潛意識的信任，就像是信任著自己一樣，以至於她始終認為這不過是自己的直覺，沒有任何原因。

♪

告別趙菁後，程曉璐滿腦子就只有一個念頭——想見邱生。

所以，當電梯門打開，而邱生就站在她面前時，那一剎那她的心情實在很難用言語來形容。

她想，這大概就是世界上最美好的事了。

不管冷戰多久，他一直都在，想見他時依然能隨時能見到。

這種踏實的感覺將她的心填得滿滿的，來不及多想，她跨進電梯，格外用力地抱住了他。

「怎、怎麼了？」猝不及防的擁抱讓邱生心口一揪，比起開心，更多的是擔心。

「沒什麼……」她把頭埋在他懷裡，輕聲咕噥。

「老趙跟妳說了什麼很過分的話嗎？」

「……」她搖搖頭。

「提案被斃掉了？」

「……」她繼續搖頭。

「那是因為提案被洩露了覺得難受嗎？」邱生思來想去，覺得也只有這種可能了。他輕拍她的背柔聲安慰道，「就算曾經再親密無間也未必能一起走到最後，漸漸開始各行其道是很正常的事。雖然說天下沒有不散的宴席，但總會再有新的宴席，妳只要看著前方，堅持走妳認為正確的路，席間一定會有更多志同道合、更加優秀的人，不會孤單的。」

她突然仰起頭問：「席間有你嗎？」

「嗯？」

「你能不能別走？能不能一直陪著我？能不能……」她抿抿唇，細若蚊蚋地嘟囔，「能不能繼續喜歡我……」

「……」

通常當夢寐以求的事情發生在猝不及防時，人們的第一反應總是不相信，邱生也不例外。

幻聽？玩笑？還是說在玩什麼懲罰遊戲？短短幾秒鐘內，面對這突如其來的幸福，邱生設想了無數可能，唯獨沒辦法相信這是真的。

就在他腦袋快速運轉，愈想愈遠時，電梯抵達了一樓，門緩緩開啟。

「哦喲！」

「我的媽呀！」

「什、什麼情況？你們倆……」

Apple 等人的驚愕聲紛至沓來，冷夫人甚至已經掏出手機，準備拍下這勁爆性的一幕。

程曉璐回過神，猛地推開邱生，忙不迭地解釋：「不、不是你們想的那樣，是因為、因為趙經理說我們的提案還不錯，過稿希望蠻大的，剛好下來的時候遇見了邱生，一激動就、就這樣了。只是激動，真的！」

Apple 一臉事不關己的冷漠：「哦。」

小狼尷尬地左顧右盼：「嗯。」

冷夫人覺得程曉璐比她更加擅長講冷笑話：「哈！」

小羊默默發了好友動態：好像撞破了上司想要隱瞞的戀情，應該裝傻還是祝福？在線等，急！

程曉璐承認，她找的藉口確實爛到難以讓人相信，即使如此她依舊在苦撐：「真的是這樣啊！你們興奮的時候難道就不會有想要擁抱別人的衝動……」

還沒等她說完，電梯門便緩緩關上。

程曉璐下意識地想要伸出手去阻止，不料卻被邱生拽住，他順手按了地下二樓，對著門外的眾人眨了眨眼，叮囑道：「別亂說話。」

眾人齊刷刷地鄭重點頭，一臉「放心吧我們懂」的樣子。

懂個屁啊！

程曉璐用力掙開邱生，不死心地想要衝到門邊。

然而，讓電梯倒著上升顯然是不可能的，徒手扒開電梯門更是不可能。後來門倒是自動開了，不過已經停在了地下二樓，映入眼簾的是停車場，邱生不由分說地拉著她走了出去。

直到被他塞進車裡，程曉璐才反應過來，咬牙切齒地吼開了：「你剛才為什麼要說那種讓人誤會的話啊！」

「誤會什麼？」邱生鑽進駕駛座，關上車門，不解地看向她。

「還用問嗎！」想到那些人剛才的表情，程曉璐忍不住激動起來，「當然是誤會我們的關係了！」

「這是誤會嗎？」

「……」

「不是妳叫我別走嗎？」

「別說了。」

「還說要我一直陪著妳。」

「快閉嘴！」

「哦，還說讓我繼續喜歡妳。」

「夠了哦！」她很沒氣勢地嬌嗔了句，伸出手捂住自己通紅的臉頰。

聽著邱生複述，她才意識到自己剛才說了多麼大膽的話，如果可以，她恨不得挖個洞把自己埋了。

洞當然是沒那麼好挖的，但邱生還是很貼心地伸手把她圈進懷裡。

她拼命往他胸口鑽，隔著衣服都能感覺到她臉頰滾燙的溫度，燙得他心口陣陣緊縮，聲音幾乎是從喉間費力擠出來的：「不想聽我的回答嗎？」

「不想！」

「……」

「反正你要說的不就是你已經不再喜歡我了，我知道我確實很麻煩、很矯情、很做作，明明你都已經那樣放下身段追著我跑了，我還一直端著姿態愛理不理的，會覺得累也是理所當然的。所以、沒關係，你想要放棄就放棄吧，換我來追你好了。」她抿了抿唇深呼吸，抬起頭信誓旦旦地道，「不是我自誇，在追人方面我也是很有經驗的！」

「不需要。」邱生沒好氣地道。

「……」居然連倒追的機會都不給她嗎！

「那種因為沈辰川而累積出來的經驗，我才不需要。」

「哎？」是因為這樣才不需要？這簡直就像是在吃醋啊！

「還有，誰說過我不再喜歡妳了？」

「不是你說的嗎？之前在醫院，當著好多人的面，一邊吃著古旭堯買給我的雞排一邊說的！」

「這不是又來找妳了嗎？我有很重要的話想跟妳說。」

「什麼話？」

「我不會再逼著妳馬上給我答覆，像妳這種沒辦法一心二用的人光是準備比稿就已經耗盡全力了，這種時候如果還要妳考慮我的事情，果然不太合適。我不想再看到妳因為體力不支暈倒了，就算把工作放在我前面，就算一時半會兒想不明白都沒關係，反正我一直會在，不管什麼時候，只要妳有答案了我都會聽。」他頓了頓，目不轉睛地看著她道，「本來是想這麼說的。」

「本來？」她小心翼翼地問，「那……現在呢？」

「現在不是已經有答案了嗎？」他緩緩靠近，輕抵著她的額頭，「妳都已經說喜歡我了，我怎麼可能還等得下去。」

她眼珠轉向了別處，羞赧地避開了他的目光：「我什麼時候說過喜歡你了……」

「不喜歡嗎？」

「也、也不是不喜歡。」

「那就是喜歡吧。」

「嗯……」

「可以好好說一遍嗎？」他歪過頭，像是在對待一件稀世珍寶般，小心翼翼地吻著她的嘴角，低喃，「我想聽。」

「喜、喜歡啊……」

他漸漸變得大膽，挑逗似的輕咬著她的唇瓣，看向她的目光也更加炙熱逼人：「再說一遍。」

「我喜歡你。」她溢出呻吟般的低喃。

趁著她粉唇輕啟，他的舌尖輕鬆滑入，在她的唇齒間肆意席捲，有些貪婪地汲取著她的氣息。

原來他沒有絲毫後顧之憂的吻是這麼奪人心魄的嗎？她覺得自己就快要被吞噬了，腦中一片空白，只能本能地回應著他。

直到她口袋裡的手機突然響了起來。

邱生摸索著掏出手機，替她接通，溢出了一聲類似呻吟的「嗯」。

電話那頭的人明顯愣了下，自言自語了句：「咦，我打錯了嗎？」

還沒說完她就已經掛了。

於是，邱生不當回事地繼續專注於這個吻。

「唔……唔唔唔——」程曉璐倒是清醒過來，試圖掙扎了幾下，可惜很快就被他灼熱的唇舌抽空了意志力，投降了。

然而，剛才那通電話的主人並沒有放棄，手機又一次響了起來。

邱生終於被迫停下，不耐地「嘖」了一聲，接通後，沒好氣地吼開了：「喂？誰！」

「我才想要問你是誰啊！這不是我們家曉璐的電話嗎？」

我們家曉璐？這個稱呼讓邱生瞬間有種不太好的預感，他陷入沉默，小心翼翼地把手機拿到面前看了一眼。

幾乎同時，程曉璐也察覺到了不對勁，湊了上去，很快來電顯示的名字映入了她的眼簾——顧珍。

她猛地倒抽口涼氣，瞬間從邱生手中搶過手機，顫巍巍地啟唇：「媽……」

意識到自己闖了禍，一旁的邱生很心虛地別開目光看向車窗外。

「剛才那個男人是誰！」手機裡傳來她媽劈頭蓋臉的質問。

「同、同事……」

「……」聞言，邱生倏地拉回目光瞪著她。

生怕他會吼出什麼多餘的話，程曉璐趕緊伸出手捂住他的嘴。

她媽媽顯然不相信她的說辭：「同事會接你的電話？」

「不、不是啦，你也知道嘛，現在大家的手機都長得差不多，人家接錯了嘛……」這個理由雖然不錯，但是如果她媽媽繼續深究下去的話，她肯定是招架不住的。於是，程曉璐很機智地扯開了話題，「不說這個了，我馬上要去開會了，妳找我什麼事啊？」

「哦、妳阿姨回國了，今晚八點到，妳去接她一下。」

程曉璐張了張嘴，還沒來得及說些什麼，身旁的邱生忽然狠狠地咬了下她的手。

「啊！」猝不及防的攻擊讓她忍不住喊出聲，正想把手縮回來，卻被他抓在手心裡緊緊握住。

「怎麼了？」顧珍透著關切的詢問聲傳來。

「沒、沒事，就是很久沒見到阿姨了，很想她所以有些激動。」她邊說邊咬牙瞪著邱生。

「那剛好，妳阿姨說她最近心情不好，要在妳那裡住一陣子，妳多陪她聊聊吧……」

「不行！」程曉璐激動地打斷了她。

「為什麼？」

「呃……」她轉頭看向邱生，欲言又止。

「妳該不會在家藏了個男人吧？誰？又是同事嗎！」

「是同事……」她無力地撫了撫額，「不過不是藏在家裡，我剛才只是在跟同事說話而已。」

「是嗎？」顧珍將信將疑。

「是啦、是啦，我會準時去接阿姨的，就先這樣，拜拜。」說完她迅速掛斷電話，沒有再給她媽媽繼續打探的機會。

至於那些沒敢跟她媽媽坦白的話，她只能跟邱生坦白了，他會願意在古旭堯那再住一陣子的吧，大概……

♪

「憑什麼！」在聽完她的請求後，邱生幾乎沒有片刻猶豫地反問。

「……」對此，程曉璐只能說，其實還挺意料之中。

「我不要！」他哼了聲，果斷拒絕。

程曉璐當然沒那麼容易死心，堆著討好的笑容湊近他，撒嬌道：「哎喲、別這樣嘛，一個星期，最多也就一個星期，我阿姨不會待很久的。再說了，我也可以去工作室看你呀……」

「不是這個問題……」邱生深吸了口氣，耐著性子問，「我有那麼見不得人嗎？」

「是啊。」

「……」他臉上一僵。

「不、不是，我不是那個意思……」察覺到自己說錯話，程曉璐連忙解釋。

他瞇起眼眸：「那是什麼意思？」

「你有所不知，我們家很保守的，婚前同居這種事我爸媽是堅決反對的。」

「我們結婚了。」邱生鄭重其事地提醒她。

「就是這樣才更糟糕啊！」程曉璐最擔心的就是這件事了，「雖然他們一直催著我結婚，但並不表示我可以在完全不通知他們的情況下擅自結婚！」

「這件事的確是我做得不恰當。」關於這一點邱生完全沒法駁斥，「所以我才更想去請求他們的原諒。」

「別別別，千萬別做這種多餘的事……」

「多餘的事？」邱生不解地蹙了蹙眉。

「我看過了，我戶口名簿上寫的還是『未婚』！所以只要我們不說，誰也不會知道我們結婚了！」

「這種事難道還能瞞一輩子？」

「至少可以瞞到我們關係更加穩定的時候再說吧。」

邱生面色一沉：「這才是真正原因吧？妳只是覺得我們現在還不夠穩定，甚至做好了隨時離婚的打算，所以才不想把我介紹給妳父母，免得以後會更加麻煩。」

「……」

「是嗎？」他冷聲逼問。

「那我們現在的確不穩定嘛。」程曉璐悶聲咕噥。

「我覺得已經很穩定了。」

「哪裡穩定了？嚴格說起來，明明幾分鐘前剛確定關係。」

「都確定了還不算穩定嗎？」

「當然不算！」程曉璐的聲音也不自覺地跟著揚了起來，「至少應該再相處一段時間才能更加確定吧！」

邱生繼續咄咄逼人：「一段時間是多久？」

「這要怎麼給出確切時間啦……」

「為什麼給不出來？試用期還有個確切期限呢。」

「這又不是在找工作！」要怎麼相提並論？

「差不多。」邱生信誓旦旦地道，「關於『你老公』這個職位，我覺得我完全可以勝任，但是如果妳堅持需要一個試用期的話，我也能接受。說吧，多久？」

「……」

「說！」

「……」程曉璐被他突如其來的吼聲嚇到了，情不自禁地顫了下。

見狀，他放低了姿態，也放緩了語調：「沒關係，慢慢說……」

「之前我都想好了……」她抿了抿唇，有了勇氣繼續說下去，「等國慶假期的時候把你帶回去，然後再好好跟他們坦白。我瞭解我爸媽，只要我堅持非你不可，他們也不會太反對。」

「妳想好了？」

「對、對啊……」她怯生生地點頭，生怕這種擅自決定又會惹邱生生氣。

沒想到，他眉間的陰霾頃刻散去，取而代之的是絢爛笑意：「原來妳好好想過我們的未來啊。」

「這是必須的吧……」畢竟結婚了呀，他又一副堅持不肯離婚的樣子，而她雖然之前談不上喜歡，但也並不討厭，反正遲早也是要結婚的，與其找個陌生人湊合著過，那還不如跟邱生過下去呢。

「所以妳是非我不可嗎？」

「那倒還不至於。」

邱生默默揚了揚眉，有些失落，但也算是他預料中的答案，因此他並沒有太過生氣，反而做出妥協：「要我答應妳也不是不可以，相對的，妳也答應我一件事。」

「什麼事？」她激動地問。

「更加喜歡我吧。」

「……」她的臉頰不由得泛紅。

「我不在的時候要一直想著我，工作、吃飯、睡覺，甚至是呼吸，都要想著我。」

「怎麼可能……」她又不是花癡！

「為什麼不可能？從察覺自己喜歡上妳的那天起，我就一直是這樣過的。」

「我好像已經比剛才更加喜歡你了。」

「真巧，我也是。」

「……」救命！她以前怎麼就沒發現邱生這麼會撩！

這樣下去很不妙啊，感覺不用多久她可能就會愛他愛到無法自拔，變得離不開他，然後非他不可。

♪

人來人往的機場大廳讓程曉璐有些恍惚，她不由自主地想到了很久、很久以前，沈辰川離開那天的事。

那段記憶讓她更加堅定——在變得不妙之前，她還可以掙扎一下，也必須掙扎一下。

喜歡邱生是一回事，但非他不可就是另外一回事了，註定是會很辛苦的。

趙菁說過，現在這種生活並不是邱生真正想要的，她也是這樣認為的。他的相機不是她眼前那些風景能填滿的，他的夢想也不是她所給予的那些平淡能承載的，總有一天他會離開，要比那時候的沈辰川走得更遠，去各種她甚至聞所未聞的地方，而她不可能如影隨形，也不想再經歷一次未知的等待，到時候，離婚或許是對彼此最好的結局。

可是如果有一天，當她再也離不開他……光是想到這種可能性，她就覺得害怕。

「妳愁眉苦臉的幹什麼？就這麼不想見我嗎？」

正想著，熟悉的聲音從程曉璐身後傳來，拉回了她的思緒。

一身素白配著駝色風衣，她家阿姨真是愈來愈有明星氣質了。

氣場幹練的顧惜不禁蹙眉，摘下墨鏡，四下張望了一圈，最終定格在程曉璐身上的目光充滿了難以置信：「妳一個人來的？」

「對啊。」

「不是吧？」顧惜一臉匪夷所思，「這麼多行李，我們倆怎麼扛？」

被她這麼一說，程曉璐才察覺到她身邊那輛堆得比山還高的行李車：「怎麼這麼多行李？妳不就是去民丹島度個假嗎！」

「碰巧路過新加坡就順便買了點東西。」

「……」這是一點嗎！

「誰知道妳會一個人跑來。」

「怪我囉？妳也沒說妳有這麼多行李啊！」

「哦，我本來是想讓我男朋友來接的……」

「男朋友？」程曉璐一驚一乍地打斷了她。

「怎麼了？」

「妳、妳有男朋友了？」

「不行嗎？」

「也不是不行……」就是覺得驚訝，還以為阿姨已經打算好要單身一輩子了，居然能有人讓她動了凡心，程曉璐不免有些好奇，「那現在打電話給他也不遲呀，我不介意多等一會兒。」

倒不如說，她非常想要見識一下那個很有可能是她未來姨夫的男人。

沒想到阿姨完全不給她機會，想也不想地回道：「不打。」

「……」程曉璐有點懵。

「妳以為我為什麼住妳家？我跟他正在吵架呢，打死我也不會主動低頭認錯的。」

「敢情我家是避難所啊？」

顧惜理直氣壯地點頭：「對啊。」

「好吧……」過往經驗告訴程曉璐，跟阿姨爭論是不會有好下場的，她悻悻然地摸了摸鼻子，吞下不滿，試探性地問，「那……不然我找個人來接我們？」

她想，如果在這種情況下自然而然地把邱生介紹給阿姨或許更容易接受？

卻沒想到她家阿姨聞言頗為驚訝地愣了下：「沈辰川回來了？」

「怎、怎麼可能？」她下意識地撒謊，「話說，為什麼是沈辰川啊？」

「不然妳還能找誰？」

「我能找的人可多了！」程曉璐憤憤地掏出手機。

開什麼玩笑？她早就不是以前那個只會圍著沈辰川轉的程曉璐了！

現在她的也是有男朋友可以差遣的！

♪

於是，程曉璐叫了計程車……

好不容易到家，她分了三次才總算把她家阿姨那幾大箱行李扛進來，僅僅是扛進來而已，它們還在玄關雜亂無章地堆著，而她家阿姨已經愜意地癱倒在沙發上了。

「阿姨，」她只敢拐彎抹角地暗示，「我一個人處理這些行李很累。」

「活該。」顧惜淡淡地掃了她一眼，「誰叫妳要叫計程車。」

「為什麼不能叫計程車？隨傳隨到，還是七人座，既能裝人還能裝妳這堆行李，比男朋友有用多了！妳要是有意見的話，倒是把你男朋友叫來啊！」

「咕——」顧惜沒好氣地嗤了聲，別過頭冷哼道：「妳怎麼不把男朋友叫來？」

「我……」不敢叫啊！

「哦、不好意思，我忘了，妳沒有男朋友。」

「誰說我沒有的！」程曉璐一個不小心衝動就說漏了嘴。

也不知道是該覺得幸運還是不幸，阿姨顯然理解錯了她的意思，對著她「呵呵」一笑：「嗯，妳有、妳有，只不過在美國嘛。」

「我們可以不要提沈辰川嗎？」也不知道是不是她想多了，總覺得阿姨今天有點奇怪，各種意義上都很奇怪。

一直以來，阿姨就是他們家的異類。雖然已經四十多歲了，可是她活得我行我素，無論外公、外婆如何軟硬兼施，她從來沒有想過找個人將就過一生的念頭，是個不折不扣的不婚主義者。其實，她也是結過婚的，只是她幾乎從未提起過那段失敗的婚姻。

這樣一個人，突然有男朋友已經很奇怪了，更奇怪的是……

和她父母不同，對於她固執等待沈辰川的這件事，阿姨一直是不支持也不反對的。說白了就是漠不關心，阿姨從來沒有發表過任何意見，甚至不怎麼跟她聊起這個人，可是今天居然接二連三地提起！很詭異啊！

「不然還能提誰？」顧惜暗暗挑了下眉梢，冷不防地問，「邱生嗎？」

「咦？」為什麼會知道邱生！

她很確信自己絕對沒有在阿姨面前說漏嘴過。好吧，剛才雖然不小心有點漏了，但也絕對沒有提到過「邱生」這個名字啊！家裡她也特意收拾過，盡可能把邱生生活過的痕跡都抹掉了，實在抹不掉的，比如邱生的房間，她索性鎖起來了，甚至已經想好了措辭，等一下阿姨要是問起，就說是租給別人用來堆放雜物的，畢竟她還有貸款要還，租一間出去給人當倉庫也合情合理。

所以說，阿姨到底是怎麼知道邱生的？

「嘖嘖。」顧惜咂了咂舌，「看來這個『邱生』果然是個男人的名字。」

「比起這個……」鎮定！絕對不能不打自招！程曉璐深吸了口氣，故作平靜地問，「妳在哪裡聽說這個名字的？」

「比起這個……」顧惜揚了揚手裡的信，「妳是不是應該先跟我解釋一下這個男人的手機帳單為什麼會寄到妳家？」

程曉璐驚恐地瞪著她手裡的那個信封……

薑果然是老的辣！

剛才上樓時，阿姨一副順口提醒的語氣讓她開一下信箱看看，月初了，那些水電費、瓦斯費、電信費用的單子差不多也都該寄來了。聽起來非常有道理啊，她習慣性地把信箱裡的那堆信件都拿了上來，為了搬那些行李就隨手丟在玄關的鞋櫃上。

「妳媽說妳可能在家裡藏了男人，我還不信，現在看來……」顧惜反復審視著她，「程曉璐，我還真是低估妳了。」

是我低估妳了才對吧！

就不能多一點真誠，少一些試探嗎！

儘管如此，她也是不會輕易認輸的：「妳在說什麼啦，這是我鄰居啊，我們兩個的信經常會被塞錯。放著不用管就好，反正現在都是上網繳費，帳單什麼的不用看也沒關係。」

說著，程曉璐以迅雷不及掩耳之勢衝上前一把奪過阿姨手中的帳單，絕對不能讓她有確認位址的機會！

顧惜倒是也沒在意，順著她的話問道：「帥嗎？」

「嗯，還挺帥的。」程曉璐下意識回道。

「哦……」顧惜端著一臉曖昧的笑容看著她。

程曉璐這才察覺到自己的口沒遮攔：「所以說就只是鄰居啦！」

「我又沒說你們還有其他關係。」

「……」雖然沒說，可是她心虛啊！就算阿姨表現出完全被說服的樣子，她還是覺得被看透了，情不自禁地想要避開視線，扯開話題，「對了，妳餓不餓。」

「……」這話題扯的，生硬到顧惜都不知道該怎麼接話了。

「我們叫外送吧？妳想吃什麼？」

「隨便吧。」顧惜打算暫時放過她了，邊說邊站起身朝著行李箱走去，「妳看著辦就行，我先去洗個澡，坐了六個多小時飛機，難受死了。」

「嗯嗯！」程曉璐微笑點頭。

隨便什麼的其實她最討厭了，但對於現在的她來說簡直就是福音。

甚至就連阿姨幾乎打開了所有行李箱，好不容易翻出一套睡衣，留下滿地狼藉等著她收拾，她都覺得無比感恩。

眼看著阿姨走進洗手間，她重重鬆了口氣，隨手戳開一個外送APP，叫了兩份麵線，然後深吸了口氣開始整理地上那些散亂的行李。

然後，她發現了很不得了的東西……

「妳在幹什麼？」顧惜洗完澡出來時便看見程曉璐坐在玄關邊捧著婚紗，出神地看著。

「妳……」程曉璐被拉回神，呆呆地轉眸，「妳買婚紗幹什麼？」

「結婚唄。」顧惜邊擦拭著頭髮，邊晃進廚房替自己倒了杯水來喝。

「結婚？」她沒聽錯吧？

不不不，一定是聽錯了！一般人會用這種雲淡風輕的語氣來宣布這種事嗎！

「對啊。」

然而，阿姨的回答肯定了她的聽覺系統。

她匪夷所思地提高了音量：「跟誰啊？」

「男朋友啊。」阿姨理直氣壯的聲音從廚房裡傳了出來。

「這麼快！」才剛聽說有男朋友就打算結婚了？該不會連阿姨都不得不向逼婚大軍低頭了吧？

「想什麼呢！」顧惜倚在廚房門邊，看一眼便猜到了程曉璐的想法，她撇了撇嘴道，「我是那種會為了別人而結婚的人嗎？雖然他確實成為我男朋友沒多久，但其實我們已經認識很多年了。」

「……」話雖如此，程曉璐還是覺得有點突然，需要消化一下。

「放心吧，雖然我打算結婚了，但我不會就此加入你爸媽的陣營。我依然覺得單身沒有什麼不好，除非妳遇見了一個能讓妳覺得有他陪著更好的人。」

聞言，程曉璐努努嘴咕噥道：「那妳今天幹嘛一直提沈辰川？」

顧惜微微僵了下，很快就重拾笑容：「有些好奇嘛，再怎麼說，做阿姨的也應該稍微關心一下侄女的感情生活吧。」

「妳倒是先關心一下妳自己的感情生活啊……」程曉璐小心翼翼地把手裡的婚紗疊好，重新放回行李箱裡轉頭問，「既然都已經要結婚了，你們還吵什麼架呀？」

「別提了……」說到這個，顧惜就忍不住頭疼，「他非得要回我老家辦婚禮，說是要拜訪一下妳外公、外婆，搞不懂有什麼可拜訪的。」

「就是……」程曉璐情不自禁地附和。

「都到這個年紀了，還興師動眾幹什麼？到戶政事務所公證一下就行了唄。妳外公、外婆還能不答應嗎？光是聽說我願意結婚，他們大概就會感天動地得想哭了吧？退一萬步來說，就算他們不同意又能怎麼樣，自己日子過著舒服就行了唄。」

「就是、就是……」

「妳不停『就是』是怎麼回事？」顧惜斜睨過去，「對於我一把年紀這件事妳就那麼贊同嗎？」

「不是啦，只是感覺未來姨夫跟我認識的一個人有點像，不禁有點感同身受。」

「誰？」

「呃……」完了，又說漏了！這次要怎麼圓？

正當程曉璐糾結的時候，門鈴突然響了。

她激動地站起身：「外送來了！我去開門！」

她決定了，以後要多多支持這家店，簡直就是天使啊！

她端著燦爛笑容打開了門，準備迎接她的天使，然而……

「喲、曉璐！」一道無比熟悉的嗓音迎面而來，是古旭堯特有的大嗓門。

當然不止他一個人！門外，古旭堯和邱生排排站著，一人抱著一團被子，衝著她傻笑。

她想也不想地摔上門，把古旭堯的聲音阻隔在了門外。

異常行徑引來顧惜好奇的側目：「妳幹什麼？外送呢？」

「搞、搞錯了，是隔壁的門鈴，我們這邊就是這樣，隔音效果很差的。」她硬著頭皮瞎掰。

「隔壁？」顧惜眼睛一亮，「就是那個邱生？」

「不不不，不是……」程曉璐冷汗直冒。

「他不是妳的鄰居嗎？」

「這裡一層樓有四戶人家啊！我隔壁又不是只有他！」

「妳那麼緊張幹什麼？」顧惜狐疑地打量著她。

程曉璐倏地挪開目光：「沒有啊，我哪裡緊張了，一點也不緊張啊……」

「嗯。」顧惜點了點頭，不動聲色地道，「剛才那件婚紗呢？正好剛洗完澡，可以先試給妳看看，想看嗎？」

「想！」不只因為這樣可以徹底轉移阿姨的注意力，她也確實挺想看的。

於是，她想也不想地走到了放婚紗的那個行李箱邊，剛打算彎腰把婚紗拿出來，顧惜突然一個箭步衝到門邊，等她反應過來時已經晚了。

「喲、曉璐——啊，這次不是曉璐。阿姨好，我們是來找曉璐的。」古旭堯的大嗓門又一次傳來。

顧惜笑瞇瞇地轉頭：「原來不是找隔壁人家的呢。」

程曉璐扶著門，欲哭無淚，卻還是強顏歡笑地苦撐著：「找我有事嗎？」

「妳問邱生。」古旭堯果斷把剩下的責任拋了出去。

程曉璐轉頭朝邱生看去，還沒來得及問些什麼，顧惜阿姨激動的喊聲就在她身旁炸開：「你就是邱生嗎！」

「……」完了！程曉璐沉重地撫額。

邱生不明就理地木訥點頭：「嗯……」

「快進來、快進來，站在門口幹什麼，進來坐。」顧惜無比熱情地招呼著。

邱生正打算邁步時，程曉璐猝然伸出手擋在了他面前，乾笑著問：「請問！發生什麼事了？」

邱生只好停住腳步，咕噥：「他家水管爆了……」

「鬼才信啊！」還沒等他說完，程曉璐忍不住大吼。

哪有那麼巧？早不爆、晚不爆，偏偏今天爆？

「呃……曉璐啊，是真的，真的爆了。」古旭堯及時開口，替邱生力證清白。

程曉璐半信半疑地蹙眉：「那你剛才幹嘛讓我問他啊？」那語氣聽起來就好像是邱生在搞事一樣。

「要不是他能爆嗎！」提到這個古旭堯就一肚子怨氣，「說什麼我家的水喝起來有一股味道，硬要拿工具把淨水器拆開來看看，沒看過那麼矯情的男人！」

「事實上，你家濾芯的確該換了，五根濾芯有四根亮紅燈了！」邱生不服輸地頂了回去。

「你們兩個男人哪來那麼多問題，燒一壺熱開水喝不就行了！」

「我想喝涼的。」

「那就先燒了再放涼。」

「口渴，等不了那麼久。」邱生沒好氣地撇唇道。

「加冰塊啊！我冰箱裡那麼多冰塊，你是瞎了啊！」

「誰知道你那些冰塊是用什麼水做的。」

「你煩不煩啊！」

「煩！煩死了！」程曉璐忍無可忍地低吼，打斷了他們兩個毫無意義的爭吵，轉頭瞪著邱生，「你們到底是來幹什麼的？」

「看不出來嗎？」邱生提了提手裡的被子，「來借住的。」

「不行！」程曉璐想也不想地拒絕。

「為什麼？」邱生不死心地追問。

「哪來的地方給你們睡啊。」生怕他會說漏嘴，程曉璐刻意道，「客房租給別人做倉庫了！」

邱生挺配合，並沒有拆穿她：「睡沙發也沒關係。」

「這麼小的沙發兩個人怎麼睡啦。」

「哎哎哎，我不睡、我不睡……」古旭堯插嘴，「妳管好邱生就行了，不用管我，我已經訂好飯店了。」

程曉璐不解地擰起眉心：「你住飯店還要自己帶被子？」

「哦，這是邱生的。」說著，古旭堯把被子塞進了程曉璐懷裡。

程曉璐下意識地抱住被子，愣了會兒，抬眸朝邱生瞪去：「你為什麼要兩床被子？」

「一床墊下面，一床蓋著。」

「這麼麻煩為什麼不跟古旭堯一起去住飯店？」

「我討厭飯店。」

「你真的好矯情！」程曉璐忍不住贊同起剛才古旭堯的話。

「沒錯、沒錯，我也討厭！」顧惜突然插嘴，像是找到了知音人般，激動地看著邱生，「不用客氣，儘管在這邊住下吧！想住多久就住多久！」

「阿姨……」程曉璐很無力。

「妳閉嘴。」顧惜轉頭就對著她吼。

「……」

「我平常是怎麼教妳的？怎麼可以見死不救！」

「……」怎麼就見死不救了？他有那麼容易死嗎？

7 男人的字典裡不該有一時衝動這種詞

相反，程曉璐倒是快要死了！

其實昨天晚上十點多的時候她就已經幫邱生把沙發鋪好了，但是生怕阿姨尋到機會逼供，她硬是在書房熬到凌晨才睡。

結果，躲過了一劫，卻嚴重睡眠不足。

相比之下，罪魁禍首倒是精神奕奕。

「早啊。」一道充滿活力的問候聲從廚房傳來。

程曉璐呵欠打到一半，強行收住，轉眸朝著他瞪了過去。

「阿姨還在睡嗎？」邱生毫不介意，依舊笑容滿面地問候。

「嗯。」她好奇地晃進了廚房，「你在幹什麼？」

「弄早餐。」

「……」程曉璐看著鍋裡的法式吐司，頓時愣得眼睛都發直了。

「要吃嗎？」邱生好笑地問。

「要！」程曉璐很不爭氣地咽了咽口水。大概是因為在國外生活過的關係，邱生的西餐造詣有點高，偶爾心情好的時候他也會做，只是偶爾、非常偶爾，大部分時候他都懶得處理，尤其是早上。想到這裡，程曉璐不禁覺得困惑，「怎麼突然想弄這些？你不是從來不吃早餐的嗎？」

「畢竟妳阿姨在，總是要表現一下。」他毫不掩飾自己的目的。

「喲、現在倒是挺懂事的嘛。」程曉璐好氣又好笑地白了他一眼。

「我一直都很懂事啊。」

「算了吧？懂事的話就不會給古旭堯添那種麻煩了吧？住在那已經很不好意思了，你還找什麼碴啊？就不能將就一下嗎？要是真的沒辦法，就去便利商店買礦泉水喝唄，去弄人家的淨水器幹什麼啊。」

「他騙妳的。」

「啊？」程曉璐訥訥地眨了眨眼。

「我像是那種會跟淨水器過不去的人嗎？」

「像。」程曉璐想也不想地回道。

邱生胸口一悶、一時語塞，完全沒辦法反駁，只能咕噥：「那我也不會去他家弄那些……」

「可是他為什麼要騙我？」雖然她昨天也一度懷疑邱生在騙她，總覺得古旭堯是不會跟他同流合汙的。

「因為我一直在想妳，他嫌我煩，就隨口編了一個理由把我趕回來了。」

「……」真巧，我也是。

差一點，程曉璐就把這句話脫口而出了。

這句邱生前不久才說過的話，雖然聽起來平淡無奇，但直到這一刻她才體會到他當時的感覺。是一種很陌生的感覺，跟她一直以為怦然心動的那種愛情完全不同。

相反的，她的心很平靜，它就這樣在她體內踏實地跳動著，沒有忐忑、沒有躁亂，也沒有絲毫的後顧之憂，安穩得讓她情不自禁揚起嘴角。

就在她恍惚的同時，邱生也有些失神，因為她的笑容。

她笑起來很好看，這是他一直知道的事，可是他從來不知道，她會有這種甜到勾人的笑。

他情不自禁地俯下身，在她嘴角印下一抹淺吻，很淺、很淺，生怕驚擾了她。

可惜，程曉璐還是猛地回過神，本能地往後退了一步：「你幹嘛呀！」

「這句話應該是我要問妳的吧？」他有些不悅地蹙起眉心，「妳幹嘛一副被強吻的樣子？」

「本來就是啊！講都不講一下就親過來，跟強吻有什麼差別！」她決定撤回前言，跟這個人在一起怎麼可能安穩，必須時時刻刻保持警惕才行！

他的聲音沉了沉：「互相喜歡的夫妻之間是不存在強吻這種事的。」

「話、話是這麼說沒錯，可是你好歹也看一下場合啊，萬一被阿姨看到怎麼辦？」她突然有些感謝阿姨的存在了。

坦白說，就是因為跟邱生太熟悉了，牽手也好、親吻也好，這些尋常夫妻之間會做的事情她都還不太習慣。

這些話如果說出來的話，邱生會更加不開心吧？她為自己找了一個還算不錯的藉口。

然而，邱生還是看穿她，微微挑了下眉梢道：「那我今天接妳下班？我們去沒有阿姨的地方。」

「你不是討厭飯店嗎？」

邱生微微一愣，隨即失笑出聲：「我只是想像普通夫妻那樣，下班後跟妳一起吃飯、逛街，看個電影而已。」

「哎？」程曉璐臉頰一紅，分不清究竟是尷尬還是羞赧。

邱生一本正經地看著她：「妳的腦袋可以不要總是想著那種事情嗎？我都被妳帶壞了。」

「到底是誰一直在想那種事情啊！」這個人居然可以那麼嚴肅地賊喊捉賊！

「噓、小聲一點，萬一被阿姨聽到怎麼辦？」

「……」胸好悶啊！

♪

程曉璐的胸悶並沒有持續多久，到了公司之後，就被另一種名為「感動」的情緒取代。

她呆坐在辦公桌前，怔怔地看著包裡的那個保鮮盒，盒子裡的法式吐司因為一路的顛簸已經變形了，可是她依舊覺得它精緻得讓人捨不得吃。

到底是什麼時候塞進她包包裡的？嘴上說是為了在阿姨面前表現一下，結果還是以她為先嘛。

話說回來，想在阿姨面前表現說到底也是為了她呢……

「哎喲、我的媽呀，這坨黃黃的東西是什麼鬼！」春花一驚一乍的聲音突然在她身旁出現。

程曉璐被拉回神，沒好氣地白了春花一眼：「才不是什麼鬼東西呢！是愛！」

「愛？」春花嘴角微微抽搐了一下。

「沒錯，愛！」她小心翼翼地把保鮮盒拿了出來，供放在桌上。

見狀，春花忍不住打了冷顫，片刻後她才後知後覺地反應過來。

「等等！」說著，她湊到那個保鮮盒面前，驚訝地問，「這……該不會是愛心早餐吧？」

「對呀。」程曉璐手托著腮，看著那份法式吐司癡癡地笑。

「誰？」春花更加激動了，「誰做的！」

「啊？」程曉璐總算是反應過來了，「沒、沒有啊……」

「妳為什麼避開我的視線？」

「……」

「不對勁，果然不對勁。」春花咄咄逼人地問，「妳是不是談戀愛了？」

「怎麼可能……」程曉璐心虛，聲音聽起來也低了幾分，可惜這種否認實在是沒什麼可信度。

春花根本不搭理她，自顧自地繼續道：「這男人不行，做出來的法式吐司太醜了。」

「它本來很漂亮的，只是因為裝在盒子裡，一路上晃過來才變醜的！」

「啊哈！」春花一臉得逞地對著她挑了挑眉，「這個『愛心早餐』果然是男人做的呀。」

「妳不好好在前檯待著，跑來我這裡幹什麼！」實在是拿她沒轍，程曉璐只能扯開話題。

「啊！」春花驚喊了聲，這才想起正事，「差點忘了，邵總找妳呢。」

「邵總？」程曉璐突然緊張起來，「他找我幹嘛？」

「還能幹嘛？不就是為了比稿的事，昨天他已經找創意部的人談過了，聽說高城他們那組直接停職，妳等一下也小心一點，這件事邵總特別生氣，一直在講要嚴查，要不是昨天梨若琳攔著，他恨不得立刻把妳叫進公司逼供。」

「逼什麼供。」程曉璐不適地擰起眉心，「洩露提案的又不是我。」

「我當然知道不可能是妳，但邵總的脾氣妳又不是不知道，寧可錯殺一百，也不肯放過一人。在查出真相之前，任何人在他眼中都是犯罪嫌疑人，總之妳等一下小心一點，別說錯話了。」

程曉璐張了張嘴，原本還想要再辯解幾句的，轉念一想，跟春花辯解好像也沒什麼意義，她也只能點了點頭：「嗯，那我先過去了。」

♪

雖說身正不怕影子斜，但被春花這麼一嚇，程曉璐多少還是有些緊張的。

直到停在邵總的辦公室門口，她忍不住屏息靜氣，好一會才鼓起勇氣推開門：「邵總，你找我？」

「哦、哦哦，來了啊！」邵總將目光從筆記型電腦上挪開，抬眸堆著笑站起身，朝著她迎了過來，「來來來，快進來，快坐、快坐。」

「……」一如既往熱情得讓人無所適從啊！

「喝咖啡啊。」邵稹把她領到沙發邊，推了推茶几上的那杯咖啡，「Flat white，妳最喜歡的，我特地讓秘書去買的。」

「謝、謝謝……」程曉璐不安地捧起咖啡輕輕啜飲了一口。

其實邵總平常也是這樣，可以說是個很細心、很親切的上司，一開始她時常會有受寵若驚的感覺，久而久之也就習慣了。可是今天，她再次感受到了久違的不習慣，甚至有些毛骨悚然。

「不就一杯咖啡嘛，客氣什麼。」邵稹不以為然地擺了擺手，在她旁邊的單人沙發上坐了下來，「派索那邊的人剛才還在跟我打電話誇妳呢，妳昨天表現得很好。」

「應該的。」程曉璐笑得有些僵硬。

「這段日子辛苦妳了，我昨天跟你們梨總監商量了一下，派索這個案子我們覺得應該是十拿九穩了，妳就全力以赴負責派索就行了。在結果出來之前，你們組就先放假一陣子，好好休息……」

一聽到這話，程曉璐臉色都白了，儘管知道不禮貌卻還是忍不住打斷了邵總：「沒關係的，邵總，我們不覺得辛苦，不需要休息！」

邵稹一愣，看了她一會兒，失笑出聲：「妳是聽說了什麼吧？你們的休息跟高城的那種『休息』是不一樣的。」

「……」她覺得本質完全一樣啊，只是換了種說法而已。

「妳不要多心，公司不是懷疑妳，是覺得妳表現得很好……」邵稹想了想，又補充了一句，「這樣吧，不管派索那邊結果如何，這個客戶就算在你們這個月的績效獎金裡面了，如果那邊採用了我們的提案，獎金翻倍。」

「比起這個……」程曉璐吞吐了下，「邵總，我有個問題。」

「什麼叫『比起這個』，不想要獎金嗎？」

「獎金當然是要的，但是邵總，我還有個比獎金更重要的問題。」

「行了，問吧。」

「是帶薪休假嗎？」

「當然。」

「那就好。」程曉璐徹底鬆了口氣。

看來她跟高城還是有區別的，停職處分是不可能帶薪的。

「這下放心了吧？」邵總笑了笑，「不過我找妳來也確實想問問妳對提案洩露這件事的看法，妳覺得會是高城做的嗎？」

程曉璐瞬間繃緊情緒，默默在心裡斟字酌句後才啟唇：「我不清楚，我只知道絕對不會是我們客戶部的問題，這個提案就只有我們組知道，但同時我這邊的那幾個客戶執行也都知道我準備了另外一份提案。如果是他們洩露的話，應該不會還給我留一條生路，畢竟MK做這種事並不是因為看我們不順眼，而是想要贏我們，如果想要贏的話自然是會趕盡殺絕的。」

「我聽說妳跟妳組裡的那幾個客戶執行關係都挺不錯，會不會是顧念交情所以沒有狠下心出手呢？」邵總試探性地問。

「那邵總覺得那個人為什麼要這麼做呢？」

「嗯？」突然被反問，邵總不禁有些反應不過來，就好像是瞬間失去了主導權一樣。

「這麼做要麼是為了錢，要麼為了權，又或者兩者兼得。但不管怎麼說，只要MK沒有達到目的，那個人就什麼都得不到，反而還因此得罪了佳沃，甚至可能會從此在廣告圈裡都沒辦法混下去，這樣不是很吃力不討好嗎？所以我認為，這種事一旦下定決心做了，就不會有任何顧慮。現在這個局面是對方百密一疏，絕非手下留情。」

「哈哈哈哈哈——」邵總忽然爆出一串有些誇張的笑聲，「妳還真是長大了。」

「……」

「還記得妳剛進公司的時候，我怎麼跟妳說的嗎？我說，不要把 4A 公司想像得太美好，外人只知道工作環境自由隨性，聽起來好像很高檔、很氣派，大家一起腦力激盪好像很熱血的樣子，這些的確都有。但正所謂適者生存，他們不知道這個地方也會吃人，妳要是時時刻刻還保持著那份張揚天真的赤子之心，是不可能在這裡待太久的。」說著，邵積嘆了聲，說不清是欣慰還是遺憾，「現在看來，妳很適合這裡。」

「……」程曉璐驀然一震。

「看來我得考慮幫妳加薪把妳留住了。」邵總半開玩笑地拍了拍她的肩，「好了，去工作吧。沒什麼事的話妳今天早點走也沒關係，明天就開始放假吧，好好休息，我很期待妳未來的表現。」

♪

程曉璐離開邵總辦公室的時候神情很恍惚，這讓在不遠處焦急等的 Apple 等人不免有些擔憂。

「怎麼了？果然也被懷疑了嗎？」Apple 率先湊上前詢問。

「邵總是不是老糊塗了！哪有人會自己坑自己人的啊！」

「就是，我們明明是受害者啊！」

其他人也相繼義憤填膺起來。

許久後，程曉璐才漸漸從他們的吵鬧聲中回過神，趕緊擠出寬慰笑容：「不是啦，邵總沒有懷疑我們，還承諾給我們獎金和假期，說是這段時間辛苦我們了，明天開始就可以放一陣子假，你們也都好好休息一下吧，等派索那邊結果出來又有的忙了。」

一片沉默。

最後還是 Apple 蹙著眉說出了大家的擔憂：「這不就是暫時停職嗎？跟高城他們有什麼區別？」

「當然有區別，我們是帶薪休假。」

果然這麼一說，大家都陸續放心下來，甚至開始熱火朝天地討論假期要怎麼安排了。

會不會也太放心了？

「哦喲，你們還真樂觀啊。」忽然有道訕訕的聲音說出了程曉璐的心聲。

眾人打住話，紛紛轉頭看了過去。

只見梨若琳帶著阮靈那一組人迎面走來，看這架勢應該是要去邵總的辦公室開會。說話的那個女孩子程曉璐還蠻有印象的，阮靈剛來的那一天大家一起吃晚餐時，這個女孩曾試圖仗著她跟阮靈的關係討便宜，結果被她嗆了。

在吸引了他們的注意後，女孩走上前，繼續落井下石：「不就是跟高城他們一樣被暫時停職了嗎？看你們還這麼開心？」

感覺到身後眾人的怒火值在飆升，程曉璐不得不搶先做出反應。

畢竟是在邵總的辦公室附近，就這樣吵起來難免不太好，於是她選擇了無視，笑瞇瞇地看向梨若琳：「梨總監好，來找邵總開會啊。」

「嗯。」梨若琳點了點頭，嘴角難得地掛著一絲淺笑。

見狀，其他人也都擁了上來。

「梨總監、梨總監，我們這次能放多久的假呀，夠不夠我去趟塞席爾？」小羊激動詢問。

「派索說是一個星期之後會給結果，你們至少能有一個星期假吧，應該夠了。就算不夠的話也沒關係，晚幾天回來也沒事，合約方面我會先跟派索談，總之你們好好玩就是了。」梨若琳略微頓了下，有些故意地又說了句，「我進公司這麼久都還沒享受過帶薪休假的待遇呢，邵總很器重你們程經理，你們算是跟對人了，可別辜負她為你們爭取到的福利。」

「那當然！我一直覺得能跟著曉璐姊簡直就是三世修來的福分！」小狼趕緊附和。

「你也太誇張了吧？」冷夫人白了他一眼，「最多前世積了德。」

氣氛正熱絡，阮靈忽然插嘴道：「梨總監，邵總還在等著呢。」

「嗯。」梨若琳抬眸看向她，「你們先進去吧，我還有話要跟曉璐說。」

「好。」阮靈端著笑意，點了點頭，看得出神情間有些不悅。

還沒走遠，剛才被無視了的那個女孩就忍不住在阮靈身後咕噥了起來：「梨總監也太偏心了。」

阮靈瞥了她一眼，沒說話。

女孩更加覺得憋屈：「邵總也是，明明程曉璐也有嫌疑，憑什麼高城就是暫時停職，他們就能帶薪休假，這也太不公平了。」

「不一樣吧，這件事十之八九跟高城脫不了關係，就算不是他，也多半是他手底下的人做的。相比之下，程曉璐不可能這樣自己坑自己人吧。」有人說了句公道話。

「呿——」女孩掃去白眼，「怎麼就不可能了？既收了MK的錢又能邀功，讓上頭覺得她做事謹慎，有備無患，一箭雙雕啊。要我說，這很有可能是她自導自演的。」

而這些話不可避免地飄進了程曉璐等人耳中。

幸好有較為理智的 Apple 效仿程曉璐剛才的行為，趕緊轉移話題無視了那些人，繼續聊著假期安排的事。

另一邊，梨若琳看了程曉璐一眼，默默走到一旁。

見狀，程曉璐很快會意，跟上了她的腳步。

在角落停住之後，梨若琳才啟唇道：「妳其實心裡也很清楚吧？邵總並非對妳一絲懷疑都沒有。」

程曉璐輕輕地「嗯」了聲。

「不過妳也不用擔心，沒做過就是沒做過。」梨若琳安慰性地拍了拍她的肩，「我只是想要提醒妳，好好放假，什麼都不要想，也別想插一腳，免得引火上身。不管公司最後查出來的結果是什麼，妳只管領妳應得的功勞就好，明白嗎？」

「明白了……」程曉璐訥訥地點了點頭，但總有股說不出的不適感。

無論是梨若琳的這番話還是剛才邵總的那番話，都讓她心裡覺得空蕩蕩的。

♪

程曉璐並沒有去細想這種感覺究竟是為什麼，事實上，她也沒有時間去想。

雖然邵總說了沒什麼事今天可以早點走，可是怎麼可能沒什麼事？關於派索的資料還得再整理一下，萬一比稿勝出了，提案肯定是還要完善的；還有那個感冒藥的廣告，還有一些後期投放的事宜要等待客戶決定，然而那個廣告是跟高城合作的，既然他停職了，自然也得跟創意部的人聯繫，讓他們另外安排人來交接。

結果，反而因為明天就要放假而變得更加忙碌了。

直到接到阿姨的電話，她才意識到轉眼間，已經是下班時間了。

「喂，妳公司在幾樓啊？叫什麼名字？保全說要登記啊。」手機裡傳來阿姨吵鬧的聲音。

「嗯？」程曉璐愣了愣，眨了幾下眼後才驟然反應過來，「妳在我公司樓下？」

「對啊，我想找妳一起吃晚餐。」

怎麼辦？總不能說她跟邱生約好了吧？程曉璐想了會兒，才道：「我正在開會呢，要不改天？」

「所以說我上去等妳啊，反正我也沒什麼事。」

「不可以！」還沒等阿姨的話音落盡，程曉璐就激動地搶白。

「怎麼了？」阿姨顯然被她嚇到了，聲音有些懵。

「沒什麼……」她支吾了下，「那個……我這邊也差不多了，妳別麻煩了，還是我直接下去吧。」

「不是說在開會嗎？」

「開完了。」

手機裡沉默了片刻才再次傳來阿姨的聲音：「也好，那妳下來吧，我在大廳等妳。」

她的妥協讓程曉璐鬆了一口氣，掛斷電話後，她有些尷尬地看了眼會議室裡的同事們。

為了那個感冒藥廣告開會倒是真的，高城大概也沒有料到自己會被停職，所以根本還沒來得及交接，程曉璐不得不幫著創意部的人一起過濾、整理他留下來的各種資料，但又因為廣告拍攝期間一直是阮靈負責的，不少細節她也有些混亂，這才搞了那麼久。

見她面露難色，創意組組長倒是主動開口了：「沒事、妳去忙吧，的確是差不多了，要是還有什麼問題的話我再打電話給妳好了。」

「嗯嗯，麻煩了。」程曉璐充滿感激地看著她，「那我就先走了。」

又客氣寒暄了幾句後，程曉璐才衝出會議室，風捲殘雲般整理好了東西。

臨走前，她忍不住瞥了眼阮靈的位置，看起來像是還在忙，應該不會那麼早下班吧？

察覺到了她的目光，阮靈好奇轉眸，蹙了蹙眉：「怎麼了？」

「沒事……」她咕噥了句，迅速轉身，想著趁阮靈還沒下班趕緊把阿姨帶走，免得她們打照面。

事情已經夠複雜了，要是讓阿姨知道阮靈和沈辰川的事，局面只會更加混亂。

接下來只要打電話給邱生，讓他別來公司就行了吧？

然而，她的如意算盤還是碎了，碎成一片片，簡直都成了渣。

邱生沒接電話，看這時間說不定已經來了，搞不好正在開車，她也不敢繼續打。

當然，更重要的是……

剛跨出電梯她就捕捉到了倚在登記櫃檯邊的阿姨，以及旁邊那道格外繽紛的身影。

一把年紀還喜歡穿得如此豔麗的就只有她的母親大人——顧珍。

就在她思考著她媽為什麼會在這邊時，邱生的回電來了。

她左右張望了下，實在沒什麼地方可以躲，只能貓著身體，勉強靠著電梯旁的裝飾樹遮掩。

這種充滿藝術性的裝飾樹顯然是擋不了太久的，她趕緊接通了電話，速戰速決，直奔重點：「你別過來了！」

「為什麼？」邱生的聲音有些不悅。

「說來話長！簡單來說就是，現在這邊有個陷阱，我中計了！你千萬別來，會有生命危險……」

「璐寶，妳叫誰別來呀？」一道聽起來很溫柔卻又透著陰森的聲音從程曉璐身後傳來。

她驀然噤聲，緩緩轉頭，當目光對上身後那張讓人毛骨悚然的笑臉後，她情不自禁地打了個顫，溢出了滿是哭腔的低喚：「媽……」

「乖，快起來、快起來。」顧珍朝著她伸出手。

以為她媽是想扶她起來，程曉璐有些感動地抓住了她媽媽伸過來的手。

沒想到，顧珍毫不留情地拍開：「誰要牽妳，把手機給我！」

「……」程曉璐迅速掛斷電話，把手機藏到了身後。

「給我！」

「不給！」

「妳翅膀長硬了是不是？」顧珍咬牙切齒地問。

「這跟翅膀有什麼關係呀……」程曉璐欲哭無淚地抵抗著，「我也是有隱私權的，就算是父母也不能強制查看孩子的手機。」

「好，我不看。」顧珍縮回手，試圖跟她來軟的，「那妳告訴我，妳在跟誰打電話。」

「同事。」

「我要問的就是妳這個可以無視妳隱私權擅自接妳電話，在妳打電話時還不停在旁邊突顯存在感，現在被妳拼命藏著不想讓我見到的那個同事到底是誰！」

「……」居然猜到了是同一個人，好厲害！

就在程曉璐不知道該怎麼回應時……

「姊、姊……」顧惜忽然叫喚起來，還激動地扯著顧珍的衣袖。

「幹什麼！」顧珍沒好氣地瞪了她一眼，警告道，「我告訴妳，別想護著她，我今天非得問清楚不可！」

「不是啦，你快看、快看，那個人——」顧惜指了指不遠處的大門口，「那個人是不是沈辰川？」

聞言，程曉璐驀然一震，幾乎跟她媽同時轉頭朝著門邊看過去。

是沈辰川沒錯，可是……為什麼？

他來接阮靈不奇怪，之前也來接過幾次，每次阮靈都會特意讓她知道，但好在他從來不會上來，聽春花說沈辰川會把車停在路邊等阮靈，為什麼偏偏今天進來了？

這樣一來，她竭盡全力想要隱瞞的那些事情不就全部瞞不住了嗎！

「還真的是沈辰川！」顧珍率先回過神，轉頭狠狠瞪著程曉璐，怒斥了句，「他害妳還害得不夠慘嗎！妳這個沒出息的傢伙！」

「啊？」程曉璐一時沒能反應過來，怔了片刻後才意識到她媽誤會了，想要解釋卻已經來不及。

眼看她媽氣勢洶洶地朝著沈辰川衝過去，她連忙跟上阻攔，「媽……媽，妳冷靜，不是、不是沈辰川，不是妳想的那樣……」

根本拉不住！

顧珍勢如破竹，轉眼間就擋在了沈辰川面前。

這突如其來的發展讓沈辰川也有點猝不及防，他下意識停住腳步，看清來人後，眉宇間閃過一絲訝異。

怔了片刻，他才恢復平靜，轉眸看向程曉璐：「有事嗎？」

「沒事、沒事，你快走……」程曉璐衝上前，試圖拉開她媽。

「誰說沒事的？」顧珍甩開了程曉璐的手，咬牙看向沈辰川，「你還記得要回來啊！說好最多兩年，結果呢？你去了幾年？居然還好意思回來找曉璐？」

沈辰川張了張嘴，還沒來得及說些什麼就被一道細細軟軟的的女聲打斷。

「阿姨，您誤會了，他是來找我的。」邊說，阮靈邊走上前，噙著笑意挽住了沈辰川的手肘，話音比剛才更加甜膩，「走吧，老公。」

程曉璐：「……」

顧珍：「……」

顧惜：「……」

就連沈辰川也微微愣了下，才點頭「嗯」了一聲。

眼看著那兩道身影轉身走遠，顧惜率先回過了神：「老公？」她難以置信地詢問起程曉璐，「她剛才叫的是老公嗎？」

程曉璐：「……」

「我的媽呀，現在是怎麼回事！」顧惜愈吼愈大聲。

「等一下再跟你們解釋，我們也走吧。」程曉璐只想儘快離開，免得她媽又做出什麼令人跌破眼鏡的事。

事實證明，「知母莫若女」這話一點也沒錯。

顧珍又一次甩開了程曉璐的手，氣勢洶洶地朝著沈辰川和阮靈衝過去。

「媽！妳別鬧了……」程曉璐趕緊跟上，是嫌她還不夠丟人嗎！

這一次連顧惜也加入了勸說陣營：「對啊，姊、妳先冷靜一下，大庭廣眾之下鬧起來多難看，我們先回去聽曉璐解釋。」

顧珍已經攔在那兩個人面前，直勾勾地看著阮靈：「我想聽她解釋！」

見狀，沈辰川把阮靈護在了身後，出於尊重，他並沒有把矛頭對準顧珍，而是看著程曉璐，啟唇道：「過去的事就讓它過去吧。既然妳都已經結婚了，那就代表妳也徹底放下了吧？」

本來這不過就是一句檯面話，可是在說出口之後他才發現，他竟然在期待著她的回答。

然而程曉璐給不出任何回答。

此時此刻，她內心是崩潰的，沒想到她一直躊躇著不知道該怎麼向家人坦白的事情居然就這樣被沈辰川雲淡風輕地說出來了！

誠如她所料，她阿姨非常震驚。

「結婚！」

她媽也跟著震驚了。

「妳什麼時候結婚的？跟誰？」

讓她沒料到的是，就連阮靈也給出相同的反應。

「妳跟邱生結婚了？」

「居然是邱生！」聞言，顧惜恍然大悟。

其實她昨晚就有點懷疑了，今天早上跟邱生一起吃早餐時她也試探過。結果，那傢伙表現得非常自然，「鄰居」這個身分也演繹得毫無破綻，以至於她徹底打消了懷疑。

沒想到啊沒想到，現在的年輕人還真是演技非凡啊！

說曹操，曹操到。

「嗯，是我。」邱生突然登場。

他就這麼毫無預警地出現，並且伸手摟住了程曉璐。

與其說是摟，倒不如說他完全就是把全身重量都壓在了她身上，手肘漫不經心地擱在她肩上，言行舉止一如既往地散漫。

猝不及防的程曉璐稍微踉蹌了一下，穩住身體後忍不住蹙眉朝著他瞪了過去，這才發現他的呼吸有些急促，額間覆著一層薄薄的汗。他是跑來的啊……

多半是被她剛才那通不清不楚的電話嚇到了，一路從停車場跑過來的。

想到這，程曉璐難免有點感動，不由自主地握了握垂在她肩側的那只手。

邱生略顯驚訝地看向她，在他灼灼目光的注視下，她猝然回神，本能地想要把手縮回。

卻不料，他突然收緊掌心，牢牢握住了她的手。

他沒有理會程曉璐的瞪視，自顧自地轉頭朝著沈辰川看過去：「你是不是搞錯什麼了？」

「……」沈辰川不解地皺起眉心。

「過去的事就讓它過去吧？」邱生好笑地哼了聲，「不好意思，要不要讓它過去不是你說了算。」

沈辰川面無表情地啟齒：「我只是覺得，比起耿耿於懷，不如珍惜當下。」

「哦、你想多了，耿耿於懷倒也不至於……」邱生安慰性地拍了拍他的肩，「只是無法原諒而已。」

「……」

「況且，我認為這兩件事並沒有衝突，她就算恨你一輩子，也不妨礙她好好珍惜我。」

「……」沈辰川的臉色愈來愈難看。

想撂的話都撂完了，邱生漠然地挪開了目光，兀自摟著程曉璐轉身邁步離開。

只是這種氣勢並沒有保持太久，確定遠離了沈辰川和阮靈的視線後，他咬了咬牙壓低聲音道：「程曉璐、我跟妳說，妳不要哭，妳要是為了他哭的話，我肯定回去打他。」

「怎麼可能為了他哭……」程曉璐咕噥了句。

「妳明明從剛才開始就一副快要哭出來的表情。」

被他這麼一說，程曉璐更加哭喪著臉了：「那是因為我媽啊！」

「妳媽怎麼了？」

「妳沒看到她一臉想要殺了我們兩個的表情嗎？」

「怎麼可能看到？」他義正詞嚴地道，「我根本就不敢看她好嗎！」

「……」為什麼可以慫得這麼理直氣壯！

♪

程曉璐對她媽還是相當瞭解的。

果然，才剛鑽進邱生的車，甚至都還沒坐穩，她媽就開始發難了。

「程曉璐！妳給我解釋一下結婚到底是怎麼回事！」

從後座傳來的吼聲嚇得程曉璐縮起脖子，別說解釋了，她連呼吸的勇氣都快要沒有了！

見狀，邱生握了握她的手，深吸了口氣，轉身道：「是我的錯。」

「我現在不是在追究誰的錯，而是想知道這種錯是怎麼形成的！」顧珍的聲音有些發抖，一下子承受了太多衝擊，她的情緒難免有些失控。

「我喜歡她，做夢都想娶她，所以就趁著她做夢的時候把她娶了。我知道這麼做很過分，也想過是不是該等她清醒之後再說，可是一想到這或許是我唯一的機會，就無論如何都不想錯過。」邱生抿了抿唇，態度格外誠懇，「雖然現在說這種話好像有些晚了，但我還是希望您能放心地把女兒交給我，我會對她好，會讓她衣食無憂，竭盡所能讓她幸福。」

「……」程曉璐驚訝地看著他。

認識這麼久，她還是第一次見到邱生這麼認真的樣子，哪怕是跟她告白。他看起來都很漫不經心。

當然，這也是她第一次聽到邱生坦白他們登記時的心情。

在此之前，她一直認為他就是這麼恣意妄為的人，結婚在他看來根本就不是什麼大事，反正她都主動提出了，而他又剛好還算喜歡，那就結吧，大不了以後再離就是了。直到這一刻她才知道，原來他是認真考慮過，對於未來，他想得比她還遠。

「你根本就是強娶！」顧珍終於回過神，激動地大吼，「沒有經過我和她爸的同意沒關係，你甚至都沒有經過她的同意！這和迷奸有什麼差別？」

「姊，這妳就有點言重了。」顧惜連忙安撫她。

「哪裡言重了？」顧珍白了她一眼，很快又朝著邱生瞪了過去，「我告訴你，就算我女兒孤獨終老，我也絕對不會把她交給一個迷奸犯！」

「說什麼迷奸啦——」程曉璐聽不下去了，窘迫地吼道，「他根本就沒碰過我！」

「哈？」顧惜一臉難以置信。

「……」就連顧珍也沉默了。

好一會兒後，顧惜總算理解這個女默男淚[34]的故事是怎麼回事，同情地看向邱生：「你、你……是不是有什麼隱疾啊？」

「阿姨，您放心，我很健康。」雖然邱生覺得很委屈，但還是要保持微笑，「只是這種事還是應該等曉璐身心都準備好了再說。」

顧珍沒好氣地掃了他一眼：「收起你的那些花言巧語！婚都結了你還扮什麼紳士！」

邱生認真地解釋道：「媽，我認為結婚證書只是一種承諾，並不是從此就能為所欲為的通行證。」

「別叫我媽！我沒你這種迷奸犯女婿！」

34 女默男淚：女人看了會沉默、男人看了會流淚，指那些為了吸引人點閱而刻意撰寫標題的感情、愛情文章。

「媽！」程曉璐不得不挺身而出，「他才不是什麼迷奸犯，結婚是我提出的！」

「啊？」顧珍一愣。

程曉璐咽了咽口水，硬著頭皮一鼓作氣道：「是我拉著他去戶政事務所的！」

「到底怎麼回事？」終於，顧珍逐漸冷靜下來。

如果可以的話，程曉璐並不是很希望她家人知道沈辰川和阮靈的事，這不是一場簡單的背叛。阮靈的父母很早就去世了，這些年來她爸媽幾乎把阮靈當女兒看待，包括阿姨在內的其他親戚也都已經把阮靈視為他們家的一員。倘若他們知道真相，那比起氣憤，更多的應該是傷心吧？

然而，事已至此，瞞是肯定瞞不住了。

程曉璐張了張嘴，本想要坦白，卻突然瞥見沈辰川和阮靈從遠處的電梯裡走了出來。生怕她媽會再次失控，她改口道：「我們能不能先找個地方吃飯？」

「說清楚了再吃！」

她媽顯然以為她想要逃避，她只好給出保證：「妳放心吧，我會好好跟妳解釋的。但在這之前妳能不能讓我先吃飽？我忙了一天了，到現在連午餐都還沒吃呢！」

顧珍猶豫了下，撇唇靠在了後座椅背上，沒好氣地咕噥了句：「開車吧。」

「開車！趕緊開車！」程曉璐連忙轉頭對著邱生喊道，為了不讓他耽誤時間，每天都在糾結「晚餐吃什麼」的她今天尤為果斷，「就去我們常去的那家火鍋店！我想吃火鍋！」

邱生默默瞥了她一眼，和坐在後座視野有限的顧珍她們不同，他非常清楚程曉璐急著離開的原因。眼看著沈辰川和阮靈朝他們走來，他突然打排檔，迅速將方向盤打滿，踩下油門，筆直地朝著那兩個人開過去。

「哎……哎！你幹什麼呀？剎車！趕緊剎車啊！」察覺到他的意圖之後，程曉璐焦急地大喊。

只是不怎麼管用，別說是剎車了，邱生就連減速的跡象都沒有。

就在程曉璐嚇得雙眼緊閉，下意識想要去拉手剎車時，他突然一個緊急剎車，不偏不倚地就在沈辰川和阮靈的面前穩穩停住。

刺耳的剎車聲彷彿還在停車場內回蕩著，程曉璐緩緩睜開雙眼，呼吸急促，驚魂未定的她卻聽見身後傳來了她媽和她阿姨的讚賞聲。

顧惜：「幹得漂亮！」

顧珍：「嗯，是不錯。」

沒錯，是讚賞！

他們家的人全都瘋了吧！

「你們是瘋了嗎！」車外，臉色煞時發白的阮靈吼出了程曉璐的心聲。

可是為什麼是「你們」？她是正常的！她也很害怕啊，還以為邱生真的打算撞上去了！話說，剛才他的表情絕對是認真的吧！怎麼看都不像是鬧著玩，嚇嚇他們那麼簡單啊！

邱生按下車窗，探出頭，對著他們倆笑了笑：「是啊，瘋了。」

「神經病！」阮靈咬牙切齒地罵道。

「嗯，所以妳最好別再惹她，我可是神經病啊，殺人可以不用坐牢的。」

「……」雖然說這句話時的邱生是笑著的，看起來就像是在開玩笑，阮靈卻情不自禁地打了個冷顫，總覺得這個男人瘋起來什麼事都做得出來。

相較於阮靈的失態，沈辰川只是臉色微微泛白，但很快就恢復如常，淡淡地掃了邱生一眼後便兀自邁步朝著自己的停車位走去。

見狀，阮靈回過神，趕緊跟上，不悅地埋怨道：「喂，你就沒有什麼想說的嗎？」

「說什麼？」他加快了腳步。

「你沒看出來嗎？那個瘋子是真的想撞死我們！」

「怕死的話，妳別再去招惹他們不就好了。」

「我什麼時候招惹過他們了！」阮靈歇斯底里地大吼，「你是瞎了嗎？沒看到是他們衝上來找我們碴的嗎！」

「是嗎？」沈辰川冷笑著輕喃，頓住腳步回眸看向她，突然問道：「妳身體好了嗎？」

「……」阮靈一震。

「不是說肚子痛嗎？」

面對他的咄咄逼人，阮靈豁出去了：「我要是不這麼說的話，你會願意上來接我嗎？」

「所以這不就是妳想看到的嗎？明明清楚她的家人知道我們的關係之後一定會鬧得很難看，妳卻還是把我找來了，那就應該做好承擔後果的心理準備，不是嗎？」

「你覺得我這麼做是為了想讓她家人知道我們的關係？」

沈辰川撇了撇嘴，無意在這個問題上跟她浪費唇舌爭辯：「是不是，妳心裡清楚。」

他根本就是認定了！

事實上，她也沒想到顧珍阿姨會來公司！之所以想讓沈辰川上來接她，僅僅是不想讓他繼續逃避。每次沈辰川來接她，都會在樓下等著，無論等多久他都不會上來。

起初她以為，他是不想見到程曉璐。

直到不久前，她碰巧跟程曉璐一前一後走出辦公樓，他卻完全沒有注意到她。呆坐在車裡的他目不轉睛地看著程曉璐，眉宇間盈滿了眷戀。

那一刻她才明白——他從來沒有忘記過程曉璐，哪怕一秒鐘都沒有，所以才會害怕見到程曉璐，怕一直克制著的想念會洶湧而出，而她已經受夠了他拙劣的演技，只想撕掉他的面具而已。

儘管如此，她還是驕傲得不屑去辯解什麼：「對、沒錯，我就是故意的，那又怎樣？你也要像邱生一樣替她不平嗎！」

「如果把我們的關係鬧得人人皆知能讓妳覺得更有安全感，那妳就鬧吧，我沒意見。只是……」他倏地眯起眼眸，冷冷地逼視著她，「別太過分了，一定要讓她一無所有妳才覺得滿意的話，那我也只能讓妳一無所有了。」

「你什麼意思？」

「我希望妳跟MK那邊的聯繫可以到此為止。」

阮靈心頭一驚。

果然，他都知道！

放任不管並不是對她縱容，相反，他根本就是一直等著她觸及底線，這樣一來，便有了名正言順的藉口擺脫她！

想到這，她忍不住哼出一記冷笑：「那就看你表現了。」

「……」他不明就理地蹙了蹙眉。

她笑道：「就算你覺得跟我在一起是種折磨，那你這輩子也只能繼續被我折磨下去，我勸你最好別想著擺脫我。一旦我們離婚，我絕對不會讓她好過，大不了魚死網破，反正我孑然一身沒什麼好怕的。」

「……」這陰森森的笑容讓沈辰川發寒，他突然覺得他從未真正認識過阮靈。

他所認識的阮靈是個倔強、驕傲、不會輕易對命運低頭的人，可是現在站在他面前的這個人，扭曲得讓他陌生。

♪

程曉璐深刻體會到了什麼叫「計畫趕不上變化」。

為了讓她的父母能夠接受邱生，昨晚她躺在床上計畫了一堆，編造了一個聽起來無比完美、普通的戀愛過程，甚至差點就想弄個表格把他們相識、相戀，一直到決定結婚的時間全列出來。

結果才過了一天而已，她的計畫全泡湯了，只能端坐在火鍋店裡坦白從寬……

在她的敘述終於告一段落後，顧珍問：「講完了？」

「嗯……」她弱弱地點了點頭。

氣氛很沉重，面前的鍋底已經沸騰，還不停冒著泡，不知道是誰丟進去的羊肉正在翻滾著，可誰也不敢動筷，就連向來我行我素的阿姨都只是目不轉睛地瞪著鍋底直咽口水。

記不清過了多久，顧珍才再次開口：「去跟公司請一個星期假。」

「幹、幹什麼？」程曉璐緊張地問。

「還能幹什麼？」顧珍用一種好像是在看白癡的眼神白了她一眼，「當然是回老家參加妳阿姨的婚禮。」

「啊？」剛才那個話題就這樣過去了嗎？就這麼平淡地揭過了？

顧珍眼眸一轉，淡淡地瞥了眼畢恭畢敬坐在程曉璐身旁的邱生：「你也去請個假。」

「……」聞言，邱生有些意外，眼眸倏然一亮。

「媽——」程曉璐有些難以置信，小心翼翼地確認道，「妳這是同意我們結婚了？」

顧珍依舊嘴硬著：「去問你爸，我們家他說了算。」

其實打從一開始她對邱生就沒有什麼不滿，畢竟那麼多年飯也不是白吃的，這個男人是不是真的喜歡她女兒她還是看得出的。同樣地，在見過沈辰川和阮靈之後，她差不多已經猜到了程曉璐突然結婚的理由。

正因為如此，她才堅持要聽程曉璐如何解釋這件事。

她擔心程曉璐意氣用事，僅僅是為了氣沈辰川就隨便找個男人把自己給嫁了。倘若真的是這樣，那身為母親的她一定要管，哪怕是扮演惡人逼著他們立刻離婚，也好過放任自己的女兒害人害己。

好在，程曉璐的解釋讓她很放心。

就憑程曉璐不惜抹黑自己也要將邱生塑造成一個救世主，便足以證明她對這個男人是在意的，對這段婚姻也是認真的，既然如此，顧珍自然沒理由繼續反對。

「咦？」一旁的顧惜驚疑地看向她姊，「姊夫的地位什麼時候提升了？不是一向妳說了算的嗎？」

「妳哪來這麼多話！吃妳的火鍋！」顧珍惱羞成怒地斥了她一句。

「可以吃了？」顧惜很激動。

「吃！」說著，顧珍迅速舉筷。

「姊、妳搶拍！」顧惜不滿地大叫著。

「在這個戰場上是沒有規則的……」話說到一半，她眼神忽然一變，眼睜睜看著邱生夾走了一大筷子羊肉，她怒了，「這是我丟的！」

邱生一臉嚴肅地道：「媽，在這個戰場上是沒有規則可言的。」

「……」程曉璐瞠目結舌地看著這三個人，不、根本不是人，是衝出柵欄準備覓食的豬啊！憑她的戰鬥力，完全不是這群豬的對手啊！

正想著，邱生忽然把自己面前堆積成山的碗遞到了程曉璐面前。

她略顯驚訝地轉眸。

「這個戰場上還是有老婆的。」他對著她直笑。

見狀，顧惜和顧珍默默用眼神交流起來。

「……」姊，妳看出來了嗎？

「……」看出來了！這個心機男！居然想用狗糧把我們兩個餵飽！

「……」妳打算就這麼放過他嗎？

「……」怎麼可能！妳以為我「火鍋將軍」這個頭銜是假的嗎！

一場惡戰一觸即發……

♪

回老家的陣仗很龐大，除了邱生，還有程曉璐的未來姨夫，以及姨夫家的一些親戚。

程曉璐老家距離這座城市並不遠，這些年被開發成了古鎮，算得上是個小有名氣的旅遊景點，交通也更加便利了。在市中心每天都有十多班車直達，價格實惠，隨到隨走，儘管如此，姨夫還是堅持包了一輛巴士。

對於他的這個行為，唯一能夠理解的人就只有邱生了。

這可是去求著人家把女兒交給自己啊，怎麼能夠吝嗇！要不是程曉璐攔著，邱生恨不得也再包一輛巴士用來裝聘禮。

用巴士裝是有些誇張了，但他的確買了很多東西，大概夠他們整個鎮的人分了。

話說回來，他們鎮的人也不多，年輕人大多跟程曉璐一樣去大城市裡工作了，留下來的大多是中老年人，有的經營民宿、有的開特色小吃店，還有像她爸一樣開餐廳的，基本上大家都有各自營生，私底下聯繫也都挺勤快。

於是當他們抵達的時候，一堆人正圍在鎮門口的牌樓下看熱鬧。

阿姨帶著姨夫去拜訪她父母了，據說程曉璐的外公、外婆住得比較偏，還得再走上一段路。

這也是姨夫第一次見家長，想必場面已經夠緊張了，邱生決定暫時不跟著一起去添亂，畢竟他也有岳父大人要見。

程曉璐家就在鎮口，是一棟頗具江南特色的雙層古宅，灰白色的牆壁看起來有些斑駁，進門便是院子。院子本來就不大，還被一棵樹占去了一半地方，顯得很局促。

「你別看不起這棵樹，」眼見邱生對著那棵樹直皺眉，顧珍走上前一臉驕傲地道，「這可是香樟樹！」

「哦。」

「你一定在想『香樟樹有什麼了不起的』是嗎？」

「……」邱生默認了。

顧珍一本正經地替邱生解惑：「我們這裡有個習俗，要是生了女兒就得在院子裡種一棵香樟樹，等到女兒準備出嫁的時候，這樹也長大了，娘家的人會把樹砍下來，讓木匠做成兩個樟木箱，塞點絲綢放在嫁妝裡，意思是『兩廂廝守』。」

邱生微微震了下，再次仰頭看向那棵樹，陽光從樹葉縫隙間瀉下，照得他心口發暖，突然有了種久違想要拍照的衝動。

「拿去。」幾乎同時，程曉璐從隨身行李中翻找出他的相機，遞了上去。

他不由得一愣，片刻後才笑著接過。

隨手拍了幾張後，他轉頭看向曉璐母親，半開玩笑地道：「那這棵樹豈不是可以砍了？」

「你也這麼想哦？」顧珍贊同地點了點頭，「一會兒你就去跟她爸說唄。」

「說個屁啦！」程曉璐忍不住打斷了她媽，看著邱生道，「這樹是我爺爺種的，你要是敢砍了它，我爸非砍了你不成！」

「爺爺？」邱生想了想，好奇地問，「妳姑姑還沒結婚嗎？」

「哪來的姑姑啊，我爺爺就我爸一個兒子。」程曉璐忍不住翻了翻白眼，「你是白癡嗎！誰現在還會用樟木箱做嫁妝的，那種習俗早沒了。我媽純粹是嫌這棵樹很礙眼，又不敢動它，這是打算讓你不明不白的挨罵呢！」

「誰？誰想砍了這棵樹！」一道怒吼聲突然傳來，為程曉璐這番話賦予了信服力。

來人氣勢洶洶地從客廳裡衝了出來。

「呿，」顧珍略顯不悅地嗤了聲，朝著來人掃去白眼，「你眼裡只有這棵樹，就沒有我們母女倆嗎？」

「怎麼會……」對方氣勢忽然軟了下來，迎上前笑嘻嘻地哄起顧珍，「老婆，咱們再忍個十幾年，這棵樹就一百歲了，百年樟樹可值錢了，先不砍、先不砍啊。」

「好市儈，爺爺正在天上看著你哪。」

「不是、不是，女兒妳聽爸說，這不叫市儈，樹過了一百歲是很容易死的，需要更專業的人來精心照顧，爸這也是為它好。」

老婆？女兒？

邱生驚訝地看著那道身影，這是……曉璐她爸？

跟他想像中的很不一樣啊！

聽阿姨說，曉璐的爸爸在家裡基本上是沒地位的，既是妻奴又是女兒奴，就現在的畫面看來也的確如此。於是他便擅自腦補出了一個憨厚樸實的中年大叔形象，然而，現在站在他面前的分明是個肌肉線條比他還要勻稱的彪形大漢，包臂紋身格外顯眼！

「還愣著幹什麼？」顧珍拱了拱身旁的邱生，衝著他直眨眼，「趕緊叫『爸』啊。」

邱生被拱回了神，雖然還是有些難以置信，但總之先叫了再說。

他張了張嘴，正要開口。

「別亂叫。」程振國冷著臉打斷了他。

氣氛有些尷尬，顧珍趕緊打圓場：「你這是幹什麼？不是都已經在電話裡說好了嗎？」

「那叫說好了？根本就只是通知我一聲而已！」

「不然你想怎樣？事情都已經成定局了，難不成你想讓你女兒背上離婚史嗎？」

程振國胸口一悶，默然了好一會兒後，做出了讓步。

「幫他們兩個把行李拿到房間裡去。」他轉頭對著客廳裡的保姆說了一句，隨後看向程曉璐，「先去吃飯，今天晚上主要是為了歡迎妳姨夫，你們兩個的賬我回頭再跟你們算。」丟下話後，他便率先走了出去。

「程振國，你這是擺臉色給誰看呢！」面子有些掛不住的顧珍嚷嚷著跟了出去。

程曉璐尷尬地看了眼邱生支吾道：「你別介意，我爸就是嘴硬，只要我媽跟他說幾句他就沒轍了。」

「我有什麼好介意的……」邱生好笑地揉了揉她的頭，「擅自把人家女兒拐了，你爸沒直接揍我已經謝天謝地了。」

「你真的不介意嗎？」她小心翼翼地問。

「怎麼說呢，」他認真想了想，「多少還是有點介意的，不過要是妳親我一下的話，應該就完全不介意了。」

「走吧，去吃飯了。」程曉璐果斷邁步。

「別這樣嘛……」邱生緊跟其後，「我需要愛的力量。」

「好的，我等一下把你的要求告訴我爸。」

「不，我不需要了。」他會被打的，絕對會被打的！就他岳父那體格，打起人來一定很疼！

「出息！」

「男人在自己老婆面前是不需要出息的！」

♪

在小鎮的第一夜很熱鬧，熱鬧到邱生覺得有些煩心。

程曉璐的父母充分發揮了優勢，流水席擺滿整個餐廳，但凡認識的人都能進來吃飯。美其名曰慶祝阿姨即將結婚，熱鬧熱鬧，但邱生覺得絕大部分人是衝著他來的。

因為那些人進門第一句話都是：「聽說曉璐結婚啦？總算把沈辰川等回來啦，恭喜、恭喜。」

沒錯！沈、辰、川！

那些人一邊親切地灌他酒，一邊開口閉口地叫他「沈辰川」。

「邱生」這個名字不好嗎？不比「沈辰川」更加朗朗上口嗎！

「不是……他叫邱生……」程曉璐不知道第幾次糾正來訪的客人。

「咦？」對方一臉驚訝，「不是說叫沈辰川嗎？難道我記錯了？」

「沒錯、沒錯啦，原來那個是叫沈辰川，珍姊說那個死在美國不回來了，所以曉璐就換人了。」

一旁有人幫忙解釋起來。

「哦喲、我就說嘛，出了國的還有幾個會回來的？見過外面的花花世界，哪還看得上妳，早就換人咧。」

「……」誰說的？邱生好歹也是在國外待過的人，花花世界見得更多，不也一樣看上她了嗎！

「可不是，當初這丫頭還為了這件事跟她爸媽吵架，連兩年過年都沒回家了吧。」

「……」能不能別再提那些黑歷史了！

「還好、還好，現在覺悟還不算晚，還有人要。」

「……」什麼叫還有人要？幹嘛說得邱生好像在撿破爛一樣！

她下意識轉眸朝著邱生看過去，碰巧撞上了他的視線，不由得一震，那是一雙冷得沒有絲毫溫度的眼眸，他從來沒有用這種眼神看過她。回想起來，他好像也從來沒有像這樣袖手旁觀她的難堪，換作平時他早就嬉皮笑臉地出來幫她解圍了。

這是……在生氣嗎？

她這才察覺自己真是被寵得不輕啊，竟然連邱生生氣是什麼樣子的都不清楚。

就在那些三姑六婆愈聊愈肆無忌憚時……

「喲、話這麼多，看來嘴挺忙的啊，那還吃什麼飯呀。」顧惜涼涼的聲音在她們身後響起。

顧珍緊隨其後：「出去。」

然後便是程振國：「滾。」

氣氛頓時變得尷尬，一旁的餐廳服務生們趕緊上前，禮貌地把那幾個被老闆和老闆娘下逐客令的人請了出去。

整個世界清淨了。

程振國利眸一轉，瞪著邱生生硬地道：「你，跟我去後廚幫忙。」

「嗯。」邱生點了點頭，站起身朝著後廚走去。

才不是什麼幫忙！這絕對是要打起來啊！

程曉璐緊張地看向顧珍：「媽……」

「哦，我得去招呼客人了。」顧珍轉身就走。

程曉璐只好把希望放在顧惜身上：「阿姨……」

「我得去陪我公婆了。」

「……」一群沒義氣的！

無奈之下，程曉璐只好硬著頭皮，偷偷跟在他們身後。

有生以來，她第一次覺得「後廚重地，請勿靠近」這個告示是來真的！

♪

後廚氣氛很凝重。

程振國看似忙碌地品嘗即將煲好的湯，邱生則直挺挺地站在一旁，無所事事。

很顯然，他的確不是被叫進來幫忙的，他家岳父明擺著是有話跟他說。等了許久，眼見程振國仍舊沒有開口的意思，他憋不住了：「爸，您有什麼話就直說吧。」

還沒想好要怎麼說的程振國微微僵了下，半晌後他放下手裡的勺子啟唇道：「你先別叫我爸。」

「……」

「我聽她媽說，她跟沈辰川的事你都清楚？」他問。

「嗯。」邱生點了點頭。

「但你沒想到居然連老家這些遠親近鄰也都知道沈辰川吧？」

「確實有些意外……」對比她一度還想要對她家人隱瞞他們的關係，這實在是個讓人很不爽的意外，以至於他情緒難免有些失控。

「為了避免你以後再覺得意外，我先把話說清楚。曉璐曾經非常認真地喜歡過沈辰川，喜歡到恨不得讓所有人都知道。曾經有無數人勸她放棄，可她堅持要等他，甚至不惜跟我們翻臉。那些人說的沒錯，她確實為了沈辰川，整整兩年沒有回來過。如果有一天，我是說如果……如果沈辰川離婚了，突然又回來找她，我不能保證她毫不動搖。真的到了那個時候，我會反對、會憤怒、會失望，但身為父親，要是她無論如何都決定這麼做的話，我大概還是會妥協，即便如此，你還是要叫我『爸』嗎？」

「……」

「我認為，男人的字典裡不應該有『一時衝動』這種詞，做任何事之前都必須要考慮清楚，尤其是婚姻大事，在你還沒有學會對她的過去一笑置之前，不要急著給出承諾，你兌現不了。」

「抱歉，我能出去透口氣嗎？」沉默了一會兒，邱生苦笑著抬眸，有些無力地問。

「去吧。」

就在邱生離開後不久，「砰」的一聲，程曉璐用力踹開了後廚的門，氣呼呼地瞪著程振國質問：

「你為什麼要跟他說那種話！」

程振國瞥了她一眼，繼續忙了起來：「我有說錯什麼嗎？」

「你……」程曉璐語塞了。

確實沒有說錯，字字句句她都無法反駁，曾經她的確是那麼瘋狂地喜歡過沈辰川，可是……

「可是那都已經是過去的事了，為什麼還要特意提起？」她再度大吼著。

「是真的過去了，還是妳不得不讓它過去？」

「……」

「我跟妳媽一樣，並不是反對妳和邱生結婚，而是擔心你們有沒有覺悟好好過接下來的日子。一個月、兩個月還能閉著眼睛得過且過，一輩子要怎麼得過且過？你們結婚的那個契機會是邱生永遠的心結，一旦沈辰川和阮靈之間出現矛盾，勢必會影響到你們，這是你們必須去正視、去解決的問題。」

「你的解決方法就是要求邱生不准介意嗎？他又不是聖人，會介意我的過去不是很正常嗎！」

「誰說不準他介意了？我說的是『一笑置之』！」

「有什麼差別？」

「妳媽就算帶一打前男友回來我都能一笑置之，因為我知道她絕對不會離開我，妳要是也能給邱生同樣的信心，就算再來十個沈辰川他也不會當作一回事。」

程曉璐訥訥地眨了眨眼，思忖了片刻後，隱約有點明白她爸的意思了：「所以是我的問題？」

「廢話！連我這個當爸的都不敢確定妳在面對沈辰川時會毫不動搖了，妳要邱生怎麼相信？」

「那我要怎麼讓他相信？」

「我怎麼知道！」程振國沒好氣地瞪了她一眼，「哪有女兒拉著父親聊這種戀愛話題的，妳不臉紅我還尷尬呢！出去出去，別在這裡礙手礙腳！」

「……」不是你先開始聊的嗎！

♪

程曉璐就這樣被她爸趕出去了，回到座位上的時候邱生已經坐在那兒了，正噙著微笑跟姨夫閒聊，看起來就好像什麼事都沒發生過一般。

見他們聊得投入，她也不好打擾，默默入座。

姨夫是個攝影愛好者，確切地說，應該算是個發燒友，因為他聽到邱生的名字時眼睛都發光了，像個小孩子般不停地嚷嚷著「你就是邱生啊，居然是活的啊」，甚至還跟邱生要了簽名。看得出他有不少問題想問邱生，但來的路上他得陪阿姨，還得招呼他那些親戚，也沒什麼機會。

現在酒過三巡，飯也吃得差不多了，大家都開始各聊各的，也不用他招呼，總算可以拉著邱生暢所欲言了。

可是未免也太暢了吧？

直到散場，阿姨才總算把姨夫給拽走。

即便如此，程曉璐還是沒能跟邱生說上什麼話，從餐廳回家也沒多遠，何況還有她爸媽一起，自然是聊不到什麼，到了家後也是各自回房……嗯，各自。

「我就知道你爸是絕對不會讓我們住同一間房的！」

眼看著邱生咬牙切齒的模樣，程曉璐反而放心不少：「我的房間就在隔壁呢，還好啦，只是隔了一道牆而已。」

「不要小看這面牆！這可是一面阻礙人類文明發展的罪惡之牆！」

「是是是——」她從善如流地附和。

太好了，還是以前的邱生，看起來已經不再生氣了，好像也沒有把她爸的話放在心上的樣子。就憑這點，他說什麼就是什麼了！

「所以我們必須消滅這面牆！」

「別鬧了，我們家這棟老宅可是歷史保護建築，你要是敢砸牆，那就是破壞古蹟！」

「那等妳爸媽睡了我來找妳吧。」

她臉頰微微泛紅，低下頭，輕聲嘟噥著：「好、好啊……」

「……」居然答應了？邱生不由得一愣。

「怎麼了？」

「沒什麼。」他重拾笑容，「還是算了吧，等妳爸媽睡了，我估計也睡了，今天就先放過妳吧。」

「……」

「晚安。」說著，他伸出手揉了揉她的頭。

還沒等程曉璐反應過來，他就推開房門走了進去。

「喀嚓」的聲音傳來，拉回了程曉璐的意識，她驚愕地瞪著面前那扇門。

邱生居然還給她鎖門？這是防誰啊？

前言撤回，無論怎麼看這都不是以前的邱生！絕對還在生氣！

她爸說的沒錯，沈辰川果然是邱生的心結，在邱生看來，她是被沈辰川和阮靈刺激到了，才會跟他結婚，事實……事實也的確如此，她沒辦法反駁。

所以到底要怎麼做才能讓邱生相信她不會再動搖了呢？

這個問題困擾了程曉璐一整夜，直到天色微亮，她仍沒有找到答案，但總算有了睏意。

才睡了幾個小時她就被顧珍踹醒了，說是讓她起來吃早餐，但其實……

「你在幹什麼？」她怔怔地看著坐在客廳的邱生，以及他面前那堆紅彤彤的紙和巧克力。

「包喜糖。」邱生抬了抬眸，雙手仍在機械化地運作著。

「這種事為什麼要由你來做？」她爸媽過分了吧？再怎麼說邱生也算是客人呀。

「不只我要做，你也要做。」邱生指了指身後的兩大箱巧克力，「你媽說不解決完這兩箱我們今天就別想吃飯了。」

「……」說好的早餐呢！

這兩大箱巧克力耗費了他們一整天的時間，直到傍晚時分才總算大功告成。本來以為終於可以休息了，結果顧珍又很不客氣地讓他們去王伯伯的裁縫店拿衣服。

程曉璐有些不好意思地看著邱生：「要不然你在家休息吧，我一個人去也可以。」

「沒關係……」邱生站起身伸了個懶腰，「剛好我也想出去逛逛，妳等我一下，我去拿相機。」

「哎？要帶相機去嗎？」

邱生頓住腳步：「不可以嗎？」

「當然可以，只是……」她支吾了一會兒，「這裡就跟那些商業氣息很濃的古鎮差不多，沒什麼好拍的呀。」

程曉璐不由自主地想起了肖樂給她的那張照片。

他曾見過那種恢宏到讓人窒息的風景呢，相比之下，這個小鎮就差多了，簡直小兒科。

「差很多……」邱生丟下這麼句寓意不明的話便兀自朝著房間走去。

程曉璐也只好默默在門口等他。

8 生而為人，就該像個人

果然，一路上他壓根沒有舉起過相機，一定很失望吧。

氣氛有些尷尬，還好王伯伯的裁縫店距離她家也就十多分鐘的路。

店裡的陳設一如既往的簡單，掛著一些成品旗袍，放著兩臺老式縫紉機，最值錢的就是店鋪中間那套根雕[35]桌椅。王伯伯每次見到別人都要得意的介紹它，這次也不例外，硬是拉著邱生在那裡坐了下來，給他泡一壺茶，開始從根雕的歷史講起。

「王伯伯，我是來拿衣服的。」程曉璐無奈地打斷了他。

按照經驗，他起碼得講上半個小時，她怕邱生會瘋掉。

「急什麼……」王伯伯瞥了她一眼，不情不願地站起身，走到掛著成品旗袍的衣架邊取下兩套遞給她，「拿著，這套是妳媽的，這套是妳的。」

「咦？我也有？」程曉璐略顯驚訝。

「這不廢話嘛！妳阿姨結婚，難不成妳還打算穿成這樣去啊？」王伯伯嫌棄地打量著她身上那條破

35 根雕：用樹根雕刻的工藝品。

洞牛仔褲咕噥道，「破破爛爛的，看著就煩。」

「可是我有準備小禮服。」當然不可能穿得這麼隨便，她也是有準備的！

「穿什麼小禮服啊！我這旗袍不好嗎！你們現在這些年輕人啊，不是我在說，一點也不尊重傳統，東方女性該有的婉約美全被你們拋棄了……」

「不不不，我不是說不穿……」在他開啟長篇大論說教模式前，程曉璐趕緊打斷他，「只是怕尺寸不合適。」

「怎麼會不合適，我是按照妳之前留在我這裡的尺寸做的。」

「王伯伯，我上次在你這裡做旗袍已經是六年前的事了。」

「嗯？已經這麼久了嗎？」王伯伯蹙眉端詳了她一會兒，「那正好，妳去裡頭試試，要是尺寸不合適趕緊改，還來得及。」

「沒事、沒事，我回家再試吧。」

「現在試吧。」邱生的聲音忽然從她身後飄來。

「嗯？」她詫異地轉頭看去。

他用手支著頭，嘴角微微上揚：「我想看。」

「……」本來就是因為他在才不好意思試的，被這麼一說就更加不好意思了！

「好了、好了，趕快去！」王伯伯強行把旗袍塞進了她手裡，不耐煩地把她朝著更衣室推去。

「哎哎……」程曉璐還沒死心，還想再掙扎一下。

「小夥子啊，我跟你說，這根雕得從戰國時期追溯起……」王伯伯已經重新回到了那套根雕桌椅上，興致勃勃地拉著邱生開始炫耀那張根雕桌椅。

邱生居然也聽得興致勃勃，總之就是完全沒人理她。

程曉璐只好硬著頭皮走進更衣室，換完出來的時候，王伯伯已經講到了明清兩朝的根雕，難得碰上有年輕人會像邱生這樣表現得如此有興趣，於是他講得特別起勁，這反而讓她鬆了口氣，她有點不能想像在邱生的注視下走出來，總覺得挺尷尬的。

趁著沒人注意，她默默走到鏡子前端詳了起來。

不得不說，王伯伯的手藝和品味還是很不錯的，這是一條經過些微改良的短旗袍，款式更適合她的年紀，藕粉色的裙擺上繡著一朵並蒂蓮，在婚禮上穿寓意也不錯。

「喀嚓——」忽然有道清脆的快門聲傳來。

程曉璐猝然轉頭朝著邱生看了過去，只見他舉著相機，神情專注。

「你——」她已經顧不上害羞了，更多的是驚訝。

透過相機鏡頭，他更清晰地捕捉到了她眉宇間的愕然，不禁調侃道：「幹什麼？見鬼了嗎？」

程曉璐回過神：「你不是不拍人的嗎？」

「誰說的？」他放下相機，翻看起剛才拍的照片，「我不是不久前才幫肖樂和 Hayden 拍過婚紗照嗎？」

「可是你從來沒有拍過我啊！」所以說，她的驚訝程度簡直跟見鬼差不多了。

「相機這東西是用來留住珍貴的，甚至是以後都不太可能見到的畫面，所以人們對於那些始終陪伴在身邊的人事物反而沒什麼想拍的衝動。」

「……」什麼意思？那為什麼現在突然想拍她了？她難道不是始終陪伴在他身邊的人嗎？那種好像以後都不會再見到她的語氣是什麼意思啊！

想到這裡，就好像有只無形的手緊緊捏住了她的心臟，有些悶痛。

她還來不及追問清楚就被王伯伯興奮的話音打斷——

「哎哎、這張好看！小夥子拍照技術還不錯啊！」

邱生抬頭對著王伯伯笑了笑，一臉謙虛地道：「哪裡、哪裡，是我老婆長得好看。」

程曉璐：「……」

王伯伯：「……」

這麼說好像不太禮貌？邱生又補充了一句：「當然了，王伯伯的旗袍也好看。」

「那當然！」王伯伯驕傲地仰了仰頭，「《花樣年華》知道嗎？」

「哇！」程曉璐瞪大雙眼，「王伯伯！你給《花樣年華》劇組做過旗袍嗎？好厲害啊！」

「怎麼可能……」王伯伯斜了她一眼，「我是看著那電影琢磨過的！」

「噗……」邱生失笑出聲。

程曉璐默默地抽搐了下嘴角：「我去換衣服了。」

「別換了。」邱生拉住了她，「就這樣再去逛逛吧，我有話想跟妳說。」

「一、一定要穿成這樣說嗎？」程曉璐臉色微微發白，他那副鄭重其事的樣子很不妙，該不會是想要跟她談離婚吧？

「嗯。」他用力點頭，「好看，我想多看看。」

「……」一副以後都看不到了的語氣是怎麼回事？果然是想離婚吧！

♪

應該不至於吧？只是被叫了幾聲「沈辰川」就氣到想要離婚什麼的，總覺得不太可能。

但是，因為她爸的那些話就很有可能了！

經過了一夜深思熟慮後，他也覺得如果沈辰川再回頭找她，她一定會動搖吧？不想承受那種結果，於是乾脆現在放棄好了。

邏輯很正確呢！

可是……

「不是這樣的，我不會的！」程曉璐忽然停住腳步，激動地大吼著。

邱生也跟著停了下來，站在橋中央不明就理地看著她：「什麼？」

「呃……」她回過神，提起嗓音、鼓起勇氣，「我也有話跟你說！」

「先聽我說完……」

「不行！我先說！」程曉璐很堅持。

見狀，邱生只好妥協：「好吧，你說吧。」

程曉璐：「……」

邱生：「嗯？」

程曉璐：「……」

邱生：「你想說什麼？」

「那個……」她有些緊張，下意識避開了他的視線，四下環顧著緩解尷尬。

倏地，她的目光落在了橋邊的河堤上，眼睛驟然放光，「河燈！」

「啊？」

「我們去放河燈吧！」

丟下這句話後，她不由分說地拽著他的手腕往河堤邊走。

邱生微微蹙眉，依稀覺得她有些不對勁，想問清楚，可是看著她興致勃勃的模樣，他還是吞下了話，不由自主地邁步。

轉眼就到了河堤邊，程曉璐跟老闆看起來還挺熟的，雖然只買了兩盞，但是老闆非常熱情地送了他們一堆。

河燈這個東西邱生是不怎麼信的，甚至還有些不屑，他無法理解那些把願望或理想寄託在一盞長得稍微好看一點的蠟燭上的人，說什麼如果它能夠安然無恙地飄到河的對岸，願望就能實現，不過就是自欺欺人而已。但是大部分女人似乎對許願這類的事情格外熱衷，包括程曉璐，他也就只好把不以為然藏在心裡，默默站在河邊陪著她。

眼看著她一盞又一盞地點著河燈，虔誠許願，時而忙碌時而恬靜的樣子倒是還挺賞心悅目的。

「你為什麼一直不問我許了什麼願？」突然她轉頭丟來瞪視，語氣裡透著不滿，就好像一直在等著他問。

邱生一愣，不解地問：「不是說出來願望就會不靈的嗎？」

雖然對許願這一套不感興趣，但規矩他還是懂的。

「我們這裡的規矩不一樣！說、說出來或許反而可以靈驗！」程曉璐有些急了。

見狀，邱生只好配合：「那妳許了什麼願？」

坦白說，他並不是很好奇，她的願望就跟她的人一樣好猜，無非就是祝她爸媽身體健康、祝她自己事業順利，之前一貫如此。當然，之前她還會加上一條——希望沈辰川早點回來。

想到這，他忍不住撇了撇嘴，沒能忍住嘴角的不屑。

所以說，許願這種東西不管用的。

「我希望我們可以不要離婚，永遠在一起！」她一鼓作氣喊了出來。

「……」邱生猛地一震，目瞪口呆地看著她。

「我也不知道要怎麼證明我是絕對不會再被沈辰川動搖的，但是我知道我喜歡你，非常非常非常喜歡，全世界最喜歡的就是你了！」她豁出去了，比剛才喊得還要大聲，「以上，我要說的都說完了，你要是還想跟我離婚，我、我就……就把你推到河裡去！」

邱生呆愣了好半晌，總算是勉強回過神了：「我跟妳爸說的話妳都聽到了？」

「嗯……」

「那我什麼時候說過要離婚了？」

「雖然沒有說，可是你心裡已經在這麼想了吧。」她低著頭，雙手不安地緊攥著自己的衣角，「我從昨晚開始就覺得你不太對勁了，都同意讓你來我房間了，結果居然叫我早點睡。今天也是，總是說一些奇奇怪怪的話，突然拍我，還說什麼相機這東西是用來留住以後都不可能再見到的畫面，你不只打算離婚那麼簡單，甚至還打算永遠不要見我了！」

他張了張嘴，想說些什麼，卻又不知道該從何說起。

僵了片刻後，他低頭撥弄起相機，翻找出剛才拍的那張照片遞給她。

程曉璐困惑地接了過去，垂眸打量起來，只一眼她就情不自禁地嚷開了：「哇！好漂亮！」

「自己說這種話合適嗎？」

「可是真的好漂亮啊！」她語氣由衷，沒有絲毫不好意思。

當然也不是第一次看到照片裡的自己了，但這是第一次看到邱生鏡頭下的她，跟平常不一樣，她也說不出來哪裡不一樣，只是覺得特別漂亮。難道是因為鏡子的關係？

以他當時的那個角度，本來是只能拍到她的背影的，可是他很巧妙的利用了鏡子。

不是都說照鏡子的時候偶爾會覺得自己特別好看嗎？是這個原因吧。

「嗯，是很漂亮。」邱生輕喃了句，緩緩靠近，輕抵著她的額頭，跟她一起看著相機裡的畫面，「妳沒發現妳在看著鏡頭嗎？」

「咦？」被他這麼一說，程曉璐才察覺鏡子裡的她確實正看著鏡頭，眼神有些恍惚，「我為什麼會看著鏡頭啊？」

不應該啊，她明明是聽到了快門聲之後，才意識到邱生在拍她的。

「不如說……」他笑了笑便問，「妳為什麼看著我？」

「……」她心頭微微一動。

沒錯，她並不是在看鏡頭，而是在看拿著相機的邱生，那是一種連她自己都沒有意識到的行為，就像是……就像是視線本能地追隨著他。

他伸出手，小心翼翼地將她攬進懷裡：「這種滿滿都是愛的目光，我是真的很怕以後都再也見不到了。」

程曉璐埋頭鑽進他懷裡，有些害羞地嘟囔：「怎麼可能見不到啦……」她總覺得，以後只有可能會愈來愈常見。

「嗯？」邱生頗為意外地愣了下。

「怎麼了？」她微微抬起頭，緊張地問。

「我以為妳會否認的。」他大概也是犯賤體質，居然已經習慣了她的口是心非，從昨晚開始突然變得坦率的她反而讓邱生不知道該怎麼辦才好。

「你連證據都拍下來了還怎麼否認。」誠如邱生所言，她眼神裡盛著滿滿的愛意，隔著相機彷彿都能感覺到自己當時那種多看他一眼都會覺得開心的心情。更糟糕的是，就算是現在，回想起當時的那種心情，她還是覺得很開心。

「程曉璐，露出這種表情不管是被做了什麼都是妳活該。」

「你不會是又想拍下來了吧？」她趕緊捂住臉，「不要啦，好尷尬。」

「不會拍的，這種樣子絕對不會拍下來讓其他人看到。」邱生拉開了她的手，湊上前輕咬了下她的唇瓣。

「啊——」他的力道雖然不重，但程曉璐還是因為驚愕低呼了一聲。

趁著她啟唇，他的舌如一條靈巧的蛇般竄入，小心翼翼地劃過她的齒關。

這種小心並沒有持續多久，很快他就開始肆意地在她口中席捲，落在她腰間的手臂也愈來愈用力，像是恨不得把她揉進身體裡。直到這一刻，程曉璐才知道他之前的吻有多節制。

就在她幾乎要站不穩時，他總算依依不捨地放開了她。

「我說……」有些粗重的呼吸聲伴著他的聲音飄出，「妳有感覺到我有多喜歡妳嗎？」

她細若蚊蚋般「嗯」了一聲。簡直就像瘋了一樣，怎麼可能感覺不到。

「所以妳覺得我會捨得離婚嗎？」

「那你剛才是想要跟我說什麼？」

「等等，先讓我緩一下。」

「……」

他就這樣一動不動地抱著她，過了許久，呼吸終於變得清淺，胸口的起伏也沒有那麼明顯了才再次啟唇：「去見我爸媽吧。」

「哎？」程曉璐雙眸倏然瞪得很大。

「怎麼了？妳不想見嗎？」

「也、也不是不想，只是……這也太突然了吧？」

「也不算突然，而且並不是立刻就見，他們在美國，等有假期的時候我們再去。其實，他們很早就想見妳了，只是我擔妳還沒做好心理準備，所以才一直拖著。」

「我現在也還是沒有做好心理準備啊！」光是聽他提起這件事，她就已經緊張到手心冒汗了。

「我知道，但還是很想帶妳去。」

「為什麼啊？」這麼問好像有些奇怪，都已經結婚了，見一下彼此父母也是理所當然的事，可是總覺得邱生提出這件事的時機有點微妙，並不像是遵循禮數那麼簡單。

「因為我覺得我父母應該會很喜歡妳。」

「……」

「不單是我，我的家人、朋友，甚至我養的寵物都會對妳很好，好到誰也沒有辦法動搖妳。」

這個人有毒。

她曾經一直以為是自己還不夠好，所以沈辰川的那些舍友才會不喜歡她。可是現在她明白了，這不是她一個人的問題，也不是他舍友的問題。或許她確實不太懂得如何討好別人，也或許他的那些舍友管得是有些多，但更重要的是，沈辰川所表現出來的半推半就讓他身邊所有人都認為他並不是那麼喜歡她，甚至就連她對他的好，在別人眼中都像是架在他脖子上逼他屈服的刀，而他由始至終從未替她辯解過。

『我是喜歡她的。』

哪怕只是這麼簡單的一句話，只需要這一句，她相信他的朋友們都會試著好好瞭解她，就算最終還是無法接受，起碼會把她當作「朋友喜歡的人」來尊重。

可是邱生不同，他在他朋友面前非但從未掩飾過對她的喜歡，反而會變本加厲地表現，他毫無理由地護短，也毫無原則地順著她。就像他自己所說的那樣，他就是一個在老婆面前完全不需要出息的男人。

仔細想來，Hayden 在肖樂面前不也是如此嗎？她爸在她媽面前也是這樣啊。

這才是愛一個人應該有的樣子吧。

「已經不可能被動搖了。」她不由自主地啟唇。

雖然愛情有很多種形態，她所經歷的也未必就是標準答案，但是，像這樣被人捧在手裡、放在心裡愛過之後，難免會覺得除卻巫山不是雲。

「還不夠？」

「我知道。」剛被她那麼轟轟烈烈地表白過，怎麼可能不知道，「只是還不夠。」

「嗯，我覺得我再努力一下就可以變成全宇宙妳最喜歡的人了。」

「只、只是談了個戀愛而已，沒有必要把征途設定成星辰大海吧？」

「要的！」他凝重點頭，決心都掛在臉上了，「所以今天晚上我一定會去妳的房間，不能再讓妳失望了。」

「鋪墊了這麼多，這才是你的最終目的啊！」

「不是，我的最終目的是有一天妳會坐上來自己動。」

「滾！給我馬不停蹄的滾！」

他自言自語般嘀咕著：「果然野心太大了嗎？」

「這不是野心的問題，而是你的腦袋到底都在想些什麼啊！」

「嗯？不是野心？」邱生眼眸一亮，「這麼說妳覺得這個目標還是能夠實現的？」

「不、是野心，太大了，真的太大了。」

「沒關係，目標大一點才會更加努力。總之，我有信心，我一定能做到的！」

「……」請把這種堅持不懈的信心放到其他地方去吧！

「給我把這種信心放到更合適的地方去！」

有人替程曉璐吼出了心聲，這本來是一件好事，但如果這個人是她爸……這就很尷尬了！

「爸——」程曉璐的聲音有些發抖，一想到她爸顯然聽到了他們剛才的對話，她就恨不得直接跳到河裡去，死了算了！

「爸，一般來說是不應該偷聽女兒、女婿說話的吧？就算不可避免地聽到了，這種時候也應該裝作沒聽到，不然大家都會很尷尬啊。」邱生倒是顯得很平靜，嘴上雖然說著尷尬，但他的表情一點都不尷尬，反倒大大咧咧地直視著程振國，眼神無比堅定。

爸？這聲稱呼讓程振國愣了愣。

片刻後，他嘴角動了動，揚起了一絲微弱到幾乎難以察覺的弧度，抬手狠狠對著邱生的後腦勺打了過去：「我女兒都這麼大了，我還不比你有經驗嗎，有什麼好尷尬的！回家吃飯了，你媽等得都快餓死了！」

「是是是……」邱生諂媚地直點頭。

「還有妳——」程振國轉頭瞥了眼自家女兒，邊說邊邁步，「愣著幹什麼，趕緊走！」

「哦哦！」程曉璐回過神，趕緊跟了上去。

沒走幾步，邱生就拽住她，硬是把她拉到了身邊，緊緊牽著她的手不放。

「你幹嘛啦！」程曉璐瞪了他一眼，壓低聲音道，「我爸就在前面！」

「有什麼關係，他比我有經驗。」

「……」她爸剛才還真是說了不得了的話啊。

♪

今天是個特殊的日子。

其實也沒什麼特殊的，不過就是跟佳沃簽約的日子，但他手底下那幾個主管都表現得很特殊，不約而同地穿西裝、打領帶，氣氛凝重到就像要去參加葬禮一樣。

以至於，當趙菁領著他們在佳沃前檯邊停住時，差點就反射性地拿出奠儀，幸好及時收手了，要不然今天這個合約多半也是簽不成了。

被前檯領到會議室後，趙菁實在忍不住了：「你們是怎麼回事？不過就是來簽個約而已，有必要搞得這麼隆重？」

「因為今天跟我們談合約的可不是之前那個客戶經理，是佳沃的客戶總監啊！」回答他的是坐在他身旁的市場策劃主管。

趙菁不明就理地蹙了蹙眉：「那又如何？」

「他們家這個客戶總監很會為公司爭取利益，我有好幾個朋友跟她合作過，說是跟她談合約必須高度精神集中，稍有差池就會簽下不平等條約！」

「這麼刺激？」

「刺激什麼呀！趙經理，你別太掉以輕心了，這個女人什麼事都幹得出來。」說著，他朝著會議室門口張望了下，見梨若琳還沒來便神秘兮兮地湊到趙菁身邊，低聲說道，「她跟佳沃原來的客戶總監在一起過，都快要結婚了，對方很信任她的，什麼事都告訴她，結果被她擺了一道。」

趙菁饒有興致地挑了挑眉：「怎麼擺的？」

「聽說那個客戶總監跟朋友合夥註冊了一家廣告公司，然後利用職務之便把佳沃的客戶拉去那家公司，結果被人發匿名郵件檢舉了。他被開除後，梨若琳就接替了他的位置，那封匿名郵件肯定是她發的。當然了，她會被邵積器重也不是沒道理，這女人很會為公司爭取利益，我朋友跟她合作過，說是跟她談合約很累，必須全程繃緊神經才行！」

「你聽誰說的？」

「大家都這麼說啊。」

「呵，大家……」趙菁不以為然地撇了撇嘴。

是啊，大家都這麼說，關於佳沃這個客戶總監的事他當然也略有耳聞。

傳說她是個很可怕的女人，被她當作踏板的人不計其數，搞定客戶的方法也是無所不用其極。

但是傳說是個更可怕的東西，白的傳著傳著也會變成黑的，活的傳著傳著也會變成死的。

這一點趙菁深有體會，就好比邱生和肖樂、Hayden明明是再單純不過的友情，卻被那些不明真相的圍觀群眾硬生生渲染成了一段狗血的三角戀。

因為親歷過以訛傳訛，所以趙菁認為外界對梨若琳的評價毫無參考價值，甚至有些不屑。

然而，現實狠狠打了他的臉。

門外傳來了一陣高跟鞋聲，他面前的那幾個主管瞬間正襟危坐，氣氛比剛才更加凝重。

很快，梨若琳的身影透過會議室的玻璃牆映入了他的眼簾，跟他腦補出來的形象差不多，白色襯衫束在九分西裝褲裡，披著黑色的西裝小外套，長髮綰得一絲不苟，全身上下透著一股濃濃的白領精英氣息，本身就有些英氣的五官再配上那副不苟言笑的表情，確實散發著不怒自威的氣勢。

眼看著她就要跨入會議室……

「梨總。」忽然有道輕喚聲從她身後傳來。

她停住腳步，轉身看了過去。

來人是創意部那邊被程曉璐選作備用方案並最終發表的那個創意組長，雖然年近四十，但保養得很好，氣質相比梨若琳要溫和不少。

她笑瞇瞇地停在了梨若琳跟前，掃了眼會議室之後詢問：「派索今天來簽約嗎？」

「嗯。」梨若琳微微點了下頭。

「要打電話給曉璐通知一下嗎？」她笑著問，很明顯話中有話。

按道理講，早在派索通知他們提案通過時就應該打電話通知程曉璐了，但是聽客戶部的人說，梨若琳一直壓著不准任何人聯繫程曉璐。

這麼一來，難免會有人揣測梨若琳是不是想要搶走這個客戶，她也但願這只是揣測。

她跟程曉璐算不上有什麼交情，只是印象還不錯，是個挺拼命的人，行事風格也一直光明磊落，雖然共事了那麼多年，但這還是她們第一次合作。她這個年紀做廣告創意其實已經不太合適了，邵總也找她談過很多次話，認為她很多想法都太過陳舊。

程曉璐最終會選用她的提案，這是連她自己都沒想到的事情。

她倒也不是說有多感恩，只是覺得總該禮尚往來一下。

面對她拐彎抹角的質問，梨若琳面無表情地回道：「沒那個必要，這種長約讓她一個客戶經理來談不太合適。」

「也不是說要她回來談合約，但派索畢竟是她負責的，都已經要簽約了，總該讓她知道一下。」

「我說了沒這個必要。」梨若琳冷聲打斷了對方。

「……」面前的女人面色有些尷尬。

「還有什麼事嗎？客戶在等我。」

她沉默著沒有說話，直到梨若琳自顧自地轉身離開，她才再次啟唇：「我沒想到妳居然連自己親手帶出來的徒弟都要利用。」

這種公司內部糾紛就不能把會議室門關上再說嗎？

趙菁不可避免地聽到了她們的對話，讓他意外的是，梨若琳沒有解釋，也沒有絲毫動搖，充耳未聞地兀自跨進了會議室。

就在跨進會議室的瞬間，她彎起了嘴角，勾勒出一抹非常公式化的淺笑，邊順手帶上門邊歉然地道：「不好意思，讓各位久等了。」

無數目光齊刷刷地落在了趙菁身上，等著他開口。

他也算是不負眾望，歪頭看了眼門外，明知故問：「程經理呢？」

梨若琳笑容依舊：「她正在放假，合約事宜由我來接洽。」

「這樣啊……」趙菁意興闌珊地靠在椅背上，直勾勾地看了她一會兒，「合約呢？」

梨若琳將已經列印好的合約範本分發給他們。

趙菁低頭翻閱起來，時不時跟坐在另一邊的公司法律顧問討論。

他還是有些意外的，這份合約很尋常，並沒有什麼太過不合理的附加條件，當然，細節方面還是需要再磨合的，畢竟他也算是出了名的擅長為公司爭取利益。

他端正坐姿，正打算開啟一場漫長的拉鋸戰……

砰——

會議室的門突然被人用力推開，動靜頗大，瞬間吸引了眾人的目光。

梨若琳抬眸看了過去，眼見是正處於停職狀態的高城，不禁蹙了蹙眉：「你幹什麼？沒看到這邊正在開會嗎？」

高城顯然已經顧不上那麼多了，咬牙切齒地問：「程曉璐呢！」

「不在這裡。」梨若琳低頭翻看起合約。

見狀，趙菁好笑地揚了揚眉，這份合約她應該已經推敲過很多次了，還有必要再看嗎？很明顯就是不想理會這個男人吧？

然而對方並沒有因此放棄，又一次質問道：「我聽說前不久邵總找她談過，今天我就接到公司的勸退電話了，她到底跟邵總說了什麼？」

「不知道。」

「她根本就是為了自保犧牲我！」

終於，梨若琳抬起頭看向他：「我說了，她不在這裡，她也在放假。」

聞言，高城微微一愣，片刻後才再次大吼：「你們打算連她都犧牲嗎！」

「這是公司的決定。」

「洩露提案的人不是我，也不是程曉璐，是阮靈！這種事情只要稍微調查一下就能找到證據，憑什麼要我和程曉璐來擔這個責任！」

梨若琳臉色一沉：「出去。」

「妳不幫我也就算了，程曉璐不是妳的徒弟嗎？」

她沒再說話，自顧自地拿起了會議桌上的內部電話，聯繫辦公大樓的保全。

直到保全把高城拉走之前，他的叫囂聲就像瘋了一樣一直都沒有停過，以至於當他離開後，會議室安靜得反而讓人有些難以適應。

相比之下，梨若琳還真是相當處變不驚，她迅速重拾笑意看向趙菁：「合約有什麼問題嗎？」

當然有！換作平常，趙菁起碼能從這份合約裡找出不下十個問題，但是在剛才那個小插曲之後，看在邱生的面子上，他咬牙做出了重大犧牲：「沒問題！」

這話不僅讓在座的一眾主管愕然，連梨若琳也有點驚訝。

好一會兒後，她才反應過來：「趙經理還真是爽快。」

「先別急著誇我，我還是有附加條件的。」他暗暗深吸了口氣繼續道，「能不能在合約上寫清楚，必須由程經理來負責？」

「這我恐怕做不了主。」梨若琳想了想，「不過如果貴公司堅持的話，您或許可以找邵總談談。」

「你們家邵總今天有空嗎？」

「我可以幫您問一下。」說著，她再次抓起面前的電話，撥通了邵總辦公室的內線。很快電話就接通了，她看了趙菁一眼，對著話筒道，「邵總，派索的趙經理想來拜訪你一下，你現在有空嗎？」

「……」這個詢問方式讓趙菁有些意外。

還以為她會千方百計阻止他去見邵積才對，畢竟客戶僅有的要求，邵積十之八九是會答應的，如此一來，她必然就搶不了程曉璐的客戶了。然而，她的這個詢問方式充滿了不合理，客戶主動提出的拜訪，邵積怎麼可能拒絕？

誠如他所料，很快梨若琳就掛斷了電話，微笑看向他：「走吧。」

他沒再多想，站起身轉頭對著那幾個主管交代了一句：「你們先回去吧。」

眾人雖然困惑，但一想到他們家這位趙經理向來讓人捉摸不透，便都沒再多說什麼。

之後的發展就跟趙菁所想的一樣，邵積很輕易地答應了他的要求。

梨若琳禮貌地把他送到了公司門口，他愈想愈覺得不對勁。

「妳……」趙菁忽然停住腳步，「妳是不是故意的？」

「嗯？」梨若琳轉過身，不解地看著他。

「妳根本就沒有想過要搶程曉璐的客戶，公司也沒有打算要開除她，只是正常給她放假，是嗎？」

雖然是疑問句，但趙菁基本已經肯定了自己的猜測。

就算是初出茅廬的新人也知道公司內部矛盾無論如何都不該讓客戶看到，身為客戶總監的她沒道理會想不到這一點。剛才在會議室外面被質問的時候為什麼不關門？那個男人闖進會議室的時候，她為什麼沒有把對方領出去再談？因為她根本就是想讓他聽到吧！

先不說他本身對程曉璐印象不差，就憑程曉璐和邱生的那層關係，在聽到那些事之後他也一定會想方設法幫她一把，而這似乎就是梨若琳想要的。

對此，她也並不否認：「趙經理，我好像從來沒有說過要搶程經理的客戶，更沒說過公司要開除她吧？」

中計了！他一反常態地爆了聲粗口，狠狠瞪著面前那張虛偽的笑臉。

傳言果然沒錯，這個女人很會為公司爭取利益！她一定是清楚他和邱生的關係，早就料到在那種情況下他可能會放棄爭取更多有利條款來保程曉璐！

「抱歉、趙經理，我還有事要忙，就送你到這裡吧。」說著，她禮貌地幫他按了電梯按鈕，比了個「請」的手勢。

他咬了咬牙，不甘地跨進電梯。

直到電梯門關上，他終於忍不住了，懊惱不已地一頭撞在電梯門上，恨不得把自己給撞死。

劇烈聲響就連電梯外的梨若琳都能清晰聽到，她怔了怔，片刻後失笑出聲。

怎麼可能是故意的呢？她最多只能算是順勢而為。

迄今為止她接觸過無數客戶，跟形形色色的人打過交道，他們唯一的共同點就是——人不為己、天誅地滅。會為了朋友而犧牲掉自身利益的人，她認為是不存在的，又怎麼會把談判籌碼全押在這種事情上。

當然，她很慶倖碰到一個例外，這個例外讓她覺得面前那一個個冰冷枯燥的辦公室隔板多了一絲暖意。

♪

明天就是顧惜的婚禮了，雖說該準備的其實都已經準備得差不多了，但這種大日子愈是臨近就愈緊張，生怕出錯，於是大家依舊手忙腳亂著。

幸好顧珍終於良心發現，給程曉璐和邱生放了一天假。儘管如此，這個小鎮也就那麼一點大，該逛的也都逛得差不多了。

本來無所事事的一天，卻被一通電話打斷了。

「程曉璐，妳再不回來就要失業了！」手機裡傳來了春花的喊聲。

程曉璐眨眨眼，有些茫然：「怎麼了？」

「派索今天跟公司簽約了，梨若琳一直壓著不讓人通知妳，絕對是想搶妳的功勞！」

「妳想多了吧。」她不僅是梨若琳的下屬，還是梨若琳親手帶出來的人，她的功勞本來就有一半得歸功於梨若琳，根本沒有必要大費周章地搶。

「是妳想得太少！公司確定洩露提案的人是高城，已經勸退了。據說人事部馬上就會布達給全公司，這可不是被開除那麼簡單啊，一旦出了布達，以後他都別想在廣告圈繼續混了！剛才高城去找過梨若琳，聽她的意思，公司打算連妳也一起開除！」

「怎麼會，我沒有接到勸退電話啊……」如果是打算開除她的話，那她應該也跟高城一樣接到公司的勸退電話才是。

「誰知道他們到底在打什麼算盤啦！總之妳趕快回來吧，我想來想去，能找到證據證明高城清白的人或許只有妳了。他肯定是清白的，打死我都不相信他會做出那種事！妳回來幫幫他好不好？丟了工作沒關係，可是他以後怎麼辦啊？都已經在廣告圈混了那麼多年，不做廣告還能做什麼啊？」

那之後，春花的語氣愈來愈近乎哀求了，但程曉璐一直沒有給她明確的答覆。

春花跟高城的關係是整個公司都知道的事，之前表現得還算平靜也是因為她相信高城、相信公司，儘管被留職停薪，但公司應該馬上就能查出真相還給他一個公道，結果最後的「真相」竟然是這樣，也難怪春花會急成這樣。

程曉璐能夠理解，可是公司那邊現在到底是什麼情況她也不清楚，從春花的話聽來，她簡直就是自身難保，要怎麼去保別人？

掛斷電話後，她有些猶豫。

她不認為春花對高城是出於主觀喜好的盲目信任，因為直覺告訴她，這件事沒那麼簡單。

說是直覺，但其實也並非毫無根據。

「怎麼了？」見她接完電話後整個人變得不太對勁，邱生不免有些擔憂。

沒錯，她的根據就是邱生！

她回過神，驀地轉頭看向邱生：「公司確定洩露提案的人是高城了。」

聞言，邱生微微愣了下才問：「他自己怎麼說？」

「當然是無法接受這種結果了。」

「哦。」邱生撇了撇嘴，沒有再多說什麼。

程曉璐定定地看著他，追問：「你沒有話要跟我說嗎？」

「什麼話？」他反問。

她深吸了口氣，索性直言了：「不是他對不對？你之前安慰我的時候說過『就算曾經再親密無間也未必能一起走到最後，漸漸開始各行其道是很正常的事』，這種話不可能是針對高城的，我跟他最多也就是合作比較多的搭檔而已，也不至於用『親密無間』來形容。」

「……」這女人果然不太好糊弄。

見他依舊不說話，程曉璐內心的猜測也就更加肯定了，「是不是跟阮靈有關？」

「如果是呢？」邱生目不轉睛地看著她，「妳打算怎麼做？去跟公司說出真相嗎？證據呢？沒有證據妳覺得公司會相信妳嗎？」

「證據可以查啊！」

「妳覺得妳能查到的事，邵積會查不到嗎？」

「……」

「我可以很明白的告訴妳，這件事的確是阮靈做的，那陣子她跟MK接觸很頻繁，也一直在想方設法刻意接近高城，因為這樣，所以我才會阻止妳採用高城的提案。」他們公司創意部的那幾個組長個個都是人精——除了高城，「我不是不相信他的為人，好歹也合作了那麼多次，他是怎樣的人我還是很清楚，可是就他那智商，完全不是阮靈的對手。」

「該、該不會他跟阮靈……」程曉璐有些難以啟齒，恕她淺薄，能想到的只有美人計。

「那倒不至於，雖然我猜阮靈原本的確是這麼打算的。比稿那天，我來派索找妳之前跟高城聊過，對於提案洩露的事情他表現得也很驚訝，前不久他曾經在酒吧遇見阮靈，說是因為流產的關係每天都在跟、跟她老公吵架……」說到這裡的時候邱生有些吞吐，忍不住暗暗打量著程曉璐的表情。

見程曉璐聽得認真，眼神也沒有片刻恍惚，他鬆了口氣繼續道，「那天她心情很不好，喝了很多酒，高城原本是想打電話給妳，但她堅持不讓，儘管他並不是很清楚妳和阮靈之間究竟發生了什麼事，卻也隱約覺得不太對，結果那晚他把阮靈帶了回家，為了避嫌，他去朋友家過夜了，隔天回家的時候阮靈已經走了，他也沒有多心。現在想起來，大概就是那個時候阮靈拿了他的提案。」

「你相信他嗎？」程曉璐小心翼翼地試探。坦白說，雖然聽起來有點匪夷所思，但她是相信的。

「我相信。」邱生毫不猶豫地點頭。

高城這個人是非分明，有原則、有底線，唯一的缺點就是太單純，同情心還很氾濫。

「太好了！」得到了認同，程曉璐笑開了。

「我們相信有用嗎？就算妳能找到證據，也並不是所有真相都適合搬到檯面上的，心知肚明是一回事，如何去做是另一回事。既然你們公司最後決定把高城推出來，那就證明這是他們權衡利弊後得出的最好結論，如果妳不想丟掉這份工作的話，我勸妳最好睜一隻眼、閉一隻眼。」

「邵總不是這樣的人。」

「是嗎？」邱生笑了笑，「邵總對妳確實還算不錯，妳以為他為什麼會在這種時候給妳放假？他們是想在妳回去之前解決掉這件事。」

「……」程曉璐驀地震了下。

難怪就連派索跟公司已經簽約了，梨若琳也不讓人通知她，並不是想搶她的功勞，而是怕她回去之後多事嗎？

「當然了……」邱生伸出手揉了揉她的頭，「如果妳覺得無論如何都沒辦法昧著良心來換取安穩，那就去做吧。我會陪著妳的，大不了以後就讓我來養，對我來說簡直求之不得。」

「呿！」程曉璐沒好氣地揮開了他的手，「你才養不起我呢。」

「別看我這樣，我也是很能賺錢的！」

「知道啦、知道啦！」對於邱生的能力，她沒有絲毫懷疑，「可是就算你能讓我衣食無憂，那也只是物質上的吧，我的精神世界你養不起的。」

「我可以帶妳去很多地方，看很多風景。」

「可是那是你的舞臺，不是我的。」

「……」

「不過，我倒是的確有個地方想去，陪我去吧。」

「好。」他想也不想地點頭，一副就算天涯海角也會陪著她的堅毅表情。

♪

沒有天涯海角那麼誇張，程曉璐想去的只是一個離他們小鎮不遠的小村落，那裡有個不怎麼起眼的學校。

準確來說，是程曉璐堅持把它稱之為學校的，邱生怎麼看都覺得那都只是幾排磚瓦房，房子裡有課桌、黑板、講臺，倒是都挺新的。相較之下，被稱為校長辦公室的那間小茅屋實在是破得讓人心驚。說是辦公室，裡頭卻擺著一張床，床單鋪得很整潔，看起來雖然舊但是並不髒，角落裡有個簡易型的電磁爐，旁邊桌上擺放著一些油鹽醬醋、鍋碗瓢盆。

「校長，你還住這兒啊？」程曉璐蹙眉打量四周，能十幾年如一日的，大概就只有這間小茅屋了。

被程曉璐稱為校長的是個六十多歲的男人，臉上的皺紋幾乎遠超過了他的真實年齡，眉宇間的滄桑卻有著格外乾淨的笑容，樸實得讓人心頭莫名溫暖。

「住習慣了……」校長邊說著邊轉頭打量起邱生，「這就是你先生？」

「嗯嗯！」程曉璐用力點頭，轉頭向邱生介紹起來，「他是我小學時的校長。」

「校長好。」邱生連忙問好。

「好好好——」校長微笑著直點頭，「怎麼稱呼呀？」

「姓邱，邱生。」

「邱生？」校長略微愣了愣，很快又重拾親切笑意，「挺好聽的、挺好聽的……」

「……」大叔，你的演技很拙劣啊，臉上分明寫著「怎麼不是沈辰川了」！

「坐坐坐，別站著。」校長走到一旁，翻了兩張折椅出來。

見狀，邱生趕緊上前幫忙。

程曉璐也跟著湊了上去，從校長手中接過椅子，邊把椅子展開一邊詢問：「這裡怎麼這麼熱鬧，外頭那些人都是幹嘛的呀？」

「市裡面來的人，說是要幫忙建新校舍。」

「哇——」曉璐驚訝地喊著，「你可總算是想通了呀。」

市裡的人很久之前就來過，那時候程曉璐還沒上大學，說是要來報導校長的事蹟，這樣一來，上頭也能撥款給他們建更好的校舍。校長一開始是答應了，結果三天兩頭就有電視臺記者跑來採訪他，還非得讓他把自己掏錢買的那些比較新的東西全都收起來，布置得愈破愈好，還去打擾那些小孩子，跑上去就問人家「父母什麼時候去世的」、「是不是連飯都吃不飽」、「每天上下學要走幾里路」……

程曉璐因為好奇也來圍觀過好幾次，結果每次都看到那些記者眼眶含淚、孩子們一臉茫然。

後來校長發怒，把所有人都趕走，從此再也不肯接受任何援助。

「沒辦法，這也是為了孩子們好，我們這邊現在的教學設備和師資確實是不行啊。這次我跟他們談好了，採訪可以，找我就行了，別去打擾小孩子，不僅要撥款，還得簽支教[36]協議。孩子愈來愈多了，我們需要老師，說到這……」校長忽然想到了什麼，「剛才那些人說錢馬上就能撥款下來了，工程隊也都已經聯絡好了，上次阮靈來的時候我也跟她講了，我現在不缺錢，你們兩個以後別再匯錢給我了。」

「阮靈來過了？」程曉璐有些意外。

「是呀，剛回國的時候來了一趟……」校長困惑地皺了皺眉，「她沒跟妳提過嗎？我前陣子打電話給她，她還說現在跟妳在同一間公司上班呢。」

「……」

程曉璐的沉默讓校長很快察覺到了什麼：「妳們倆怎麼了？吵架了？」

「怎麼會……」

36 支教：指支援落後地區國中以下學校的教育和管理工作。

「雖然是同一間公司，不過他們公司部門多，平常又忙，反而見面的機會不多。本來這次阿姨結婚阮靈也想一起回來的，結果請不出假。」邱生及時幫她解了圍。

「難怪……」校長不疑有他地接受了這個說法，「大城市的人生活節奏倒是很快，所以我才寧可待在這裡嘛。」

每次校長一念叨起大城裡的生活就會刹不住車，就這樣絮絮叨叨了一下午。

臨近傍晚，程曉璐和邱生才離開，湊巧孩子們也放學了，正在校舍前的空地上玩鬧，陣陣嬉笑聲讓人覺得格外恬靜。

程曉璐拉著邱生悠閒地從他們身邊走過，漫不經心地說著：「你別看校長這樣，他原先還是教育局的人呢。後來被派到這邊的公立小學當校長，因為助養阮靈，從此就在公益的道路上向前奔馳，甚至還乾脆辭職了呢。我一直覺得校長是個特別偉大也看得特別透澈的人，每次迷茫的時候就想來跟他聊聊，雖然好像也沒聊到什麼實質性的東西……」

「可是妳應該已經找到答案了吧？」邱生忽然問。

程曉璐略顯詫異地看向他，片刻後才點了點頭：「嗯。」

人類這種生物，之所以能站在食物鏈的最頂端，就是因為適應能力極強，沒有人是一成不變的，為了能更好生活就必須去改變。有些東西是無論如何都不能拋棄的，如果只是一味地饕食，那麼人類和其他生物還有什麼分別？

她不想變成一具行屍走肉，生而為人，就該像個人。

♪

既然已經決定了，那就沒什麼好猶豫的了。

參加完阿姨的婚禮，隔天一早，程曉璐便和邱生馬不停蹄地趕回家。

本來是打算直接進公司的，但是她想了想，還是覺得應該要回去放個行李、洗個澡、換身衣服、化個妝，把自己收拾乾淨了再去戰鬥，這樣看起來比較有氣勢。

她很快就後悔了，就是那麼不巧，正好有人在搬家，兩部電梯都聞風不動地停在一樓。

眼看著隔壁人家門戶大開，門前還堆著許多雜物，看起來應該就是這邊在搬家了。

程曉璐有些好奇地朝裡面張望著，不知道新來的鄰居會是什麼樣的人。

「妳在幹什麼？」邱生打開門，正打算下去倒垃圾，碰巧撞見她站在別人家門口探頭探腦。

「啊！」聞言她驚了下，猛地轉頭，眼見是邱生後才鬆了口氣，「在等電梯啊。」

邱生指了指隔壁人家的大門：「這是電梯嗎？」

「這不是還沒上來嘛……」她撇了撇嘴，「反正無聊就看看新搬來的鄰居是誰啊。」

「說得好像妳常跟鄰居打交道似的。」

「那我至少知道原先住我們隔壁的是對小夫妻啊。」

「誰跟妳說他們是夫妻的？」邱生沒好氣地瞥了她一眼，「人家只是情侶，還沒結婚呢。」

「咦？是這樣嗎？」

「嗯，那個男孩子是東北人，女孩子是個南方人，女方家裡對東北人有偏見，總覺得女兒會被家暴，所以一直不同意他們在一起，於是他們就私奔跑來這邊了。」

「居然是私奔的？」程曉璐一驚一乍地喊著，「這私奔條件不錯啊，還買了房？」

「是租的。」

「哈？」

「女方父母總算是答應讓他們在一起了，為了讓他們更加放心，那個東北男孩在女方的老家買了房，說是這樣女孩子也好就近照顧她父母，所以這邊就退租了，差不多也要回去籌備婚禮了。」

「你怎麼什麼都知道？」

「因為那個東北男孩總覺得我們兩個也是私奔的，所以有事沒事就愛拉著我喝酒聊天。」

「……」你到底跟人家說了什麼才會造成這種誤會啊！

邱生轉頭瞥了眼客廳牆上的掛鐘，已經快十一點了，她再這麼耗下去等到了公司都該吃午餐了，

「走樓梯下去吧。」

「哎？」程曉璐愣了愣，連連搖頭，「才不要呢，這裡可是十三樓！很高耶！」

「別找藉口了，妳不就是怕嘛。」

「誰、誰怕了！」

除了她還能有誰？

她腦子裡有無數個發生在樓梯間的恐怖片情節以及兇殺、奸殺案例，而且這裡的樓梯間朝北，也確實比較昏暗，會害怕也是理所當然。只是以前她這麼說的時候總會被他嘲笑，久而久之，她學會了嘴硬，寧可假裝自己只是懶。

「怕就說吧，我不會再笑妳了。本來那樣做也只是為了讓妳能夠更加依賴我一些……」他輕嘆了聲，自言自語般咕噥著，「但是好像用錯了方法。」

「那……」程曉璐猶豫了一下，「你陪我走樓梯下去吧。」

「好。」他綻開笑容。

正當邱生打算轉身關門陪她下樓時，「叮」的一聲，電梯很不是時候地到了。

一堆扛著箱子的搬家工人魚貫而出，見狀，邱生下意識地伸出手把程曉璐拉到了身後。

尾隨在那些搬家工人後面的那道身影忽然頓住腳步，驚訝地朝著他們倆看了過去：「程曉璐！」

「哎？」迎面而來的熟悉聲音讓程曉璐也是一愣，待看清來人後她更加錯愕了，「衛生棉？」

「妳住這裡？」蘇飛眼中閃過一絲欣喜。

「對啊……」她訥訥地眨眨眼，回過神後，有些難以置信地瞪著他手裡的箱子，「你就是今天剛搬來的新鄰居？」

「看來是的。」他揚起笑容，瞥了眼一旁臉色不太好看的邱生，有些故意地道，「以後就請多多指教了。」

「誰有空指教你。」邱生沒好氣地哼了句。

「話也不是這麼說的，這不是多了個地方可以蹭飯吃嘛。」說著，他看向程曉璐，「我記得妳做飯還挺好吃的。」

「那個……」她默默看了眼邱生，雖然不知道為什麼，但總覺得邱生好像不太喜歡蘇飛，「我和我老公工作都挺忙的，平時也不怎麼在家做飯。」這也不完全是藉口，他們確實在外面吃的情況比較多。

「這樣啊，」蘇飛並沒有失望，反而更加激動了，「那就來我家吃飯吧。」

「啊？」程曉璐一愣。

「我還蠻常做飯的。」

「可以嗎？」程曉璐眼睛一亮。

還沒等蘇飛回答，邱生就已經搶先道：「不可以。」

「為什麼啊？」她不解地轉眸朝邱生看去。

「因為……」邱生頓了下，顯然她還沒有意識到蘇飛對她有著超乎友誼的感情，而邱生也不想讓她覺醒。於是他生硬地扯開了話題，「妳不是急著去公司嗎？都已經十一點了，再不出發就要午休了。」

「對哦！」程曉璐被他一語驚醒，連忙跟蘇飛打了聲招呼後便衝進了電梯。

眼看著電梯門緩緩關上，蘇飛才逐漸轉眸看向一旁的邱生：「說出來你可能不信，這真的只是巧合。」

「我信。」

「真的假的？」蘇飛匪夷所思地瞪大雙眸，「連我自己都沒辦法相信，你居然信了？」

「嗯，反正沒什麼差別。」

「什麼意思？」蘇飛蹙了蹙眉，思忖了片刻，「難道你是想說，不管我做什麼都對你們造成不了任何影響？」

邱生意興闌珊地撇了撇嘴：「差不多吧。」

「何來的自信？」

「曉璐給的。」

「你……」

還沒等蘇飛把話說完，邱生就摔上了房門。

碰了一鼻子灰，蘇飛愣怔了許久才回過神來，正打算轉身離開，面前那扇房門又一次打開了。

蘇飛腳步一頓，不明就理地看著門邊的邱生：「幹什麼？」

「拿著，」邱生鄭重其事地將他手中那只袋子放在蘇飛手中的箱子上，微笑道，「喬遷禮物。」

「這根本就是一袋垃圾吧！」一看就是個垃圾袋，當他眼瞎啊！

「你要是不喜歡可以丟掉，沒關係的。」

「喂！有關係的人是我吧！你本來就是想讓我幫你去丟垃圾……」

砰！

大門又一次被毫不留情地關上了。

「……」好好聽別人把話說完啊！

蘇飛陷入了一種前所未有的糾結，新鄰居他不是很喜歡，可是鄰居的老婆他還挺喜歡的，這地方究竟還能不能住？

♪

程曉璐到公司的時候已經快十二點了。

慶倖的是，雖然是午餐時間，但邵總還在辦公室，並且一點都不介意她的打擾。不，確切地說，是非常歡迎她的到來。

「哎呀、曉璐，妳回來啦……」一見到她，邵總便激動地迎上前，緊緊抓著她的手，「我正打算讓若琳打電話給妳呢。」

「發生什麼事了嗎？」太熱情了，程曉璐有點招架不住。

「別緊張、別緊張，是好事……」邊說，邵總邊拉著她入座，「派索那邊已經正式跟公司簽約了。」

雖然她早就知道了，但還是要適當裝傻的：「是嗎？」

但她顯然裝得不太像，情緒看起來很低落，以至於引起了邵積的誤會：「怎麼了？不開心嗎？」

「當然開心，只是……」她略微猶豫了下，還是決定直截了當些，「我聽說公司已經確定洩露提案的人是高城了？」

「哦、是因為這件事啊。」他語重心長地拍了拍程曉璐的肩，「我明白妳的感受，畢竟妳跟高城合作了那麼多次，無論如何都想不到他居然會背叛妳吧？」

「不是，邵總、我不是這個意思……」程曉璐頓了頓，最終還是鼓起勇氣說了下去，「我覺得高城不像是會做這種事的人。」

聞言，邵積愣了愣。

她絕對不是唯一一個這麼覺得的人，但正所謂牆倒眾人推，事已至此，大部分人會選擇明哲保身，她居然跑來替高城說話？

其實也不算太意外，換作是以前的程曉璐，確實是這麼橫衝直撞的人。可是之前聊過之後，他以為她總算有所成長了，現在看來，還是老樣子，依舊無知者無畏。

他漸漸回過神，不動聲色地重拾笑意：「為什麼這麼說？單單是因為妳相信高城的為人，還是說妳知道真正洩露提案的人是誰？」

程曉璐沉默了好一會兒後才深吸了口氣繼續道：「是阮靈。」

邵積瞬間褪去笑意，面色凝重地看著她：「事關重大，妳確定嗎？」

「嗯！」她堅定點頭。

「有證據嗎？」

「現在還沒有，但是我一定會找到的，能不能給我點時間？」

邵積想也不想地道：「三天。」

「……」三天哪夠啊！

「三天已經是極限了。這件事總公司那邊盯得很緊，我也有壓力，必須儘快給出處理結果。」

話都說到這份上了，程曉璐顯然不可能繼續討價還價，只能接受：「我儘量。」

「嗯。」邵積點了點頭，「我明白妳想要幫高城的意思，但是工作也不能疏忽，既然回來了就儘快約派索的市場部經理見面談一下細節。」

「好……」程曉璐欲哭無淚。

「妳看起來好像很不情願啊。」

「沒有啊。」

「是不是覺得這樣一來妳連三天的時間都沒有了？」

「……」知道還問，是故意的嗎？說什麼給她三天時間，其實只是在敷衍她嗎！

「在我看來這兩件事並不衝突。」見她一臉茫然，顯然是沒聽懂他的言下之意，邵稹又補充了一句，「不如說，或許反而會有些收穫？」

「啊？」

「聽說比稿的時候，MK的順序就在我們前面，妳覺得這只是巧合嗎？」

「顯然不是。」她還記得，趙菁試圖調整她的發表順序時，他們MK的決策層裡曾有人強烈反對，那或許是因為內部鬥爭為反對而反對，也或許是對方跟MK有勾結，從當時的情況來看，程曉璐更傾向於後者。

「所以囉……」邵稹聳聳肩，「憑妳跟他們市場部經理的關係，說不定能從他那裡打聽到什麼。」

「嗯嗯！」程曉璐感激地衝著邵總直點頭。

對於剛才還覺得邵總只是在敷衍她的這件事，她覺得有些羞愧，不僅不是敷衍，分明是在幫她啊！

♪

有了邵總的提點後，程曉璐頓時覺得如虎添翼。

她立刻打電話給派索，趙菁也很配合，很快就敲定了下午兩點見面。

雖然說是想去拜託趙菁幫忙找找證據，但正事也不能耽誤。好在放假期間創意部重新完善了那份備用提案，和這份提案有關的各種資料Apple他們在放假前也做過系統化的整理，她只需要再熟悉一下就好，即使她這邊的那幾個客戶執行要下週一才回來上班，她一個人也不至於太過手忙腳亂。

兩點整，程曉璐準時抵達派索。

前檯禮貌地把她帶去了小會議室，泡好咖啡、送上點心，沒多久趙菁就來了。

只有他一個人，並沒有帶其他市場部的同事，就憑這個陣容是敲定不了什麼事的，顯然他也只打算先聊一下大概方向。

既然選擇跟佳沃合作，那就說明他們的想法和理念還是比較相近的，基本上沒什麼分歧。於是，只談了一個多小時，工作上的事情就差不多已經聊完了。

「能再耽誤你一些時間嗎？」眼見他開始整理東西，程曉璐趕緊問。

「當然。」趙菁頓住了手上的動作，好奇地看向她，「是有什麼私事要找我聊嗎？」

「也不能算私事……」程曉璐直截了當地說明了來意，「是關於之前比稿時提案洩露的事情。」

聞言，趙菁挑了挑眉：「妳是想讓我幫妳查一下派索這邊有沒有人跟MK勾結嗎？」

「嗯。」程曉璐點了點頭，不太好意思地道，「給你添麻煩了。」

「倒也不算麻煩，畢竟我們要跟佳沃長期合作，如果公司內部有人跟MK有些不恰當的交易，我這邊也會很困擾。只是……」趙菁停頓了下，「我聽說佳沃那邊已經找到洩露提案的人了？」

「你也聽說了？果然這件事鬧得很大呢。」自言自語般咕噥了一句後，程曉璐略微整理了一下思緒，深吸了口氣繼續道，「確實，我們公司這邊目前認為洩露提案的是之前策劃這個提案的創意部組長，甚至連處理方案都出來了。可是這樣一來，那位組長就不單是被辭退那麼簡單，一旦留下這種汙點，將來都很難在廣告圈繼續待下去。如果真的是他做的，那只能說是罪有應得，可是這件事與他無關，他是個比我更加無辜的受害者，要不是因為我的關係，他說不定也不會被捲入，所以我希望多多少少能夠幫到他一些。」

「前因後果我之前聽邱生大概提過一些……」趙菁用手支著頭繼續問，「我比較好奇的是，妳為什麼那麼確定高城是無辜的？」

「啊？」程曉璐不解地眨著眼。

「他說的那些話很有可能只是自保的謊言吧？說不定他根本沒能抵擋妳那位前閨蜜的誘惑，提案也是他主動交出來的呢？」

程曉璐想也不想地道：「可是邱生相信他啊。」

「就因為這個？」趙菁好笑地撇了撇嘴，「妳有所不知，邱生是個相當主觀的人，他做事連邏輯都沒有，更別說是根據了，從來只憑自己的喜好做事。」

「我相信他的主觀！」程曉璐信誓旦旦地道。

「真是敗給妳了。」趙菁無力地扶額，「邱生知道妳打算追查下去嗎？」

「我也不知道他知不知道。」

「……」

「我好像沒有明確說過，他也沒有問過，唔……」她回想了一會兒，「反正就是一副讓我儘管去做自己想做的，還說大不了他來養我。」

「這樣啊……」他陷入了沉思。程曉璐或許未必清楚這麼做的後果是什麼，但邱生一定清楚，既然連邱生都默許了，那身為朋友的他自然也就只能鼎力相助了，「我會儘快幫妳查清楚的。」

「真的嗎？」程曉璐眼眸都發亮了。

「嗯，不過……」眼見她那副模樣，趙菁都有點不忍心潑冷水了。但與其讓她之後失望，還不如先把醜話說在前面，「我這邊最多只能提供MK跟派索之間存在過非法交易的證據，憑那些恐怕還不夠定妳那個前閨蜜的罪。」

「沒關係、沒關係，我會再想想其他辦法的。」

♪

說是這麼說，但程曉璐認為只是這樣已經夠了。

就算沒辦法指證阮靈也無所謂，她本來也不是非得置阮靈於死地，只是不希望高城被牽連。

可讓她沒想到的是，隔天中午，她接到了一通意料之外的電話，沈辰川打來的。

「是我。」手機那頭的他連自報家門都懶得說，彷彿確信只憑這兩個字程曉璐就能認出他。

然而，事實也的確如此。

程曉璐握著手機，呆坐在辦公桌前，好一會兒後總算回過神來：「有事嗎？」

「方便見個面嗎？」

「不是很方便。」

她話還沒說完就被沈辰川打斷：「我有些東西要給妳。」

「你如果是想把我以前送給你的那些東西還給我的話，那大可不必那麼麻煩，直接扔了就好。」

「那些東西妳覺得我還有可能留著嗎？」

「……」渾蛋！是來找碴的嗎！

「我聽說派索在替妳查MK竊取提案的事，我這裡有些東西妳應該會有興趣。」

果然，程曉璐的興趣被點燃了，她猛地坐直，話音裡透著激動：「是什麼？」

沈辰川並沒有給出正面回答，又重複了一遍：「方便見個面嗎？」

「方便！」她毫不猶豫地回道。

「嗯、那今晚一起吃個飯吧，地址我晚點傳訊息給妳。」

程曉璐陷入了猶豫，不由自主地朝著阮靈的座位看了過去，那道忙碌的身影絲毫沒有察覺到她的目光。她匆忙別開視線，莫名覺得有些心虛，但轉念一想，她有什麼好心虛的？她跟沈辰川又不是為了私事才見面的！

她放下了顧慮，對著手機啟唇：「好！」

可是她忽略了她跟沈辰川之間根本不存在身正不怕影子斜，就算光明磊落，在別人看來依舊曖昧，她也忽略了在她挪開目光後不久，阮靈突然停下了手上的工作，噙著冷笑轉頭朝著她看去。

9 出走半生，歸來仍是少年

多久了？有多久沒有跟沈辰川這樣面對面一起吃飯了？

程曉璐試著回憶了一下，好像也就五年多吧，卻有種恍如隔世的感覺。

那些模糊的記憶裡也存在著清晰的部分，比如她還清楚記得當年的餐廳沒有那麼高檔，學校附近的小餐廳牆壁是油膩的、桌椅是老舊的，就連碗緣都有缺口，他們卻吃得很開心。

當年的環境沒有那麼幽靜，老闆的吆喝聲、服務員的嚷嚷聲、回收舊電腦電視機的喇叭聲，還有鳳凰花開到荼的聲音，但歲月格外靜好。當年的他們總是聊著毫無營養的話題，愛不愛我，有沒有想我，吃完飯去哪裡逛逛，但那些尋常是從此再也不可能有的。

「妳是不是想到了以前？」沈辰川的聲音將她拉回了現實。

「沒有啊……」程曉璐笑了笑，「你要給我的東西呢？」

有些唏噓的笑容讓她的否認顯得毫無說服力，沈辰川並未揭穿她，默默將一個文件袋遞給她。

程曉璐抬手接了過去，好奇地打開，裡面有一堆從電信公司調查出來的通話紀錄，還有列印出來的通訊軟體和郵件紀錄。

「這個手機號碼是跟妳一起參加比稿的那個MK客戶經理的，但我不確定號碼是不是本人所有，妳可能還需要再去查一下……」沈辰川指著通話紀錄單上的一串號碼說道，接著又指了指剩下的那些紙，「那些聊天紀錄還需要我說明嗎？」

「不需要了。」程曉璐粗略翻看了聊天紀錄，幾乎已經把他們的交易過程完整呈現。

「嗯。」沈辰川點了點頭，「提案是透過電子信箱發送的，可惜我列印出來的資料只能顯示那封郵件有附件，具體附件內容沒辦法查看。不過我認為，有這些已經足夠了。」

「……」何止足夠，簡直能讓阮靈無法脫罪。

見她一臉愕然，沈辰川挑眉詢問：「怎麼了？」

「只是覺得……」她皺起眉心，「你為什麼要這麼做？」

一般來說，會有人像這樣幫著外人來對付自己老婆嗎？反正她是無法想像，她覺得打死邱生也絕對不會做這種事。

當然，如果他們之間已經鬧得不愉快那就另當別論了。但這並不是程曉璐需要關心的，她關心的是會不會還有什麼陰謀？沈辰川真的是來幫她的嗎？

「擔心我在挖坑給妳跳嗎？」只一眼，沈辰川便看明白了她的顧慮。

「……」內心戲被猜中，程曉璐難免有些尷尬。

「我只是還不想放棄她。」

「什麼意思？」

「任由她這樣下去的話，我和她一定會漸行漸遠，離婚是遲早的事。趁還來得及，我希望能做些什麼。」

「道理我懂……」嗯，出發點是對的，只是程曉璐不太明白他的邏輯，「可是你這麼做不是更可能導致離婚嗎？你知道吧，阮靈很介意我和你的事，她不會認為你這是在挽救你們的婚姻，只會覺得你在幫我。」

「那又如何？」沈辰川瞥了眼桌上的那些資料繼續問，「證據現在就擺在妳面前，妳會因為這個或許會導致我和阮靈離婚就放棄嗎？」

「……」做不到，他們會不會離婚她一點都不關心，對於現在的她而言，這甚至還沒有被她連累的高城重要。

「既然沒辦法做個聖母，那起碼不要當個偽善者。」

話都已經說到這份上了，她還有什麼好猶豫的：「那我就不客氣了。」

沈辰川衝著她笑了笑，將菜單遞給她：「點菜吧。」

程曉璐猶豫著並沒有伸手去接。

其實正事已經談完，這頓飯根本就沒有繼續下去的必要，總覺得誰都不會有胃口。

看出了她的想法後，沈辰川啟唇道：「我們至少安安靜靜地一起吃頓飯吧，以後都不會再有這種機會了。」

這算什麼？聽起來好像「拆夥飯」。

也是，他們之間甚至都沒有好好地說過再見，就當是正式畫下句點好了，一個有缺憾但總算還挺圓滿的句點。

這麼一想，程曉璐也釋然了，落落大方地接過菜單，邊翻看邊調侃道：「醜話先說在前頭，我比以前能吃多了，等一下買單的時候你可別心疼啊。」

「放心，我也比以前有錢多了。」

「喲——」曉璐抬了抬眸，對著他直挑眉，「衝著你這句話，我不吃到肚子撐圓了，感覺都有點對不起你啊。」

「只要妳別像之前吃日料的時候真的扶著牆吐就好了。」

「好意思說，那次你也吃很多吧？沒吐是因為你中途偷偷去洗手間吃了胃片！」

「原來妳都知道啊。」沈辰川有些失神。

「拜託！」程曉璐沒好氣地白了他一眼，「你也不藏好，都從口袋裡露出來了，我又不是眼瞎。你不知道我當時有多糾結，超想讓你也給我一片的。」

「為什麼不說？」

「總得給你點面子啊。」

沈辰川失笑出聲，調侃道：「看不出來妳這麼體貼。」

「是哦，差點忘了，在你和你那些舍友眼中我就是張揚跋扈、咄咄逼人吧？」程曉璐邊翻看菜單邊嗤了聲，漫不經心地咕噥了起來，「呿，也不曉得你們是怎麼得出這種結論的，雖然我追你的時候確實死纏爛打了點，可是我又沒拿刀架在你脖子上逼著你跟我在一起。話說回來，那陣子我明明都已經放棄了，也沒有再去煩過你了，是你自己突然跑來找我，跟我們教授似的一臉嚴肅地指責我沒恆心，怎麼可以半途而廢，因為這樣我才繼續纏著你的吧？其實你那些高冷都是裝出來的吧，內心深處明明享受得要死……」

「嗯。」

程曉璐驚愕地抬頭看著他：「嗯？」

「嗯。」

「……」什麼情況？居然不否認？

「每次被人指指點點議論說『那就是程曉璐拼命倒追的男神』，我都覺得很享受。」

「呃……」你是變態嗎！

「我以為妳會讓我一直享受下去，可是那些人卻開始指著蘇飛議論說『這是程曉璐的跟班』，我很不爽。」

「唔……」你果然是變態吧，連跟班都羨慕嗎！

「確實那些高冷都是裝出來的。我喜歡過妳，沒有勉強自己，發自內心喜歡過妳。」

「呵呵……」怎麼說呢，她好像還是比較習慣他看起來高傲冷漠的樣子，變得坦率起來反而不太能接受。程曉璐乾笑了數聲，勉強不讓場面太尷尬，「突然說這話怪嚇人的……」

「只是覺得有點遺憾，那麼重要的話一直沒有好好跟妳說過。」

「現在意識到也不晚啊。」

「……」他輕震了下，難以置信地看著她。

「不、不是……」察覺到他的誤會後，程曉璐連連擺手，「那麼重要的話別再忘記跟阮靈說了。」

「嗯。」

♪

圓月初升，天邊唯有的那顆長庚星閃亮著，一輛黑色轎車劃破幽藍夜色停在公寓前。

眼見程曉璐從車上走了下來，蘇飛正打算上前跟她打招呼，可是隨著他愈來愈靠近，他驀地停住了腳步，難以置信地看著駕駛座上的那個人。

沈辰川！

他揉了揉眼睛又定睛看去，接著又揉了揉眼睛，如此反復了好幾次，終於不得不確定——是沈辰川沒錯。

可是程曉璐怎麼可能會跟沈辰川在一起？氣氛看起來還很……怎麼說呢，看起來還是挺融洽的，但仔細看又覺得有些奇怪，那兩個人的笑容都很僵，嘴上說著「再見」，可是看起來都沒有想要再次見面的打算，硬要說的話，就像是在裝熟。

等他回過神來時，沈辰川的車已經開走了，而程曉璐也已經轉身走進了身後的公寓。

他抬起頭，默默在心裡數著樓層找到了程曉璐家的窗戶，燈是暗著的，顯然邱生還沒回來。

正當他拉回目光準備邁步時，忽然，不遠處有道熟悉的身影映入了他的眼簾。

社區的綠化植物旁，一襲白裙的阮靈直挺挺地佇立著，握著手機的力道有些失控，甚至連手臂都因為用力過猛而微微顫抖著，這畫面看起來有些陰森。

「妳在這裡做什麼？」

突然飄來的聲音拉回了阮靈的神志，她猛地轉頭，等看清來人後眉宇間染上了一層驚愕。

「你……」好半晌她才找回聲音，故作鎮定地問，「你又在這裡幹什麼？」

「我住這裡。」

「你住這裡？」阮靈的音調不自覺地往上揚。

「有什麼問題嗎？」他理直氣壯地反問。

她冷笑出聲：「為了接近程曉璐，你還真拼啊。」

「所以說這真的只是巧合，你們就不能對別人多一點信任嗎？」

「你們？」她不解地蹙了蹙眉。

「算了。」跟她吐槽這種事也沒什麼意義。蘇飛撇了撇嘴，重拾笑容，「吃飯去，我請妳。」

「誰要跟你一起吃飯。」

「反正妳老公也去陪老情人了，一個人吃飯多寂寞啊，走吧、走吧。」邊說，他邊走上前，不由分說地抓著阮靈就走。

「寂寞的是你吧！」阮靈咬牙甩開了他的手。

「行行行，我寂寞、我寂寞，那妳就當陪我一下唄。」

話還沒說完，一道陰沉的聲音冷不防地從他身後傳來：「麻煩放開我老婆好嗎？」

聞聲，蘇飛輕震了下，看清聲音的主人後，他失聲喊了出來：「你怎麼又回來了？」

映入眼簾的是沈辰川的車，坐在駕駛座上的也確實是沈辰川，可是他剛才不是已經開走了嗎？

沈辰川並未搭理他，兀自下車繞到副駕駛座邊打開了車門，看著阮靈輕聲道：「上車。」

猶豫了片刻後，阮靈還是邁步朝著他走了過去。

直到那輛車又一次駛離，蘇飛才回過神來，心裡的困惑也愈來愈深——什麼情況？這對夫妻到底在玩什麼！

♪

所有廣告攝影裡面拍起來最麻煩的莫過於冰淇淋了，運氣好的話可以很快完成，也必須很快完成，這東西在攝影燈下融化得非常快，簡直就像是在和時間賽跑。

然而，邱生今天的運氣似乎不太好，遇到了一個非常麻煩的廣告商。為了達到對方的要求，他們只好試著用馬鈴薯泥、色素以及乳膠漆之類的東西調製假的冰淇淋拍攝。

忙了五個多小時終於收工了，接下來邱生就只有一個念頭——儘快回家。

讓他沒料到的是，就在他掏出鑰匙準備開門時，突然有雙手拽住了他的胳膊，將他用力往後拽。

砰！

伴隨著一道重重關門聲，邱生消失在了走廊上。

「我說……」他張了張嘴，瞥了眼身後的門，又瞥了眼面前抵著他的蘇飛，「兩個男人玩壁咚有意思嗎？」

「誰有空跟你玩那種東西！」蘇飛有些尷尬地收回了抵在他頰邊的手，迅速後退了幾步，滿臉嫌棄地跟他拉開了距離。

見狀，邱生挑了挑眉：「你別告訴我，你以為是曉璐回來了所以才這麼做的。」

「不是啦，那個……」他支支吾吾著，一時之間不知道該怎麼開口，「接下來我要說的話可能會讓你有點不能接受，你務必保持冷靜，知道嗎？」

「幹嘛？你要跟我表白嗎？」

「認真一點！」

邱生收起了玩心：「那你能不能趁我還冷靜的時候趕快說一說？」

「是這樣的，程曉璐今天晚上跟沈辰川見面了……」他沒有立刻繼續下去，而是偷偷瞄了眼邱生的表情。

邱生沒有說話，緊抿著唇，靜待下文。

看起來好像還算冷靜？蘇飛這才繼續道：「雖然我也不知道他們為什麼會見面，不過以我對曉璐的瞭解，她是絕對不會吃回頭草的，這件事一定有陰謀！」

默了片刻後，邱生啟唇：「什麼陰謀？」

「我哪知道。」

「那你為什麼會認為有陰謀？證據呢？」邱生看向他的目光裡透著些許警惕。

蘇飛耐著性子把自己剛才在樓上所見到的敘述了一遍，最後得出結論：「我擔心阮靈躲在那邊拍了照片，然後打算跑來找你告狀，故意讓你誤會程曉璐。」

「這樣對她有什麼好處嗎？如果我跟曉璐真的因為這種事離婚了，那她和沈辰川恐怕也很難繼續下去吧？」

「事到如今你還不明白嗎？」蘇飛白了他一眼，這個人平常看起來還挺聰明的，怎麼關鍵時刻這麼蠢，「阮靈根本就不喜歡沈辰川，她只是想要毀了程曉璐所擁有的一切。」

「為什麼？」

蘇飛頓了頓，猶豫了好一會兒才道：「我要說是因為我，你會不會覺得我有點不要臉？」

「會。」

「總之我只是跟你說一聲，至少讓你有個心理準備！」他咬牙瞪著邱生沒好氣地道，「就這樣，沒事了，你可以滾了！」

「早就有心理準備了。」

「啊？」

邱生笑了笑，放下了對他的懷疑：「你覺得曉璐會瞞著我擅自去見沈辰川嗎？」

「她都跟你說了？」

「嗯。」他微微點頭，「中午的時候她就打過電話給我，說是讓我陪著她一起去。」

「那你為什麼沒去？」蘇飛難以置信地看著他，「你就一點也不在意嗎？那可是沈辰川啊！」

「我當然在意了，在意得要死，一直在腦補沈辰川會對她說些什麼，愈想愈覺得果然我還是不要去比較好。」

「這什麼邏輯？」既然那麼在意不是更應該陪著她才對嗎？

「很正常的邏輯。」他不屑地撇了撇嘴，「鬼才想要聽他們聊那些我完全不知道的過去。」

「……」好像也有道理。

「還有，萬一沈辰川想要找她重新開始，她肯定是會拒絕的。可是如果我在場的話，感覺就像是我逼著她拒絕一樣，很沒說服力，他不會輕易死心的，一定還會找機會再約曉璐。」那麼像今天這樣的場面說不定就還會有下次、下下次，與其將來去面對那種糾纏不清，不如先暫時忍一下。

「你真的非常信任她啊。」蘇飛情不自禁地感嘆，難掩自嘲地輕笑了一聲，「看來是我多事了。」

嗯，邱生原本也覺得他這種行為有些難以理解，甚至懷疑他會不會跟阮靈是一夥的，但他剛才那副擔心的樣子，又不像是假裝的。

所以，於情於理，他還是應該好好跟蘇飛道個謝：「我並不認為你這是在多事，甚至非常感謝你的好意。」

蘇飛將信將疑地看著他：「你認真的？」

「當然。」

「你怎麼認真起來也那麼不認真？」總覺得好像是在說反話，被嘲諷了似的。

「大概因為我長得太帥了。」

「要點臉好嗎！」

「你先不要的，我配合一下而已。」

「我……」蘇飛語塞了片刻，輕聲嘟囔，「阮靈會變成現在這樣，我覺得我確實有著不可推卸的責任。」

「雖然不知道你們之間發生過什麼，但我也不想知道，既然你覺得自己有責任，那就麻煩去扛一下如何？」

「想扛啊——」

「……」

「本來是已經下定決心試著去扛一下的，可是……」想到剛才沈辰川把阮靈帶走時的表情，他失笑出聲，「應該不需要我出場了吧？我想，她遇到了真正珍惜她的人，那種程度我多半是做不到的。」

邱生默默看了他一會兒，極其敷衍地「哦」了聲，便兀自轉身打開了大門。

見他打算離開，蘇飛大吼著：「你這是什麼反應啊！就算沒什麼好說的，好歹也掩飾一下你的漠不關心吧！」

「掩飾不了，我現在超想回家抱老婆的，你這種單身狗恐怕不太能夠理解我的心情。」

「滾！」

真是一個讓人咬牙切齒卻又恨不起來的情敵！

這些年來，蘇飛時常在想，如果他能早一點跟程曉璐表白，他們之間會不會有什麼不同？

或許也不會有任何不同，他非常清楚希望有多渺茫，所以不僅不敢嘗試，還拼命地掩飾，任由程曉璐誤會他喜歡阮靈，故意不去解釋，只求能夠繼續待在她身邊。

對阮靈，他確實是有利用成分的，明明已經隱約察覺到了她對自己的感情，他卻故意裝作不知道，直到把一切弄得一團糟，他也只是選擇逃避，而不是去解決問題。

他討厭過去那個又渣又懦弱的自己，然而時光註定無法倒流，曾經犯過的錯已經無法挽回，他能做的就只有讓自己改變。他試著開始勇敢表露自己的想法，試著活得理直氣壯，試著去成為一個有擔當的人，硬生生逼自己脫胎換骨就是為了下一次——如果還有機會見到程曉璐，至少要好好告訴她「我喜歡妳」，如果還有機會見到阮靈，至少要好好說聲抱歉。

然而，命運跟他開了個很大的玩笑。

他如願重逢了所有想要重逢的人，卻發現，他闖下的禍沈辰川已經替他收拾了，他錯過的人邱生已經替他接手了，這個故事裡似乎沒有適合他的角色了。

♪

車內一片靜謐，昏黃的路燈光芒頗有規律地掃過阮靈失神的臉頰。

終於，沈辰川率先忍不住打破了沉默：「妳還喜歡他嗎？」

她猛然回神，聲音透著些許顫抖：「誰？」

「妳說呢？」他冷冷地反問。

阮靈心虛地別開了目光，嘴硬道：「我不知道你在說什麼。」

「是嗎？」沈辰川輕笑了聲，「那為什麼妳每次去複診的時候都會特意繞去骨科？」

「你跟蹤我？」明明自從那次在醫院遇見程曉璐和蘇飛之後，每次複診都是她一個人去的，他為什麼會知道她總是特意繞去骨科的事情？

「雖然妳說了不用我陪，但我還是會不放心。」

「……」

「我沒別的意思，如果妳還是放不下他的話，我可以放妳自由。」

阮靈驀然一震，咬牙切齒地瞪著他：「何必說得這麼好聽？你只不過是想要跟我離婚吧！真正放不下的那個人是你才對！你以為你列印那些證據的時候我真的不知道嗎？我只是在裝傻！直到今天之前我還在安慰自己，或許事情不是我想的那樣，結果你還是把那些東西給了程曉璐！」

「事情的確不是妳想的那樣。」

「是啊……」一記透著絕望的冷笑從阮靈唇間溢出，「我的確沒想到你還會送她回家。如果她開口的話，你是不是還打算上去坐坐？」

「只是順路而已。」

「夠了！沈辰川！」阮靈近乎歇斯底里地打斷了他，「你要把我當傻瓜耍到什麼時候？事到如今，你有什麼話不如直說，那起碼是對我最後的仁慈！」

「好。」

「……」好？

沒料到他會說「好」，甚至還說得這麼爽快，果然在見完程曉璐之後就抑制不住了嗎？恨不得能儘快跟她離婚好去追回舊愛吧。

眼看著他將車停到了路邊，打到空擋，拉上手剎車，一副有非常重要的話要說的模樣，阮靈深吸了口氣，做好了心理準備才抬起頭，直勾勾地看著他。

「邵稹會犧牲她。」終於，沈辰川啟唇。

脫口而出的話卻讓阮靈一頭霧水：「什、什麼？」

「你們家那個邵總根本就不關心什麼真相，他只是需要一個對付MK的藉口，高城這個代罪羔羊比起從國外總公司調過來的妳好用多了，所以他巴不得這件事情就這樣子過去，在這種情況下，一心想要查清真相的程曉璐就會變得很礙眼。」

好不容易阮靈才消化了他的這番話，仍舊覺得半信半疑：「如果證據確鑿呢？邵總之所以把高城推出去而不是我，那是因為他也懶得去找證據吧？要是程曉璐幫他找到了，他沒有理由保我……」

「有。」

「……」

「你們公司經常投放廣告的那幾家雜誌會聯合起來向他施壓。」

「你……」阮靈難以置信地瞪大雙眸。

很顯然，她在廣告圈沒有那麼大的影響力，這種聯合施壓必然是沈辰川起頭的，可是他為什麼要這麼做？

「我承認，我確實喜歡程曉璐，事到如今依然喜歡著，要忘記她不是那麼容易的事情，可能直到我臨死的時候心裡還是會有一個屬於她的位置。然而，喜歡是一回事，生活是另一回事，靠著那些風花雪月過一輩子是不可能的，所以我才會決定娶妳，跟孩子無關，僅僅是因為我覺得跟妳在一起更輕鬆、更自在，雖然我直到現在還不能確定這是不是喜歡，但我至少能確定我想跟妳好好過下去。對我而言，妳可能更像是親人，我沒有理由不幫自己的親人去幫外人。」

沈辰川微微揚起嘴角，笑得有些許苦澀，「當然，這只是我一廂情願的想法，如果妳接受不了，又或者……又或者還是想要試著努力一下去找蘇飛的話，我也不會勉強妳，至少現在還不會。」

怔了許久後，阮靈才難掩期待地問：「那以後呢？」

「以後的事誰知道呢？」他撇了撇嘴，「也許有一天，妳的離開對我來說會是一件傷筋動骨的事，到了那時候，就算妳哭著求我放妳自由，我也絕不可能放手。所以，妳想清楚，要走的話就趁現在。」

「我……」她張了張嘴，本以為自己會毫不猶疑地選擇跟他繼續下去，卻不料話到了唇邊卻無法果斷地說出來。

也許是因為沈辰川從未像現在這樣對她坦誠過，以至於她也不得不坦誠。

她愛蘇飛，愛得扭曲，甚至因為那種求而不得的心態漸漸對程曉璐懷恨在心，儘管她心裡其實一直都很清楚，蘇飛不接受她跟程曉璐沒有任何關係，可是她還是控制不住地去記恨他愛著的人。

為什麼是程曉璐？為什麼從小到大所有人都只圍著程曉璐轉？明明她也很努力啊！

抱著這種想法，她情不自禁地對沈辰川出手了，等回過神來的時候已經沒有回頭路可以走。

然而現在，這個男人給了她一次重新選擇的機會。

「我考慮一下。」她格外慎重地道。這的確是一件很慎重的事情，必須好好去面對才行啊。

「嗯。」沈辰川點了點頭。

有一絲失落在他心底蕩開，這是他始料未及的。

真的只是親人嗎？他突然開始懷疑了。

♪

隔天一早程曉璐就收到了一封郵件，是高城寄來的，確切地說是公司人事部發給他，然後他又轉寄過來的。

「經調查，創意部高城洩露公司機密，嚴重違反職業操守，故公司對其做出勸退處理……」

程曉璐剛看了個開頭就關了，後面的內容她完全可以想像。

這封郵件只不過是先行給高城一個通知，按照公司慣例，等他正式離職後人事部會把郵件副本寄給所有員工，甚至還會貼在公佈欄上。這麼一來，高城洩露機密的事情就算是白紙黑字釘在板子上了，留下這種汙點是絕對不可能繼續在廣告圈裡混下去的。

高城的年紀說大不大，說小也不小，現在轉行是件挺麻煩的事情，更何況還是因為這種莫須有的罪名。

程曉璐沒敢再往下想，出了地鐵就直奔公司，連早餐都來不及吃。

「咦，妳今天怎麼這麼早就來了？」春花有些新奇地看著她。

客戶部的人很少會這麼準時打卡上班，包括程曉璐。

「邵總來了嗎？」她湊到前檯邊，略顯焦急地問。

「來了啊……」春花訥訥地點頭。

程曉璐「嗯」了聲，慌慌張張地朝著邵總辦公室走去。

「哎哎哎……妳幹嘛呢，風風火火的，不是跟邵總說好三天的嗎？還有一天呢……」春花突然想到了什麼，眼睛一亮，激動地問，「難道說妳已經找到證據了？」

程曉璐回頭看了她一眼，看來她還不清楚高城已經收到正式勸退通知的事，大概高城是怕她擔心吧？

於是，程曉璐也決定暫時不要多嘴：「說來話長，等一下再說，我現在有點急。」

然而，破天荒那麼早就跑來公司的不只有她，還有阮靈。

她在邵總辦公室門口被阮靈攔了下來。

「妳別再插手這件事了。」阮靈開門見山地道。

程曉璐愣了愣，仰起頭，冷覷著她：「為什麼？」

「當然是為妳好！」阮靈咬了咬牙，下定決心般繼續道，「妳以為沈辰川真的會出賣我來幫妳嗎？別傻了，就憑妳手上那些東西非但幫不了高城，甚至還有可能會把自己給賠進去。」

聞言，程曉璐哼出一記冷笑，反問：「這不就是妳想看到的嗎？」

「……」阮靈陷入了沉默。

完全沒辦法反駁，她原本的確是想要讓程曉璐一無所有，愛情、事業、友情……那些圍繞在程曉璐身上的光環，她想要盡數奪走。

然而，成功在即，她卻沒有絲毫快感。

並不是後悔，時至今日，她沒有後悔的餘地，這一點她比誰都清楚。

究竟是為什麼呢？始終縈繞在心頭那股悵然若失究竟是為什麼？她想了一整晚，仍舊沒能想明白。

「妳是第一天認識我嗎？」程曉璐再次啟唇，嘴角似是而非的笑意逐漸褪去，取而代之的是堅毅，「我從來沒有指望過別人來幫我，合理的意見我會採納，適當的機會我會接受，但最終能幫我達到目的的永遠只有我自己。」

「那是因為妳運氣好！一路走來遇見的人都對妳不錯，所以才能一帆風順！」阮靈有些失控。

「那不叫運氣好，那叫將心比心。」

「妳以為還在學校裡嗎？職場上哪來的將心比心，只有弱肉強食！邵總跟妳以前遇見的那些人不同，他不過只是在利用妳而已！」

「……」程曉璐張了張嘴，還沒來得及說些什麼，身後的辦公室門突然打開了。

邵稹從裡頭探出頭來，意味深長地瞥了阮靈一眼，轉眸看向程曉璐時立刻堆起笑容：「哎呀、是曉璐啊，來得正好，我正想找妳呢！是不是查出什麼進展了？」

「嗯。」程曉璐點了點頭。

「進來說、進來說。」邵總殷切地把她迎了進去。

程曉璐看了阮靈一眼，道：「這件事跟阮經理有關，我認為她在場會比較好。」

「這樣啊……」邵稹面色有些尷尬，猶豫了一下後點頭，「嗯，那就一起進來說吧。」

阮靈不解地蹙了蹙眉，躊躇了好一會兒後，還是邁步尾隨在他們身後跨進了辦公室。

剛站定，程曉璐便從包裡掏出一個信封遞給邵總。

邵稹與沖沖地接過，本以為是她找到的證據，可結果……

「這是什麼？」邵稹眉心緊皺，滿是驚疑地看向程曉璐。

她一字一頓地道：「辭職信。」

「……」阮靈難以置信地轉眸瞪著她。

程曉璐不為所動地繼續：「信箱我也已經給您寄了一份，方便您抄送人事部。」

「妳這是幹什麼呀！」邵稹急了，吞吐了一會兒才總算把思緒理順，一臉和藹地看著程曉璐，「我明白，妳覺得提案洩露的事情妳也有責任，一心想要幫公司查出真相。妳有這份心意是很好，所以我才想著給妳三天的時間讓妳去試試看，但是妳也不需要有太大壓力，查不到就查不到了，沒必要引咎辭職。」

「誰說我查不到的？」

「嗯？」

程曉璐又從包裡拿出了一個檔案袋：「這是派索那邊傳給我的，清楚紀錄著他們那邊的人跟MK的交易紀錄，我可以給你。」

邵積眼睛一亮，立刻接了過去，激動地翻看起來。

程曉璐默默站在一旁，冷眼旁觀著，片刻後才再次啟唇：「作為回報，可以請你還高城一個清白嗎？」

「這……」邵積眼神閃躲，欲言又止。

「你辦不到是嗎？」果不其然的反應讓程曉璐忍不住嗤笑出聲，「公司需要推個人出來領罪，這個人是高城也好、阮靈也好，其實你根本就無所謂。只是跟國外總公司那邊調來的阮靈比起來，果然還是犧牲掉沒有任何背景的高城代價比較小。更何況……」她瞥了阮靈一眼，「據說從我著手調查起，以《icon》為首的不少雜誌就一直在給公司施壓，要求你保住阮靈，在這種情況下，你更加不可能為了高城去得罪平臺商了，對嗎？」

「你……」阮靈頗為詫異地看著她。

邵積朝著阮靈掃去一抹瞪視，示意她閉嘴，繼續噙著笑容安撫程曉璐：「妳不要亂想，我這不是讓妳去查清楚了嘛。」

「你想讓我查的並不是什麼真相，而是你手裡這些能讓MK坐實罪名的證據。」因為她跟派索關係還不錯，能夠在短時間內拿到這些，所以邵總才順勢讓她出面。

誠如阮靈所說，邵總只不過是在利用她，這件事她也是直到昨晚才意識到的。

「既然妳都清楚，那我就直說吧。」在她咄咄逼人的攻勢下，邵積妥協了，索性打開天窗說亮話，「坐在我這個位置上，需要在意的是公司利益，所以提案究竟是誰洩露的我根本不關心，我關心的是如何利用這個機會對付MK。只要讓整個廣告圈都知道MK惡意競爭竊取提案，這必定會讓不少客戶放棄MK選擇佳沃。妳想要幫高城這我可以理解，但凡事得分輕重緩急，高城的利益能大過公司嗎？」

「一開始就直說不就好了嗎？」程曉璐好笑地看著他，「你的決策我完全可以理解，是MK不仁在先，那也不能怪我們不義。我只是覺得這種不義不應該建立在犧牲自己人的基礎上，那根本不能算是贏得漂亮。退一萬步說，就算情勢所逼，為了大部分人的利益不得不犧牲掉一小部分人，為什麼不可以把傷害降到最低？至少應該給高城留一條活路。」

「我辦不到。」邵積不耐地回道，怕還說得不夠明白，他又補充了一句，「確切地說，是不想辦到，像高城這種可有可無的人遠不足以讓我做出讓步。這不是我的問題，是他的問題，沒能成為必不可少的人就該做好隨時被犧牲的覺悟。」

「那我來幫你辦到。」程曉璐目不轉睛地看著他，「我可以很明確地告訴你，我手上掌握的證據並不止這些，社交平臺那麼多，廣告圈又那麼小，要把那些證據散布出去替高城洗脫罪名並不是很難，只是這樣一來必定會對公司造成惡劣的影響，與其到時候像高城一樣被勸退，倒不如我自己辭職。」

「程曉璐，妳瘋了嗎！」邵積的怒吼聲在辦公室內響起。

「邵總，這是你教我的。我大二那年你來我們學校演講的事你不是還經常叨念著嗎？那你應該還記得你說過的，對一家公司來說，沒有任何一個人是可有可無的，如果會有這種想法，那是領導者的失職。一個成功的領導者應該能最大限度地激發出下屬的潛能，並且能夠讓對方義無反顧地跟隨自己。

抱歉，現在的你，我一點都不想跟隨，你只是在浪費我的時間、埋沒我的才能、泯滅我的人性。」

撂下話後，她頭也不回地轉身離開，身後邵總的叫囂聲仍在持續，歇斯底里得讓人陌生。

回想當初，聽完邵積的講座後，她曾對他無比崇拜。那時候，這個男人在她心目中就是「意氣風發」的代名詞，她想，他曾經的鮮衣怒馬是真的，只是出走半生，有些人歸來時仍是少年，有些人則被磨練得面目可憎。

「妳有必要為了那個高城做到這種地步嗎？」阮靈緊跟著追了出來，擋住了她的去路。

「我不是為了高城，」程曉璐抬手撥開了她，「我只是不想讓自己變得面目可憎，畢竟滿腔熱血可能是我僅有的優點了。」

「……」阮靈如同被點了穴般，怔怔地看著那道漸行漸遠的背影。

好耀眼，沒有高跟鞋，沒有精緻的「武裝」，卻顯得光芒萬丈。

那種光芒讓阮靈瞬間明白心裡那股悵然若失的感覺究竟是什麼，是無力。即便機關算盡，將程曉璐所擁有的一切全部剝奪，看似已經被推落谷底永不翻身，可她還是她，沒有絲毫改變，依舊是最初的模樣，彷彿隨時能重新爬上來，意氣風發、面帶微笑地說著：「好久不見，別來無恙。」

♪

邱生緩緩將車停在路邊，環顧了一圈，很快就捕捉到了不遠處的程曉璐。

她抱著紙箱，站在那棟她工作了五年之久的辦公大樓前，看起來格外神清氣爽，就像是終於擺脫枷鎖重獲新生般，沒有絲毫失業後該有的頹敗。

相比之下，圍在她身邊依依惜別的Apple等人倒是顯得很垂頭喪氣。

「你們能不能別這樣？」反倒是程曉璐安慰起了他們，「我本來走得挺瀟灑的，被你們這麼一搞，弄得好像喪家之犬一樣。」

眾人面面相覷，欲言又止。

好一會兒後，小羊才鼓起勇氣問出了眾人的心聲：「妳真的是主動辭職的嗎？不是邵總逼你的？」

「呿——」程曉璐別過頭，倨傲地嗤了聲，「他逼得了我？我不逼他已經不錯了。」

「妳已經逼了吧。」Apple白了她一眼，打斷了她。

「哎？」她頗覺意外地看了過去。

「邵總想對付MK是鐵錚錚的事實，再加上高城在廣告圈也算是小有名氣，要是人事部那邊出個通告說他洩露提案被公司勸退，那事情一定會鬧大，用不了多久大家都會知道MK惡意競爭，簡直事半功倍，邵總原本多半是打算這麼做的。結果居然悄無聲息地處理了高城離職的事，就好像這只不過是一場普通得不能再普通的人事變動，應該是妳做了什麼吧？」

「是這樣嗎？」小羊轉頭看向程曉璐求證，見她不說話算是默認了，才繼續追問，「妳做了什麼？」

「也沒什麼啦……」程曉璐頗為驚訝地瞥了Apple一眼——這小妹妹不得了啊，用不了多久就能獨當一面了吧。想著，她欣慰地道，「看來跟梨若琳提議讓妳接替我的位置是對的，有妳在，我就放心了。」

她手裡的那幾個客戶執行算不上太精英，尤其還有Tiger這個實習生在，就這麼丟下他們，老實說她也是挺擔心的，不知道會不會被其他組欺負？會不會被創意部那邊騎在頭上？還好，有Apple在。

然而，Apple絲毫沒有即將升職的興奮，反而顯得很不悅：「別交給我，我做不了多久的。」

「為什麼啊？」程曉璐一臉茫然，之前沒聽說過她有辭職的打算啊。

「等妳找到新工作了，我就過去幫妳。」

小狼緊接著附和：「我也是！」

Tiger也在一旁直點頭：「曉璐姊，妳等我！等我實習期結束，跟學校那邊有交代了，我也來找妳！」

「佳沃這邊我也差不多做膩了，是時候換換環境了。」冷夫人也參與進來。

「你們——」程曉璐充滿感動地環顧著眾人。但很快，她臉色一凝，驀然褪去了動容之色，「以為我會感動嗎？想什麼呢！一個個都一副打算把餘生交給我的樣子是什麼意思？逼著我趕緊找工作嗎？神經病啊！我要不要休息的啊！」

「妳一個背著房貸的人有什麼資格休息？」冷夫人斜睨過去。

「不止背著房貸，還是一條單身狗，連個暫時幫忙分擔一下的人都沒有。」Apple冷哼道。

其他人也緊隨其後紛紛開啟了嘲諷模式。

曉璐看似憤憤地反駁著，心裡卻暗暗鬆了口氣。

如果有機會的話，她確實希望能夠把這個團隊一塊兒帶走。問題是，她直到昨晚才決定辭職，衝動又突然，根本沒有想過後路。短期之內，她恐怕是沒有那麼容易找到新工作的，連自己都沒有把握的事情還是不要隨意承諾比較好，免得大家抱著期待去消極面對現在的工作。

所以，她嬉笑怒罵地著帶過了話題。

就這樣暫時說「再見」，才是對彼此最好的結局吧？

假以時日，若是還能江湖再見，當然最好。

又閒聊了幾句後，程曉璐察覺到了倚在路邊車旁的邱生，看他已經等了一會兒的樣子，雖然面帶微笑卻沒有絲毫不耐，但她還是匆匆跟大家道別，快步朝著邱生跑了過去。

邱生直起身，笑著接過她手裡的箱子放到了後座，又轉身體貼地替她打開了副駕駛座的門。

這看起來無比和諧的畫面讓小狼情不自禁地擰起了眉心：「這兩個人果然是在一起了！」

「怎麼可能……」小羊瞥了她一眼。

「怎麼就不可能了？」小狼滿臉不解，「他們看起來很配啊。」

小羊不屑地打量了一會兒不遠處的邱生和程曉璐：「哪裡配了？你是不是瞎啊？」

「妳才瞎呢！」小狼瞪著她，「妳就是覺得誰都配不上曉璐姊嘛。」

「呿！」小羊嗤了聲，自言自語地咕噥道，「本來就配不上……」

「我倒覺得挺配的。」Apple 突然插嘴。

「看吧看吧，」有人贊同，小狼難免得意了起來，「連 Apple 都這麼說了！」

「不過就是因為太配了，反而不太可能在一起。」Apple 繼續道。

「哎？」小狼一愣，這什麼邏輯呀？

「英雄所見略同。」冷夫人附和道，「總覺得他們更適合做為工作上的搭檔，戀愛的話，完全沒辦法想像啊。」

「好像是不太能想像……」Tiger 也忍不住贊同。

邱生看起來很輕浮，永遠沒個正經的樣子，程曉璐則始終一臉性無感，任何時候都一板一眼的，所以他們才能在工作上如此默契，甚至成為朋友。但也就止步於此了，更進一步的話……不可能，絕對不可能，程曉璐太難攻略了，而邱生怎麼看都不像是那麼有耐心的人，就算原本有過那種想法，估計也早就放棄了吧？

♪

直到程曉璐繫完安全帶，邱生還是沒上車。

眼見他還站在車邊，定定地看著 Apple 他們所在的方向，她不免有些好奇，本來打算按下車窗詢問的，卻發現車子的門鎖還沒開，怎麼按都沒反應，她只好屈起指節輕敲窗戶。

敲了好一會兒，程曉璐愈來愈用力，他才總算轉過頭來。

猶豫片刻，邱生才不甘地撇撇嘴，繞過車頭坐進了駕駛座。

「怎麼了？」程曉璐不解地發問。

「沒什麼，」他哼了聲，「佳沃估計要完了。」

「啊？」她訥訥地眨了眨眼，想了會兒才笑開了懷，「就因為我辭職了嗎？」

「不是。」

「討厭！」程曉璐正沉浸在自己的理解中，嬌嗔著推了他一下，「你也太看得起我了，雖然我是挺厲害的，不過也還沒有到不可或缺的地步啦。」

「……」怎麼辦？不太好意思告訴她真相了。

他之所以會發出那種感慨，完全是因為她那群同事！議論別人的時候就不能走遠點嗎？非得讓他這個當事人聽到嗎？

什麼叫不太可能在一起？什麼叫沒辦法想像？身為廣告人，他們的想像力未免也太匱乏了！有這種缺乏創意的員工在，佳沃遲早要完！

「你是不知道，邵總看見辭職信的時候眼睛都快要凸出來了，我還是第一次看到他那麼失控呢！果然我對公司來說還是挺重要的吧，連你也這麼覺得對不對？」程曉璐忍不住湊到他身邊，興奮得像個第一天上學迫不及待就想要跟父母分享心情的小孩子。

邱生好笑地瞥了她一眼：「他沒留妳嗎？」

「呃……」她略微語塞了一下，「留一定是想留的，但是我一副去意已決的樣子，所以他才沒有留的，說不定他現在正在後悔呢！」

「那妳呢？」他小心翼翼地問，「會後悔嗎？」

「才不會呢，在那種地方繼續待下去，一點意思都沒有。」她努了努唇，情緒忽然又失落了下來，「就是可能需要你養我一陣子了……」

其實她也沒有自己所表現的那麼瀟灑，心裡多少還是有些捨不得的。確切地說，是習慣了那種每天忙得昏天暗地的充實生活，習慣了週末也要伺候客戶，甚至習慣了早晚尖峰時段的捷運，突然可以睡到自然醒反而不習慣了，這麼多的時間該怎麼消耗啊？

除了工作和等沈辰川，這些年她似乎就再也沒有想過其他事了，連想要去哪裡旅遊度假的衝動都從未有過。

原來她度過了如此枯燥的五年啊，回想起來，邱生好像是她這五年裡唯一一抹亮色了。

「只是一陣子嗎？」

一旁傳來了邱生的聲音，她回過神，有些尷尬地支吾了會兒：「可、可能不止一陣子，畢竟現在工作不太好找。」

「我的意思是……」他打斷了她，「乾脆一輩子吧。」

「……」

「不願意？」他試探性地問。

「也不是不願意，就是覺得有些奇怪……」她困惑地擰起眉心，「上次我想要辭職的時候你不是還極力反對的嗎？」

總覺得邱生這次的反應不太尋常，昨晚她表示想要辭職的時候，他也僅僅是略微詫異了一下，卻什麼都沒說，現在的反應更像是極力支持她這麼做。

「我只是不希望妳落荒而逃。妳可以辭職，但必須是像現在這樣走得心甘情願，日後回想起來也不會覺得後悔。還有……」他停頓片刻後才下定決心般再次啟唇，「我想帶妳走。」

「啊？」她滿臉不解。

「法國有家攝影經紀公司邀請我去。」

「我也可以一起去嗎？」她的聲音微微顫抖著，一股濃烈的不安在她心頭彌漫開。

這種感覺她太熟悉了，就跟當時得知沈辰川要去國外留學時一模一樣。

「當然，我們是合法夫妻。」

「我想去！」她想也不想地道。

那時候有太多的無能為力，她只能放開手眼睜睜看著沈辰川走；現在她有能力，無論如何都不想再經歷一次那種遺憾。

「妳想清楚了嗎？」生怕她只是一時衝動，邱生又確認了一遍。

「非常清楚！我很早以前就想去看巴黎鐵塔了，還有亞維農的薰衣草和古堡！」

「我們不會一直待在法國的，妳可能還需要跟著我到處跑。」

「沒關係，你去哪裡，我就跟著你去！」

邱生輕震了下，不知道是不是他多心，總覺得她有一絲勉強：「妳捨得你爸媽嗎？」

「不捨得啊，可是如果我想他們了，你一定會立刻陪著我回來看他們的吧？」

邱生毫不猶豫地點了點頭。

「那不就行了？比起一直困在原地哪也不去，我爸媽一定也希望我能看到更多的風景。」

「嗯……」他握了握她的手，喃喃自語般道，「我帶妳去看。」

她傻笑著回握住她的手，格外用力，就像是鄭重地把自己交給他一般：「好刺激！感覺好像要私奔一樣！」

「想什麼呢！」邱生失笑出聲，「這麼慎重的事怎麼可能不跟你父母說一聲，等我把手上的工作都告一段落就陪妳一起回去。」

「呿，你變孬了。」程曉璐無趣地撇了撇嘴，「當初先斬後奏跟我結婚的勇氣到哪去了呀？」

「那不一樣……」

雖然結婚了，可她人還在這裡，而這一次他是要帶她走，在之後的很長一段時間裡，她的身邊沒有親人、沒有朋友，甚至沒有自己的生活，就只有他。

這個決定已經很自私了，無論如何他都必須得親自去見一下她的父母，得讓他們徹底放心才行。

♪

程曉璐辭職得有些突然，雖然理論上來說她應該完成所有工作的交接再走，但邵稹並不在意這種理論，他只希望程曉璐儘快消失，愈快愈好！

所以，讓Apple來接替程曉璐是再合適不過的安排了，沒有人比她更清楚程曉璐手上有哪些客戶。

只不過，大部分客戶對她還不是很熟悉，未必能信賴，尤其是派索。

出於種種原因，邵稹原本打算親自帶著Apple去跟派索打招呼，沒想到梨若琳自告奮勇地接下了這個任務。

所有人都以為她是想趁此機會搶走派索，包括Apple以及趙菁，可讓人沒想到的是……

「趙經理，容我提醒您一句，你們是可以解約的。」

在跟趙菁說清楚負責派索的客戶經理臨時換人的情況之後，梨若琳給出了一個出人意料的總結。

趙菁：「……」

Apple：「……」

梨若琳就像是沒有看到他們眼中的愕然，若無其事地繼續道：「佳沃跟你們簽署的合約中明確寫著負責人必須是程曉璐，我們違約在先，若是你無法信任新上任的客戶經理，那不必勉強，大可以提出解約。」

趙菁：「……」

Apple：「……」

「或者該說……」梨若琳頓了頓，直勾勾地看著趙菁道，「我希望你們解約。」

終於，趙菁回過神，瞥了眼一旁的Apple，微笑啟唇：「不好意思，妳方便去會客室等一下嗎？我有些話想單獨跟你們梨總監聊。」

「嗯。」Apple恍惚地點了點頭，站起身默默走出了辦公室。

只剩下他們兩個之後，趙菁的目光才再次回到梨若琳身上，打量了她好一會兒後才問：「妳到底在想什麼？」

「我不是說了嗎？我希望你們解約。」她用格外平淡的語氣重複了一遍。

「妳當我有毛病？好端端的為什麼要解約？」

「因為這個合約對派索並不公平。」

「……」妳也知道不公平啊！

「還有，因為負責這個案子的人不是程曉璐。」

「嗯？」趙菁挑了挑眉，思忖片刻後恍然大悟，「妳早就計畫好了？有『派索的案子必須由程曉璐負責』這個先決條件在，你們邵總或許就絕對不會動她。退一萬步說，即便最終還是動了，妳到時候就來勸我解約，以此威脅邵總把程曉璐找回來？」

梨若琳坦誠地點頭：「我也只是想保護曉璐，她畢竟是我一手帶出來的，你不也想幫她嗎？」

「妳以為這樣就能保住嗎？」趙菁溢出一聲嗤笑，「邵稹是個很記仇的人，就算他現在礙於情勢拉下臉去把程曉璐求回來了，等風頭過了之後還是會有其他辦法讓她走，說不定還會加倍奉還。」

「這種情況不用你說我也明白，曉璐也同樣明白，她是絕對不會回來的。」

趙菁困惑地蹙了蹙眉：「那妳這麼做是為什麼？」

「為了把傷害降到最小。邵稹就只是需要有個人扛這個責任而已，這個人未必得是高城，也可以是正好辭職了的曉璐。你也說了，他是個記仇的人，被那樣威脅過之後你覺得他會放過曉璐嗎？現在的息事寧人不過就是情勢所逼，日後一定會散布謠言，屆時沒辦法在廣告圈混下去的人就有可能是曉璐了。」

「她手上不是有證據嗎？那些證據救得了高城，難道救不了她自己？」

「嗯，救不了。那些證據不止能證明高城是無辜的，還能指證阮靈，她或許會為了不連累高城放出那些證據，但不太可能為了自己這麼做。」

確實不太可能……

關於程曉璐和阮靈之間的恩怨，趙菁聽邱生提過一些，程曉璐如果是個狠得下心的人，早在得知她那個前男友跟阮靈結婚時就已經有仇必報了。

很顯然，比起以其人之道還治其人之身，她更願意選擇從此互不相干、各行其道。

更何況，她馬上就要跟邱生去法國了……對啊！她就要去法國了！

想到這，趙菁對著梨若琳輕笑了聲：「沒那個必要，反正她也決定去法國了，國內這些垃圾事影響不了她。」

「就是因為這樣我才來找你的。」梨若琳沉了沉氣，繼續道，「她之所以答應跟邱生去法國，恐怕是因為不想再重蹈覆轍，而不是真正甘心做成功男人背後的女人。以我對她的瞭解，如果現在有一個很不錯的工作機會放在她面前，她一定會猶豫。抱著這種心情倉促跟著邱生離開的話，以後註定是不會幸福的。」

「邱生絕對會讓她幸福的！」

「你確定？」梨若琳哼了一聲，「邱生是在工作中認識曉璐的，他看到的一直是那個在職場上閃閃發光的她，喜歡的也是那樣的她，如果有一天，曉璐的世界愈來愈狹隘，狹隘到只剩下邱生，你確定她會覺得幸福？」

「……」趙菁語塞。

♪

邱生正式答應了法國那邊的經紀公司，對方也開始著手替他辦理工作簽證，沒什麼意外的話，大概最多也就再一個多月的時間他們就要走了。

但，意外還是發生了。

派索向佳沃提出了解約。

這件事在業內引起了不小的轟動，自然也不可避免地傳入了程曉璐耳中。

然後，就像所有人預料的那樣，邵稹跑來找她了，她當然是毫不猶豫地拒絕了。

沒多久後她就接到了梨若琳的電話，約她一起喝下午茶，本以為多半是邵稹派來的說客，卻不料跟梨若琳一起來的人竟然是趙菁。

這對奇怪到程曉璐完全無法想像的組合讓她震驚了很久，倒是趙菁若無其事地跟她打起了招呼：「東西都收拾得差不多了嗎？」

「還、還沒呢……」程曉璐勉強拉回了神，「這幾天邱生忙著結束掉手上的工作，沒什麼空整理。」

「古旭堯還真是打算壓榨他到最後一秒啊。」

「是啊……」她忍不住偷瞄一旁默默喝著咖啡的梨若琳。

察覺到她的目光後，梨若琳抬了抬眸，半開玩笑地道：「我是不是該把他之前的那些作品都保留著？沒准用不了多久價值就不可限量了。」

「只是簽了經紀公司而已，沒那麼誇張啦。」程曉璐擺了擺手，替邱生謙虛起來。

「說什麼只是簽了經紀公司而已……」趙菁白了她一眼，「小姐，他簽的可是magnum！」

程曉璐一頭霧水：「馬、馬什麼？」

梨若琳幫忙重複了一遍：「magnum。」

「呃……」程曉璐還是沒聽懂，但也不好意思繼續問，只能換種方式，「很厲害嗎？」

「嗯。」趙菁點了點頭，「對攝影師來說，那應該算是一家『殿堂級』的經紀公司。」

「哇！」程曉璐驚訝地張大嘴。

趙菁微微蹙眉：「邱生沒跟你提過這些嗎？」

「沒有……」程曉璐有些失落地垂下頭，「可能是因為就算說了我也聽不懂。」

梨若琳忍不住道：「以後妳會有更多不懂的。」

「啊？」

趙菁瞪了瞪梨若琳，搶過了話柄：「她的意思是，妳有興趣來派索的市場部試試嗎？」

「哎！」她完全沒有聽出梨若琳有這層意思啊！

「這次的比稿風波再加上跟佳沃解約的事鬧得還挺大，為了避免以後再碰上這種麻煩，公司決定設立一個廣告企劃部，以後的廣告就不外包給其他公司了，妳有興趣來當主管嗎？」

「可是……」她猶豫了。

梨若琳說的沒錯，如果有個很不錯的工作機會擺在面前，她一定會猶豫！

這種動搖也讓趙菁很猶豫，雖然意義不太一樣，可是他覺得自己就像是在跟邱生搶人，心裡莫名地心虛，情不自禁地做出了讓步：「妳也不用急著答覆我，去跟邱生商量一下再做決定吧。」

「不用了。」

「……」

「不好意思，謝謝你這麼看得起我，可是……」她抿了抿唇，默默地緊握住辦公桌底下的雙拳，「我還是想跟邱生一起去法國。」

趙菁默默地看了她一會兒，有無數話到了嘴邊又一次次被他吞回去，最終他只說了一句：「如果妳改變主意了，隨時可以來找我。」

程曉璐禮貌性地點頭道謝，但顯然是不打算去跟邱生商量。

之後又跟他們寒暄了一個多小時，程曉璐才離開，直到離開時她都不清楚梨若琳今天找她究竟是為什麼，又或者本來就沒什麼事，只是替趙菁在約她？

那麼問題來了，梨若琳跟趙菁是什麼時候湊在一起的？

程曉璐前腳剛走，梨若琳立刻就忍不住了，皺眉看向趙菁：「你們公司什麼時候打算成立廣告企劃部的，我怎麼從來沒聽你提過？」

「我們已經熟到需要互相彙報工作的地步了嗎？」趙菁好笑地問。

「確實不熟！」梨若琳有些激動，暗暗調整了下情緒後才再次啟唇，「但你打算挖我的愛將，難道不應該事先提一聲嗎？」

「是昔日愛將吧？」他著重突出了「昔日」這兩個字。

「……」她嘴角緊抿著，沒有說話。

「哦、不對，也未必是昔日。聽說你們總公司那邊的派系鬥爭最近愈來愈白熱化，邵積不僅站錯隊，還在這個節骨眼上流失掉了派索這個客戶。雖然我們公司也不算是什麼大客戶，但對於那些原本就想除掉邵積這個眼中釘的人來說，這可是個足以放大到讓他離開佳沃的失誤。一旦邵積走了，他的那個位置十有八九就是妳的。」趙菁用手支著頭，微笑詢問，「到時候妳就可以再把程曉璐招回去了，是嗎？」

「……」繼續沉默。

「然後依靠程曉璐，說不定還能再次跟派索簽約，這樣一來，妳剛上任就立了功。」趙菁撇嘴嗤笑了一聲，「如意算盤打得還真不錯。」

梨若琳恢復如常，平靜地問：「你既然知道我的打算，為什麼還要配合我提出解約？」

「當然是因為我能借機說服公司裡那些老頑固點頭答應成立廣告企劃部。」

「我們說不定是同一種人呢。」

「哪種人？」

「比起遵守規則，更喜歡自己制定規則的那種人。」這個定論讓梨若琳情不自禁地想起了一些很久遠的事情。

曾經，她也是職場潛規則的犧牲品。

那時候她掏心掏肺愛著的那個男人——佳沃的前任客戶總監，那個利用職務之便拉走公司客戶賺取外快的男人。

就跟傳聞中一樣，那封舉報他的匿名信確實是她寫的，只是那些不明真相的人並不知道，他當時拉走的客戶都是她手上的，而公司已經開始留意，倘若她不先下手為強，那背負汙名被開除的人就會是她。

打從一開始他就已經計畫好了，一旦事發就犧牲掉她，他對她從沒有過絲毫真心，僅僅是利用。

在面對她的質問時，他甚至還大言不慚地表示：「我這可是在身體力行地教妳各種職場潛規則，妳應該謝謝我才對。」

那一刻，她下定了決心，與其待在山腳下唾棄那些規則，不如爬上山頂打破規則。

她做到了，也幸虧這一路上並沒有迷失方向。

「無論你信或不信，邵稹被開除是意外收穫。當然，這種收穫對我而言確實是欣喜的，但我的初衷只是保住自己一手帶出來的人。」她回過神，站起身，眼神透著問心無愧。

眼見她轉身離開，趙菁忍不住啟唇叫住了她：「喂，妳錯了。」

「嗯？」她不解地轉頭。

他彎起嘴角：「比起制定規則，我更喜歡制定規則的女人。」

「……」

「想不想做我女朋友？」

「不想。」她毫不猶豫地拒絕。

意料之中的答案，趙菁並沒有表現出絲毫失落，也跟著站了起來，走到她跟前。

「可是我想……」話音未落，他微微俯身，眼看唇瓣就要落在她的頰邊。

梨若琳抬起手用力拍開了他的臉：「我勸你最好別有這種妄想！」

「已經有了怎麼辦？」

「別跟著我！」

「誰跟著妳了，又不是只有妳有車，我也是需要去停車場拿車的。」

「你明明坐我的車來的！」

「哦，那妳得負責再把我送回去，不能始亂終棄。」

「……」

10 我等你，終生為期

要說完全不心動那當然是不可能的，如此果斷地拒絕，從某種意義上來說，就是怕自己也會動搖。

這一點程曉璐並不否認，她想工作、想去派索，非常想，對她而言那才是如魚得水。

然而，岸上有她更不捨得離開的人。

幸好她並沒有太多時間去細想這件事，剛走出派索她便接到了仲介的電話，說是一會兒有人來看房子，於是她立刻叫計程車趕往家裡。

關於那套房子，她本來是打算賣了，但是考慮到萬一以後回來還是要有個地方住，不如先暫時租出去。

最近幾天仲介經常會帶人上來看，可惜那些房客她都不太滿意，這一次也不例外。

把人送走時，正巧碰上從電梯裡走出來的蘇飛，「剛下班啊？」程曉璐笑意盈盈地打了聲招呼。

「嗯。」他點了點頭，順勢看了眼擦肩而過的那兩個人。其中那個仲介他這星期已經見過三次了，另一個看起來四十多歲的男人應該是這次來看房子的，從他們的表情中就不難判斷出結果，「又不滿意？」

「唉，是啊……」程曉璐無奈地嘆了口氣。

「租金談不攏嗎？」

「那倒不是。」雖然確實碰上過不少想要還價的，但她還不至於每個月差這幾百塊錢，「我只是想租給看起來比較有責任感一點的房客。」

看起來比較有責任感？很抽象的形容。

蘇飛回想了下那個中年男人：「剛才那個人看起來挺樸實的啊。」

「問題就在這裡呀，他一個男人要租這麼大的房子幹什麼？」

「恕我直言，我也是一個人住，而且我那套房型跟妳的一模一樣。」儘管是租的，可好歹是要被稱之為「家」的地方，在經濟條件許可的情況下，想讓家更大更寬敞難道不是人之常情嗎！

「你不一樣，看著就是一副精英打扮，可是剛才的大叔就像你說的明明很樸實，雖然很樸實，不過人不可貌相，現在群租現象很猖獗呀，我短時間內又不太可能回來看，萬一是個二房東，之後擅自更改格局又租給別人怎麼辦？這房子裝修的時候我也是花了一點心思的，況且這裡還充滿了不少回憶，對我來說意義非凡，我不想收回來的時候面目全非呀。」

「我可以幫妳盯著。」

「那到時候你要是搬走了呢？」

他翻了翻白眼：「姊姊，我跟房東簽了三年。」

「才三年啊……」她撇了撇嘴，一副「三年根本不夠看」的模樣。

「什麼叫才三年！」蘇飛心頭微微抽了下，突然問，「妳打算去多久？三年還不夠嗎？」

「應該不夠的吧？」她想了想之後道，「我也不確定，看邱生吧。」

「所以妳準備就這樣一直陪著他嗎？」

她毫不猶豫地回道：「那是肯定的。」

「妳還是程曉璐嗎？」他印象中的程曉璐雖然沒什麼壯志雄心卻很鮮活，即使是在那段轟轟烈烈追著沈辰川跑的日子裡，她也從未放棄過自我，目標堅定，按部就班。曾經不遠萬里也要振翅向南的鳥，如今卻甘願困頓在籠中被豢養，總覺得有些令人唏噓。

「當然是啊。」她滿臉不解，「為什麼突然這麼問？你發什麼神經？」

「算了，沒什麼。」蘇飛笑了笑，故作輕鬆地扯開了話題，「不如把房子租給我吧。」

「哎？」

「不是馬上就要走了嗎？照妳這樣挑下去，走之前挑不到合適的房客吧？乾脆租給我好了，像我這種一副精英打扮的人至少是不會擅自更改格局去群租的。」

「可是你不是跟房東簽了三年嗎？」

「大不了賠點違約金。」蘇飛不以為然地聳聳肩，「妳要是覺得過意不去，房租算我便宜一點就好。」

「搞半天你是想趁火打劫啊！」

「怎麼能這麼說呢？好歹那麼多年朋友了，給個友情價也合理吧。」

「說是這麼說……」這確實是個不錯的方案，但也不是她一個人能決定的，「晚點我跟邱生商量一下。」

「……」這不是妳的房子嗎？為什麼要跟那傢伙商量？

蘇飛很想這麼說，可是連他自己都覺得這話不止刺耳，還很狹隘，何況他也沒機會說出口。

「商量什麼？」邱生的聲音忽然從身後傳來。

他邊從電梯裡走出來，邊防備地瞪著蘇飛，有些故意地走到程曉璐身旁，將她摟進懷裡。

「你回來啦！」程曉璐轉頭對他綻開一抹甜笑，「蘇飛說想租這套房子，正好我也一直找不到合適的房客，如果是租給他的話還能省不少事呢，不過還是覺得應該問一下你的意見。」

「確實呢。」

「哎？」難以置信的驚訝聲從蘇飛唇間溢出。

這算什麼？答應了？居然還答應得毫不猶豫？這實在不像邱生的作風！

「你也這麼認為嗎？」彷彿有了共鳴，程曉璐顯得很激動。

「嗯，這本來就是妳的房子，妳做主就好。何況……」他微笑著看向蘇飛，「蘇醫生一定會好好對待這套房子的，就像對待它的主人一樣。」

「那是自然的。」蘇飛咬牙切齒地笑著。

「就這麼愉快地決定啦，我等等就聯繫仲介。」突然想到了什麼，程曉璐看著蘇飛問道，「跟仲介談沒問題吧？俗話說親兄弟還得明算帳呢，這種事還是有白紙黑字的合約在，雙方才都比較放心呢。」

「沒問題。」

「太好了！」解決了一樁心頭大事，程曉璐鬆了口氣，這才突然想起爐子上還燉著東西，「啊！銀耳湯！」

她低叫了一聲，急急忙忙地跑了進去。

見狀，蘇飛猛地拽住正打算緊跟其後進去的邱生：「你在打什麼主意？竟然會那麼爽快地答應？」

邱生撥開了他的手，語重心長地拍拍他的肩：「人我帶走了，睹物思人的機會就留給你了，不用謝。」

「鬼才會想謝你！」

砰——

和他的怒吼聲一起響起的還有響亮的關門聲。

蘇飛怔怔地看著面前那道緊閉著的大門，良久……

「至少聽別人把話罵完再關門啊！沒、禮、貌！」

憤懣的叫囂聲簡直比他們家的路由器還要有穿透力，隔著一面面的牆都能清晰地傳入程曉璐耳中。

她關了火，從廚房走出來，隨口問了句：「你們倆又怎麼了？」

坦白說，她已經習慣了，要是哪天邱生和蘇飛不吵架了那才奇怪呢。

「沒什麼。比起這個……」邱生也同樣不當回事，他還有更關心的事，「梨若琳今天找妳什麼事？」

「就、就敘敘舊啊……」她吞吐了下，有些心虛地避開了邱生的目光，趕緊扯開話題，「說起來，你知道梨若琳和趙菁是怎麼回事嗎？」

這個策略很不錯，邱生頓時被點燃了好奇心：「趙菁？」

「對啊，她今天帶著趙菁一起來的，這兩個人什麼時候走得這麼近了？」

邱生並沒有徹底被她繞暈：「那趙菁找妳什麼事？」

「不是說了就是敘個舊嘛。」

「就這樣？」邱生目不轉睛地打量著她，總覺得她好像在隱瞞什麼。

「對啊！」她趕緊扯開話題，「說起來，你今天怎麼那麼早就回來了？」

「想妳了……」說著，邱生有些疲憊地將頭抵在她的肩上，「回來充一下電。」

程曉璐心頭微微一顫，片刻後才伸出手揉了揉他的頭，半開玩笑地調侃道：「想不到你這麼離不開我呀。」

「嗯，一秒鐘都不想離開。」他轉頭，輕吻了下她的掌心。

「……」彷彿有股電流從她的指尖直達心間。

當悸動逐漸褪去，理智慢慢回歸，一瞬間，她突然明白沈辰川為什麼會選擇阮靈了。

就算是沈辰川，在那種異國他鄉也一定會有累到就快要撐不住的時候，盼望著能有個人給予他些許切切實實的溫暖，然而當時在他身邊的就只有阮靈。如果邱生去了法國，像現在這樣身心疲憊需要充電的情況剛開始會經常有吧，倘若她不在，他會怎麼辦？要是有個女人在這種時候恰到好處地出現，她又該怎麼辦？

所謂的互相依靠，簡直就是世界上最好的催情劑啊！

想到這，她倏地打了個激靈……

「怎麼了？」他抬眸擔憂地看著她。

「我不會離開你的。」

「嗯？」突如其來的誓言讓邱生一時間反應不過來。

「絕對不會離開的！一秒鐘都不會！」說著，她撲進他懷裡，把頭深埋在他胸口。

「嗯……」

邱生更加肯定了自己的猜測——她果然很不對勁。

♪

其實，提出要去法國時，程曉璐就已經不太對勁了。

邱生雖然察覺到了，卻以為面對即將到來的陌生環境會害怕是難免的，這是人之常情，只需要給她一點時間調節就好了，事實也的確如此。這幾天他們相處的時間儘管不多，但還是能感覺到她有明顯的變化，不僅慢慢接受了要離開的現實，甚至還開始有些期待。

可是昨晚，他又一次感覺到了她的不安、勉強與茫然。

回想起她提到派索時言辭閃躲的樣子，邱生覺得多半是她在那裡發生了什麼事。

既然撬不開程曉璐的嘴，那他就只好去問趙菁了。

「我邀請她來我們公司了。」

從趙菁口中飄出的話讓邱生愣怔了許久。

最終，他還是沒能消化這個資訊，難以置信地反復確認：「你是說，你明知道我打算帶她一起去法國，卻在這種時候讓她去你們公司？」

「嗯。」趙菁點了點頭，無所顧忌地坦白，「是這樣沒錯。」

「為什麼？」

「就好像當年看著你放棄攝影我覺得很可惜一樣，在行銷領域裡，她明明還能走得更遠，不應該放棄，尤其不應該為了一個口口聲聲說愛她的男人放棄。就算你將來所能達到的高度是程曉璐窮極一生都未必到得了的，也沒資格要求她犧牲自己來成就你。」

「我從來沒有要求她犧牲。」邱生有些激動地打斷了趙菁。

「可是你現在就是在逼她犧牲。」相比之下趙菁就比較沉得住氣，平靜地替邱生分析，「她的能力你很清楚，就算沒有我，也會有不少公司願意對她敞開大門。坦白說，她有比派索更好的選擇，我本來是不打算去湊這個熱鬧，但與其看著她淪為所謂成功男人背後的女人，還不如讓她來派索試試。」

「這是她的選擇！」

「這真的是她的選擇嗎？」趙菁直勾勾地盯著他反問。

咄咄逼人的視線就好像一道刺眼的陽光，將他拼命隱藏在心裡的自私照得無所遁形。

確實，他比任何人都更清楚她的能力以及她對自己所從事的廣告業有多喜歡，很快就會有不少公司陸陸續續朝著她拋出橄欖枝，而她也很有可能會動搖。所以他才會早不提、晚不提，偏偏選在她剛辭職的時候提出要去法國，他是故意的，就好像當初結婚一樣，趁著她彷徨無助時，誘導她做出決定。

儘管如此，他卻還是在用「達成共識」來安慰自己，那些始終不願意去承認的內心陰暗冷不防地被趙菁挖出來，逼著他不得不去面對。

也許這就是朋友吧，在他想要裝睡時只會不留情面地把他踹醒。

♪

邱生回到家的時候，程曉璐正呆站在書房的碎紙機前，神情有些恍惚。

他緩緩靠近，見她依舊沒有回神，不禁好奇地打量起她握在手裡應該是打算粉碎掉的那些紙。這些東西大多是她之前在佳沃時的資料，這些顯然是不可能帶去法國的，打包宅配回她父母家也毫無意義，粉碎銷毀是唯一的途徑，但他卻看見她眉宇間透著不舍，而讓她不舍的當然不可能是這些早就已經沒什麼用的資料。

「妳在想什麼？」他忍不住打破了沉默。

突如其來的聲音讓程曉璐嚇了一跳，她猛地顫了一下，察覺到是邱生後才鬆了口氣，瞬間笑開了：「你回來啦。」

笑容很甜，一直浸入他心底，很溫暖，但愈是溫暖，他就愈感到自責。

「嗯。」他點了點頭，接過她手裡的那些紙。

以為他是想幫忙，程曉璐索性轉身整理起其他東西。

然而，邱生並沒有把那些東西送入碎紙機裡，而是默默翻看了起來。那些廢棄的提案上滿是修改的痕跡，還有各種她思考時習慣性的胡亂塗鴉，每張紙彷彿都記載著她這些年的努力……

「喂、你怎麼不動呀？」一轉頭見他還愣著不動，程曉璐不解地喊他。

他默默抿了抿唇，看著她道：「別整理了。」

「……」曉璐一頭霧水。

「我不去法國了。」

愕然了許久她才逐漸反應過來，驚訝地喊開了：「為什麼！」

「不為什麼。」邱生不以為然地撇撇嘴，「我這種人果然還是做個自由攝影師比較輕鬆，經紀公司什麼的會有很多束縛，不適合我。」

「可是那家公司對攝影師來說不是殿堂級的嗎？」就算是邱生也會想要加入的吧？他之前明明表現出很積極的樣子，怎麼可能突然就覺得不合適了呢？

「聽趙菁說的嗎？」見她微微一震，顯然是默認了，邱生挑了挑眉哼道，「沒那麼厲害，不過就是家普通的經紀公司，那傢伙講話向來喜歡誇大。」

「普通？」程曉璐的聲音不自覺地上揚，「那可是 magnum 哎！」

他頗為詫異：「妳知道 magnum ？」

「不知道。」

「……」那剛才一臉嫌棄他暴殄天物的表情是怎麼回事？

「但我至少會百度。」

「百度出來的資訊又不一定是對的……」

「少來了！」程曉璐打斷了他，直截了當地問，「你是不是見過趙菁了？」

「沒有。」他心虛地挪開目光，矢口否認。

程曉璐沒有放過，繼續咄咄逼人：「那你為什麼會覺得關於 magnum 的事情是趙菁告訴我的？」

「……」邱生不由得開始冒冷汗，這女人，還真的是很難糊弄啊。

「他跟你說了想讓我去派索市場部是嗎？你認為你耽誤到我了，甚至認為我是為了你才放棄事業的，所以突然決定不去法國了？」面對他的沉默，程曉璐深深地倒吸了口氣，這才極力維持住了平靜，

「可這是我的選擇，我不覺得被耽誤……」

「絲毫沒有動搖過嗎？」邱生打斷了她，在她啟唇回答前又急著補充了一句，「我想聽實話。」

「……」程曉璐陷入沉默。不想騙他，可是又怕一旦說了實話他會選擇犧牲自己的前途，明明她一直以來最擔心的就是成為他的負擔。

「哪怕有過一絲動搖，那就去做，我不希望妳為了我勉強自己。」

「我也不希望啊！你明明也很想去 magnum 吧！為了我放棄，你以為我會感到開心嗎？」

是啊，他們的心情是一樣的，他不想眼睜睜看著她在自己身邊枯萎，她又何嘗不是？但是夫妻之間若是想要長久，總有一方是要做出讓步的。

「對我而言，只要有相機在，哪裡都無所謂，可是妳不同，這裡有妳賴以生存的空氣和養分。」所以，不管從哪方面來看，都是他讓步更為合理。

「那離婚吧。」

「……」聞言，邱生猝然抬眸，難以置信地看著她。

「你以為我是因為你的各種死纏爛打最後才點頭答應的？不是好嗎！我之所以答應跟你在一起是因為我喜歡你，我喜歡那個享受著攝影、每次拍照時都笑得像個孩子一樣的你，如果只是靠攝影吃飯的話，這種人比比皆是，相機在他們眼中就只是謀生和勾搭女人的工具，一想到有一天你可能會變得跟他們一樣市儈又無趣，我就突然找不到繼續喜歡你的理由了。」

「……」

♪

邱生又離家出走了。

這一次跟以往都不同，不是生氣也不是賭氣，更不是在發無聊的脾氣，他只是迫切地需要冷靜。

在那種時候，就算明明知道程曉璐不是那種意思，他還是很難控制情緒，如果不離開的話，會做出什麼事情連他自己都無法確定。

他並沒有去找古旭堯，要是讓那傢伙知道他打算放棄去法國，他會被煩死的，絕對會！

就這麼漫無目的地瞎逛了許久……

「喂、你到底買不買，不買就滾開。」突然有道不太友善的聲音從他身後傳來。

他回過神，這才意識到自己正擋在便利商店的飲料冰櫃前，趕緊往旁邊挪了一步，隨口說了句：「不好意思。」

「哎喲喂，原來你也知道不好意思啊？」充滿挑釁的聲音再次響起。

邱生蹙眉，抬眸朝著對方看了過去，當看清來人後，意興闌珊地撇撇嘴：「怎麼哪裡都有你。」

「什麼叫哪裡都有我？」蘇飛又忍不住提高了音量，「我才想說為什麼來家門口的便利商店散個步，看看有什麼東西可以買，都能遇見你！」

家門口？邱生環顧四周，熟悉的環境讓他有些恍惚。還以為自己已經走了很遠，結果不知不覺就只是在家附近繞來繞去嗎？彷彿有條無形的線牽引著他，註定走不遠的感覺，毫無疑問，線頭就在程曉璐手中，可是如果他要去的地方遠在大洋彼岸的法國呢？這條線她還願意握住嗎？

他其實知道有兩全其美的辦法——他去法國，她繼續留在國內，誰都不必犧牲。

可是如果這樣，他和沈辰川有什麼區別？

想到這，他靈光一閃，忽然看向蘇飛。

這視線讓蘇飛情不自禁地心底發毛：「你……你想幹什麼？」

邱生並沒有給出正面回答，而是垂了垂眼眸，瞥了眼他手裡的便當：「你晚餐就吃這個？」

「有意見嗎？」蘇飛倨傲地仰起頭，「跟你們這些遊手好閒的攝影師不同，我們醫療工作者可是相當忙碌的，救死扶傷都來不及了，哪有空好好吃飯。」

「連自己的健康都管理不好，哪有資格去管理別人的健康？」

「你懂什麼，這可是頂級便當，嚴選東北大米，採用新鮮食材，搭配合理，營養均衡……」

「你喜歡的人好歹是個做廣告的，你居然還會被這些廣告商呼攏，對得起她的專業嗎？」邱生搶過他手裡的便當，丟回了貨架上，「走，請你去吃路邊燒烤。」

「那才是垃圾食品吧！」

「那再順便一起喝個酒？」

「誰要跟你一起喝酒……」眼見邱生打開飲料櫃拿了瓶綠茶，他話鋒一轉，「說好的喝酒呢？」

「這個飲料廣告是曉璐策劃的，所以我們以茶代酒就好了。」

「……」

這一刻，蘇飛回想起了被碾壓的恐懼，他曾引以為傲對曉璐的感情，在邱生面前總是一次又一次地被比下去，不斷地K.O.他。

♪

張記燒烤，遠近馳名，尤其是入夜時分，一桌又一桌的客人吃著燒烤、喝著酒，這種人聲鼎沸是夏天夜晚必不可少的風景。

相比之下，角落那一桌則顯得尤為格格不入。

「你不覺得尷尬嗎？」蘇飛如坐針氈，語氣僵硬。

邱生抬了抬眸：「不覺得。」

「你是感官失調嗎？就連空氣裡濃郁的孜然味都驅散不了我們之間的尷尬啊！」

「一般來說，會有人用孜然味來驅散尷尬嗎？」

「可是現在空氣裡也沒有其他味道啊！」

邱生若無其事地吃完第四串雞皮，問：「所以你到底在尷尬些什麼？」

「很奇怪啊！明明是情敵卻要坐在一起吃燒烤喝酒什麼的實在是太奇怪了！」怎麼想他都覺得這種畫面很噁心，對於莫名其妙跟著邱生走的自己，他感到更加噁心。

「說起來，我剛才就想問了……」邱生一臉不能理解地看著他，「你對曉璐還沒死心嗎？」

「呿。」蘇飛不屑地撇嘴，有些故意地道，「早死心了，她已經不是我喜歡的那個程曉璐了！」

「那你買那麼多飲料幹什麼？」邱生默默看著他面前堆放著的那十幾瓶綠茶。

蘇飛抬頭挺胸地道：「我口渴不行嗎！」

「就不能換個牌子？」

「要你管！」蘇飛顯得有些底氣不足。

老實講，他也覺得自己挺無聊的，在聽說了這款飲料跟程曉璐有關之後，他便把架上的貨都清空了，與其說是在支持程曉璐，倒不如說他純粹是在跟邱生賭氣。

「你盯著我老婆不放還不准我管？」還講不講理了？

「誰盯著了？說過多少次了，我真的只是碰巧搬來這邊！還有……」感覺邱生完全沒有捕捉到他之前那句話的重點，他沉了沉氣，又強調了一遍，「我對現在這個毫無自我的程曉璐一點興趣都沒有！」

邱生終於如其所願領會到了蘇飛的言下之意，他面色一僵，退去從容，沉默了好一會後才艱澀啟唇：「我決定不去法國了。」

「所以你是被程曉璐趕出來的嗎？」

「你怎麼知道？」不是趕出來，而是直接想要跟他離婚！這種話，打死他也不會告訴蘇飛的！

「這種事用腳趾頭想都能猜到吧。」蘇飛沒好氣地瞟了他一眼，「你憑什麼覺得不想要困住對方的就只有你而已？」

「除此之外，我想不到更好的辦法。」

蘇飛似笑非笑地打量了他一會兒，用手支著頭道：「你明明已經想到了吧？」

「……」邱生略顯詫異地抬眸看向他。

蘇飛輕笑了一聲，繼續道：「結果當初就只是打打嘴砲、講幹話而已嗎？說什麼『我全心全意地信任著她，而她也一心一意珍惜著我的信任』，說得那麼好聽，卻連暫時分別都承受不起嗎？」

「我不想讓她不安，」邱生有些無力地咕噥著，「這樣跟沈辰川有什麼差別？」

「也就是說，如果一個人去了那邊，你也會因為不甘寂寞就跟其他女人睡嗎？」

「我會選擇坐飛機回國睡。」

「所以囉。」蘇飛攤了攤手，「這不就是區別嗎？」

「……」

「啊，來了！」蘇飛忽然發出一聲低喊。

聞言，邱生不解地抬眸，順著蘇飛的視線看了過去，只見程曉璐從對面街朝著他們跑了過來。很快她就停在了店門口，四下張望，好像在尋找著什麼。

「這邊、這邊！」蘇飛舉起手，衝著她招呼。

她倏然轉過頭，定睛看了一會兒，快步走過來。

「不好意思，給你添麻煩了。」停在桌邊後，程曉璐有些過意不去地跟蘇飛道了歉。

「沒事，」蘇飛擺了擺手，「妳趕緊把他領回去吧。」

「……」邱生狠狠地瞪了他一眼，猜到事情大致的來龍去脈，多半是這傢伙通風報信把程曉璐給叫來的！

「還愣著幹什麼？」程曉璐不悅地看向他，「回去了！」

坦白說，他在這種時候離家出走，倒是比以往的任何一次更能讓人理解，所以程曉璐並沒有找他，想著讓他冷靜一下，而她也需要好好考慮一下，反正他會去的也就只有古旭堯那了。結果，她卻突然收到了蘇飛的簡訊，這才知道他大晚上的居然拉著人家吃燒烤！

「不要……」邱生撇唇嘟囔。

程曉璐咬了咬牙：「你這是鬧什麼呀？」

「是妳說要離婚的，我還回去幹嘛。」

「還有離婚這件事？你不早說！」蘇飛興奮地不自覺提高了說話音量。

「……」邱生這才回想起還有這號情敵在場，明明想好了死也不能讓他知道的！

程曉璐默默地瞥了蘇飛一眼，示意他別添亂，緊接著略微放低了姿態，看著邱生道：「你明明知道我根本不是那個意思。」

「就算不是那個意思，說到那種份上也有點過分了吧？」他內心相當受傷啊！

「行行行，是我不好，有什麼話我們回去慢慢說。」

「那妳還要離婚嗎？」難得他占了上風，當然得趁此機會趕緊多要幾顆定心丸。

「本來就沒有想要離啦。」

「這不是想不想的問題，總之以後就算說氣話，就算吵得再厲害，也絕對不能把離婚說出口。」

「嗯……」這次的確是她有錯在先，沒有好好考慮清楚就說了那種重話，她也是急了嘛！

「要牽手。」

「……」程曉璐嘴角微微抖了下，不太好意思地瞥了蘇飛一眼，還是默默牽住邱生伸出的手。

「要親親。」

「夠了你！別得寸進尺！」

「那我們回家再親親好了。」邱生妥協了，臨走時，還不忘朝蘇飛射出一箭，「說真的，你不適合喝綠茶。」

蘇飛沒好氣地隨手抄起一瓶喝了一大半的綠茶朝著他砸了過去。

邱生拽過程曉璐，閃身避開：「不過還是謝了，下次好好請你喝酒。」

「不用！」很委屈啊！每次被這傢伙莊重地道謝時，蘇飛總是沒辦法發自內心地去討厭他！

「我是說喜酒。」

「都說不用了！」

「那你趕緊請我喝吧。」

「煩不煩啊你！」

♪

就這樣，邱生創下了最短的離家出走紀錄。

才短短幾個小時就乖乖回來了，手裡還提著一堆零食，全是剛才在便利商店順手買的，大部分都是程曉璐愛吃的。

關上家門後他默默輕嘆，這輩子他大概也就這麼點出息了。

「我決定了。」認栽之後總得有點行動，他轉過身，鄭重地看著程曉璐，「我會去法國。所以，妳也要答應我，留在國內。」

她愣了下，只是有些意外，眉宇間並沒有絲毫不安，片刻後，輕輕點頭「嗯」了一聲。

這個反應有點在邱生的意料之外。

要知道他都已經做好要把剩下的時間全用來證明「他跟沈辰川是不同的」這個課題上了，結果她看起來完全不像是有那種擔憂的樣子。

但也僅僅是看起來，生怕她只是在極力隱藏情緒，他不放心地道：「雖然決定了，但我一定會讓妳很安心地把我送走的。」

「你準備怎樣讓我安心啊？」程曉璐好笑地問。

他有些語塞，想了想才道：「想我的話就告訴我，我會想盡一切辦法飛回來陪妳。」

「某人之前可是要求我時時刻刻都要想著他呢。」

「那我們每天來一次激情裸聊好了。」

「我不會想你的，放心吧！」一言不合就開車，還怎麼愉快地聊下去啊！

「會想的吧？總覺得妳已經到了吃飯睡覺發呆都在想我的地步了。」邱生收起了玩心，「所以只要一有空我就回來解妳的相思之苦。」

「這不管怎麼看都是你在拼命地想我吧？」

「是啊，肯定會想瘋掉。我之後得跟老趙談談，讓他多給妳一些假，妳放假了就來找我吧，我帶妳去逛歐洲。」

「誰跟你說我一定會去老趙那裡了？」

「也是……」他伸出手，一臉與有榮焉地揉了揉她的頭，「我老婆那麼厲害，會有很多公司搶啊。妳不用考慮我，其實我跟老趙也不是那麼熟，而且今天已經絕交了！去妳最想去的公司，做妳最想做的，也不用太刻意地等我，反正不管妳走多遠我都會追上來。」

「嗯。」她微笑著用力點頭，「安心了。」

「妳認真的？」這樣就安心了？他還有很多大招沒有放呢！

「很認真啊。」確切地說，應該是比她之前所想像的更踏實。

邱生所提出的辦法也是她所能想到的最好方法，誰也不必讓步，如果能相守到老的話，那他們之間就一定只是靠感情在維持，而不是對另一方的愧疚。這些她其實一直知道，只是因為害怕才沒說。

剛才邱生離家出走的那段時間裡，她也好好想過了，他不是沈辰川，她也不是以前的程曉璐，沒什麼好怕的，不同的主角怎麼可能會有相同的 Bad ending 呢？

只是沒想到，他率先提出了這個想法，更讓她沒想到的是，比起當初跟沈辰川分別，這一次她是真的沒有絲毫的不安，總覺得邱生只不過是出個差而已。

「不知道為什麼，總覺得還是有些不敢相信……」雖然很確定她的表情沒有偽裝的痕跡，但邱生依舊存有懷疑。

程曉璐忽然踮起腳，在他的嘴角印下一記淺吻。

他猝不及防，輕輕一震，愕然地瞪大雙眸。

「不是說好回來親親的嘛……」她低著頭，臉頰微紅，輕聲咕噥著，「這樣應該可以相信了吧？」

「不夠啊。」

「哈？」

「這種程度根本不夠……」話音未落，邱生有些蠻橫地將她抵在了門邊，用力吻住了她的唇。

舌尖很快就熟門熟路地頂開了她的齒關，熟悉的味道讓他心底覺得格外充實，迫切地想要更多。

短暫驚訝過後，她閉上了眼睛，手慢慢攀上他的脊背。

「嗯……」她情不自禁地溢出一聲淺吟，幾乎就要站不穩，只能緊緊地抓著他。

聞聲，邱生停下了動作，微微抬頭，染滿欲望的眼眸直勾勾地看著她，許久後，才啞著聲音試探性地問：「要不要繼續？」

不單臉頰，她全身都漲得通紅，羞赧地抱住他，將頭埋在他的頸窩處，用細弱蚊蚋般的聲音呢喃道：「去房間……」

完了，他彷彿聽到了自己理智線斷裂的聲音。

♪

邱生走的那一天很熱鬧，但又不是程曉璐所想像的那種通常的熱鬧。

一大早古旭堯就來接邱生了，同行的還有起床氣很重的趙菁，本來因為趙菁的沉默，氣氛總算還有點兒淡淡的悲傷，結果下樓的時候正好碰上值晚班回來的蘇飛。

「走了啊。」他主動打起招呼，笑得很燦爛。

邱生沒好氣地瞪了他一眼，忽然想到了什麼，猛地看向程曉璐：「妳該不會已經跟他簽了房子的租賃合同吧？」

「當……」當然還沒來得及簽了。

程曉璐的話才剛開了個頭，就被蘇飛搶白了：「當然簽了。」

「……」邱生臉色一沉。

「你就放心地走吧，我會幫你好好照顧曉璐的，」蘇飛微笑著拍了拍他的肩，還刻意強調接下來所說的話，「各方面。」

「毀約吧！」邱生鄭重地看著程曉璐，「違約金算我的！」

「不是……」她根本就還沒簽啦！

「不行，妳乾脆搬家吧！」緊接著他又看向了一旁正在幫他把行李塞進後備廂的古旭堯和趙菁，「你們明天就來幫她搬家吧！」

趙菁白了他一眼，不予理會地邁步坐進了副駕駛座，古旭堯則默默關上了後車廂的門走上前，揪住邱生的衣領強行把他塞進了車裡，就跟塞行李似的。

見狀，程曉璐跟蘇飛道了別，趕緊跟了上去。

一路上邱生無比躁動，就算她已經明確表示沒有簽約，他仍舊堅持慫恿她搬家，甚至還捏造出了這套房子風水不好、晚上會鬧鬼的說法。程曉璐總覺得身旁就好像坐著大型犬，還是條哈士奇，吵得她頭疼，必須一直按著才能勉強安分一點，期間這條「哈士奇」還不忘對著古旭堯和趙菁狂吠，埋怨他們不肯幫她搬家。

好不容易抵達機場，包括程曉璐在內大家都覺得鬆了口氣。Hayden和肖樂已經在送機大廳等待了，見到他們後便迎了上來，沒有依依惜別的場面，依舊是日常般的互嗆，氣氛基本上可以用熱烈歡送來形容了。

直到時間差不多了，邱生拿著登機牌進海關檢查區時，她才總算有了一絲離別在即的真實感。他走得意外果斷，和平常表現出的黏人截然相反，甚至連頭都沒有回過一次。

好歹回頭看她一眼！再更加依依不捨一點啊！

程曉璐內心深處沸騰著的吶喊並沒能改變什麼，那道熟悉的身影還是漸漸消失在她的視線中，說好不哭的，她也以為自己不至於那麼脆弱，結果她還是鼻腔泛酸了，感覺到視線愈來愈模糊，她趕緊低下頭，生怕被身旁的其他人看見。

結果，還是被看見了。

誰也沒說話，氣氛沉默了好一會兒後，趙菁忽然道：「想去法國嗎？」

「哎？」程曉璐驚愕地轉眸。

「公司下半年有開拓法國市場的打算，市場部這邊我需要帶個人一起去。」

「我去、我去！」程曉璐激動地搶著這個名額。

趙菁淡淡地瞥了她一眼：「那我得看妳的表現。」

「我一定會加油的！」程曉璐感激地看著他，「謝謝你。」

「不用這麼客氣，我也是為了自己。」趙菁轉頭看向海關入境處不由得嘆氣，「不趕快把妳弄過去的話，邱生一定會三天兩頭就往國內跑，我不想一直跑來送機，好麻煩。」

「……」是因為這個嗎？不可能的吧，哪有時間一直跑回來啊。

但顯然除了程曉璐之外的所有人都這麼覺得。

Hayden 甚至興沖沖地提議：「要不要打賭他第一次回國距離現在會是多久？我覺得了不起一個月吧。」

「高估他了吧。」古旭堯撇了撇嘴，「最多半個月。」

「老趙，你覺得呢？」Hayden 詢問起趙菁的意見。

趙菁瞇著惺忪眼眸，有氣無力地問：「我可以回去睡覺了嗎？」

「能不能別掃興！」Hayden 氣呼呼地吼他。

眼看著他們鬧成一團，肖樂笑瞇瞇地看了會兒，片刻後才輕聲在程曉璐耳邊喃喃說了一句：「我覺得是一個星期。」

「不、不至於吧？」程曉璐愣了下，等搞清楚她在說什麼後，有些期待但又不敢太期待。

「我給妳看個東西。」說著，肖樂拿出手機翻找照片，接著神秘兮兮地將手機遞給程曉璐。

映入程曉璐眼簾的是一張照片，一張熟悉又陌生的照片，她驀然一震，神情愕然地看向肖樂：「這是……」

「聽說 magnum 就是看了這張照片才發邀請給他的，這傢伙絕對離不開妳太久，要知道一直以來他的作品唯一被人詬病的地方就是缺乏人間煙火的味道，因為妳，總算是有了那麼點人情味呢。」

是這樣嗎？

當時的程曉璐並不敢去想太多，雖然他們達成了共識，依靠著對彼此的信任分開，但在這個瞬間她多多少少還是有些沒有自信心。

只是後來，確切地說，一個星期後，邱生用行動證明了肖樂對他的預估非常之準確……

尾聲　長大

「哈蘇大師」，這應該是不少攝影家夢寐以求的稱號。

幾乎每次「哈蘇大師」來國內開攝影展，都會有不少業內外的同行前來膜拜，於是個展的冠名贊助也成了各大相機公司之間一場沒有硝煙的惡戰。

這一次派索以黑馬之姿突然殺出，起初幾大公司都有些不以為然，畢竟派索今年推出的全畫幅單反雖然在小眾範圍內引起了轟動，但也僅限於小眾範圍，憑藉這款產品遠不足以讓派索重回引領地位，相反地都是被貼上「小眾」、「冷門」這類意味著銷售額不太理想的標籤。

派索急於撕掉這些標籤已經是昭然若揭的事了，所以這次的冠名權他們打從一開始就擺出了志在必得的姿態。

最終，也的確得到了。

這個結果可謂讓不少同行跌破眼鏡，於是謠言四起，而身為謠言中的核心人物——程曉璐正忙著在攝影展後臺休息室裡跟她的下屬們進行親切友好的交談。

「你以為我們公司推出經典復刻版是為什麼？如果是想要做饑餓行銷的話，完全沒有這個必要，大可以隔岸觀火地看著它的價格被愈炒愈高，可是意義呢？就算這款相機被炒到幾百萬，派索賺到的依舊只是正常的市場價，對我們而言，唯一的好處就只是讓更多人知道派索具有相當高的收藏價值，可是它的實用價值呢？我們想要更大的客戶群，除了專業攝影師和發燒友之外，再普通不過的民眾也會選擇派索，只有這樣才能賺錢，有錢才能研發更好、更具競爭力的產品。我當然也知道在這個過程中最大的風險是什麼，所以才需要我們來管控行銷，既能賺到錢又能保證品牌一貫的格調，這就是我們要做的，明白了嗎？」

「我當然明白……」明明非常明白，可是面對程曉璐時，Apple突然就顯得底氣不足，她甚至開始後悔跳槽來派索了，程曉璐簡直比以前還會虐人了，壓力好大啊。「所、所以我們才會提出這種促銷提案，既然公司極力想要擺脫小眾標籤，那首先就應該更親民。」

「親愛的，不是任何客戶都適合4P理論[37]的，何況Promotion並不僅僅是簡單的促銷，在促銷之前，最首要的就是品牌包裝。」

「曉璐姊，妳說得太抽象了啦，我們根本不知道要怎麼辦才好了。」小羊都快要哭了。

「想要擺脫小眾標籤就應該要更親民，這一點我是很贊同的，所以我們之後的行銷策略是不是可以站在客戶的角度上再稍微考慮一下？消費者的需求、他們所願意支付的成本，與消費者之間的互動之類的，總之套用4C理論[38]進行調查研究，或許能夠做出一個更有針對性，甚至對我們市場開發部也有一定幫助的提案。」

---

37 4P理論：行銷4P理論，主要是協助行銷定位自己的產品以及服務，其所指的是產品、地點、價格、促銷。

38 4C理論：新提出的行銷理論，由4P理論進階轉變而來，其所指的是指顧客、成本、方便、溝通。

♪

彌漫在休息室裡的僵持氣氛一直溢到了門外，隔著一面牆，邱生彷彿都能感覺到Apple他們所承受的壓力，那簡直就是一種讓人無法反駁，只能冒冷汗的壓迫性。

直到這一刻他才意識到自己的特殊性，至少這兩年來程曉璐在他面前始終還是那樣，撒起嬌來簡直可愛得不得了啊。

「你在傻笑什麼？」面前的房門突然被打開，程曉璐定定地看著他，「好噁心。」

「……」前言撤回！果然她只有在床上是可愛的！

「嗚嗚——邱生哥，你終於來了！」Tiger像見到親人般撲上前。

還沒靠近就被程曉璐揪住了衣領往後拽：「給我離他遠點。」

「我是男人哎！」Tiger很無辜。

自從程曉璐向他們坦誠了和邱生的關係後，就愈來愈不收斂了，除了工作間隙會時不時打個電話放閃撒一波狗糧之外，吃起醋來才是最要命的，簡直到了男女通殺的地步。

相比Tiger，跟程曉璐接觸更為頻繁的Apple倒是已經習慣了：「男人也不行，鑒於你這個邱生哥不怎麼有節操，所以你們家曉璐姊不管男女格殺勿論。」

「不是，我哪裡沒節操了？」這種欲加之罪，邱生無法接受！

「我給你們講個笑話啊……」冷夫人重操舊業，「聽說邱生剛去法國的時候被一個男人盯上了，對方不僅天天送花，還跑去他家要給他做法式大餐，嚇得他整整一個月連家都不敢回。」

「他不敢回家純粹只是找藉口賴在國內黏著曉璐姊吧。」小狼一語道出了真相。

「你們還不趕緊回去修改提案！是有那麼閒！」邱生咬牙切齒地大吼。

真虧他們一聲聲「曉璐姊」叫得那麼親切，一點也不尊重他這個姊夫！

直到他們離開後，邱生還是沒有消氣。

程曉璐忍不住笑了，一邊替他整理著領帶一邊問：「攝影展還滿意嗎？」

他瞥了一眼不遠處正在交頭接耳的那幾個工作人員，有些意外地看向程曉璐問道：「妳不用避嫌嗎？」

「避什麼嫌？」她不解地問。

「外面不是都在傳派索之所以能拿到冠名權，是因為我跟妳的關係嗎？」

「本來就是啊，又沒有說錯。」她笑著伸出手，摟住他的脖子，微微仰著頭嬌嗔道，「我老公就是這麼寵我啊，只要是我想要的他都會給我，我有什麼辦法啦。」

「這個休息室的門可以反鎖嗎？」

她愣了愣：「應該可以吧，怎麼了？」

還沒等她說完，邱生便拉著她推門而入，反身鎖門的同時順勢將她抵在了門邊。

「那妳是不是也該寵我一下？」略顯暗啞的輕聲詢問在程曉璐耳畔響起。

她幾乎本能地仰起頭，迎接他落下的吻。

「我想要個孩子……」伴著有些粗重的呼吸聲，他循循善誘著，「給我吧。」

「嗯……」她毫無抵抗力地點頭。

♪

換作是之前，阮靈無論如何都不會相信自己居然會跑來看攝影展，她是個毫無藝術細胞的人，諸如此類的展覽對她來說就只有四個字可以形容——不知所云。

可是這一次她非但來了，甚至看懂了。

「聽說邱生就是憑著這張照片拿到 magnum 的邀請的呢。」

「唔，很普通啊，看不出來哪裡好。」

她瞥了一眼身旁正在議論著的那兩個人，看起來像是專業玩攝影的，畢竟像她這種外行根本不知道他們所說的那個什麼「馬」。

但和那些專業人士不同，她覺得這種照片好到讓她挪不開目光，心口甚至像是被什麼東西緊緊揪住了一樣。

或許僅僅因為照片中的風景是她再熟悉不過的，小橋流水、古鎮人家，那是她的家鄉，那條河叫作枕水河，夕陽暮色中它靜靜地流淌著，載著無數盞河燈飄向對岸。

小時候，她也常會和程曉璐一起去放河燈，就像照片裡那兩個孩子一樣，純粹只是覺得好玩，那時候的她們並沒有什麼太大的願望。

在距離那兩個孩子不遠的地方，有個女人身著旗袍默然佇立在河邊，那道背影對她而言同樣是無比熟悉的——是程曉璐。

大概是因為有那兩個孩子做對比吧，她看起來形單影隻，透著一股難以言喻的悵然。

阮靈微微垂了垂眼眸，愣怔地看著這張照片的名字——《長大》。

她情不自禁地伸出手，就在快要觸摸到照片上程曉璐的背影的瞬間……

「聽說她就在後臺，要不要去跟她聊幾句？」沈辰川的詢問聲從她身後飄來。

她驀然一震，猛地縮回手，僵了片刻後，才噙著笑容轉頭看向沈辰川：「不用了。」

「嗯。」他點了點頭，舉步走到她身邊，輕輕握住她的手，不發一言地陪著她站著。

她突然啟唇：「謝謝。」

「嗯？」

「謝謝你一直沒有放開我的手，明明……」她頓了頓，聲音有些哽咽，「明明跟曉璐比起來，我真是糟糕透了。」

「也許是因為我也同樣很糟糕，又也許因為……」他緊緊握住了她的手，「我應該是喜歡妳的。」

「我應該也是吧。」

「……」他錯愕地轉眸。

雖然阮靈當時並沒有選擇離婚，但也從來沒有對他說過喜歡，她不過是想要找個人陪她到老而已，他一直是這麼認為的。

「果然像我們這麼扭曲的兩個人就應該在一起，不要再去禍害別人了。」她轉頭，對他綻開笑容。

扭曲嗎？在沈辰川看來，她此時此刻的笑容一點都不扭曲，是他最初見到的那個阮靈，默默站在程曉璐身旁，在耀眼光芒的掩蓋下有著靦腆笑容的那個女孩。

他終於把她找回來了。

高寶書版集團
gobooks.com.tw

YH 012
最動聽的告白
作　者　安思源
特約編輯　高如玫
助理編輯　陳柔含
封面設計　Ancy Pi
內頁排版　賴姵均
企　劃　何嘉雯

發行人　朱凱蕾
出　版　英屬維京群島商高寶國際有限公司台灣分公司
Global Group Holdings, Ltd.
地　址　台北市內湖區洲子街88號3樓
網　址　gobooks.com.tw
電　話　(02) 27992788
電　郵　readers@gobooks.com.tw（讀者服務部）
pr@gobooks.com.tw（公關諮詢部）
傳　真　出版部(02) 27990909　行銷部 (02) 27993088
郵政劃撥　19394552
戶　名　英屬維京群島商高寶國際有限公司台灣分公司
發　行　英屬維京群島商高寶國際有限公司台灣分公司
初　版　2020年 6 月

國家圖書館出版品預行編目(CIP)資料

最動聽的告白／安思源作; -- 初版. -- 臺北市：高寶國際出版：高寶國際發行, 2020.06
面；　公分. --

ISBN 978-986-361-842-3(平裝)

857.7　　109005627